赴職梓潼留别畏之員外同年①

佳兆聯翩遇鳳凰②，雕文羽帳紫金牀③。桂花香處同高第，柿葉翻時獨悼亡④。烏鵲失棲常不定⑤，鴛鴦何事自相將⑥？京華庸蜀三千里，送到咸陽見夕陽⑦。

集注

①【朱注】《唐書》：『梓州梓潼郡，屬劍南道。』乾元後分東西川，梓為東川節度治所。時義山為梓州節度判官。畏之，韓瞻也。《唐詩紀事》：『韓偓父瞻，開成二年李義山同年。』【馮注】《舊書·志》：『梓州梓潼郡……管梓、綿、劍、普、榮、遂、合、渝、瀘等州。』《本傳》：『柳仲郢鎮東川，辟為判官。』

②【朱注】《左傳》：『懿氏卜妻敬仲，其妻占之，曰：「吉，是謂鳳凰于飛，和鳴鏘鏘。」』【馮注】此曰聯翩，則婚期不相遠，豈遲至河陽時哉！

③【朱注】江總詩：『新人羽帳掛流蘇。』《洞冥記》：『上起神明臺，有金牀象席。』【馮注】昭明太子詩：『羽帳鬱金牀。』【朱彝尊曰】二句言新昏之喜同，至後乃異，非獨指畏之也。

④【馮注】《南史·劉歊傳》：『歊未死之春，有人為其庭中栽柿，歊謂兄子弇曰：「吾不及見此實，爾其勿言。」及秋而亡。』【按】未必用劉歊典，詳《房中曲》按語。

⑤【馮注】自嘆又欲遠行。
⑥【馮注】指畏之。【補】相將，相隨。
⑦【朱注】時韓留京師。【馮注】《尚書·牧誓》：『庸、蜀。』【程注】《華陽國志》：『巴、漢、庸、蜀，屬益州。』【朱彝尊曰】言有盡而意無窮。（馮引作錢良擇評）

箋評

【輯評墨批】畏之乃義山姻婭，故詩中多見悼亡。
【陸曰】義山與韓畏之同為王茂元壻，而一則室家完聚，一賦悼亡；同為開成二年進士，而一則貴顯京華，一馳遠道。所以赴梓潼之職，與畏之刻意傷別而賦此也。『烏鵲』句，言茂元歿後，涉川度嶺，未遂枝棲；『鴛鴦』句，言茂元女亡，入室望廬，惟存隻影，回憶金牀羽帳，與畏之先後結褵時，不禁今昔盛衰之感，況一官迢遞，復又別畏之而往蜀耶？送到咸陽，客路初程也。而舉頭已不見長安矣。夕陽萬里，能無愴然！
【姚曰】《唐詩紀事》：韓偓父瞻開成二年李義山同年。韓必於登第後新娶，而義山時已悼亡，故一則如烏鵲之失棲，一則如鴛鴦之相守也。時韓留京師，而義山以柳仲郢辟入東川，故結句云云。
【屈曰】一同時婚娶，二同奩具之美。三同登第，四忽而大不同。五赴梓潼，六員外夫婦如故。七八去留合結。
【紀曰】詩亦清楚，苦無佳處耳。（《詩説》）
【史歷亭曰】末二，君在京華，我赴庸蜀，相隔三千里，君送我才到咸陽，已盡一日而見夕陽矣。路遥情隔，其能已於相念耶？咸陽即京華之邑。（姜炳璋《選玉溪生詩補説》附録）
【張曰】前詩（指《留贈畏之》）將赴梓時作，此則行期已定，畏之相送而重贈者。作詩先後，細繹自別。

（《會箋》）

【按】此義山赴梓時韓瞻殷勤相送至咸陽而有留别之作。前三聯均已與韓瞻並提對舉，謂昔日二人同登高第，同為僚壻，而今韓仍鴛鴦相隨，而己則獨賦悼亡，烏鵲失棲，行蹤不定。尾聯點題，情懷黯然。馮浩據『柿葉』句謂商隱妻王氏『亡在秋深』，且引《南史·劉歊傳》以證其説，前已於《房中曲》按語中駁正之。考義山此次赴梓，係獨自前往（幕主柳仲郢七月任命，最遲八月即已赴任），十月抵梓。長安至梓州近三千里，需時五十天至兩月。故自長安出發時當在九月上旬。如秋深妻亡，商隱豈能妻甫亡即赴梓？此必不可能之事。

西南行却寄相送者

百里陰雲覆雪泥，行人只在雪雲西。明朝驚破還鄉夢，定是陳倉碧野雞①。

集注

①【馮注】《舊書·志》：『鳳翔府寶雞縣，隋陳倉縣，至德二年改。』《史記·封禪書》：『秦文公獲若石云，于陳倉北阪城祠之。其神來也常以夜，光輝若流星，從東南來集于祠城，則若雄雞，其聲殷云，野雞夜雊。以一牢祠，命曰陳寶。』《括地志》云：『寶雞神祠在岐州陳倉縣。』《漢書·郊祀志》：『宣帝即位，或言益州有金馬碧雞之神，可醮祭而至，於是遣大夫王褒使持節而求之。』如淳曰：『金形似馬，碧形似雞。』此别為一事，詩乃誤合之，

文集亦然。【按】因陳倉寶雞神傳説而聯及碧雞神，故用『碧野雞』字面，非誤合。

箋評

【朱彝尊曰】此謔語耳，無甚深意。

【何曰】至散關遇雪。（《輯評》）。按：何以『西南行』為赴東川柳仲郢幕之役）

【姚曰】此即『西出陽關無故人』之意。

【程曰】此似入東川時作。

【馮曰】最後赴東川，亦冬令。然遲暮之悲，羈孤之痛，必無此詩情態，是為馳赴興元作無疑。

【紀曰】以風調勝。詩固有無所取義而自佳者。（《詩説》）　着眼在『還鄉夢』三字，却借陳倉碧雞反點之，用筆最妙。（《輯評》）

【姜炳璋曰】末二，言自別以後，明朝驚夢覺者，只有陳倉之鷄耳，安得有故人聚首，若今日之相送耶？題云『却寄』者，言辭衆送別而寄以詩也。

【陳貽焮曰】紀昀……還只説到一方面。這詩頭兩句就很好。『百里』『覆雪泥』，見陰雲的廣漠低迷。『雪雲西』，見行人和相送者相隔的遥遠。都寫得很形象而富於遐想。初離親友，夢中恍在故鄉。那知為雞聲驚醒，頓悟遠在陳倉，身居逆旅。這不僅『反點出』離情別緒，還由於將當地的傳説和現實中的雞聲揉合在一起，就更能意味深長地烘托出他夢魂恍惚的神情和對陳倉的新奇印象。

【按】紀、陳二評殊妙，詩寫行程、旅途風物與感受（一二為已歷之境，三四為未歷之境），實隱從『相送者』方面着筆。行者所述景物行蹤，亦即送者心中所懸想。題為『却寄相送者』，詩意竟似送者遥想行人之行蹤，題亦不妨改為《友人西南行遥有此寄》。『忽憶故人天際去，計程今日到梁州』（白居易《同李十一醉憶元九》），此詩是其反面。

馮繫此詩於開成二年冬馳赴興元時，頗可疑。《奠相國令狐公文》云：『愚調京下，公病梁山。絶崖飛梁，山行一千。』此行乃奉楚急召，恐無詩中所表現之緩滯情態。而大中五年赴東蜀辟，正值悼傷之後，身世孤孑之感，去國懷鄉之情方殷，故有此行邁靡靡，中心摇摇之情態。百里陰雲，四望低迷，寫景中已含黯淡孤孑情調。『覆雪泥』亦與『散關遇雪』相合。『還鄉夢』更切長期遠行，而與赴急召作短期征行者不甚合。按赴東川時韓瞻曾送至咸陽（渭城），『相送者』或正指韓也。

悼傷後赴東蜀辟至散關遇雪①

劍外從軍遠②，無家與寄衣③。散關三尺雪，迴夢舊鴛機④。

集注

①【朱注】本傳：『柳仲郢鎮東川，辟為節度判官，檢校工部郎中。』《方輿勝覽》：『大散關在梁泉縣，為秦蜀要路。』《通志》：『在鳳翔府寶雞縣城南，通褒斜大路，屬漢中府。』【馮曰】赴桂赴徐，閨人固在，今則失偶而出遊也。非謂乍悼亡即赴辟。【張曰】馮氏年譜之謬，莫甚於以王氏之卒繫諸五年，而以蜀辟繫之六年也。義山

悼亡，據《乙集序》『三年已來，喪失家道』語，其為是年（指大中五年）無疑。而《集》有《悼傷後赴東蜀辟至散關遇雪》詩，則妻殁未久，即赴辟可知。……且諸悼亡詩皆兼赴辟遠行而言，必如馮説妻亡在是年，何以是年無一首詩，而必待六年始重疊致哀耶？【按】張説是。東蜀，指東川。然妻殁未久即赴辟之説則非，已見前有關諸詩箋證。

②【朱注】劍外，劍閣之外也。杜甫詩：『草木變衰行劍外。』【按】東、西川皆可云劍外，此指東川。從軍，指赴節度使幕。

③【補】與（去聲），給也。

④【程注】上官儀詩：『方移花影入鴛機。』【按】鴛機見前《即日》（小苑試春衣）注。

箋評

【何曰】通首不離『悼傷後』三字。（《讀書記》）

【姚曰】悲在一『舊』字。

【屈曰】以『從軍』起『無衣』，以『無衣』起『三尺雪』，四總結上三。

【紀曰】氣格高遠，猶存開、寶之遺。『回夢舊鴛機』，猶作有家想也。縮退一步，正是加一倍法。（《詩説》）　陳陶《隴西行》曰：『可憐無定河邊骨，猶是春閨夢里人。』是此詩對面。（《輯評》）

【姜炳璋曰】一呼三應，二呼四應。機上無人，故無衣可寄；積雪散關，益增夢想。凄絶！

【俞陛雲曰】此玉溪生悼亡之意也。昔年砧杵西風，恐寒到君邊，征衣先寄；今則客子衣單，散關立馬，風雪漫天。回首鴛鴦機畔，長簟牀空，當日寒閨刀尺，懷遠深情，徒縈夢想耳。（《詩境淺説續編》）

【按】諸家評中紀評尤精。詩似單純而含蘊豐富，處境之孤孑、遠行之辛苦、身世之飄零，均自然流露於筆端。雖渾成而曲折有致，洵為盛唐餘響。

利州江潭作〔一〕①

神劍飛來不易銷，碧潭珍重駐蘭橈②。自攜明月移燈疾③，欲就行雲散錦遥④。河伯軒窗通貝闕⑤，水宮帷箔卷冰綃⑥。他時燕脯無人寄〔二〕⑦，雨滿空城蕙葉彫⑧。

校記

〔一〕戊籤無『作』字。

〔二〕『他』，馮曰：『一作此。』

集注

①【自注】感孕金輪所。　【胡震亨《唐音戊籤》】《九域志》：『武士彠為利州都督，生后曌於其地。』《方輿

勝覽》：『其地皇澤寺有武后真容殿。』《名勝記》：『古利州廢城在今保寧府廣元縣，縣之臨清門川主廟即唐之皇澤寺。縣之南有黑龍潭，蓋后母感溉龍而孕也。』【胡震亨《唐音癸籤》】《蜀志》：『則天父士彠泊舟江潭，后母感龍交娠后。』然史不載其事，雖建寺賜真容，不聞别有祠設，豈后欲諱之耶？【朱注】《唐書》：『利州義成郡，屬山南西道。』按武后自册為金輪皇帝。父士彠，為利州都督，生后，袁天綱見之，大驚曰：『當為天下主也。』見《譚賓録》。【馮注】《舊書·紀》：『武后如意二年，加金輪聖神皇帝號。』《通典》：『利州，蓋蜀之北境。』《酉陽雜俎》：『則天初誕之夕，雌雉皆雊，右手中指有黑毫，左旋如黑子。』若胡氏所云，余未考證。《老學庵筆記》：『利州武后畫像，其長七尺。』

②【姚注】《豫章記》：『吴未亡，恒有紫氣見斗牛之間。張華聞雷孔章妙達緯象，乃要宿，屏人問曰：「惟斗牛之間有異氣，是寶物之精，上徹於天耳。」孔章具言精在豫章豐城，遂以孔章為豐城令。至縣，掘得玉匣。開之，得二劍，乃留其一，匣而進之。後張華遇害，此劍飛入襄城水中。孔章臨亡，戒其子，恒以劍自隨。後其子為建安從事，經淺瀨，劍忽於腰間躍出，入水變為龍。逐視之，見二龍相隨逝焉。』（按《晉書·張華傳》載雙劍化龍事與《豫章記》少異，不具引）【馮注】《越絶書》：『風胡子曰：「劍之威也，此亦鐵兵之神也。」』武后盜帝位，誅唐宗室，故首以龍劍比之。《舊書·李淳風傳》：『太宗以《祕記》云：「唐三世之後，則女主武王代有天下。」密訪淳風，淳風曰：「其兆已成，生陛下宫中，不踰三十年，當有天下。」帝曰：「疑似者盡殺之。」淳風曰：「天之所命，必無避禳之理；王者不死，多恐枉及無辜。」』即此句意。又，袁天綱，益州人，赴召至京，經利，得相后於幼小時，亦見史文。【程注】陰鏗《經豐城劍池》詩：『清池自湛澹，神劍久遷移。』

③【何曰】明月，珠也。（《輯評》）【徐曰】《楚詞》：『燭龍何照？』注曰：『言大荒西北隅山名不周，神龍銜燭照之。』【馮注】《佛説海八德經》：『海懷衆珍，明月神珠。』《法苑珠林》引《大志經》云：『大意入海取明月寶珠，以濟衆生。』此言自携明珠，以代神燭。

④【胡震亨《唐音癸籤》】言龍銜珠為燈，而散鱗錦以交合。龍性淫，義山為代寫其淫，工美得未曾有。散

錦，本木華海賦中語。【馮注】《海賦》敘水怪鮫室，有『雲錦散文於沙汭之際』，句用此。按：上句喻遽移唐室也，明月陰象，以比后妃；下句言乘時御天而多醜行也。雲從龍，又行雲為高唐事，胡氏解未全的。【按】胡解是。

⑤【馮注】《抱朴子》：『馮夷以八月上庚日渡河溺死，天帝署為河伯。』《楚詞・九歌・河伯》：『紫貝闕兮珠宮，靈何為兮水中？』

⑥【朱注】用鮫人織綃事。【馮注】冰綃即鮫綃。二句謂江潭祠廟。【程注】《吳都賦》：『泉室潛織而卷綃。』王勃賦：『引鴛杵兮割冰綃。』【補】《述異記》：『南海出鮫綃紗，泉室（即鮫人）潛織，一名龍沙。其價百餘金。以為服，入水不濡。』

⑦【道源注】《南部新書》：『龍嗜燒燕肉，食燕肉人不可渡海。』【馮注】《梁四公記》：『甌越羅子春兄弟，自云家代與龍為婚，能化惡龍。杰公乃令子春兄弟等賫燒燕五百枚，入震澤中洞庭山洞穴，以獻龍女。龍女食之大喜，以大珠三、小珠七、雜珠一石以報帝命，子春乘龍載珠回國。』《博物志》：『人食燕肉，不可入水，為蛟龍所吞。』按：漢成帝時童謠：『燕燕，尾涎涎。張公子，時相見。』武后嬖張六郎兄弟。此影借漢事，用龍嗜燕肉為隱語，又以羅子春兄弟比二張。《太平寰宇記》：『利州理綿谷縣，有龍門山石穴，高數十丈。又東山之北有燕子谷。』詩用『燕脯』，或有舊事而莫考者。【按】馮解鑿。

⑧【徐曰】從前必崇祀，至此成荒江廢廟矣。【程注】陸機詩：『蕙葉憑林衰。』

箋評

【朱曰】此感時去之不可留也。（李義山詩集補注）

【何曰】武后見駱賓王檄文，猶以為斯人淪落，宰相之過。義山為令狐綯所擯，白首使府，天子曾不知其姓名，有不與后同時之恨，故因過其所生之地，停舟賦詩。落句蓋言己之漂泊西南，曾不若羅子春之獻燕脯于龍女，猶得乘龍載珠而還也。（《讀書記》）　又曰：詩中必皆用龍事，次聯未詳出處。（《輯評》）

【陸曰】義山博學彊記，未遇主知，故過孕金輪之地，而自嘆其生不逢時也。……『神劍飛來不易銷』句，正見天之所命，人不能違也。按言我今日泊舟江潭，其風景有不同者。明月、行雲一聯，言其寬濶，是從潭上摹寫。河伯、水宮一聯，言其幽深，是從潭下想像。結言己之漂泊西南，曾不如羅子春之獻脯龍女，猶得乘龍載珠而還也。『雨滿空城蕙葉彫』，即屈子草木零落、美人遲暮意。

【陸鳴皋曰】因有神靈，故借以寓帝鄉之意。首聯，自況不能化去而至此。次聯，喻懷希世之珍，而欲佐理天工也。明月，以珠言。五六句，寫水宮景象，欲以物通誠，而無人為寄，惟蕭然景色而已。

【姚曰】此感時去之不可留也。大抵神物之生，雖復軒天輊地，及其運去時移，終歸寂寞。詩但詠龍，而金輪事已寓。碧潭龍窟，過者悚神。回想翊運而飛之時，明月在其掌握，行雲憑其指使，何等氣燄！豈知今日者，河伯軒窗、水宮帷箔間，欲求燕脯之寄而不可得，吾不知天之鍾此異物，濁亂乾坤，竟何意也！

【屈曰】明月，珠也。珠光閃爍，疾於移燈，遥如散錦，不可就也。五六言潭中水氣，一片空明。此時若有燕脯，可以直入龍宮，今無人相寄，惟望雨飛葉落而已。

【程曰】題下自注：『感孕金輪所。』詩乃為武后作。后在襁褓中，袁天綱已驚其龍瞳鳳頸，故通篇以龍比之。『神劍飛來不易銷』，用延津化龍事，以為天之所生，誰能廢之？……次句自寫其經過江潭，珍重停橈之意。三句言龍攜明月之珠，足使燈火盡廢，喻其臨朝稱制，遷中宗於房州也。四句言龍乘行雲之勢，遥散錦文，有如《海賦》所云『鮫室雲錦，散文於沙汭之際』，喻其任用諸武也。五六二句，言龍去潭空，水波恬静，徒想像於河伯軒窗、水宮帷箔而已，喻武后已往，豈猶江潭感孕之時耶？七句言龍既去矣，誰復以燒燕寄之？八句用《離騷》《湘夫人》：『薜荔拍兮蕙綢』，『擗蕙櫋兮既張』（按二句分別出自《九歌·湘君、湘夫人》）』之意，言武后雖革唐命，自號大周，而今日之尚論弔古者，猶以為國后而不以為天子，亦如弔湘君、湘夫人耳。此義山用《春秋》書法，義正辭嚴，出之和婉，使人不覺。此其所以高出中晚名家歟？

【馮曰】頗不易解，今為細釋之，其所感未曉。（按：馮解已分見句下箋）

【紀曰】自注曰『感孕金輪所』，詩中皆以雌龍託意，殊莫解其風旨何取，只『雨滿空城蕙葉彫』一句有神韻可玩耳。問香泉解如何？曰似是如此解。（香泉謂有不獲與后同時之恨。）（《詩說》）起二句言精靈長在，過者留連。三句言其神光離合。四句言可望而不可即，但見雲如散錦耳。五六句想其所居。末二句以悵望意結之。○首句用劍化龍事，終太鶻兀。○既自注『感孕金輪所』，明以金輪寄意矣。如此立言，無乃非體，亦太不自估地步。（《輯評》）

【曾國藩曰】此詩在利州詠武后也。即潭中之景寓懷古之意。五六七句均以龍比武氏。（《十八家詩鈔》）

【張曰】頗不易解，誠如馮說。利州屬山南西道，或興元往來之作，暗傷令狐之速化耶？『自攜』句似言入幕。『欲就』句似言不料其死。結歎厚愛無人，知己彫謝也。是則余之臆測矣。謂專詠則天，則太愚。（《會箋》）又曰：詩蓋暗詠武后，然中有未詳處。若謂以金輪寄意則未然。（《辨正》）

【按】此詩作於大中五年冬赴梓州途經利州時。詩人泊舟江潭，有感於龍人交合感孕武后之傳説，馳騁想像，對傳説中之情景加以描繪渲染。首聯借神劍化龍之傳説，用比興手法暗喻龍與后母之遇合，猶如雌雄雙劍之會合，次句點江潭泊舟。頷聯正面描繪龍人交合情景，謂神龍自攜明月寶珠，光耀滿室，迅疾移去室內燈燭；散開身上之錦鱗，想靠近美麗之『行雲』（喻后母猶如美麗之神女）。腹聯想像神龍所居水下宫室之華美：軒檻瑶窗，連接華美之宫闕；帷箔簾幕，如同透明之冰綃。尾聯收回眼前雨滿空城，蕙葉凋衰之現境，透露出遺跡蕩然之感慨。詩人之着眼點不在評價武后這一歷史人物，而是對其神異之出身來歷懷有濃厚興趣，故未必有所託寓。全篇色彩絢麗，想像新奇，充滿浪漫氣息。

望喜驛别嘉陵江水二絶①

嘉陵江水此東流，望喜樓中憶閬州②。若到閬州還赴海，閬州應更有高樓③。

其二

千里嘉陵江水色，含煙帶月碧於藍④。今朝相送東流後，猶自驅車更向南〔一〕⑤。

校記

〔一〕『猶』，蔣本、姜本、影宋抄、錢本、萬絶作『由』，字通。

集注

①【自注】此情别寄。（按現存舊本無此自注，係録馮注。是否有此自注，頗可疑。）【朱注】《寰宇記》：『嘉陵水一名西漢水，又名閬中水。』《周地圖》云：『水源出秦州嘉陵，因名嘉陵江。』【馮注】《通典》：『秦州

上邽縣嶓冢山，西漢水所出，經嘉陵，曰嘉陵江；經閬中，曰閬中江。』《廣元縣志》：『南去有望喜驛，今廢。』按：香山《酬元九東川路》詩有『嘉陵縣望驛臺』，即望喜驛也。《羯鼓録》云：『出蜀至利州西界望喜驛，入漢川矣。自西南來，始臨嘉陵，頗有山川景致。』

②【馮注】《舊書・志》注：『閬水迂曲，經郡三面，故曰閬中。』《通典》：『閬州閬中郡，隋巴西郡，唐改閬州。』

③【馮注】《地形志》：『閬中居蜀、漢之半，當東道要衝。』《通典》：『今郡城即古閬中城，名曰高城，前臨閬水，卻據連崗。』按：嘉陵江自昭化、廣元間又東南入蒼溪縣界，此驛舊蹟，正當其地。又東南歷閬中南部，皆唐閬州之境，自此歷唐之果州，至渝州入大江，滔滔東下而赴海矣。

④【馮注】徐曰：『杜詩「嘉陵江色何所似？石黛碧玉相因依」，義山亦云然，當是川水之最清者。』

⑤【馮注】梓州在閬州西南。【朱彝尊曰】閬州應在望喜驛下流，故云。

箋評

【陳模曰】（首章）蓋言方在望喜樓中相送，則憶其到閬州，到閬州則憶其赴海。然閬州應更有樓，又當望以相送也。此比興宛轉不忍別之意足以盡之矣。（《懷古録》）

【何曰】水必朝宗，人彌背闕，何地不（心）摇目斷耶？（《輯評》）

【徐德泓曰】（首章）一曲一折，一折一深，窅然不盡，總是詩中進一層法。

【姚曰】（首章）大抵望鄉之心與東流無極，賈浪仙詩『却望并州是故鄉』亦此意。（次章）今朝相送後，并嘉陵不得一見矣，真銷魂語。

【屈曰】一首：江水東流，高樓可望，江流到海，更有高樓，言不忍別也。二首：一二嘉陵之美，三四言别路無已也。

【程曰】此為大中末年柳仲郢貶雷州刺史之後，義山北歸，經過嘉陵憶之。故前首寫己高樓望遠之情，後首寫柳驅車向南之況也。（按柳大中末貶雷州事係《舊書》誤載）

【馮曰】此情別寄者，以今東川之行，追歎前此巴蜀之役也。江水於此東流，我更驅車南向，昔行既屬徒勞，今此亦非得意，言外寄慨無窮也。惜前後細蹤無可殫索耳。

【紀曰】（首章）曲折有味。（次章）前首説江東去，是將别也，此首説人南行，是已别也。二首相生。（《詩説》）

【張曰】此假江水自慨遇合之不偶也。『今朝相送東流後，猶自驅車更向南』，言己與李回初別，乃更欲希望杜悰；梓州在閬州西南，即『更欲南行問酒壚』意。『若到閬州還赴海，閬州應更有高樓』，則言倘彼人無情於我，或左遷如李回，則此地當更增無窮之悵望矣。何人生不幸，一無特操乃爾，能不啞然失笑哉？義山此行，當是先至閬州，後至梓州，又欲南向成都，中途折回，復至閬州，故有巴西諸詩。嘉陵江跨閬、果諸境，望喜驛則在廣元縣，此未至閬州時作。自注云云，蓋事關黨局，不欲明言耳。嗟呼！義山一生為朋黨所累，放利偷合，又豈得已！讀此詩亦可以悲其志矣。又案李回自西川貶湘，而嘉陵水則至渝州入江，東流赴海，詩雖暗指杜悰，實則心注李回，赴海喻左遷也，措辭之妙，真未易測。（《會箋》）

【岑曰】望喜驛在今廣元縣南，梓州在閬州西南，自長安赴東川任，係從漢中來。至廣元後則離嘉陵江而折向西南。《望喜驛別嘉陵江水二絶》，馮注列入梓幕，極其貼切，張反以為誤。

【按】此赴梓途中作，岑駁正張説極是。自注：『此情別寄』，所見舊本均無，不知馮氏所本。即或有此自注，『此情別寄』，亦可理解為以別嘉陵江水之情寄托思鄉念友之情，不必如馮箋牽扯本屬子虚烏有之昔遊。首章次句『憶閬州』之『憶』，非憶昔遊之憶，乃因嘉陵江流向閬州而憶之也。『憶』有遥想之意。登驛樓而遠望，江水東流，乃想像其流經閬州及遠赴滄海情景。『閬州應更有高樓』者，因望喜驛别嘉陵江水時登高遥望之情景而生出此一想像，極言其依依惜别之意而已。次章首二句言千里嘉陵，含煙帶月，似贊江水之源遠流長，實暗寓己之披星戴月，順嘉陵江而南下幾已千里之意。三、四句言行程雖已如此之遠，然别嘉陵之後，猶需南行也，則此役之令人銷魂可知矣。蓋自漢中以來，與嘉陵江為伴，聊慰旅途之寂寞，身世之孤孑，今則别矣。詩中『嘉陵江水』之形象，儼若一旅途中相依相伴多日而今分攜之友人。温庭筠《過分水嶺》詩云：『溪水無情似有情，入山三日得同行。嶺頭便是分頭處，惜别潺湲一夜聲。』可與此二首互參。

張惡子廟①

下馬捧椒漿②，迎神白玉堂③。如何鐵如意，獨自與姚萇④？

集注

①【朱注】（《太平廣記》引）《北夢瑣言》：『梓潼縣張蜑子神，乃五丁拔蛇之所也。或云嶲州張生所養之蛇，因而立祠，時人謂為張蜑子，其神甚靈。』《方輿勝覽》：『張惡子廟，即梓潼廟，在梓潼縣北八里七曲山。』按：《圖志》：『神姓張，諱亞子，其先越嶲人也，因報母仇，遂陷縣邑，徙居是山，其墓在隆慶府梓潼縣東二十里。』【程曰】《廣韻》《集韻》：『亞，衣駕切。』又，《正韻》：『烏落切。』《正譌》：『與堊同，塗飾牆也；又與惡同。』

《史記》：『盧綰孫他之封亞谷侯。』《漢書》作惡谷。《語林》：『宋人有獲玉印，文曰「周惡夫印」。劉原父曰：「漢條侯印。」』古亞、惡二字通用，此亦張亞子也。【馮注】《爾雅》：『蛈，蟚。注曰：蝮屬，大眼，最有毒，今淮南人呼蟚子。蛈，音迭；蟚，烏落切』。《華陽國志》：『梓潼縣有五婦山，故蜀五丁士拽蛇崩山處也。有善板祠，一曰惡子，民歲上雷杼十枚，歲盡不復見，云雷取去。』是其初皆因拔蛇之所，而後乃不一其説也。『蟚』與『惡』相類。『惡』，古文作『亞』。《史記》：『盧綰孫他之封亞谷侯』，《漢書》作惡谷，皆烏落切，非衣駕切。午橋引《語林》……而謂此亦張亞子，其説非也。梓潼之神，後益靈應。近代則附之以文昌之星，崇之以帝君之號。世所傳《化書》雖不敢盡信，而靈奇不測，超越常理，牖民廣教，功斯為大矣。朱曰：案《圖志》：『神之墓在梓潼縣東二十里。其廟先號九曲，蓋梓潼水來朝，九折而去，後號七曲。』《四川通志》：『五婦山、七曲山皆在梓潼縣北，二山相接。』《太平寰宇記》：『劍州梓潼縣濟順王，本張惡子，晉人，戰死而廟存。』《唐書》云：『廣明二年，僖宗幸蜀，神於利州桔柏津見，封為濟順王，親幸其廟，解劍贈神。』《明一統志》謂神越雋人，因報母仇，徙居是山。自秦伐蜀以後，世著靈應。曹學佺《蜀郡縣古今通釋》：『梓潼縣，蜀古志云：禹於尼陳山伐梓，其神化為童子，漢所為名縣也。此語出《翰墨全書》，《方輿勝覽》引之。』按：其説多端，今皆詳徵之。

②【朱注】《楚詞》：『奠桂酒兮椒漿。』

③【朱注】《樂府》：『白玉為君堂。』【徐注】『梓潼、灌口、射洪號為三神，宋井度有《蜀三神祠録》。』（馮注引）

④【道源注】《梓潼七十五化》云：『建興末作儒士，稱謝艾，為張軌主簿。張重華嗣位，石季龍使將麻秋侵寇，命艾以千人擊之。秋單騎宵遁。繼而往關中與姚萇為友。然厭處凡世，思歸蜀峰，約萇曰：「苟富貴，無相忘。」後萇以龍驤將軍使蜀，至鳳山訪予，予禮待之，假以鐵如意，祝之曰：「麾之可致兵。」萇疑予，予為之一麾，戈盾戎馬萬餘列之平坡。今試兵壩是也。』後萇以苻堅死，即帝位，因號秦焉，即其地祀之。……迨至隋唐，其靈尤著，加封至八字王廟，號靈應云。

箋評

【姚曰】此嘆天道多不可問也，與『自是當時天帝醉』同意。

【屈曰】賢愚不辨，安見其神之靈乎？

【紀曰】太激太直。

【李慈銘曰】義山此等作，已開西涯小樂府詩途徑。（《越縵堂讀書簡端記唐人萬首絶句》）

【按】姚、屈箋是。王達津謂『詩斥責張惡子神，實際上就是斥責唐王朝聽任藩鎮把軍權私相授受』（見《李商隱詩雜考》之二），可備一説。

梓潼望長卿山至巴西復懷譙秀①

梓潼不見馬相如，更欲南行問酒壚〔一〕②。行到巴西覓譙秀，巴西唯是有寒蕪。

校記

〔一〕『問』，季抄一作『望』，非。

集注

①【道源注】《方輿勝覽》：『長卿山在梓潼縣治西南，舊名神山。唐明皇幸蜀，見山有司馬相如讀書之窟，因改名長卿山。』譙周《巴記》：『劉璋分巴，以永寧為巴東郡，墊江為巴郡，閬中為巴西郡，是謂三巴。』孫盛《晉陽秋》：『譙秀，字元彦，巴西人，譙周孫。李雄盗蜀，安車徵秀，不應。桓温平蜀，返役，上表薦之。』【馮注】《新書·志》：『劍州梓潼縣有神山。』《蜀志》：『譙周，巴西西充國人。周子熙，熙子秀。』《後漢書·志》：『巴西充國縣，分閬中置。』《通典》：『閬州閬中郡，隋巴西郡，唐改閬州。果州南充郡，隋并入巴西郡，唐分置果州，屬縣南充、西充。』《晉書·隱逸傳》：『桓温滅蜀，上疏薦之（譙秀）。朝廷以年在篤老，兼道遠，故不徵，敕所在四時存問。』

②【馮注】《蜀記》：『相如宅在市橋西，即文君當壚滌器處。』

箋評

【何曰】傷不遇也。相如有監門之薦，譙秀有元子之表，今不可得矣。（馮箋引）又曰：都會既空，岩壑亦寂，窮老失路，友朋闊絶，求一似人者以解寂寞而不可得，真欲下阮（按：疑作『阮』）途之泣也。（《輯評》）

【姚曰】空名在世，亦復何益！

【屈曰】言今日無其人也。

【程曰】巴蜀人物與相如可並稱者甚衆，義山獨取譙秀，專為其為桓温表薦，猶之長卿為狗監所薦，而傷今更無人薦己也。觀題中『望』字、『懷』字可見。

【馮曰】閬州屬縣南部、新政、新井，皆漢充國縣地。劍州之梓潼縣與梓州之為梓潼郡境相接也。此時義山之至成都，乃從詩中意逆得之，而徘徊於閬、果、劍、梓之間，跡更可據。若謂後在東川幕，使至西川，歸而致慨，則何必越境至此？且在幕尚有數年，情態豈可合哉？望長卿山不必泥看，即詩中酒壚之意。此章與後之《別嘉陵江水》互參，閬州必別有事在也。　又曰：言至梓潼時所望已虛，何更南行訪酒壚耶？及回至巴西，而意中所覓，亦惟一片寒蕪，僕僕往來，誠何謂哉？語澹而神味無窮，更當於蹤跡外領之也。　又曰：暗訴薦拔無人，往來失意，乃此段（指大中二年秋蜀遊）之關鍵也。（末條見《年譜》）

【紀曰】但如題一氣寫出，自饒深致，最老境不可及。廉衣曰：字句銜疊而下，集中此調極多，在彼寫來，自有拙趣，然效之則成枯窘矣。神到之作，惟《夜雨寄北》一章耳。（《詩説》）

【張曰】留滯荊門之後，又有巴蜀之遊也。巴蜀之遊，當是希望杜悰。《北禽》詩曰『杜宇』，點其姓也；《梓潼》詩曰『酒壚』，點其地也。其為杜悰無疑。惟此行雖意在於悰，而實未至成都，中道而回……杜悰與衛公交惡，為令狐一黨，當時號為『秃角犀』，甘食竊位，未嘗延接寒素，義山與之姻婭，自必素知其為人。其始也，窮途失意，急不暇擇，妄冀哀憐，追行至巴西而悔其計之左矣。故《梓潼望長卿山至巴西復懷譙秀》詩……言至梓潼而望已虛，至巴西而意全變，況至成都，彼其之子，固不能必其如桓温之薦譙秀也（杜悰由東川遷西川，玩詩意當是義山先至梓州，往謁而悰已離鎮矣，故更欲徑向成都，及巴西而始折回也。長卿為梁王上客，而已不能入蜀幕，故藉以喻意）。　又曰：梓潼，唐之劍州，屬東川。巴西，閬州也。蓋義山先赴東川謁杜悰，而梓已遷鎮，故又欲南向成都，及折回巴西，而有此詩。譙秀有元子之表，今則不可復得矣，故以寄慨也。（《會箋》）

【岑曰】果州由巴西分置，《為河東公復相國京兆公啟》：『今遣節度判官李商隱侍御往渝州及界首已來，備具餼牽，指揮館遞。』果州正由梓赴渝所必經，詩應此時之作。（張）《箋》三云：『巴西，閬州也，蓋義山先赴東川謁杜悰，而悰已還鎮，故又欲南向成都，及折回巴西而有此詩。』按詩題景況是由梓州向東南行，若謂商隱從湘至梓謁悰，則來時已經果州，其事勢適相逆。（張）《箋》又云：『玩詩意，當是義山先至梓州往謁，而悰已離鎮矣，故更欲徑向成都，及巴西而始折回也。』殊不知梓州今三台縣，西南為成都，東北為閬，由梓州赴成都而向東北，正無異南轅北轍。況既至閬州，取漢中還長安，非特通途，尤屬捷徑，胡為北旋之日，仍道荊襄，迂路數千，無乃勞費？作此設想者，直未曾揭開輿圖一閱矣……更有出乎情理外者，李回自西川責授湖南，東川杜悰徙代，（張）《箋》三謂與鄭亞貶循同是二年二月事，説極可信（參《舊紀》）。若然，則悰還鎮西川，商隱在桂時早於除書見之（此種除書，性質與清之邸鈔相類）何為越四、五月後猶向東川尋杜悰耶？

【按】解此詩關鍵，在確定題内『梓潼』『巴西』具體所指。張、岑二氏均以為梓潼指梓州（馮氏亦隱有此意），實則題與詩之『梓潼』均指劍州梓潼縣無疑，蓋長卿山（即神山）本在梓潼縣境而不在梓潼郡也。譙秀籍貫巴西，固指果州之西充，然此詩所謂巴西，則實指唐之綿州巴西郡巴西縣也。巴西縣在梓潼縣之西南，而成都又在巴西縣之西南。詩言行至梓潼縣望長卿山，而不見司馬相如其人，故更欲南行至成都，訪其遺跡也。乃行至巴西而懷想尋覓譙秀之遺蹤，而巴西亦唯一片寒蕪而已。言外見『南行問酒壚』亦大可不必。此蓋因行役道中訪古而興前不見古人與世無知音之慨。《獻河東公啟》云：『射江奧壤，潼水名都，俗擅繁華，地多材雋，指巴西則民皆譙秀，訪臨邛則客有相如。』詩意則反是，謂今並無其人矣，曰『不見』，曰『唯是有寒蕪』，似慨蜀地之無才，實傷己之不遇同調知音焉。據『寒蕪』字，詩當即大中五年冬赴東川幕道中作。蓋作者由秦入蜀，沿嘉陵江而至利州，於望喜驛別嘉陵江水後復西南行，越劍閣而至梓潼縣，再向西南，行至綿州巴西縣，乃順涪江而東南下至梓州。聯繫《利州江潭作》《望喜驛別嘉陵江水二絶》《張惡子廟》《梓潼望長卿山至巴西復懷譙秀》諸詩，旅途路線固極分明。如此解釋，『不見』『更欲南行』『行至巴西』之方向路線方能順理成章。如以『巴西』為閬州，為果州西充，則『更欲南行』而竟行至閬、果，直西轅而東轍也。以綿州巴西為譙秀之巴西，猶以虢之荊山為卞和泣玉之荊山，固不必拘。

武侯廟古柏①

蜀相階前柏，龍蛇捧閟宮②。陰成外江畔③，老向惠陵東④。大樹思馮異⑤，甘棠憶召公〔一〕⑥。葉凋湘燕雨⑦，枝拆海鵬風〔二〕⑧。玉壘經綸遠⑨，金刀歷數終⑩。誰將《出師表》⑪，一為問昭融⑫？

校記

〔一〕『召』，悟抄、影宋抄作『邵』，非。

〔二〕『拆』原作『折』，非。據蔣本、姜本、戊籤改。季抄一作『坼』，同『拆』。

集注

①【朱注】《成都記》：『武侯廟前有雙大柏，古峭可愛，人言諸葛手植。』杜甫詩：『丞相祠堂何處尋？錦官城外柏森森。』【馮注】《蜀志》：『丞相諸葛亮，謚忠武侯。』

②【朱注】杜甫《古柏行》：『先主武侯同閟宮。』【馮注】《詩》：『閟宮有侐。』段文昌《古柏文》：『武侯

祠前，柏壽千齡，盤根擁門，勢如龍形。」【補】閟，深閉。閟宮，指先主與武侯廟。捧，拱衛。

③【朱注】《方輿勝覽》：『水自渝上合州至綿州者，謂之内江；自渝上戎、瀘至蜀者，謂之外江。』【馮注】《寰宇記》：『汶江亦曰外江。』《史記·河渠書》：『蜀守冰穿二江成都之中。』《正義》引《括地志》云：『大江一名汶江，亦名外江，西南自温江縣界流來。郫江一名成都江，亦曰内江，西北自新繁縣界流來。』【按】内、外江所指不一。《嘉慶一統志》卷三八四：四川成都府郫江：『蓋自成都（府）而言，則郫為内江，沱、湔為外江；自成都一城而言，則流江（錦江）為内江，而郫又為外江。』此處似就成都一城而言，當指郫江。或統指汶江亦可。

④【朱注】《蜀志》：『昭烈帝葬惠陵。』【馮注】《寰宇記》：『東陵即蜀先主陵也，今有祠存，號曰東陵神。』陸游《跋古柏圖》：『予居成都七年，屢至漢昭烈惠陵，此柏在陵旁廟中，忠武侯室之南。』《成都記》：『先主廟西院即武侯廟。』【按】二句隱喻諸葛亮澤庇蜀人，忠於先主。

⑤【姚注】《後漢書·馮異傳》：『諸將並坐論功，異獨屏樹下，軍中呼為「大樹將軍」』。【李因培曰】擬人於其倫。【按】馮異，漢光武帝戰將，曾參與討滅王郎及其他武裝勢力，數有功。此謂見古柏而追思諸葛亮功高不伐之品德。

⑥【程注】《詩·國風》：『蔽芾甘棠，勿剪勿伐，召伯所茇。』【馮注】《詩序》：『甘棠，美召公也。』【馮舒曰】（二句）一句將，一句相。（何焯引，見《輯評》）【按】甘棠，木名，即棠梨。舊説《甘棠》詩係贊頌周初之召公奭，實則《詩經》中之召公與召伯係二人。《江漢》《召旻》二詩中之召公指召公奭，《黍苗》《崧高》中之召伯則指宣王時之召穆公虎。《甘棠》詩中之召伯即指召穆公虎。厲王時，民衆暴動，召穆公虎曾匿太子靖於其家，後扶立靖即位，即宣王。召伯曾巡行南國，宣揚文王之政，於甘棠樹下休憩決獄。後人念其遺愛，因賦《甘棠》。此以召伯喻諸葛亮，謂睹古柏而緬懷其治績與遺愛。上句指武功，此句指文治。

⑦【朱注】《湘中記》：『零陵有石燕，遇風雨則飛舞如燕，止則為石。』

⑧【程注】《莊子·逍遥遊》：『鵬之徙於南溟也，水擊三千里，摶扶摇而上者九萬里。』【馮注】拆，裂也，

開也。若作『折』，非勁柏矣。　【何曰】二句發『古』字偏壯麗。（《讀書記》）　【按】二句以古柏受風雨摧殘暗示諸葛亮所處時代環境之不利。

⑨【程注】《蜀都賦》：『包玉壘而為宇。』注：『玉壘，山名，湔水出焉，在成都西北。』　【朱注】《寰宇記》：『在茂州汶川縣北三里，汶水所經。』　【馮注】《華陽國志》：『玉壘山出璧玉，湔水所出。』　【按】玉壘山在今阿壩藏族自治州汶川縣境。此贊諸葛亮治蜀有宏遠規劃。

⑩【馮注】《漢書·王莽傳》：『「劉」之為字，卯金刀也。正月剛卯，金刀之利，皆不得行。』　【查慎行曰】（二句）即子美『運移漢祚終難復』一句意。　【補】《尚書·大禹謨》：『天之歷數在汝躬，汝終陟元后。』疏：『歷數謂天曆運之數，帝王易姓而興，故言歷數謂天道。』歷，通『曆』。曆數，天道，亦指朝代更替之次序。古以帝位相承之次第與天象運行之次第相應。此猶言漢朝氣運已終。

⑪【程注】《出師表》，諸葛亮作，《文選》撰此題。本傳但云『率諸軍北駐漢中，臨發上疏』云云。其第二表亮集所無，出張儼《默記》。　【馮曰】（程）説見《蜀志》本傳注。

⑫【道源注】昭融，天也。杜甫詩：『契合動昭融。』　【程注】《詩》：『昭明有融』。組織其字為『昭融』者，杜甫始也。　【李因培曰】結到武侯。

箋評

【劉克莊曰】義山《孔明廟》云：『玉壘經綸遠，金刀曆數終。』誠齋《徐孺子墓》云：『舊國已禾女，荒阡猶石翁。』比山谷『司馬寒如灰，禮樂卯金刀』之句尤精確。（《後村詩話續集》）

【方回曰】五六善用事，玉壘、金刀之偶尤工。（《瀛奎律髓》）

【胡應麟曰】義山用事之善者，如《題柏》『大樹思馮異，甘棠憶召公』，至『玉壘』『金刀』便入崑調。一篇之内，法戒俱存。世欲束晚唐高閣，患頂門欠隻眼耳，要皆吾益友也。（《詩藪》内編）

【何曰】意足。○湘燕、海鵬，陰、庾襯法。○後四句意極完密，重武侯耳，方抱轉得第三聯。若用字面鬬合，反成俗筆。○落句不能雙關，終是未到家處。（見《輯評》）

【姚曰】前八句詠古柏，末以武侯事感慨收之。

【屈曰】一段完題。二段因物懷人。三段以武侯之才而天心厭漢，終於三分，恨之之詞。

【馮曰】義山此時至成都，雖無明據，然後之《籌筆驛》云：『他年錦里經祠廟，《梁父吟》成恨有餘。』以意追考，當在此時（指大中三年自巴蜀返京前）也。故為酌編。

【紀曰】蒙泉曰：五六句一鎖，轉處生慨。○五六句乃一篇眼目，不但以用事工細賞之。湘燕、海鵬字無着落，此種是崑體可厭之處。○有謂『金刀』句太纖者，不為無見，然在崑體尚不妨，但不得刻意學此種。（《詩説》）又曰：風格老重，五六尤警切。惟『湘燕雨』『海鵬風』事外添出，毫無取義，崑體之可厭在此等。（《瀛奎律髓刊誤》）

【張曰】因武侯而借慨贊皇也。『大樹』二句，一篇主意。贊皇始終武宗一朝，後遭貶黜，故曰『陰成外江畔，老向惠陵東』也。『葉凋』句指李回湖南，『枝拆』句指鄭亞桂海，二人皆義山故主，又皆受衛公恩遇，同時遠竄，故特言之。『玉壘』句暗指衛公維州之事。『金刀』句言其相業煙消，亦以見天之不祚武宗也。結則搔首彼蒼之意。此為義山是冬（指大中五年冬）赴西川推獄時所賦。若大中二年蜀遊，僅及巴閬，未嘗至成都也。（《會箋》）

【按】作年當依張箋繫大中五年。詩因柏及人，緬懷諸葛亮治蜀之功績與經綸規劃之遠略，頌揚其忠於先主、功高不伐之品德，並為其遭逢末世、志業不成深致痛惜。晚唐政治腐敗，危機深重，統治集團中雖偶有富於才略之士，亦因客觀環境限制而難以有所作為。義山《詠史》云：『運去不逢青海馬。』此則更進一步，謂運去即逢青海馬亦無濟於事。詠懷古跡之中，融有現實感慨。張氏謂藉慨贊皇，雖未必然，然聯繫當時現實政治，不難發現懷古中確含慨今之意。德裕曾任西川節度，有治績。《新書》本傳云：『蜀自南詔入寇，敗杜元穎，而郭釗代之，病不能事，民失職，無聊生。德裕至，則完殘奮怯，皆有條次。……建籌邊樓，按南道山川險要與蠻相入者圖之左，西道與吐蕃接者圖之右。其部落衆寡，饋餫遠邇，曲折咸具。乃召習邊事者與之指畫商訂，凡虜之情偽盡知之。……率户二百取一人，使習戰，貸勿事，緩則農，急則戰，謂之「雄邊子弟」。……築杖義城，以制大度、青溪關之阻；作禦侮城，以控榮經犄角勢；作柔遠城，以阨西山吐蕃；復邛崍關，徙嶲州治臺登，以奪蠻險。……蜀人多鬻女為人妾，德裕為著科約，……及期則歸之父母。毀屬下浮屠私廬數千，以地予農。……蜀風大變。於是二邊寖懼，南詔請還所俘掠四千人，吐蕃維州將悉怛謀以城降。……德裕既得之，即發兵以守，且陳出師之利。僧孺居中沮其功，命返悉怛謀於虜。』凡此，與所謂『陰成外江畔』『玉壘經綸遠』者均極相合。玉壘山即在維茂一帶，德裕追論悉怛謀之事，有『可減八處鎮兵，坐收千餘里舊地，……有莫大之利，為恢復之機』等語，與『玉壘經綸遠』之句若合符節。諸葛亮治蜀，行事與玉壘山似無直接牽涉，此處特標『玉壘』，頗似有意透露蛛絲馬跡，以明詩之非單純詠古。『湘燕』『海鵬』二語，如純詠武侯，直無所取義，而以藉慨李回、鄭亞之摧折於湘中海上解之，則又豁然貫通。故詩雖未必即以武侯喻德裕，然追慨武侯之中寓有現實政治感受則無疑。

五言述德抒情詩一首四十韻獻上杜七兄僕射相公①

帝作黄金闕②，仙開白玉京③。有人扶太極④，維嶽降元精〔一〕⑤。耿賈官勳大⑥，荀陳地望清⑦。旂常懸祖德⑧，甲令著嘉聲⑨。經出宣尼壁⑩，書留晏子楹⑪。武鄉傳陣法⑫，踐土主文盟⑬。

自昔流王澤⑭，由來仗國禎〔二〕⑮。九河分合沓〔三〕⑯，一柱忽峥嶸⑰。得主勞三顧⑱，驚人肯再鳴⑲。碧虛天共轉，黃道日同行⑳。後飲曹參酒㉑，先和傅説羹㉒。即時賢路闢㉓，此夜太階平㉔。願保無疆福㉕，將圖不朽名㉖。率身期濟世〔四〕，叩額慮興兵㉗。感念崤尸露㉘，咨嗟趙卒坑㉙。儻令安隱忍〔五〕㉚，何以贊貞明〔六〕㉛？惡草雖當路㉜，寒松實挺生。人言真可畏㉝，公意本無争㉞。

故事留臺閣㉟，前驅且旆旌㊱。芙蓉王儉府㊲，楊柳亞夫營㊳。清嘯頻疏俗〔七〕㊴，高談屢析酲㊵。過庭多令子㊶，乞墅有名甥㊷。南詔應聞命，西山莫敢驚㊸。寄辭收的博㊹，端坐掃攙槍㊺。雅宴初無倦㊻，長歌底有情！檻危春水暖，樓迥雪峰晴㊼。移席牽緗蔓〔八〕㊽，迴橈撲絳英。誰知杜武庫㊾？只見謝宣城㊿。有客趨高義[51]，於今滯下卿[52]。登門慚後至[53]，置驛恐虚迎[54]。自是依劉表[55]，安能比老彭[56]？雕龍心已切[57]，畫虎意何成[58]！豈省曾黔突〔九〕[59]？徒勞不倚衡[60]。乘時乖巧宦[61]，占象合艱貞[62]。廢忘淹中學〔一〇〕[63]，遲迴谷口耕[64]。悼傷潘岳重[65]，樹立馬遷輕[66]。隴首悲丹觜[67]，湘蘭怨紫莖[68]。歸期過舊歲[69]，旅夢繞殘更。弱植叨華族[70]，衰門倚外兄[71]。欲陳勞者曲[72]，未唱淚先横。

校記

〔一〕『元』原作『玄』，影宋抄作『光』，皆非。據蔣本、姜本、戊籤、悟抄、席本、朱本改。

〔二〕『禎』，戊籤、朱本作『楨』。

〔三〕『分』，舊本皆同。【馮曰】必誤，今以意改定。（按：馮改作『方』）

〔四〕『期』原作『斯』，非，據蔣本、姜本、戊籤、悟抄、席本、錢本、影宋抄、朱本改。

〔五〕『令』，蔣本作『今』，非。

〔六〕「貞」，錢本、影宋抄作「真」，非。
〔七〕「嘯」，戊籤作「瘦」，非。
〔八〕「緗」原作「湘」，據蔣本、席本、朱本改。
〔九〕「省」，季抄、朱本作「有」。〔一〇〕「忘」，戊籤作「弃」。

集注

①【朱注】《舊唐書》：「杜悰字永裕，式方子，尚憲宗女岐陽公主。會昌四年七月，拜中書侍郎同中書門下平章事，尋加左僕射。」　【程曰】題中稱「七兄」，詩中有「裒門倚外兄」句，義山與杜當為中表之戚也。　【馮注】《舊新書·傳》：「杜悰……會昌中，由淮南節度入拜中書侍郎同平章事。劉稹平，進左僕射。未幾，出為東川節度使，徙西川，復鎮淮南，罷為東都分司。踰歲起為留守，復節度西川，召為右僕射。進同平章事。初加司空，繼加司徒，後加太傅，封邠國公。」按：二書《悰傳》，年月皆不細。考《宰相表》，悰由淮南入相，在會昌四年閏七月；罷相在五年五月。其移鎮西川，則在大中二年二月，見《通鑑考異》中。三年十月，始奏取維州。又《舊書·紀》及《白敏中傳》，李回於大中元年八月節度西川，二年正月左遷湖南觀察；敏中於五年出鎮邠寧，七年移西川節度。然則悰洵於二年二月由東川移西川，而七年始移淮南。故柳仲郢六年鎮東川，其子柳珪被悰辟聘也。悰之再鎮西川，則在大中十一二年間，仲郢已罷梓府矣。又考薛逢有《送西川杜司空赴鎮》詩，是大中末由東都留守復鎮西川時也。又有《送司徒相公赴闕》詩，是懿宗咸通二年二月又從西川入相時也。悰由留守加司空，再鎮成都加司徒，其加太傅，封邠國，則在咸通再相之時，故此題只稱「僕射相公」也。合而訂之，凡《舊書·傳》止一書鎮西川，不書再鎮，又不書復移鎮淮南，而《舊紀》與《通鑑》書敏中於大中六年四月調西川。朱氏譜此詩於大中末再

鎮西川之時，徐箋文集謂柳珪之辟在仲郢咸通初鎮興元時事，一一皆誤也。又按：文集《獻相國京兆公啟》，余初誤為杜悰，而以詩中『早歲乖投刺』為疑，今知啟乃上韋琮也。此二篇余初誤為大中二年義山蜀遊時作，時未悼亡，故於『悼傷』誤引《懷舊賦》戴侯、楊君以比王茂元之卒，後從《成都文類》得為《河東公上西川相國京兆公書》，知義山有奉使西川決獄一事，而此箋乃能改定。其曰『有客』四句，是以隣封使客，驛路相迎，灼然明白矣。悰於七年移淮南，義山六年冬抵東川，當即赴西川，而來春返梓也。【張曰】（悰）由西川復鎮淮南，亦不詳何時。檢《舊紀》，是年（六年）秋七月丙辰書：『前淮南節度使李珏卒，贈司空。』則悰之遷鎮，蓋代李珏，其在是年無疑。《新書·宰相表》是年又書：『四月甲辰，白敏中檢校司徒平章事西川節度使。』是敏中又代悰鎮西川也。《補編·為河東公復相國京兆公第一啟》云：『今月某日，已遣某職鮮于位奉啟狀謁賀新寵。伏承決取峽路，東指廣陵。』第二啟云：『今月某日，潘押衙侍御至，伏承仁恩，榮賜手筆數幅，伏承鳳詔已頒，鷁舟期艤。日臨端午，路止半千……』敏中既於四月除西川，則悰之離鎮在五月端節明矣。惟李珏之卒，《紀》在七月，與《啟》不符，而《舊書·珏傳》又則謂『大中七年卒於淮南』也，豈悰之除鎮淮南為七年事耶？不然，則《紀》文之七月必誤也。且不但李珏，即白敏中節度西川，《舊傳》亦書七年也。然考《新書·敏中傳》：『宣宗立，以兵部侍郎同平章事，凡五年十三遷。會党項數寇邊，敏中以司空平章事，兼邠寧節度招撫制置使，踰年檢校司徒徙劍南西川。』敏中招討党項在大中五年三月，其兼邠寧在五月，至八月平夏、南山党項悉平，見《新舊》兩《紀》。玩《傳》中『踰年』字，則節度西川，必不能遲至七年。《傳》又云：『治蜀五年有勞，加兼太子太師，徙荊南。』《舊書·傳》則云：『十一年二月檢校司徒平章事江陵尹、荊南節度使。』檢《宰相表》：『十一年二月，魏謩出為西川節度使，代敏中。』以敏中治蜀五年數之，是出鎮正在是年，故通鑑書於大中六年，與《宰相表》合也。至李珏卒於淮南年月，《新書·珏傳》雖云：『以吏部尚書召，俄檢校尚書右僕射淮南節度使，卒於鎮，贈司空，謚曰貞穆』，而不詳何時。余考《樊川集》有《册贈李珏司空制》，書，『大中六年五月十六日壬午，皇帝若曰：咨爾淮南節度使李珏……』云云，則珏洵於六年春夏之交卒矣。史册歧誤，得此補遺，殊為快事，今故剖其異同而載之……又案《唐會要·祥瑞門》載：

『大中六年九月二日，淮南節度使杜悰奏：海陵、高郵兩縣百姓，於官河洒得聖米』云云，此尤為悰是年移鎮之確據。《馮譜》誤列七年，因之又取義山赴蜀及西川推獄，皆列諸六年，仍沿《舊紀》駁文。【按】張箋是。詩作於大中六年初春，商隱差赴成都推獄時。商隱大中五年十二月十八離梓州，約二十二、三日抵成都。二十四日有《獻相國京兆公啟》一上西川節度使杜悰。此詩係大中六年正月二日所上。

②【朱注】《漢·郊祀志》：『三神山在海中，黄金銀為宮闕。』《神異經》：『西北荒中有二金闕，高百丈；中有金階西北入兩闕中，名天門。』【程注】《五星經》：『天上有白玉京、黄金闕。』【馮注】《周禮》：『正月之吉，懸法于象魏。』鄭司農云：『象魏，闕也。』《史記·高祖紀》：『蕭丞相營未央宮，立東闕、北闕。』按：宮闕習言金闕。

③【馮注】《魏書·釋老志》：『道家言上處玉京，為神王之宗；下在紫微，為飛仙之主。』《度人經》：『元始天尊在大羅天上玉京山中。』

④【程注】《易繫辭》：『易有太極，是生兩儀。』

⑤【程注】《詩·大雅》：『維嶽降神，生甫及申。』【朱注】《（後）漢·郎顗傳》：『元精所生，王之佐臣。』【按】元精，天地之精氣。

⑥【朱注】《後漢書》：『耿弇封好畤侯，賈復封膠東侯，並圖像南宮雲臺。』【程注】李白詩：『蕭曹安峴屼，耿賈掃欃槍。』

⑦【馮注】《後漢書》：『荀淑，潁川潁陰人，當世名賢皆宗師之，出補朗陵侯相。陳寔，潁川許人，天下服其德，除太丘長，後累徵命不起。』按：《寰宇記》：『潁川郡八姓，陳、荀首之。』【朱注】《世説》：『正始中人士比論，以五荀方五陳。』

⑧【馮注】《書·君牙》：『乃祖乃父，世篤忠貞，服勞王家。厥有成績，紀于太常。』周禮：『春官之屬，司常掌九旗之物名，日月為常，交龍為旂。』《舊書·傳》：『杜佑相德、順、憲三宗，封岐國公，撰《通典》二百

象天明也。」

卷。」【補】旂，古時旗幟之一種。《周禮·春官·司常》：「交龍為旂。」《爾雅·釋天》：「有鈴曰旂。」《詩·周頌·載見》：「龍旂陽陽，和鈴未央。」常，古旗幟名。《周禮·春官·司常》：「王建太常。」鄭玄注：「王畫日月，

⑨【馮注】《漢書·吴芮傳》：「為長沙王，薨。高祖賢之，制詔御史：『長沙王忠，其（定）著令。』」贊曰：「吴芮之起，不失正道……著于甲令，而稱忠也。」」蔡邕《郭有道碑文》：「聆嘉聲而響和。」賈誼《新書》：「天子之言曰令，令甲令乙是也。」【朱注】《漢紀注》：「令有先後，故有令甲、令乙、令丙。」

⑩注見前《送劉五經》。

⑪【馮注】《晏子春秋》：「晏子將死，鑿楹納書，謂妻曰：『楹語也，子壯而視之。』及壯，發書，書之言曰：『布帛不可窮，窮不可飾；牛馬不可窮，窮不可服；士不可窮，窮不可任；國不可窮，窮不可竊也。』」按：「竊」字似誤。《舊書·傳》：「式方明練鍾律，有所考定。家財鉅萬，別墅為城南之最。與時賢遊，樂而有節。累官至桂管觀察。」以上謂其承祖父家學。【按】下二句亦謂受其先人之傳，而富有文才武略。

⑫【朱注】《蜀志》：「建興三年，封諸葛亮為武鄉侯，亮推演兵法，作《八陣圖》。」【馮注】《十道記》：「武鄉谷在南鄭縣，孔明受封之地。」

⑬【朱注】《通志》：「滎澤縣故城西北有踐土臺，即晉文公盟諸侯處。」【馮注】（事）見《春秋》僖二十八年。

以上為第一段。贊杜悰之家世出身與家學淵源。

⑭【程注】班固《兩都賦序》：「成康没而頌聲寢，王澤竭而《詩》不作。」

⑮【馮注】《詩》：「王國克生，維周之楨。」【程注】任昉詩：「平生禮數絶，式瞻在國楨。」【補】江淹《王儉為左僕射詔》：「門下端貳樞祕，實維國禎。」用僕射典，正切合杜悰為僕射。當作「國禎」，國之禎祥也。

⑯【朱注】《書傳》：「河水分為九道，在兖州界平原以北是。」【程注】王褒賦：「薄索合沓，罔象相求。」

⑰【朱注】一柱，砥柱也。　【馮注】《禹貢注》：『底柱石在大河中流，其形如柱，今陝州三門山是也。』【程注】張祜詩：『一柱鎮乾坤』。

⑱【程注】《蜀志·諸葛亮傳》：『先帝不以臣卑鄙，猥自枉屈，三顧臣於草廬之中。』

⑲【補】《史記·滑稽·淳于髡傳》：『此鳥不鳴則已，一鳴驚人。』　【何曰】會昌四年七月，杜悰自淮南節度使入為同平章事。帝以其不肯選揚州倡女，得大臣體也。一鳴驚人，蓋指此事。（《讀書記》）　【馮注】《新書·傳》：『會昌初，悰節度淮南，武宗詔揚州監軍取倡家女進禁中，監軍請悰同選，又欲閱良家有姿相者，悰皆不從。帝以悰有大臣體，乃罷所進伎，有意倚悰為相。踰年召為平章。』

⑳【朱注】《漢書·天文志》：『日有中道。中道者，黃道，一曰光道。』《晉書·志》：『黃道，日之所行也，半在赤道外，半在赤道內。』　【程注】楊巨源詩：『天門在碧虛。』沈佺期詩：『池開天漢分黃道。』　【何曰】此二句言唯知有君，不知有所附麗也。（《輯評》）

㉑【程注】《史記·曹相國世家》：『參代何為相國，舉事無所變更，一遵何約束，日夜飲醇酒。卿大夫以下吏及賓客見參不事事，來者皆欲有言，參輒飲以醇酒。』

㉒【姚注】《書·説命》：『若作和羹，爾惟鹽梅。』　【馮曰】悰自淮南入為尚書僕射，領鹽鐵轉運使，尋為相，仍判度支事，故有『後』『先』二語。《傳》《表》小疎，此可正之。　【何曰】（二句）如此使事，西崑所未窺。即伏下争澤潞窮兵事，言不為蕭曹之畫一，而為鹽梅之相濟也。此長律中提挈，細讀乃知之。（《讀書記》）

㉓【程注】董仲舒《詣公孫弘記室書》：『大開蕭相國求賢之路，廣選舉之門。』

㉔【馮注】《漢書·注》：『黃帝《泰階六符經》曰：「三階平則陰陽和，風雨時，社稷神祇咸獲其宜，天下大安，是為太平。」』餘詳《送李千牛》。

㉕【程注】《詩·大雅》：『受福無疆。』　【程注】庾信《華林園馬射賦序》：『玉衡正而泰階平。』

㉖【程注】《左傳》：『穆叔曰：「太上有立德，其次有立功，其次有立言，雖久不廢，此之謂不朽。」』

㉗【程注】《易》：『蹇之時用大矣哉！』《疏》：『能於蹇難之時立其功用以濟世者，非小人之所能也。』杜甫詩：『濟世宜公等，安貧亦士常。』【何曰】時方討澤潞，劉稹將郭誼殺稹以降。李德裕以為稹阻兵拒命，皆誼為謀主；力屈，又賣稹以求賞，不誅，何以懲惡？帝然之，詔石雄將七千人入潞州誅誼。杜悰以饋運不給，謂誼等可赦，帝熟視不應。此所謂『叩額慮興兵』也。（《讀書記》）

㉘【程注】《左傳》：『秦伯伐晉，濟河焚舟，晉人不出，遂自茅津濟，封殽屍而還。』【馮注】《左傳》：『晉敗秦師於殽。』

㉙【馮注】《史記》：『秦武安君白起大破趙於長平，坑降卒四十餘萬。』

㉚【程注】《宋書·王僧達傳》：『猶欲隱忍，法為情屈。』

㉛【程注】《易》：『日月之道，貞明者也。』沈炯《勸進梁元帝表》：『日月貞明，太陽不可以闕照。』

㉜【馮注】《左傳》：『為國家者，見惡如農夫之務去草焉。』

㉝【馮注】《詩》：『人之多言，亦可畏也。』

㉞【錢龍惕箋】《舊唐書》：『大中三年九月，西川節度使杜悰收復維州。維州，古西戎地，南界江陽，岷山連嶺而西，不知其極。北望隴山，積雪如玉；東望成都，如在井底。其州在岷山之孤峰，三面臨江。天寶後，河隴繼陷，惟此州在焉。吐蕃利其險要。二十年間，設計得之，遂據其城，號曰無憂城。先是李德裕鎮西川，吐蕃首領悉怛謀以城來降，德裕奏之。執政者與德裕不協，遽勒還其城，至是收復之，亦不因兵刃，乃人情所歸也。』按維州之争，事在太和五年。會昌中，德裕復相，嘗追論之，悉怛謀已贈官矣。大中繼立，僧孺黨白敏中、令狐綯等共排德裕，逐之，時悰有收復維州之功，當非執政所喜，故詩云『惡草雖當路，寒松實挺生。人言真可畏，公意本無争。』惡草指敏中諸人也。悉怛謀之勒歸也，吐蕃戮之漢界之上，三百餘人寃叫呼天。擲其嬰孩，承以槍槊，此實以僧孺鈎黨殺降，故詩云『感激殽屍露，咨嗟趙卒坑。倘令安隱忍，何以贊貞明』也。（朱鶴齡引。按：此處所引與錢氏《玉谿生詩箋》頗有出入。詳箋評所録錢箋）【何曰】（會昌）五年五月，悰遂罷相，出為劍南東川節度使，後從

西川，事詳《通鑑》及《唐書本傳》。『惡草』似謂贊皇門下諸人。錢龍惕誤以『殺戾』『趙卒』之語指大和中不受維州之降，戮悉怛謀於界上，以悰為西川節度使，收復維州，當非執政所喜，非也。悰本牛黨，時執政為白敏中、馬植、魏扶，皆與悰善。廟堂之上方以收復河湟請上尊號，何人言之可畏哉！『寄辭收的博』一聯乃指悰收復維州事。（《讀書記》） 又批『惡草』二句：此是公論，非黨贊皇也。（《輯評》） 【馮注】此段暗伏罷相之由。按《唐書》《通鑑》：『昭義叛時，破科斗寨，焚掠小寨一十七，明年正月，楊弁又亂，朝議鼎沸，言宜罷兵。七月悰為相。八月郭誼殺劉稹。李德裕言宜並誅誼等，悰以饋運不繼，誼等可赦。帝專倚德裕，故不聽。既斬誼等，又悉誅昭義將士之同惡者，死者甚衆。盧鈞疑其枉濫，奏請寬之，亦不聽。王元逵殺昭義屬城二十餘人，衆懼，復閉城自守。』蓋當時皆以殺降為非。潞之役，惟李衛公一心佐理，此外皆異議之人也。『叩額慮興兵』，正指饋運不繼，懼更激亂。『殺戾』句指官軍之被焚殺者，『趙卒坑』指殺諸降人，皆實切晉地。『惡草』指李衛公。《舊書・畢諴傳》云：『武宗朝，李德裕專政，出杜悰節度東蜀。悰之故吏莫敢餞送問訊，惟諴無所顧忌，德裕怒之。』固已明書其事。可與本傳互參矣。下首『慷慨資元老』數聯與此同意。又曰：『惡草雖當路』乃實斥衛公者，以投贈之故，冀聳尊聽，不惜違心而弄舌耳。 【按】馮注是。『咨嗟趙卒坑』，指摘潞州殺降，若論德裕等當日之處置，確有枉濫處，然商隱之動機，則在於阿奉杜悰，『違心弄舌』之評，不為太過。

以上為第二段。頌揚杜悰為國之禎祥，政績昭著，品質正直。

㉟【朱注】《蜀志》：『陳壽與荀勗等定故蜀丞相諸葛亮故事二十四篇以進。』 【馮注】《後漢書・左雄傳》：『雄多所匡肅，章表奏議，臺閣以為故事。』《新書・藝文志・故事類》有《杜悰事跡》一卷。

㊱【程注】《詩・國風》：『伯也執殳，為王前驅。』 【何曰】以下叙西川節度。（《輯評》）

㊲屢見。

㊳【馮注】《漢書・周亞夫傳》：『文帝後六年，亞夫為將軍，軍細柳。文帝勞軍，按轡徐行，至中營，亞夫揖曰：「介冑之士不拜，請以軍禮見。」天子為動，改容式車。』

㊴【馮注】《異苑》：『氣激於喉中而濁謂之言，激於舌端而清謂之嘯。嘯之清可以感鬼神，致不死。出其言善，千里應之；出其嘯清，萬靈授職。』《漢書·揚雄傳》：『遐方疎俗。』按：此疎俗是袪俗之意。【程注】《世說》：『劉越石為胡騎所困，城中窘迫無計。劉始夕乘月登樓清嘯，賊聞之皆悽然長嘆。』

㊵【程注】《後漢書·馮衍傳》：『申眉高談，無媿天下。』【朱注】《風賦》：『清清泠泠，愈病析酲。』【補】《詩·小雅·節南山》：『憂心如酲。』《毛傳》：『病酒曰酲。』

㊶【朱注】《唐書》：『悰子裔休、述休、孺休。』

㊷【朱注】《晉書》：『謝安與玄圍碁賭別墅，玄懼不勝，安顧甥羊曇曰：「以乞汝。」』《廣韻》：『乞，與人物也。』

㊸南詔、西山均見《前送從翁從東川弘農尚書幕》注。

㊹【朱注】《唐書》：『韋臯命將（分）出西山、靈關，破峨和、通鶴、定廉城，踰的博嶺，遂圍維州。』杜甫詩：『已收的博雲間戍。』

㊺【錢龍惕箋】李衛公奏維州事曰：『此地内附，可減八處鎮兵，坐收千里舊地，臣見莫大之利，乃為恢復之基。況臣未嘗用兵攻取，自感化來降。』悰之收維州，可比衛公也。【馮注】攙槍，見《送千牛李將軍赴闕五十韻》。《舊書·李德裕、杜悰傳》：『太和五年，吐蕃維州守將悉怛謀以城降……德裕發兵鎮守，因陳出攻之利害。牛僧孺與德裕不協，乃詔德裕勒還其城。悉怛謀一部之人，贊普皆加虐刑。至大中時，悰鎮西川，復收之，亦不因兵刃，乃人情所歸也。』按：此事大可鋪張，第以既痛詆衛公，不得不輕約其詞，實詩人之紕繆也。

㊻【馮注】《（杜悰）傳》云：『悰每荒湎宴適而已。』【程注】陸機詩：『有集惟髦，芳風雅宴。』

㊼【馮注】時令是初春。

㊽【馮注】《說文》：『緗，帛淺黄色也。絳，大赤也。』

㊾【朱注】王隱《晉書》：『杜預為（度支）尚書，損益萬幾，不可勝數，（朝野稱美），號曰杜武庫，言其無所

不有。』【何曰】收『南詔』『西山』。（《輯評》）

㊿【朱注】《齊書》：『謝脁轉中書郎，出為宣城太守。』【馮注】二句謂蘊抱難窺，而風流易挹，兼寓不得在朝而出為外鎮也。以上述德，以下抒情。【何曰】收『雅宴』『長歌』。（《輯評》）【程注】杜甫詩：『詩接謝宣城。』

以上為第三段。頌揚杜悰出鎮西川，收復維州，詩酒宴樂。

(51)【朱曰】以下自序。

(52)【程注】《禮記》：『小國之上卿，位當大國之下卿。』【馮注】春秋時，列國有上卿、下卿。《左傳》：『王以上卿之禮饗管仲，管仲辭曰：「臣，賤有司也，陪臣敢辭。」受下卿之禮而還。』故以比己為幕僚。

(53)【馮注】《後漢書》：『李膺獨持風裁，士有被其容接者，號曰「登龍門」。』

(54)置驛，用漢鄭當時置驛馬請謝賓客事，屢見。

(55)【姚注】《魏志》：『王粲，字仲宣，山陽高平人。獻帝西遷，徙居長安。後之荆州，依劉表。』

(56)【馮注】錢曰：『是何言歟？』按：孔子事古人習用不避。【補】《論語·述而》：『子曰：「述而不作，信而好古，竊比於我老彭。」』

(57)【朱注】《史記》：『談天衍，雕龍奭。』注：『騶奭修衍之文飾，若雕鏤龍文，故曰「雕龍」。』《北史》：『魏劉勰撰《文心雕龍》。』

(58)【馮注】《後漢書》：『馬援《誡兄子書》：『效季良不得，陷為天下輕薄子，所謂畫虎不成反類狗者也。』

(59)【朱注】《韓子》：『墨突不得黔。』突，竈突，囱也。黔，黑也。【馮注】《文子》：『墨子無黔突，孔子無煖席。』班固《答賓戲》：『孔席不暖，墨席不黔。』《文選注》引《文子》也。而《淮南子·修務篇》：『孔子無黔突，墨子無煖席。』《新論》亦云：『仲尼栖栖，突不暇黔。』則皆可互言之也。今聚珍版《文子纘義》：『孔子無黔突，墨子無煖席。』

⑥⓪【程注】《漢書·袁盎傳》：『千金之子不垂堂，百金之子不騎衡。』如淳注：『騎，倚也。衡，樓殿邊欄楯也。』【馮注】師古曰：『騎，謂跨之耳，非倚也。』按：騎衡喻在幕遇憂危，『不』字活看，非用《論語》也。《水經注》引之，作『立不倚衡』。【按】曰『徒勞』，句意似謂雖謹守戒而無濟於事。

⑥①【程注】《史記·汲黯傳》：『黯姑姊子司馬安文深巧善宦，官四至九卿。』潘岳《閒情賦序》：『岳讀《汲黯傳》，至司馬安四至九卿，良史題以巧宦之目，未嘗不廢書而歎也。』【馮注】《漢書》無『姑』字，他書引之，多止作『姊子』。《御覽》引《史記》曰：『司馬安是其姊長子。』安得古本《史記》校定之歟？

⑥②【朱注】占象，言占《易》象。【程注】《易·明夷》：『利艱貞。』【補】《易·泰》：『艱貞，無咎。』艱貞，謂在艱危時堅貞不移。

⑥③【朱注】《昭明集序》：『淹中、稷下之生，金馬、石渠之士。』【馮注】弃，古『棄』字。《爾雅》：『棄，忘也。』按：以音節當作『弃』。《史記正義》：『《七録》云：「《古儀禮》出魯淹中。」』淹中，里名。〔按〕廢忘，即廢棄。

⑥④【馮注】《漢書·傳》：『谷口鄭子真修身自保。揚雄論曰：「鄭子真不詘其志，耕於巖石之下，名震於京師，豈其卿，豈其卿！」』《溝洫志注》：『谷口在今雲陽縣。』

⑥⑤【朱注】岳有《悼亡詩》。

⑥⑥【朱注】《漢書·司馬遷傳》：『特以為智窮罪極，不能自免，卒就死耳。何則？素所樹立使然。人固有一死，或重於泰山，或輕於鴻毛。』【程注】《左傳》：『子産如陳，歸告大夫曰：「其君弱植。」』疏：『君志弱不樹立也。』

⑥⑦【朱注】禰衡《鸚鵡賦》：『命虞人於隴坻。』又曰：『紺趾丹觜，緑衣翠衿。』

⑥⑧【朱注】《楚詞》：『秋蘭兮青青，緑葉兮紫莖。』【馮曰】此謂懷才感遇之慨。【何曰】感嘆令狐，意在言外。（《輯評》）

(69)【馮曰】上云春水雪峰，合之此句，蓋冬抵西蜀，而遂至度歲矣。

(70)【程注】《晉書》：『王遐少以華族，仕至光祿卿。』

(71)【朱注】《白帖》：『舅之子為內兄弟，姑之子為外兄弟。』【程注】《南史·謝瞻傳》：『還彭城，言於武帝曰：「臣父祖不過二千石。弟晦，位任顯密，福過災生，特乞降黜，以保衰門。」』【馮注】《儀禮》：『姑之子。』注曰：『外兄弟也。』按：李翺所撰《鄭州李則墓誌》云：『府君次女壻杜式方。』外兄之稱，似因是矣。《舊書》本傳：『祖俌。』非則也，其為從祖歟？

(72)【朱注】《文選》謝混詩：『信此勞者歌。』善曰：《韓詩序》：『《伐木》廢，朋友之道缺。勞者歌其事，詩人伐木，自苦其事，故以為文。』

箋評

【楊萬里曰】褒頌功德五言長韻律詩，最要典雅重大，如……李義山云：『帝作黃金闕，天開白玉京。有人扶太極，是夕降玄精。』（魏慶之《詩人玉屑》卷十二引）

【錢龍惕曰】『率身』十二句箋：《舊書》：會昌中，杜悰拜中書侍郎、同中書門下平章事，尋加左僕射。大中初，出鎮西川，降先沒吐蕃維州，州即古西戎地也。其地南界江陽，岷山連嶺而西，不知其極。北望隴山，積雪如玉；東望成都，如在井底。地接石紐山，夏禹生于石紐山是也。其州在岷山之孤峰，三面臨江。天寶後河、隴繼陷，惟此州在焉。吐蕃利其險要，二十年間，設計得之，遂據其城，因號曰『無憂城』。吐蕃由是不憂邛、蜀之兵。先是，李德裕鎮西川，維州吐蕃首領悉怛謀以城來降。德裕奏之，執政者與德裕不協，遽勒還其城。至是收復之，亦不因兵刃，乃人情所歸也。按維州之事，在文宗大和五年，牛僧孺當國，害德裕之功也。會昌中，德裕復相，嘗追論之，悉怛謀已贈官矣。大中繼立，僧孺黨白敏中、令狐綯等共排德裕，逐之。此時而悰又有收復維州之功，當非執政所喜，故云『惡草雖當路，寒松實挺生。人言真可畏，公意本無争』，惡草，指敏中諸人也。悉怛謀之勒歸也，吐蕃戮之漢界之上三百餘人，冤叫呼天。擲其嬰孩，承以槍槊。此實僧孺以鈎黨殺降，故詩云『感念殺屍露，咨嗟趙卒坑。儻令安隱忍，何以贊貞明』也。○『南詔』四句箋：李衛公《奏維州事》曰：『此地内附，可減八處鎮兵，坐收千里舊地。臣見莫大之利，乃為恢復之基。況臣未嘗用兵攻取，彼自感化來降。』悰之收維州，可比衛公也。（《玉谿生詩箋》）

【朱曰】此詩乃杜悰再鎮西川，義山居東川幕府所上，言外有覬其薦達之意。

【朱彝尊曰】杜必義山表兄，故曰七兄。○投獻之作，極難新警，況所獻者又係極尊貴之人，尤難下筆，勿疑其平易也。

【田曰】清警飄宕，藴味有餘，真堪希蹤老杜。（馮箋引）

【姚曰】首四句叙其降生。『耿賈』四句，叙其門地。『經出』四句，叙其學問。『自昔』四句，叙其柄用。『得主』四句，叙其得君。『後飲』四句，叙其相業。『願保』下八句，叙復維州事。『惡草』四句，叙朝局。『故事』四句，叙出鎮。『清嘯』四句，風度之佳。『南詔』四句，彈壓之遠。『雅宴』四句，文酒之樂。『移席』四句，以杜武庫、謝宣城總束，見其文武兼資也。『有客』以下，自叙流落不偶，而望其提攜。結語黯然，有言外之意。

【屈曰】一段杜之家世，二段杜之遇合，三段杜之才略功名，四段自述。

【程曰】……詩中『感念殺屍露』八句，錢箋得其情事矣。朱論為杜悰再鎮西川之時，亦是。蓋『故事留臺閣，前驅且旆旌』二語是明驗也。但以為義山居東川幕府所上則誤。詩中有『隴鳥悲丹觜，湘蘭怨紫莖』二語，乃自言成紀之望族，如江潭之逐客，乃為鄭亞桂管幕府時作也。謂在東川，本文無證。至若『寄辭收的博，端坐掃攙槍』二語，朱以『收的博』為韋皋事，錢以『掃攙槍』為李德裕事，未免舍近求遠。此二語即頌杜悰，試誦文氣了然。

【馮曰】《北夢瑣言》有《杜邠公不恤親戚》一條云：『其諸院姊妹寄寓貧困者，未嘗拯濟，節臘一無沾遺，有乘肩輿至衙門詬駡者。』又云：『時號悰為「禿角犀」，甘食竊位，未嘗延接寒素。』今玩『登門慚後至』『早歲乖投刺』，則義山昔未相洽；前此巴蜀間遊，已成虚望；今因上遵新制，隣道憲銜，於是禮展郊迎，情聯中表，豈真意相關哉！長篇疊贈，醜詆名臣，妄希汲引，可謂無聊之謬筭矣。《舊書》采《瑣言》而脱去『未』字，反若嘗延接寒素者，誤也。

【袁枚曰】首四頌其降生不凡。次段八句，叙其家世才品。『武鄉』二句，才兼文武也。三段十二句，叙其入相以致太平。四段十二句，叙其罷相之由。五段二十句，叙其出鎮西蜀以靖邊亂，並在鎮燕游詩酒之樂。六段二十句，義山自序，言前蒙顧盼，終不遇而歸，奔走道途也。黔突倚衡，言奔走之苦。末四句，有覬望意，義山亦宗室。（《詩學全書》）

【紀曰】起四句氣脈自大。『自昔』四句聲華宏壯。○『碧虚』二句大頌非體。『感念』一段，沈鬱頓挫，大筆淋漓，化盡排偶之迹。他人作古詩尚不能如此委曲沈著，真晚唐第一作手，得杜藩籬不虚也。『誰知』二句流麗，活對法也。○『哀門』句不佳。（《詩説》）

【姚鼐曰】二詩並工麗典切。『碧虚』一聯：此學『日月低秦樹』一聯。『儻令』下六句：雖曲詞譏誚，不當公論，而筆勢搏捖有力。（《今體詩鈔》）

【張曰】『碧虚』二句乃以比喻出之，不嫌過分。『哀門』句法，唐律如此者極多，何謂欠雅？長篇本以氣機為主，不得摘句，余前已言之矣。○此為義山大中五年冬由梓幕赴西川推獄時所上，六年春還梓，故曰『歸期過舊歲』。五年秋義山悼亡，故又云『悼傷潘岳重』。蓋杜悰為義山外兄，餘哀未忘，不覺其言之親昵耳。《補編》有《獻京兆公啟》，即指此上詩事。當時兼託悰向令狐轉圜，後《壬申七夕》詩所以有『待曉霞』及『成都過卜肆』之感也。馮注不知義山赴梓是大中五年，取此詩繫諸六年，不但《壬申七夕》二篇費解，即悼亡諸詩亦錯亂無緒矣。此篇『悼傷』句遂不甚切合。雖義山伉儷情深，一二年豈必暫忘，然終不如繫之悼亡之年，尤為確切不移耳。（《辨正》。《會箋》已將此詩移繫大中六年初。）

【按】詩有『春水』及『歸期過舊歲』語，作於大中六年春初無疑。據下一首詩題，此篇當上於正月初二。末云：『弱植叨華族，衰門倚外兄，欲陳勞者曲，未唱淚先橫。』望薦之意顯然。

『率身』以下十句，錢箋以為悰有收復維州之功，當非執政所喜，『惡草』指白敏中諸人；何氏、馮氏駁之，甚是。詩中詆德裕為『惡草』，以杜悰為『寒松』，褒貶之失當顯然。德裕之誅郭誼、殺降者，舉措容或失宜，然較之平澤潞之功，終屬次要者。詩乃大贊杜悰於處置澤潞問題上所持之反對態度，置德裕平叛之大功於不顧，馮氏斥為『醜詆名臣』，誠然。然義山於《舊將軍》《漫成五章》諸篇，頗能秉公而論德裕之功績，與此篇『惡草』之詆判若出自兩人。原其所以，蓋悰本牛黨，義山之投贈此詩，其意在望其汲引於白敏中、令狐綯之前。而白與令狐，則久已憾其去牛而就李，為冀牛黨之見諒，乃不得不為違心之論也。『只應不憚牽牛妒』之言猶在耳，而《酬令狐郎中見寄》『天怒識雷霆』之言已隨其後。窮途落魄，情或可原，然其詩其論誠不足道。

今月二日不自量度輒以詩一首四十韻干瀆尊嚴伏蒙仁恩俯賜披覽獎踰其實情溢於辭顧惟疎蕪曷用酬戴輒復五言四十韻詩一章獻上亦詩人詠歎不足之義也〔一〕

家擅無雙譽①，朝居第一功②。四時當首夏③，八節應條風④。滌濯臨清濟⑤，巉巖倚碧嵩⑥。鮑壺冰皎潔⑦，王佩玉丁東〔二〕⑧。處劇張京兆⑨，通經戴侍中⑩。將星臨迥夜⑪，卿月麗層穹⑫。下令銷秦盜⑬，高談破宋聾⑭。含霜太山竹⑮，拂霧嶧陽桐⑯。樂道乾知退⑰，當官蹇匪躬⑱。服箱青海馬⑲，入兆渭川熊⑳。固是符真宰㉑，徒勞讓化工㉒。鳳池春瀲灩㉓，雞樹曉曈曨〔三〕㉔。願守三章約㉕，當期九譯通〔四〕㉖。薰琴調大舜㉗，寶瑟和神農㉘。慷慨資元老㉙，周旋值狡童㉚。仲尼羞問陣㉛，魏絳喜和戎㉜。款款將除蠹[33]，孜孜欲達聰[34]。所求因渭濁[35]，安肯與雷同[36]？

物議將調鼎[37]，君恩忽賜弓[38]。開吴相上下[39]，全蜀占西東[40]。鋭卒魚懸餌[41]，豪胥鳥在籠[42]。疲民呼杜母[43]，鄰國仰羊公[44]。置驛推東道[45]，安禪合北宗[46]。嘉賓增重價[47]，上士悟真空[48]。扇舉遮王導[49]，樽開見孔融[50]。煙飛愁舞罷，塵定惜歌終〔五〕[51]。岸柳兼池緑，園花映燭紅。未曾周顗醉[52]，轉覺季心恭[53]。繫滯喧人望，便蕃屬聖衷[54]。天書何日降？庭燎幾時烘[55]？

早歲乖投刺[56]，今晨幸發蒙[57]。遠塗哀跛鼈[58]，薄藝奬雕蟲[59]。故事曾尊隗[60]，前修有薦雄[61]。終須煩刻畫[62]，聊擬更磨礱[63]。蠻嶺晴留雪[64]，巴江晚帶楓[65]。營巢憐越燕[66]，裂帛待燕鴻[67]。自苦誠先蘗[68]，長飄不後蓬[69]。容華雖少健，思緒即悲翁[70]。感激淮山館[71]，優游碣石宮[72]。待公三入相[73]，丕祚始無窮[74]。

校記

〔一〕原題為『上杜僕射並序』，『今月二日』以下六十六字係詩序。蔣本、姜本、戊籤、悟抄、席本、錢本、影宋抄、朱本均無『上杜僕射』詩題，以『今月二日』六十六字為長題，兹據改。

〔二〕『王』，影宋抄作『玉』，誤。

〔三〕『曈曨』原作『朣朧』，戊籤作『曈朧』，蔣本作『曈朧』，姜本作『曈曚』，據席本、朱本改。

〔四〕『嘗期』原作『還期』，季抄、朱本同。蔣本、姜本、悟抄、席本、錢本、影宋抄均作『期嘗』，非。據戊籤改。

〔五〕『定』，席本改作『起』。

集注

①【朱注】《後漢書·黄香傳》：『天下無雙，江夏黄童。』【馮注】《後漢書·荀爽傳》：『潁川爲之語曰：「荀氏八龍，慈明無雙。」』

②【朱注】《蕭何傳》：『君位爲相國，功第一，不可復加。』

③【朱注】謝靈運詩：『首夏猶清和。』【何曰】長養也。（《輯評》）

④【馮注】《易通卦驗》：『立春，條風至，東北風也。』喻其和藹。

⑤【程注】《戰國策》：『齊有清濟濁河，可以爲固。』【馮注】《韓子》：『清濟濁河，足以爲限。』【何曰】清也。（《輯評》）【何曰】發生也。（《輯評》）

⑥【程注】陸機詩：『頓轡倚高巖。』【何曰】高也。（《輯評》）【馮曰】（二句）喻其清高。

⑦【朱注】鮑照詩：『清如玉壺冰。』

⑧【原注】摯虞《決録要注》云：『漢末喪亂，絶無玉珮。魏侍中王粲識舊珮，始復作之。今之玉珮，受法於粲也。』【馮注】《魏志·王粲傳注》引之，今補正。《韻府羣玉》：『丁當，佩聲，或謂丁東。』《詩緝》云：『東即當也。』

⑨【馮注】《漢書》：『張敞拜膠東相，自謂治劇郡，非賞罰無以勸善懲惡。入守京兆尹，窮治所犯，盡行法罰，枹鼓希鳴，市無偷盜。』《舊書·傳》：『大和六年，悰轉京兆尹。』

⑩【朱注】《後漢書》：『戴憑以明經徵，試博士，後拜侍中。正旦朝賀，帝令羣臣能説經者更相詰難，不通，輒奪其席以益通者。憑重坐五十餘席。京師語曰：「解經不窮戴侍中。」』【馮注】《百官志》：『侍中比二千

石。」注曰：「《漢儀》曰：『侍中常伯，選舊儒高德，博學淵懿，仰占俯視，切問近對，喻旨公卿，上殿稱制，在尚書令、僕射下。』」

⑪【馮注】《史記·天官書》：「中宮斗魁戴匡六星，曰文昌宮：一曰上將，二曰次將。」又：「南宮郎位旁一大星，將位也。」又：「北宮河鼓。」詳《七夕偶題》【朱注】《漢書》：「五帝坐後聚十五星，曰哀烏郎位，旁一大星，將星也。」【程注】王維詩：「天官動將星。」

⑫【朱注】《書·洪範》：「卿士惟月。」杜甫詩：「卿月升金掌。」

以上為第一段。頌悰之家世才品。

⑬【馮注】《左傳》：「晉侯請于王，以黻冕命士會將中軍，且為太傅，于是晉國之盜逃奔于秦。」

⑭【朱注】《左傳》：「申舟以孟諸之役惡宋，曰：『鄭昭宋聾。』」注：「昭，明也；聾，暗也。」○《舊唐書》：「大和六年，悰為京兆尹。七年，出為鳳翔隴右節度使。八年，授忠武軍節度使、陳許蔡觀察等使。」京兆、鳳翔，秦地也；陳許蔡，宋地也。

⑮【朱注】《竹譜》：「魯郡鄒山有篠，形色不殊，質特堅潤，宜為笙管，諸方莫及。」【程注】《古詩》：「冉冉孤生竹，結根太山阿。」

⑯【馮注】《禹貢》：「嶧陽孤桐。」傳曰：「嶧山之陽特生桐，中琴瑟。」《舊書·傳》：「開成初，悰入為工部尚書，屬岐陽主薨，久而未謝，文宗怪之。李玨曰：『近日駙馬為公主服斬衰三年，士族之家不願為國戚，半為此也。』乃下詔令行杖周，永為通制。」此聯暗叙其事，以笙琴比夫婦，孤竹孤桐喻喪偶，故下接「知退」。《太平廣記》引《前定録》云：「懿安皇后，宣宗幽崩。悰，懿安子壻也。悰在西川，忽一日内牓子索檢責宰臣元載故事，賴宰相馬植萬端營救，事遂寢。」此大中二年事也。若果有之，則叙尚主宜隱約矣。【按】馮注是。

⑰【程注】《易·乾卦》：「知進退存亡而不失其正者，其唯聖人乎？」

⑱【程注】《易·蹇卦》：「王臣蹇蹇，匪躬之故。」【按】蹇蹇，忠誠、正直。二句頌杜悰謙退、忠直。

⑲【朱注】《説文》：『大車兩較之内，謂之箱。』【程注】《詩·小雅》：『睆彼牵牛，不以服箱。』張衡《思玄賦》：『羈腰裊以服箱。』【按】青海馬：見《詠史》（歷覽前賢）注。

⑳【馮注】《史記》：『西伯將獵，卜曰：「所獲非熊非羆，非龍非彨，伯王之輔。」果遇太公於渭之陽。』

㉑【朱注】《老子》：『有真宰足以制萬物。』【馮注】《莊子》：『若有真宰，而特不得其眹。』

㉒【馮曰】謂深契宸衷，久宜為相。

㉓【馮注】《晉書》：『荀勗守中書監久，專管機事。及守尚書令，或有賀之者，勗曰：「奪我鳳凰池，諸君賀我耶？」』

㉔見《太原同院崔侍御》。【按】二句寫禁省氣象。暗示其入居中書。

㉕【馮注】見《故番禺侯》。又《史記·曹相國世家》：『百姓歌之曰：「蕭何為法，顜若畫一。曹參代之，守而勿失。載其清净，民以寧一。」』【按】據上首『後飲曹參酒』，及本篇『安肯與雷同』等語，此句當非『蕭規曹隨』之意，而係頌杜悰居相欲使國家法令清净畫一。

㉖【馮注】《史記·大宛傳》：『重九譯，致殊俗。』【程注】《東京賦》：『重舌之人九譯，咸稽顙而來王。』

㉗【馮注】《禮記》：『舜彈五弦之琴，以歌《南風》。』

㉘【朱注】補《史記·三皇本紀》：『神農氏作五絃之瑟。』按：五絃、十五絃，小瑟也。二十五絃，中瑟也；五十絃，大瑟也。【馮注】《漢書·金日磾傳》：『莽何羅行觸寶瑟。』《淮南子》：『神農初作瑟，以歸神反望及其天心也。』【何曰】『農』字出韻。（《讀書記》）

㉙【程注】《詩·小雅》：『方叔元老，克壯其猶。』

㉚【馮注】《詩》：『彼狡童兮。』《左傳》：『左執鞭弭，右屬櫜鞬，以與君周旋。』指劉稹事。

㉛【程注】揚雄《博士箴》：『仲尼不對問陣，而胡簋是遵。』【補】《論語·衛靈公》：『衛靈公問陣於孔子。孔子對曰：「俎豆之事，則嘗聞之矣；軍旅之事，未嘗學也。」明日遂行。』

㉜【馮注】《左傳》：『魏絳告晉侯曰：「和戎有五利焉。」』

㉝【程注】《韓非子》：『人主不除此五蠹之民，不養耿介之士，則海内雖有破亡之國，亦勿怪矣。』白居易詩：『誓心除國蠹。』【馮注】《周禮》：『翦氏掌除蠹物，以攻禜功之，以莽草熏之。』

㉞【程注】《書》：『闢四門，明四目，達四聰。』

㉟【馮注】《詩》：『涇以渭濁。』箋云：『涇水以有渭，故見濁。』《後漢書·党錮傳贊》：『渭以涇濁。』注曰：『渭以涇濁，乃顯其清。』按：渭水本清。《水經注》：『渭水又東，得白渠口。渠為趙國白公奏穿，引涇水，起谷口，出鄭渠南，而漸由東南以入於渭。』歌辭所謂『涇水一石，其泥數斗，衣食京師，億萬之口』者也。渭之水濁，其以是歟？因者任其自然，即川澤納污之義。

㊱【程注】《禮記》：『毋雷同。』杜甫詩：『欲語羞雷同。』【朱曰】『周旋值狡童』，言在朝周旋，值有劉稹之叛。悰之罷相，二史不詳其故。《通鑑》云：『悰以餽運不繼，請赦郭誼，帝俛首不言。』『仲尼羞問陣，魏絳喜和戎』，蓋微言罷相之由也。時李德裕力贊用兵，此云『安肯與雷同？』意必與德裕不協。【馮曰】以上四聯謂論澤潞事與德裕不協，乃罷相之由也。詳上篇。

以上為第二段。叙悰之在鎮歸朝，頌其相業與節操。

㊲【馮曰】謂將居首輔。

㊳【馮注】《詩序》：『《彤弓》，天子以賜有功諸侯也。』《書·文侯之命》：『彤弓一、盧弓一。』

㊴【程注】庾信《哀江南賦》：『況背闕而懷楚，冀端委而開吴。』【馮注】《文選》晉張悛《為吴令謝詢求為諸孫置守塚人表》：『進為狥漢之臣，退為開吴之主。』此指昔鎮淮南吴楚之地。

㊵【朱注】《唐書》：『劉稹平，悰進左僕射兼門下侍郎。未幾，以本官罷出為劍南東川節度使，徙西川。』

㊶【程注】《三略》：『香餌之人，必有死魚；重賞之下，必有勇夫。』【馮注】《軍讖》：『軍無財則士不來，故香餌之下，必有懸魚。』

㊷【馮注】左思詩：『習習籠中鳥，舉翮觸四隅。』【朱注】杜甫詩：『直作鳥窺籠。』

㊸【朱注】《後漢書》：『杜詩為南陽太守，時人方於召信臣，故為之語曰：「前有召父，後有杜母。」』

㊹【馮注】《晉書・羊祜傳》：『祜都督荆州諸軍事，與吴人開市大信，於是吴人翕然悦服，稱為羊公，不之名也。』

㊺【補】置驛：用漢鄭當時置驛馬請謝賓客事。東道：《左傳》：『若舍鄭以為東道主。』

㊻【朱注】《傳燈録》：『神秀嗣五祖法，住荆州當陽山，號北宗，時曹溪為南宗。』【程注】張纘《南征賦》：『尋太傅之故宅，今築室以安禪。』【朱彝尊曰】悰知學佛耶？【何曰】出韻。（《讀書記》）

㊼【馮注】劉峻《廣絶交論》：『顧盼增其重價。』【程注】岑參詩：『重價藴瓊瑶。』【補】《詩・小雅・鹿鳴》：『我有嘉賓，鼓瑟吹笙。』

㊽【道源注】佛號無上士，僧稱上士。人法兩空曰真空，即般若智也。【馮注】《老子》：『上士聞道，勤而行之。』《佛説海八德經》：『吾道微妙，經典淵奥，上士得之。』徐曰：『悰其學佛者歟？』按：此慰其不得久居相位也，而《全蜀藝文志》碑目有《如舜禪師碑銘》，在金堂龍槐院，唐杜悰譔，似可例證。

㊾【程注】《晉書・王導傳》：『庾亮以望重地逼，出鎮於外，而執朝廷之權。導内不平，常遇西風塵起，舉扇自蔽，曰：「元規塵汙人。」』【馮曰】此句非指德裕，時德裕已貶死矣。當别指朝貴。

㊿【程注】《後漢書・孔融傳》：『及退閑職，賓客日盈其門，常嘆曰：「坐上客常滿，尊中酒不空，吾無憂矣。」』

51【朱注】劉向《别録》：『善雅歌者，魯人虞公，發聲清哀，能動梁塵。』【馮注】《通典》：『漢有虞公善歌，能令梁上塵起。』【何曰】工緻。（《輯評》）

52【朱注】《世説》：『周伯仁過江積年，（恒）大飲酒，嘗經三日醒，時人謂之「三日僕射」。』【程注】《晉書・周顗傳》：『顗補吏部尚書，以醉酒為有司所糾，尋為護軍將軍，紀瞻置酒請顗及王導等，顗荒醉失儀，復為有司所奏，詔不加黜責。為僕射，略無醒日，時人號為「三日僕射」。』

(53)【朱注】《漢書》：『季布弟季心，氣蓋關中，遇人恭謹。』《舊唐書》：『悰無他才，常延接寒素。』【馮注】謂其不以躭飲失禮，蓋迴護之詞。【按】馮注是。朱引《舊唐書》為解非，已見前。【何曰】出韻。（《讀書記》）

(54)【馮注】《左傳》：『便蕃左右，亦是帥從。』按：《詩》作『平平』，傳引之作『便蕃』，注曰：『數也。』【程注】張九齡詩：『流名感聖衷。』【按】上句謂衆議喧喧，以其不宜久滯方鎮；下句謂聖上之心，亦欲引置左右以為宰輔。『便蕃』，此處着重取『左右』義，謂在天子左右。

(55)【馮注】《詩·小雅》有《庭燎》篇。此祝其入朝。

以上為第三段。叙悰罷相出鎮西川情事。

(56)【朱曰】以下自叙。【按】投刺見《奉使江陵》注。

(57)【程注】《易》：『初六發蒙。』【馮注】《素問》：『黄帝曰：「發蒙解惑。」』《漢書·揚雄傳》：《長楊賦》：『墨客降席再拜曰：「迺今日發矇，廓然已昭矣。」』

(58)【朱注】《孫卿子》：『跬步不休，疲鼈千里。』

(59)【朱注】《揚子》：『或問：「吾子少好賦？」曰：「然，童子雕蟲篆刻。」俄而曰：「壯夫不為也。」』

(60)【馮注】《戰國策》：『燕昭王卑身厚幣以招賢者。往見郭隗先生，隗曰：「王誠欲致士，先從隗始；隗且見事，況賢於隗者乎？豈遠千里哉！」於是為隗築宮而師之。』

(61)【程注】《離騷》：『謇吾法乎前脩兮，非時俗之所服。』【按】薦雄：見《西掖玩月》注。

(62)【程注】《晉書·周顗傳》：『庾亮謂顗曰：「諸人咸以君方樂廣。」顗曰：「何乃刻畫無鹽，唐突西施也！」』【馮曰】刻畫，雕飾之義，故以言被人賞遇。

(63)【程注】《漢書·枚乘傳》：『磨礱砥礪。』

⑭【馮曰】指雪嶺。

⑮【馮曰】江岸多楓，非指深秋霜葉也。巒嶺在西，巴江在東，略舉疆域言之。

⑯【馮注】謂在幕也。見《詠懷寄秘閣》。

⑰【程注】江淹《恨賦》：『裂帛繫書，誓還漢恩。』【馮注】《漢書·蘇武傳》：『漢使復至匈奴，常惠教使者謂單于，言天子射上林中，得雁，足有係帛書，言武等在某澤中。』此若以鞫獄而論，得非申復臺中，候其回牒歟？【按】馮以鞫獄候回牒解之，殊誤。此因望其汲引故盼其來書也。

⑱【馮注】古《子夜歌》：『黃蘖向春生，苦心隨日長。』

⑲【馮注】曹植詩：『轉蓬離本根，飄飄隨長風。』

⑳【程注】漢《鐃歌鼓吹曲》有《思悲翁》。

㉑【馮注】《漢書》：『淮南王安招致賓客方術之士數千人。』《神仙傳》：『八公詣淮南王門，王迎登思仙之臺，日夕朝拜。』

㉒【馮注】見《送劉五經》。二句謂暫得淹留之跡，不可以上句謂移淮南。

㉓【馮注】《荀子》：『楚相孫叔敖曰：「吾三相楚而心益卑，體愈恭。」』《職源》云：『唐宰相有再入三入四入五入者。』此用典致頌，不必泥看。悰後於咸通初乃再入耳。【程注】《史記·蕭相國世家》：『蕭何卒，參聞之，告舍人趣治裝：「吾將入相。」』

㉔【補】丕祚，猶皇統。

以上為第四段。自叙飄蓬，望其汲引。

【朱彝尊曰】此二詩義山以全力赴之者也，其莊麗典雅，不減少陵，而變化不逮。才力之不可强如是。（馮箋引作錢良擇評，『麗』作『重』，無『力之』二字。）

【姚曰】起四句總挈，見其為時所倚重。『滌濯』四句，言其品槩。『處劇』四句，言其幹略。『下令』四句，言其在鎮。『樂道』四句，言其歸朝。『固是』下八句，言其立朝心事。『慷慨』下八句，言與朝議異同。『物議』四句，言罷相復出。『鋭卒』四句，言軍政肅穆。『置驛』四句，言禮賢樂道。『扇舉』四句，言公餘清晏。『岸柳』四句，言禮下之周浹。『繫滯』四句，望其復召。『早歲』以下，自叙。『故事』四句，以引薦望之。『蠻嶺』四句，叙身在東川。『自苦』四句，自傷憔悴。末四句，言公若歸朝，不但一身之私幸已也。

【屈曰】一段叙杜之家世才品。二段叙其立官名望。三段入相時事。四段罷相鎮蜀。五段自叙。

【程曰】『下令』二句，朱説是也。『周旋』句云：『在朝周旋，值有劉稹之叛。』是不然。此乃用《左傳》：『左執鞭弭，右屬櫜鞬，以與君周旋』，言討澤潞時事也。……『安有』句云：『時李德裕力贊用兵，意必與德裕不協。』是又不然。德裕欲誅郭誼，上以為然。悰謂誼等可赦，不過以饋運不繼耳。議論偶不相符，非必與德裕不協也。『開吴』句乃用《晉書》張華建策取孫吴事，開謂開廣其地也。『全蜀』句乃用《蜀志》諸葛亮東防吴、西伐魏事；全，謂安全其土也。『蠻嶺』二句，上句乃義山自謂在桂管，下句乃指悰在西川，蓋兩地分叙也。下文『營巢』二句緊接上文，又是分疏，上句言己如營巢之燕，君當憐之，下句言君有寄書之鴻，已則待之，文理甚明。……

【田曰】激圓如弄丸脱手，濺珠走荷。（馮箋引）

【馮曰】逐句細箋，方知左宜右有，才力博大。又曰：刊本有此篇在前，上篇在後者，誤。

【紀曰】精力盡於前篇，此則勉强應酬矣。（《詩説》）　唐人自程試以外，東冬鍾三韻雖律詩亦通押，蓋休文舊譜也，别有説在《沈氏四聲攷》。（《輯評》）

【張曰】左宜右有，用典如瓶瀉水，筆陣縱横，才情博大，與前詩異曲同工。少陵以後，誰復堪為敵手哉？紀氏稱為弩末，真不識詩律之讕言耳。（《辨正》）

【按】此詩雖無『惡草當路』『寒松挺生』之語，然『慷慨』八句，極贊杜悰於會昌朝為相時反對用兵、不肯附和李德裕之行動，與前詩用意仍毫無二致。此乃義山人格與詩品之足以令人遺憾處。又，據此詩末段『尊隗』『薦雄』『刻畫』『磨礱』及『裂帛待燕鴻』等語，義山不惟望悰引薦，且已延頸以待好音之至。味『感激淮山館，優游碣石宫』二句，義山或有入悰幕之意。

杜工部蜀中離席〔一〕①

人生何處不離羣？世路干戈惜暫分。雪嶺未歸天外使②，松州猶駐殿前軍③。座中醉客延醒客④，江上晴雲雜雨雲。美酒成都堪送老⑤，當壚仍是卓文君⑥。

校記

〔一〕【朱曰】『杜』，一作『辟』，非。

集注

①【朱曰】此擬杜工部體也。【程曰】（朱）此説不然。大凡擬詩，必原本其舊題，如江淹《雜擬》諸作可證。杜子美未嘗有『蜀中離席』之題，義山何從擬之？況義山《與趙氏昆季讌》五律，明言擬杜，何獨於此無『擬』字耶？以愚攷之，『杜』字誤也。義山本傳：『柳仲郢鎮東蜀，辟為判官，檢校工部郎中。』與題正合。其為『離席』者，乃當時宴别送行實事也。【沈德潛曰】，應是擬杜。【馮注】《舊書·杜甫傳》：『黄門侍郎鄭國公嚴武鎮成都，奏為節度參謀、檢校尚書工部員外郎，賜緋魚袋。』按：《杜詩年譜》：『代宗廣德二年，嚴武復鎮西川，表入幕參軍事。永泰元年，辭幕歸草堂，又離蜀至戎、渝、忠等州，有《去蜀》五律詩。』又按：《唐詩鼓吹注》謂懿宗時東川柳仲郢辟商隱為判官、檢校工部員外郎時作，故有謂當作『辟工部』者，義既不可通，且時與地皆乖謬矣。又曰：只取下四字，不取杜姓。杜工部久客蜀，或藉以自譬己之詩才，未可定也。【紀曰】此擬工部之作，朱長孺所注良是。程午橋力注『辟』字，非也。謝康樂《鄴中集》、江文通《雜體詩》標題皆如此，集中《韓翃舍人即事》亦此例。【張曰】細味詩意，是西川推獄時。【按】此擬杜工部體而以『蜀中離席』為題之作。程氏謂杜甫無『蜀中離席』之題，殊不知此詩僅仿杜詩風格，非襲其舊題而亦步亦趨之作。馮氏引杜甫離蜀事及去蜀五律，以證義山擬杜有所本，殊無謂。編年當依張箋，大中六年春西川推獄將歸東川時作。疑兩《唐書》本傳言商隱在東川幕『辟檢校工部郎中』『辟檢校工部員外郎』之記載即因此詩題『辟工部』之誤而導致。

②【朱注】《元和郡縣志》：『雪山在松州嘉城縣東八十里，春夏常有積雪，故名。』【馮注】《後漢書·班超傳注》：『西域有白山，通歲有雪，亦名雪山。』詳檢史志諸書，雪山綿亘遼遠，以界華、戎。而自蜀徼言之，切近松、茂、維、保諸州。唐初招撫党項羌而羈縻之，其後皆陷於吐蕃。《通典》曰：『吐蕃國山有積雪。』党項羌，漢

西羌之別種，東界至松州，又有居雪山下，號雪山党項者，亦為吐蕃所破而臣屬之。故吐蕃南路入寇，松、維諸處最要衝。杜工部詩『夷界荒山頂，蕃州積雪邊』，又曰『松州雪嶺東』也。互詳《述德抒情詩》『西山的博』句下。又杜詩『已收的博雲間戍，欲奪蓬婆雪外城』，解者謂大雪山，一名蓬婆山，在柘州境。此皆近松、維諸州之雪嶺也。其他隨地通稱者不備引。

③【朱注】《唐書》：『松州交川郡，屬劍南道，取界内甘松嶺為名。』又曰：『廣德元年，魚朝恩以神策軍歸禁中。永泰元年，又以神策屯苑中。自是勢居北軍右，數出征伐有功。』【程注】《舊唐書・職官志》：『神威軍本號殿前射生左右廂，貞元二年九月改殿前左右射生軍，三年四月改為左右神威軍，非六軍之例也。』【馮注】《通典》與《舊書・志》：『松州交川郡，歷代諸羌之域，唐置松州。有甘松嶺，江水所發之源，西北至吐蕃界九十里。貞觀初置松州都督府，督羈縻州，皆招撫党項羌漸置。永徽以後，臣叛制置不一。』《新書志》：『初，哥舒翰破吐蕃臨洮西之磨環川，即其地置神策軍。後故地淪没，詔屯陝州。及代宗避吐蕃幸陝，觀軍容使魚朝恩舉軍迎扈，帝幸其營，朝恩遂以軍歸禁中。自後寖盛，為天子禁軍，多以裨將將兵征伐。又自肅宗時置殿前射生左右軍，元和中改天威軍，八年廢，以其兵分隸左右神策矣。邊兵多不贍，而戍卒給最厚，諸將務為詭辭，請遥隸神策軍，以贏稟賜。繇是塞上往往稱神策行營。』【按】頷聯承『世路干戈』，謂天外雪嶺，朝廷使臣猶稽留未歸；松州一帶，朝廷軍隊尚駐守戍邊。二句寫蜀中與吐蕃接壤地區軍事形勢。

④【補】《楚辭・漁父》：『屈原曰：「舉世皆濁我獨清，衆人皆醉我獨醒。」』『座中』句似暗用此。

⑤【姚注】蕭子顯詩：『朝酤成都酒。』【補】《國史補》：『酒則有……劍南之燒春。』又義山《碧瓦詩》：『酒是蜀城燒。』

⑥【馮注】《史記》：『相如與文君俱之臨邛，盡賣車騎，買酒舍，酤酒，而令文君當壚，相如自着犢鼻褌，滌器於市中。』【朱注】《唐語林》：『蜀之士子，莫不沽酒，慕相如滌器之風。陳會郎中家以當壚為業，元和元年及第。』【補】仍，更也。

箋評

【謝榛曰】詩有簡而妙者……亦有簡而弗佳者，若……李義山『江上晴雲雜雨雲』，不如劉夢得『東邊日出西邊雨，道是無情還有情』。（《四溟詩話》）

【金聖嘆曰】擬杜工部，便真是杜工部者。如先生餘詩，雖不擬杜工部，亦無不杜工部者也。蓋不直聲調皆是，維神髓亦皆是也。○起手七字，便是工部神髓，其突兀而起，淋漓而下，真乃有唐一代無數鉅公曾未得闖其籬落者。○一言大丈夫初非麀鹿相聚，何故乃欲惜別？二言今日把袂流淚，亦只為世路干戈故耳。三四即承寫世路之干戈，言如雪山之使未回，即松州之軍猶駐，此不可不戒心者也。前解寫不應別，此解（指後四句）寫應不別也。醉客延醒客，言此地知己之多也；晴雲雜雨雲，言此地風景之美也。然則藉此美酒，便堪送老，帶甲滿地，又欲何之？『當壚仍是』之為言普天流血，而成都獨乾凈也。

【吴喬曰】（少陵七律）更有異體如『童穉情親』篇，只須前半首，詩意已完，後四句以興足之。去後四句，於義不缺，然不可以其無意而竟去之者，如畫之有空紙，不可因其無樹石人物而竟去之也。義山『人生何處不離羣』篇，前有後無，全似此篇，故題曰『杜工部蜀中離席』，乃擬此篇而作也。（《答萬季埜詩問》）

【張謙宜曰】（『雪嶺』二句）分明是老杜化身。回鶻之驕，吐蕃之横，至今可想，豈止徒作壯語。（《絸齋詩談》卷五）

【何曰】起句尤似杜。鮑令暉詩：『人生誰不別？恨君早從戎』，發端奪胎於此。一則干戈滿路，一則人麗酒濃，兩路夾寫出惜別，如此結構，真老杜正嫡也。詩至此，一切起承轉合之法，何足繩之？然『離席』起，『蜀中』結，仍是一絲不走也。此等詩須合全體觀之，不可以一字一句求其工拙。荆公只賞他次連，猶是皮相。（《讀書記》）又曰：發端從休文《別范安成詩》變來。（按沈詩首二句為『生平少年日，分手易前期。』）起用反喝，使曲折頓挫，杜詩筆勢也。『暫』字反呼『堪送』，杜詩脈絡也。『座中』句醒『席』字。末聯美酒成都，仍與上醉酒雲雨雙關。（《輯評》）

【《唐詩鼓吹評注》】首言人生東南西北，有合有離，吾所惜者，世路干戈，又相別而去耳。如雪嶺之使未歸，松州之軍猶駐，此所謂世路干戈也。當此相別之時，席中之客醉醒相半，江上之雲晴雨相糅，勝友良辰，皆關別意。而成都有酒，既堪送老，當壚之女，仍是文君，則宜共為流連也，其忍輕於言別哉！

【陸曰】明皇入蜀時，甫走依嚴武。至大曆中，始下江陵。是甫居蜀最久。義山擬為是詩，直如置身當日，字字從杜甫心坎中流露出來，非徒求似其聲音笑貌也。起言人生斯世，何在不感離羣，況亂後獨行，能無黯然其際乎？『雪嶺』句，是外夷之干戈；『松州』句，是內地之干戈。足上第二句意。接言我瞻四方，可棲託者惟蜀，即此離別之頃，座中延客，醉醒者皆屬知心；江上看雲，晴雨無非好景，亦何能舍此遠去耶？結言文君美酒，可以送老，見天下擾擾而成都獨宴然也。

【陸鳴皋曰】此總言聚散不常。遠使未歸，禁軍尚駐，皆『離羣』意也。五六句，正寫會聚無常之態。所以境不可執，當隨遇而安。風物佳處，即可娛老耳。

【楊逢春曰】此擬杜工部體也。首點『離』字，却作開勢，二方是一篇主句。（《唐詩繹》）

【姚曰】離羣何足恨，惟世路干戈，雖暫離亦可恨。頷聯叙干戈實事。中聯寫離席。客醉則可以別矣，尚有醒者，何妨少留。雲晴則又將別矣，而仍雜雨雲，何妨小住，所謂『惜暫分』也。末又言當干戈搶攘之時，而得此美酒紅顏之席，真乃一刻千金，那得不惜！

【屈曰】『何處』二字暗提蜀中，『干戈』二字明點時事。雪嶺之天使未歸，松州之禁軍猶駐，承『干戈』句。座中之客忽醉忽醒，離席也；江上之景忽雨忽晴，喻干戈也。時事如此，惟有文君之酒差堪送老而已。雖無工部之深厚曲折，而聲調頗似之。

【程曰】首二語言聚散無常，本不足惜，所可惜者干戈未平而分手也。三四承『干戈』實紀時事。仲郢之鎮，在大中六年秋，是時蓬、果羣盜寇掠三川，山南西道節度封敖奏巴南有賊，上遣京兆少尹劉潼詣果州招諭之，此所謂天外之使也。果州刺史王贄弘與中使似先義逸引兵至山下，此所謂殿前之軍也。其後巴南諸賊竟以撲滅，作此詩時當猶未靖，故曰『未歸』曰『猶駐』也。五六承『離羣』，寫讌餞席上情景。七八結『惜暫分』，言己之不離蜀中者，無可如何，惟留連於酒壚調笑已耳。長孺以為擬杜，遂併詩中事實皆推本於杜之身世，引廣德、永泰事，以注『殿前軍』，而於『天外使』未有論說，誤矣。

【馮曰】乍看易解，細審則難會也。三四若從杜工部時徵之，則《舊書·吐蕃傳》：『代宗寶應二年，遣李之芳、崔倫使吐蕃，至其境而留之。廣德二年放李之芳還。』《新書·紀》：『廣德元年十二月陷松、維二州。』《舊書·崔寧傳》：『永泰元年陷西山柘、静等州。』皆可引證，而未能盡符。若就義山時言之，自太和至大中，唐與吐蕃使問不絶，而史籍缺略，無可詳考矣。夫果專論時事，則下半何竟不相應？凡杜老傷時憂國之篇，有如是之安章措句者乎？此蓋别有寓意也。杜老往來梓、閬，幸遇嚴公，參謀成都。義山斯行（按指所謂大中二至三年巴蜀之游）大有望於東、西川，而迄無遇合。故三四承『干戈』二字，略舉軍事，言外見旁觀者不得贊畫也。其曰『世路干戈』者，兼言人情之争勝也，時必有與之為難者。五六暗喻相背相軋之情，非關寫景。結則借指其人，言竟思據以終老，不肯讓人也。如此解，不特本章線索鈎連，且與後之《壬申七夕》《籌筆驛》之結聯皆相印合也。題曰『杜工部』，《北禽》篇曰『朝杜宇』，或以暗寓杜悰，此則為妄測歟？又曰：何評論詩自妙，然亦皮相。

【王鳴盛曰】（馮箋）曲説太迂。又曰：成都將歸，留别邊將之駐雪山松州者而作。雖駐松、雪，亦得以公事留寓成都，或其人本與義山有舊，故末句慰之。成都亦堪送老，毋恨不得歸朝也。（馮注初刊本王氏手批）

【紀曰】起二句大開大合，極龍跳虎卧之觀。頷聯頂次句，頸聯正寫離席。○蒙泉曰：題是離席，末二句留之也。（《詩説》）

【管世銘曰】善學少陵七言律者，終唐之世，惟李義山一人。胎息在神骨之間，不在形貌，《蜀中離席》一篇，轉非其至也。義山當朋黨傾危之際，獨能乃心王室，便是作詩根源。其《哭劉蕡》《重有感》《曲江》等詩，不減老杜憂時之作。組織太工，或為撏撦家藉口。然意理完足，神韻悠長，異時西崑諸公，未有能學而至者也。（《讀雪山房唐詩鈔序例》）

【黄子雲曰】上半酷倣少陵。頸聯云：『座中醉客延醒客，江上晴雲雜雨雲。』此乳臭語耳，雖從『桃花細逐楊花落，黄鳥時兼白鳥飛』二句脱來，薰蕕判然。若『美酒成都堪送老，當壚仍有卓文君』，又入魔鬼道矣。（《野鴻詩的》）

【方東樹曰】先君云：『此擬杜體也。然深厚曲折處不及，聲調似之。』離席起，蜀中結。（《昭昧詹言》）

【曾國藩曰】工部郎中，京朝之官也，非幕府之官也。檢校工部則可辟，工部則不可。朱説近之。（《十八家詩鈔》）

【黄侃曰】案此以『蜀中離席』為題而擬杜體，猶五言有《韓翃舍人即事》，以『即事』為題而擬韓舍人也。朱氏釋此題最當。程氏以為『杜工部』應從一本作『辟工部』，非也。（《李義山詩偶評》）

【張曰】此擬杜工部體。集中如《韓翃舍人即事》即其例。作『辟』者非。首點『離席』。『雪嶺』二句以工部之時況今日，言天使仍稽雪嶺，前軍尚駐松州，言外見世路干戈，需人贊畫，而已獨不預，故曰『惜暫分』也。後聯一醉一醒，或晴或雨，比喻顯然。結言成都美酒可以送老，奈何使文君舊壚，而為若輩所盤踞哉？離羣之恨淺，蔽才之歎深。細味詩意，是西川推獄時，追慨前遊失意之作矣。（《會箋》）又曰：馮氏繫此詩於大中二年蜀遊。余攷大中二年義山遇李回，大抵在塗次相見，《補編》有為回《賀馬相啟》可證。使果至成都，則杜悰正移西川，不應不謁見，而何以有『早歲乖投刺』之言邪？此詩疑大中五年西川推獄時所作。否則大中七（當作六）年杜悰自西川遷淮南，義山奉仲郢命至渝州迎候時所作。結語『成都美酒』，蓋戲而留之之詞，其為悰作無疑。題云『杜工部』，或以暗寓其姓耶？（《辨正》）

【按】對此詩所寫内容之理解，涉及詩題與詩之性質。題首『杜工部』一作『辟工部』，程夢星引《舊唐書·李商隱傳》『柳仲郢鎮東蜀，辟為判官、檢校工部郎中』（《新書·傳》作『檢校工部員外郎』），謂與題『辟工部』正合。但檢校工部郎中或檢校工部員外郎之京銜，商隱梓幕詩文中均未見（《為河東公上西川相國京兆公啟》稱自己為『節度判官李商隱侍御』）。頗疑兩《唐書》編撰者係據此詩題首『辟工部』之誤文而有『檢校工部郎中』或『工部員外郎』之誤載（此類誤載，在《李商隱傳》文中不止一處，如誤據《獻寄舊府開封公》詩，以開封公為令狐楚，謂楚鎮汴州，商隱從為巡官）。實則『辟工部蜀中離席』之詩題本不可通，且詩中亦絲毫未及『辟工部』之事。而『杜工部蜀中離席』則明謂此詩係擬杜工部體而以『蜀中離席』為題之作，朱、紀二氏釋題甚確。此種製題方式完全仿效江淹《雜體詩》三十首，與《李都尉從軍》《班婕妤詠扇》《魏文帝曹丕遊宴》《陳思王曹植贈友》等題完全一致。在江淹三十首雜體詩中，不但每首標明仿某人之體，詩之内容亦全為設身處地懸擬所仿詩人之情事，而非寫江淹自身當前之情事。明乎此，方不致産生種種曲説誤解，如程夢星以為頷聯係寫蓬果百姓聚衆反抗及被撲滅事，馮、張附會商隱巴蜀之游，及編著者前引大中六年党項復擾邊以解頷腹二聯等，均其例。箋評中所引陸崑曾、陸鳴皋之解，大體切當。此詩不僅聲律格調酷似杜詩，且深得杜詩憂國傷時之精神，王安石激賞『雪嶺』一聯，以為『雖老杜無以過』，洵為有見。

井絡①

井絡天彭一掌中②，漫誇天設劍為峰〔一〕③。陣圖東聚燕江石〔二〕④，邊柝西懸雪嶺松⑤。堪嘆故君成杜宇〔三〕⑥，可能先主是真龍⑦？將來為報姦雄輩⑧，莫向金牛訪舊蹤⑨。

校記

〔一〕『天』原作『大』（一作『天』），非，據蔣本、姜本、戊籤、悟抄、席本及錢本改。

〔二〕原作『燕江口』，悟抄、朱本作『燕江石』，戊籤同，『燕』一作『煙』。【朱曰】燕江無考，必夔字之訛，點畫相近耳。【馮曰】『夔江』字少見，亦非。《鼓吹》本有作『煙』者是也。蓋以音訛，非以形訛，故竟改定。【按】朱校是，兹從之。

〔三〕『嘆』原一作『笑』，朱本、季抄同。

集注

①【馮注】《蜀志·秦宓傳注》：『《河圖括地象》曰：岷山之地，上為東井絡，帝以會昌，神以建福。上為天井。』左思《蜀都賦》曰：『遠則岷山之精，上為井絡。』【姚曰】言岷山之地，上為東井維絡；岷山之精，上為天之井星。【按】井，井宿，又稱東井或天井。絡，網絡。井絡，即井宿所照及之範圍，亦即所謂井宿之分野。本篇取首二字為題。題『井絡』泛指井宿分野，即蜀地；首句『井絡』則專指岷山，取義有廣狹之別。

②【朱注】《水經注》：『李冰為蜀守，見氐道縣有天彭山，兩峰相對，其形如闕，謂之天彭門，亦曰天彭闕。』【馮注】《華陽國志》：『秦以李冰為蜀守。冰知天文地理，謂汶山為天彭門。乃至湔，及縣，見兩山對如闕，因號天彭闕。』【按】天彭山在今四川灌縣。又四川彭縣彭門山，亦稱天彭闕或天彭門。

③【朱注】《舊唐書》：『劍州劍門縣界大劍山，即梁山也。其北三十里有小劍山。』《元和郡縣志》：『其山峭壁千丈，下瞰絶壑，作飛閣以通行旅。』　【許印芳曰】『天』字複。

④【朱注】《晉書》：『初，諸葛亮造八陣圖於魚腹平沙上，纍石為八行，相去二丈。桓温見之，曰：「此常山蛇勢也。」』《荆州圖副》：『永安宫南一里渚下平磧上，有孔明八陣圖，聚細石為之。各高五丈，廣十圍，歷然棊布，縱横相當，中間相去九尺，正中開南北巷悉方廣五尺，凡六十四聚。或為人散亂，及為夏水所没，冬時水退，依然如故。』《寰宇記》：『八陣圖在奉節縣西南七里。』　【馮注】《水經》：『江水又東逕南鄉峽東，逕永安宫南，又東逕諸葛亮圖壘南。』注曰：『八陣圖東跨故壘，皆累細石為之，自壘西去，聚石八行，行間相去二丈，皆圖兵勢行藏之機，自後深識者所不能了。』《困學記聞》引薛士龍曰：『陣圖有三：一在魚腹永安宫南江灘水上。蔡季通曰：一在魚腹石磧，迄今如故。』此必指魚腹陣圖，故曰『東聚』。《水經注》：『自三峽七百里中，兩岸連山，略無闕處，重巖叠嶂，隱天蔽日，自非停午夜分，不見曦月。』按：煙江之稱，猶云『苦霧巴江水』也。白香山詩有『煙江澹秋色』句，又韓致光詩云『遠隨漁艇泊煙江』，至宋王晉卿《煙江叠嶂圖》，則因蘇文忠詩大著名矣。『煙江』字究未考始於何文也。　【按】夔江，指夔州附近一段長江。

⑤【朱注】《元和郡縣志》：『雪山在松州嘉城縣東八十里，春夏常有積雪，故名。』　【馮注】《後漢書·班超傳注》：『西域有白山，通歲有雪，亦名雪山。』詳檢史志諸書，雪山綿亘遼遠，以界華戎，而自蜀徼言之，切近松、茂、維、保諸州，唐初招撫党項羌而羈縻之，其後皆陷於吐蕃。　【按】二句分詠東、西川險要形勢。

⑥用望帝事，屢見。句意蓋謂據蜀稱王之望帝終於失國身亡，魂化杜鵑。

⑦【朱注】《吴志》：『周瑜曰：「劉備非久為人用者，恐蛟龍得雲雨，終非池中物也。」』　【張相曰】可能，推論之辭，其義須隨文義而定。……李商隱《井絡》詩：『堪嘆故君成杜宇，可能先主是真龍？將來為報姦雄輩，莫向金牛訪舊蹤。』此猶云能否，言能否如劉先主也。　【按】此反其意而用之。謂才略如先主者，又豈能為真龍而一統天下哉？可能，猶豈能、難道。

⑧【補】將來，持來。《漢書·司馬遷傳贊》：『序游俠則退處士而進姦雄。』《三國志·魏武帝紀》注引孫盛《異同雜語》：『操嘗問許攸：「我何如人？」攸曰：「子治世之能臣，亂世之姦雄。」』此以姦雄指有割據野心之藩鎮。

⑨【朱注】《十三州志》：『秦惠王未知蜀道，乃刻石五頭，置金於尾下，言此天牛，能糞金。蜀人信之，令五丁共引牛成道，致之成都。秦因使張儀伐之。』《通志》：『金牛峽在漢中府沔縣西一百七十里。』【馮注】《華陽國志》：『秦惠王作石牛五頭，朝瀉金其後，曰牛便金。蜀人悦之，使使請石牛，許之，乃遣五丁迎石牛。既不便金，怒遣還之，乃嘲秦人曰：「東方牧犢兒。」秦人笑曰：「吾雖牧犢，當得蜀也。」』【沈德潛曰】言世守及帝胄且不能成功，況奸雄割據乎？如劉闢輩是也。【按】金牛道，又稱石牛道。自今陝西勉縣西南行，越七盤嶺入四川境，經朝天驛趨劍門關。古為由秦入蜀重要通道。

箋評

【方回曰】五六對巧。

【金聖歎曰】此先生深憂巴蜀之國，江山險峻，或有草竊據為要害，而特深著嚴切之辭，以為預戒也。言此井絡天彭，拔地插天，飛棧千里，界山為門，自古稱為險絶之區者，以今日朝廷視之，不過在我一掌之中焉已耳。蓋言聖德皇皇，寬仁無外，臣工濟濟，算盡無遺故也。然則雖復陣圖在東，雪嶺在西，天設劍關以為雄塞，據我論之，固曾不得而謾誇也。前解寫全蜀之險，更不足恃，後解寫起蜀之人，皆未必成也。言前如望帝，佐以鼈靈；後如昭烈，輔之諸葛，然而曾不轉眼，盡成異物，又況區區草芥之子乃欲何所覬覦於其間也哉！（《貫華堂選批唐才子詩》）

【馮班曰】中四句萬鈞之力。（何焯引，見《輯評》）

【朱彝尊曰】此豈感蜀中反復不常而作與？

【何曰】第一句便破盡全蜀，第二是門户。第三是東川，第四是西川。四句中包括後人數紙。三四一聯若不點出東西二字，只是成都詩耳。『堪嘆』一聯言以世守因餘，猶歸於泯滅，況么麼草竊耶？喝起落句有力。○此篇若作於元和初劉闢據蜀之後，更有關係，在義山之世，止當賦杜元穎、悉怛謀兩事也。○觀西崑《成都》三篇，何其瑣屑補綴！○如此工緻，却非補紉。義山佳處在議論感慨，專以對仗求之，只是崑體諸公面目耳。（《義門讀書記》。《輯評》『堪嘆』『將來』二聯評箋作『世守不可保，因餘無能為，矧小醜竊據乎？落句乃孟陽勒銘之志也。深警當時藩鎮不宜負固輕負本。』）

【胡以梅曰】通首誡蜀人之詞，故其意輕視蜀險在言外。首言井絡天彭極小……。次言蜀之最險惟劍閣，亦不足恃。於是東雖陣圖示武，西雖邊柝偵防，方其内變，則為杜宇之失國；若來外敵，則先主之不能成王業，二傳即亡。將來不逞之徒，休訪金牛險道之舊蹤而思割據，亦倣張孟陽《劍閣銘》之意也。

【《唐詩鼓吹評注》】此攬二山之勝而弔古也。首言井絡天彭二山在蜀郡，如在一掌之中，蜀倚以為固，而劍閣不如。古謂劍閣天設之險，乃謾語耳。觀夫諸葛之陣圖，松維之邊柝，煙江雪嶺，皆形勝之地。而蜀帝云徂，杜宇之魂欲斷；霸圖既去，真龍之語空傳。今者形勝依然，而廢興則已異矣。將來姦雄輩何事以金牛故智窺圖此地也哉？此正所以折其氣也。

【陸曰】在天成象，則有井絡；在地成形，則有天彭。只一句而全蜀已破。第二句，其門户也。『陣圖』句，……指東川；『邊柝』句，……指西川。以上皆誇蜀地險要。下言險要之不足恃也。不見望帝之委國而去乎？如先主者，庶能撫有兹土耳。乃姦雄之輩，猶窺伺不已，何哉？李白《蜀道難》『一夫當關，萬夫莫開，所守或匪人，化為狼與豺』四語，可包括此詩。

【薛雪曰】為人要事事妥當，作家要筆筆安頓，詩文要通體穩稱，乃為老到。止就詩論，寧使下句襯上句，不可使上句勝下句。然上下句悉敵，纔是天然工到。如『歸日樓臺非甲帳，去時冠劍是丁年』，『風捲蓬根屯戊巳，月移松影守庚申』，『此日六軍同駐馬，當時七夕笑牽牛』，『陣圖東聚煙江石，邊柝西懸雪嶺松』之類，則又不可力争者也。（《一瓢詩話》）

【姚曰】此詠蜀中形勝也。井絡天彭，指掌可盡；劍門重阻，恃險則亡。東則夔江陣圖，古人於此禦敵；西則雪嶺傳柝，今時於此防邊。此籌時者所當審慮也。若乃姦雄竊發，叛服不常，不知亡國則有故君如杜宇，英略則非先主之真龍，則亦徒自送死而已矣。縱恃五丁之神力，欲訪金牛之舊蹤，何益！唐自肅、代後，蜀中屢屢叛亂，故有是詩。

【屈曰】以山川之險，武侯之才，昭烈之主，尚不能一統天下，而況其他哉！所以深戒後來也。

【程曰】杜子美詩：『西蜀地形天下險，安危須仗出羣材。』蓋留心經濟之言也。按唐末孟氏卒以竊據，義山親履其形勢，蚤已憂之，故作詩以戒警姦雄也。起句分明言其險隘，次句又言其勿恃險隘。三句言用兵如孔明者能有幾人。四句言鄰封如吐蕃者亦可助順。五句言秦時之割據者亦終為其臣所竄。六句言漢時之割據者畢竟是其宗支。然則地形雖險，莫蒙異志，故七八句結之云云。先事預防，亦深遠矣。

【田曰】足褫姦雄之魄，而冷其覬覦之心。（馮箋引）

【馮曰】蜀地恃險，自古多乘時竊據，憲宗時尚有劉闢之亂。詩特戒之，言先主尚不免與杜宇同悲，況么麿輩乎？

【紀曰】立論正大，詩格自高，五六唱嘆指點，用事精切。三四轉折太硬，意雖可通，究費疏解。七句尤率，非完美之篇。

【姜炳璋曰】首言形勢，二言險不可恃。三四承首句來，言不特天險也，而古迹之奇、邊戍之密，又復如此。後四句承次句來，杜其據險背叛之心也。其後蜀果為王氏、孟氏所據。義山之憂深思遠如此。諸説俱不談，而謂『八陣』句為能用兵如孔明者有幾人，則『松州』句無處安頓，不然也。

【方東樹曰】此與太白《蜀道難》、杜公《劍門》同意，皆杜奸雄覬覦。先君云：『前半地形，合東西言之。後半人事。次句乃通首主句。五六句即承明此意，以兩代興亡大事，證明不能恃險。』

【曾國藩曰】第七句是作意，預警奸雄之輩，無恃蜀中之險而圖割據也。

【俞陛雲曰】巴蜀為天府之國，足以閉關自守。乘時崛起者，都竊踞稱雄。故玉溪此篇，深致戒焉。首句井絡天彭，言分野之廣大。次句劍峰天險，言地利之難恃，皆舉全蜀而言。三、四承次句而分言之：三句謂陣圖石轉，帶白鹽、赤甲之雄，紀東川之險也；四句謂雪嶺秋高，扼邛笮康輶之隘，紀西川之險也。後半首承上而言，如此天險，宜可金湯永固矣，而霸圖已渺，空留杜宇之魂；炎井重窺，未竟飛龍之業。自昔英豪輩出，尚且偏霸無成；則後來之公孫躍馬，劉闢稱戈，亦當鑒於往事，而戢其雄心，勿慕秦王之遺力士開山，再訪金牛遺跡矣。（《詩境淺説》）

【張曰】音節高亮，如鏗鯨鐘。三四寫景精切，結尤深警，無所謂費解也。豪語以為太粗，過矣。（《辨正》）

【黃侃曰】此詩與張載《劍閣銘》同意，皆以懲割據也。首句言其地之狹小，次句言地險之不足恃；三四承首句之意，言其疆域迫促也；五六言伯主偏隅，終殊中縣之君也，詞特深婉；末句正寫警戒之意。（《李義山詩偶評》）

【按】詩作於東川幕，具體時間不易確攷，或在成都推獄時。前四極形蜀中險阻，而以『一掌』形其迫蹙，『漫誇』言其雖險而不足恃，四字貫串前幅。自四海一家之眼光視之，蜀中固一隅之地，故雖險阻而實同指掌不足恃也。五六援據蜀而立者為例，謂庸劣如望帝者，失國身亡，魂化啼鵑，固不足論；即才略傑出如蜀先主者，又豈能據蜀成事，為真帝王乎？二句層遞，主意在對句。先主尚不能為真龍，則天險之不足恃可知，姦雄竊據之必敗亦可知。故末聯以『莫向金牛訪舊蹤』警誡之。金牛舊蹤，妄圖竊據，貪婪愚蠢者覆滅之舊蹤也。

迎寄韓魯州瞻同年〔一〕①

積雨晚騷騷②，相思正鬱陶③。不知人萬里，時有燕雙高。寇盜纏三輔〔二〕④，莓苔滑百牢⑤。聖朝推衛索〔三〕，歸日動仙曹⑥。

校記

〔一〕『魯』，馮曰：『誤，似當作果。』葉葱奇、陶敏以為『魯』當是『普』之訛，近是。詳注①。『瞻』原一作『詹』，蔣本、戊籤作『詹』。非。

〔二〕『輔』，各本均同，馮注本疑『蜀』之訛，詳注。

〔三〕『索』原作『霍』，一作『索』，據影宋抄、錢本、席本、悟抄改。詳注。

集注

①【馮注】按：《舊、新書·志》：『調露元年於靈夏南境以降突厥置魯、麗、含、塞、依、契諸州，謂之六胡

州。』其後分合廢置不一：開元二十六年於此置宥州，寶應後廢；元和時又置，為吐蕃所破；長慶四年復置。復置者止宥州。而《吐蕃傳》長慶元年以壯騎屯魯州者，仍其地之舊名耳。且與詩之興元百牢絶不相涉，必誤也。愚玩史、《鑑》，疑王贄弘由果州刺史為興元副使、充行營兵馬使，而韓瞻或代刺果州，故行程必過百牢關，『果』『魯』音近而訛也。臆測頗似，而難遽定。是年春盧弘正卒，義山還京，其迎寄之跡未能細核。【張曰】魯州當從馮注作果州。義山到梓，畏之旋出刺果，故有此迎寄之作。又曰：所謂迎寄者，以果州近梓，故云。【葉葱奇曰】『普』和『魯』音、形都相近，就地理位置而言也和果州密邇。贄弘以果州刺史充三川行營兵馬使，韓瞻任普州刺史相助攻討，這似乎反有可能。（《李商隱詩集疏注》）【陶敏曰】果州屬山南西道，自京赴果州毋須入蜀。而大中五年李商隱在東川柳仲郢幕，不可能擅離本道迎韓瞻。『魯』當『普』之訛，二字形、音均相近。普州亦屬劍南東道，且在梓州之南，故李商隱得以迎而寄之。《東觀奏記》卷下：『（夏侯）孜為右丞，以職方郎中裴諴、虞部郎中韓瞻俱聲績不立，詼諧取容，諴改太子中允，瞻改鳳州刺史。』夏侯孜大中十年遷右丞，見《舊書》本傳。韓瞻當於五年自員外郎守普州，入遷郎中，復出守鳳州。』（《全唐詩人名考證》）【按】葉、陶説近是。詩當作於大中六年春，視詩中『時有燕雙高』可知。韓瞻約於五年冬離京赴普州，抵達普州已是六年春，參下篇題注及編著者按。

②【程注】劉向《九歎》：『聊假日以須臾兮，何騷騷而自放。』【馮注】張衡賦：『寒風凄而永至兮，拂穹岫之騷騷。』【按】騷騷，風勁貌，或曰：風聲。此用以狀雨聲。程注引非其意。

③【程注】《書》：『鬱陶乎予心。』《九辯》：『豈不鬱陶而思君兮。』【按】鬱陶：思念貌，憂思鬱積貌。《九辯》王逸注：『憤念蓄積盈胸臆也。』《孟子·萬章》：『鬱陶思君爾。』

④【自注】時興元賊起，三川兵出。【朱注】按興元為山南西道治所。通鑑，『大中五年十月，蓬、果羣盜，依阻雞山，寇掠三川，果州刺史王贄弘討平之。』胡三省注：『東、西川及山南西道謂之三川。』【程注】《漢書·百官表》：『右扶風、左馮翊、京兆尹是為三輔。』【馮注】《通典》：『唐開元中，以近畿之州同、華、岐、蒲為四輔。』按：蒲州屬河東道。同、華、鳳翔為關内道之三輔。《新書·封敖傳》：『節度興元，蓬、果賊依雞山寇三

川，敖遣副使王贄捕平之。』《通鑑》：『大中五年十月，蓬、果盜依阻雞山，寇掠三川，以果州刺史王贄弘充三川行營兵馬使，六年二月討平之。時封敖奏巴南妖賊言辭悖慢，上怒甚。崔鉉曰：「此皆陛下赤子，迫於饑寒，盜弄兵於谿谷間，不足煩大軍，但遣一使者可平矣。」乃遣京兆少尹劉潼詣果州招諭之，賊投弓列拜請降。潼歸館，而贄引兵已至山下，竟擊滅之。』胡三省注：『雞山在蓬、果二州之界。三川，東、西川及山南西道。』按：此事《舊書》失載，《新傳》略甚也。雞山之名不一。《舊書·温造傳》：『造初赴鎮漢中，遇大雨乃禱雞翁山祈晴，即時開霽。文宗詔封雞翁山為侯。』《寰宇記》：『山在褒城縣北，入斜谷二十里。』則非此山也。《寰宇記》云：『蓬州蓬山縣西南六十里石雞翁山，有石如雞，又果州有石如雞母，二山相對，去五里。』蓬果羣盜所依阻者，必此山也。蓬、果屬興元，故曰『興元賊起』，與梓州、成都所管，邊境連接，故寇掠三川，出兵致討也。小賊即平，何至擾動三輔哉？或疑入擾鳳翔、寶雞之境，故曰『纏三輔』，然以注之三川證句之三輔，必不然矣。余故以為『三蜀』之訛。左思《蜀都賦》：『三蜀之豪』。常璩《蜀志》：『益州以蜀郡、廣漢、犍為為三蜀。』又《巴志》：『板楯蠻攻害三蜀，漢中州郡連年苦之。』《舊書·李晟傳》：『三川震恐。』又曰：『從晟言，三蜀可坐致也。』三蜀本非廣指三川，而以三蜀稱三川，史文習見，所訂必不誤矣。又曰：《後漢書·南蠻傳》：『巴郡板楯復叛，寇掠三蜀。』按：即《巴志》所云也。愚謂北方口音『輔』與『蜀』亦相近，故訛為輔。【按】左思《蜀都賦》之『三蜀』係指蜀郡、廣漢、犍為，史文中『三蜀』亦常泛指三川，馮氏以『三輔』為『三蜀』之誤，近之。然作『三輔』亦可通，以其近於畿輔之地，故曰『纏』。

⑤【朱注】《圖經》：『百牢關故址在今興元西縣，兩壁山相對，六十里不斷，漢江水流其間，乃入金牛益昌路也。』《寰宇記》：『在漢中郡西縣西南，隋開皇中置，以入蜀路險，號曰百牢關。一云置在百牢谷。』【馮注】《元和郡縣志》：『百牢關，自京師趣劍南達淮左皆由此。』又曰：『百牢為秦中南境之界，果州南充郡在嘉陵江之西，必過關也。』

⑥【朱注】《晉書》：『尚書令衛瓘與尚書郎索靖俱善草書，時人號為一臺二妙。』白帖：『諸曹郎稱為仙郎，故

曰仙曹。」【程曰】朱長孺引《晉書》衛瓘、索靖為注，愚意未安，仍從正文『衛霍』為是。蓋承上文用兵，言將帥也。『衛索』並稱，乃以書名，引用何關耶？『然衛霍』非指韓瞻，大抵瞻時頒詔命，令將出師，將如王贊弘之流，克捷成功，故推美為『衛霍』，而并美瞻之復命，歸而名動仙曹也。如此解，乃覺文從字順，惜《唐書》無《韓瞻傳》，又不附見於其子《偓傳》中，無從而別考矣。【馮注】衛霍，《漢書》衛青、霍去病也。二句似言主將成功，佐理之人歸至曹司，亦增光耀矣。衛索，《晉書》：『尚書令衛瓘、尚書郎索靖俱善草書，時號一臺二妙。』則以美其文采，歸後自有清華之境，意亦可通。玩曰『仙曹』，似『衛索』較是。或如頗、牧出自禁署之意，則『衛霍』是也。【紀曰】阻於盜，故不得至，三川兵出，則已命衛霍之將，指日削平，可以相見矣。別本作『衛索』，語便索然。非惟語脈不貫，亦未細看原注矣。【按】衛霍習用，衛索罕用，故後人以衛索為誤而改衛霍，然此處實作衛索。題曰『迎寄』，末聯自必關合韓瞻，不得如程氏所云別指將帥；而瞻文人，此次刺普，亦係文職，非主帥，擬之衛霍，殊為不倫。作『衛索』方稱其文人身份，且與『仙曹』相應。如『衛霍』，則功成歸朝，不得止云『動仙曹』矣。且原作『衛霍』，亦不可能改為罕用之『衛索』。

箋評

【何曰】次聯乃老杜所云『恨別鳥驚心』也。（《輯評》） 次聯悲凉古直，羈旅中偶一吟諷，便爾即目皆驚心也。（《讀書記》）

【姚曰】我之念韓，正積雨蕭騷之際，而韓之歸朝，當風雲得路之時，其欣喜當何如耶？韓時官部曹，且必善書，故有衛索之比。

【馮曰】味詩語，似朝命韓瞻往佐討賊，故前半言正爾相思，不知有此遠行，五紀時事，六想程途。結則祝其還朝，送行常法。

【紀曰】前四句一氣渾成，意格高遠。（《詩説》）四句對法活，所謂興也。（《輯評》）

【張曰】大中五年義山赴梓時，畏之在京，有留別詩。蓋未幾即出刺魯州矣。此義山在梓幕迎寄所作。據自注，其即五年冬所作歟？（《辨正》）

【按】據自注，詩必作於蓬果人民起義之後，王贄弘鎮壓起義之前。而大中五年深秋義山赴梓時，韓瞻在京，有詩相送，故題中『迎寄』必指義山在梓聞韓瞻刺普而以詩迎寄，馮謂韓奉命往討，李作詩相送，非。一二對雨相思，三四謂韓有萬里之行。五六紀時事，想像其來路所經，闕合『迎寄』。七八遥想其異日還朝情景。

韓冬郎即席為詩相送一座盡驚他日余方追吟連宵侍坐徘徊久之句有老成之風因成二絶寄酬兼呈畏之員外〔一〕①

十歲裁詩走馬成，冷灰殘燭動離情。桐花萬里丹山路②，雛鳳清於老鳳聲③。

其二

劍棧風檣各苦辛④，别時冰雪到時春〔二〕⑤。為憑何遜休聯句⑥，瘦盡東陽姓沈人⑦。

校記

〔一〕「余」，席本、影宋抄、戊籤作「徐」。

〔二〕「冰」，戊籤作「冬」。

集注

①【朱注】《南部新書》：「冬郎，韓偓小字。父瞻，字畏之，義山同年。」【馮注】《新書·傳》：「韓偓，字致光，京兆萬年人。擢進士第。昭宗時為翰林學士，遷兵部侍郎，進承旨，為朱全忠貶濮州司馬。天祐二年，復召為學士，偓不敢入朝，挈其族南依王審知而卒。」《紀事》曰：「偓小字冬郎，字致堯，今曰致光，誤矣。自號玉山樵人。」按：《吴融集》亦作韓致光，史文必不誤也。【按】「連宵侍坐徘徊久」係韓偓贈詩中之句，詩今《翰林集》《香奩集》中均無，當已佚。據題内「畏之員外」之稱，此二首當是大中六年春韓瞻已出為普州刺史時，商隱自梓州寄酬。「員外」仍稱其京職，唐人慣例。考詳編著者按。

②【朱注】張正見詩：「丹山下威鳳，來集帝梧桐。」薛道衡詩：「集鳳桐花散。」【按】《山海經·南山經》：「丹穴之山……有鳥焉，其狀如雞，五采而文，名曰鳳皇。」又，傳鳳皇非梧桐不栖，故桐花、鳳常連文。據李德裕《畫桐花鳳扇賦序》，桐花鳳爲成都特産，桐花開時集於花間。此處正貼送商隱赴蜀言。

③【朱彝尊曰】寫謔畏之意。【馮注】《晉書》：「陸雲幼時，閔鴻奇之，曰：『此兒若非龍駒，當是鳳

雛。』【按】此以雛鳳喻偓，以老鳳喻瞻，謂偓之才華詩思勝於乃父也。

④【朱注】劍棧，謂劍閣棧道。【馮注】郭璞《江賦》：『舳艫相屬，萬里連檣。』《戰國策》：『棧道千里，通於蜀漢。』

⑤【馮注】秋潦冬雪，見馬融《長笛賦》。【張曰】義山大中五年秋末赴梓，《散關遇雪》詩可證，有《留別畏之》作，故云『別時冰雪』。九年冬隨仲郢還朝，十年春至京，有《樓上春雲》詩（按即《行至金牛驛寄興元渤海尚書》）可證，故曰『到時春』。畏之自義山赴梓後，亦出刺果州，有《迎寄》詩可證，其還朝當在大中十年，所謂『劍棧風檣各苦辛』也。『劍棧』自謂，『風檣』指畏之。【岑仲勉曰】《嚴州重修圖經》刺史題名，韓大中十二年四月七日自□州刺史兼本州鎮遏使拜，復據《新表》，（夏侯）孜於大中十三年八月方改中書侍郎（即右相）。由此觀之，瞻或敭歷外郡，至大中十二年四月後方入朝為虞中也（按《東觀奏記》載夏侯孜為右相，以虞部郎中韓瞻聲績不立，改鳳州刺史）。（張）箋謂大中十年春畏之必亦由果州還朝，殆不確。【按】《東觀奏記》載夏侯孜為右丞，以虞部郎中韓瞻聲績不立，改鳳州刺史，非『右相』，岑氏引誤。據《通鑑》，大中十一年正月，以御史中丞兼尚書右丞夏侯孜為户部侍郎、判户部事，可證孜大中十年為右丞，韓瞻由虞中出守鳳州亦同年事。如此二詩作於大中十年春，題不當稱『畏之員外』而當稱『畏之郎中』，故可證二詩非十年所作。

⑥【朱注】何遜嘗於范廣州宅聯句。【馮注】何集亦有與他人聯句者。【按】《范廣州宅聯句》云：『洛陽城東西，却作經年別。昔去雪如花，今來花如雪。』意與『別時冰雪到時春』句相近，故有『休聯句』之語。憑，請。句意詳按語。

⑦【自注】沈東陽約嘗謂何遜曰：『吾每讀卿詩，一日三復，終未能到（按蔣本、姜本、戊籤、影宋抄、錢本無『到』字）。』余雖無東陽之才，而有東陽之瘦矣。【馮注】『終未能到』與史文小異。約於隆昌元年除吏部郎，出為東陽太守。【按】《南史》：沈約《與徐勉書》：『百日數旬，革帶常應移孔；以手握臂，率計月小半分。』《自桂林奉使江陵》詩亦自言『沈約瘦愔愔』。二句以何遜比冬郎，以沈約自比。

箋評

【陸鳴皋曰】前首言其才之過于父，後首言難為和也。韓詩送東川之别，故前有次句，後有首句。

【姚曰】（首章）此贈冬郎，歎其才之勝父。（次章）此呈畏之員外，言其詩之難和也。

【屈曰】前首稱其邁種之才，後首已之傾倒至矣。

【程曰】次首用劍門棧道字，則寄自梓州幕府。

【馮曰】箋之難定在『徐』『余』二字與『劍棧風檣』四字。若云在徐幕作，則大中四（按應為『三』）年臘月大雪過大梁，與此别時到時正合。然以劍棧指迎寄韓瞻之時，則年已不符，意亦微背，而義山赴徐非水程，則『風檣』何屬也？若云在梓幕作，則『劍棧』自謂，『風檣』似謂韓有水程之役，頗通；但散關遇雪，抵梓赴蜀皆在歲前，且失偶未久，於寄韓情緒何不更含感悼？故兩難細合也。無可定編，聊附於此，不知何説近之。（按：馮編大中七年梓幕獻杜悰詩後）

【紀曰】風調自佳，但無深味耳。（《詩説》）

【姜炳璋曰】其二，言我往梓州，陸行則劍棧，水行則風檣，辛苦極矣。『憑』，托也，言我致托冬郎，不得再聯句寄我，恐使我瘦盡而病也。已無冬郎之才，故見詩則必三復；而有東陽之瘦，故不可再詠其詩也，乃喜極而翻為不欲見之辭。妙絶！夫以十歲小兒，一語驚人，輒傾倒如此，義山於交游及故人子弟，情篤乃爾。

【張曰】冬郎十歲裁詩相送，則追述大中五年赴梓時事，故留贈畏之詩有『郎君下筆驚鸚鵡』之句，至大中十年，冬郎當十五歲矣。馮説支離不足據。近人震鈞編《韓譜》，則又列此詩於大中七年，似仍沿馮繆也。（《會箋》繫大中十年）

【按】此二首作年，有大中五年（葉葱奇）、七年（馮浩）、十年（張采田）諸説。細按之，此三説均不能成立。五年説謂商隱於冬郎賦詩相送後數日寄酬。此説之主要問題在於詩中『別時冰雪到時春』一句與商隱之實際到梓時間絶不相符（因此時韓瞻尚未出刺普州，此句不可能解為韓之別時與到時，只可能解為商隱之別時與到時）。而商隱《樊南乙集序》明言『七月，尚書河東公守蜀東川，奏為記室。十月得見，吴郡張黯見代，改判上軍。』柳仲郢七月任命，最遲八月須啟程，而商隱直至深秋尚在長安（見前《王十二兄與畏之員外相訪》《赴職梓潼諸詩》），故商隱赴梓，非與仲郢同行，而係單獨前往，蓋因王氏亡故後，料理葬事、將兒女寄養在長安等事須處理。其啟程時間約在九月上旬，於十月下旬左右抵達梓州。故《乙集序》之『十月得見』，定指到梓之時間，而非受辟後初見仲郢之時（七月、八月，商隱居留洛陽時間不短，且為仲郢子代擬過書啟，與仲郢見面機會甚多）。因商隱晚到，而書記之職不可或缺，故仲郢已使張黯暫代。商隱到梓與仲郢見面後，乃改為節度判官。十月即已到梓，即使係出發前對行期之約略估計，也絶不可能説成『到時春』。何況，商隱於大中五年十二月十八日即差赴西川推獄，更證實此前即已到梓。

十年説之不可通，關鍵在於詩題中『畏之員外』之稱謂不符韓瞻大中十年時之官職。因韓瞻大中五年冬由員外郎出守普州，約七年冬即已還朝（八年春商隱梓幕返京，回梓前有《留贈畏之》詩，詳後），官職當有所升遷。從《東觀奏記》所載夏侯孜為右丞，以虞部郎中韓瞻聲績不立，改鳳州刺史之事，至少在大中十年瞻已遷郎中。故此時如商隱作詩寄呈，必不稱『畏之員外』而當稱『畏之郎中』。此點注⑤按語中已提及，此處再略加申説。

七年説之誤緣於馮氏年譜將商隱赴梓幕定於大中六年，故不得不將此二詩繫於七年。但即使如此，馮氏仍無法解釋『別時冰雪到時春』之句，謂『散關遇雪，抵梓赴蜀皆在歲前』，認為『兩難細合』，只能姑且附編於七年。

實則此二詩係大中六年春商隱在梓幕時寄酬於是年春抵達普州之韓瞻父子之作。題稱『畏之員外』而不稱『韓普州』，乃是緣於唐人輕外郡重京職之風氣。唐人詩文中，對方已出任外地官職仍以京職稱之的情况極為普遍，商隱詩文集中，如《天平公座中呈令狐相公》《哭遂州蕭侍郎二十四韻》《哭虔州楊侍郎虞卿》《鄭州獻從叔舍人褎》《酬令狐郎中見寄》《上令狐相公狀》七首、《上鄭州蕭給事狀》《為濮陽公上漢南李相公狀》《為濮陽公上華州陳相公狀》《為濮陽公上淮南李相公狀》三首、《為濮陽公與蘄州李郎中狀》《上華州周侍郎狀》《為濮陽公上賓客李相公狀》二首、《上鄭州李舍人狀》四首、《上李舍人狀》二至七、《上河南盧給事狀》……不勝遍舉。因此，韓瞻其時雖已出守普州，商隱在詩題中仍稱其原任之京職『員外』完全符合唐人慣例。其次，是對『別時冰雪到時春』一句之解釋。無論五年、七年、十年說，均結合商隱赴梓行程或結合商隱、韓瞻兩人赴梓、赴果之行程加以解釋，結果均不符實情，扞格難通。實則『劍棧風檣各苦辛，別時冰雪到時春』二句完全指韓瞻赴普州之行程與啟程、抵達之時間。韓瞻赴普，既有陸程，又有水程，且須經由劍閣一段棧道，故首句言『劍棧風檣各苦辛』。『別時冰雪』，係指韓瞻離京啟程時，已是冰雪嚴寒之冬天。大中五年九月上旬商隱啟程赴梓，至散關已遇雪，韓瞻出守普州，啟程時更晚，故云『別時冰雪』。商隱《迎寄韓普州同年》有『時興元賊起，三川兵出』自注及『時有燕雙高』之句，可推斷其時當在六年二月王贄弘未平雞山之前，韓瞻抵達普州亦在此後不久，故云『到時春』。韓瞻此次赴普，其子韓偓當隨侍前往，故商隱作此二詩『寄酬』並『兼呈』韓瞻。

首章追述大中五年義山赴梓時冬郎即席賦詩相送事。題內『一座盡驚』，詩中『十歲裁詩走馬成』之語，與《留贈畏之》『郎君下筆驚鸚鵡』之句正合。『桐花』二句，從『鳳雛』翻出，想象新奇，『寄酬』『兼呈』雙綰，筆意超妙。次章一二指韓瞻赴普州之水陸行程及啟程、抵達之時間，三四仍收到稱賞冬郎詩才作結，同兼『寄酬』『兼呈』二意。

義山稱揚冬郎之詩，特標舉『清』與『老成』，或係受杜甫詩論之影響（杜甫曾謂『清新庾開府』，又謂『庾信文章老更成』），其詩於清麗婉曲中時露沉鬱，正此種主張之實踐。

三月十日流杯亭〔一〕①

身屬中軍少得歸〔二〕②，木蘭花盡失春期③。偷隨柳絮到城外④，行過水西聞子規⑤。

校記

〔一〕『十日』，馮曰：『一作「三日」，非。』

〔二〕『少』，戊籤一作『不』，非。

集注

①【朱注】《方輿勝覽》：『巴州西龕寺，唐乾元間嚴鄭公武所創，其水曲折，可以流觴。』《一統志》：『流觴亭在巴縣西龕山上。』【程注】流杯亭在汝州，則此詩當是從令狐楚為汴州巡官時作。【馮注】舊注引巴州嚴武所創流觴亭，地已不合；或引他處，尤誤。流杯亭是處可有，此必在東川也。徐曰：『詩有子規，且木蘭蜀中尤盛』，得之矣。【按】徐、馮説是。玩『身屬中軍』可悟。

②【馮注】《乙集序》云：『時公始陳兵新教作場，閲數軍實，判官務檢舉條理，不暇筆硯。』即此句意。

③【朱注】《本草》：『木蘭，大樹，皮似桂而香，花粉紅色，二三月間開。』　【按】參《木蘭》題注。
④【馮注】《神農本草經》：『柳花一名柳絮。』
⑤【馮注】《本草釋名》：『子規其鳴若曰「不如歸去」。』　【何曰】應首句意。（《輯評》）

箋評

【何曰】別格。（《輯評》）
【姚曰】『偷隨』二字妙。子規却不許人一刻遣開也。
【屈曰】春盡失期，應難再見，及潛過水西，惟聞子規，言無益也，不如歸去耳。
【程曰】楚與義山賓主相得，未必含怨，但自慨其不能致身富貴，未免聞子規而動不如歸去之思也。末句用意最巧，晚唐始有此法。宋元以後則多襲之。至明人諷李西涯詩『鷓鴣啼罷子規啼』，則愈巧而愈纖矣。
【陸鳴皋曰】抵後人多少《落花》《送春》詩。
【紀曰】風調自異，純以骨韻勝也。（《詩説》）　子規聲曰『不如歸去』，隱含此意，妙不説破。（《輯評》）
【張曰】流杯亭，未詳。徐氏、馮氏皆謂梓幕作，似之。
【按】《乙集序》云：『明年（大中六年）記室請如京師，復攝其事。』詩當作於大中六年三月。其時商隱兼任判官、書記二職。詩言軍務倥偬，無暇賞春，及至木蘭花盡，柳絮紛飛，春期已失之時，而潛行城外，春物已不復見，惟聞子規『不如歸去』之聲矣。沉淪幕府，雜務纏身，虛捐歲月之慨，言外見之。

西溪①

悵望西溪水，潺湲奈爾何〔一〕！不驚春物少，只覺夕陽多②。色染妖韶柳〔二〕③，光含窈窕蘿④。人間從到海，天上莫為河⑤。鳳女彈瑶瑟⑥，龍孫撼玉珂⑦。京華他夜夢，好好寄雲波⑧。

校記

〔一〕『潺湲』，馮曰：『一作潺潺。』

〔二〕『韶』原作『嬈』（一作『韶』），據蔣本、戊籤、席本、影宋抄、朱本改。姜本作『嬌韶』。

集注

①【胡震亨曰】《樊南集》有《上柳仲郢啟》云：『前因暇日，出次西溪，既惜殘陽，聊裁短什』，指此詩也。　【朱曰】集中西溪詩頗多，皆作于東川，有引《放翁筆記》華州鄭縣之西溪亭者，謬也。　【馮曰】《四川通志》：『西溪在潼川府西門外。』

②【朱彝尊曰】（『不驚』）二句承『悵』來。

③【程注】陸機《七徵》：『舒妍暉以妖韶。』【按】妖韶，嬌美。

④【馮注】《方言》：『美狀為窕，美心為窈。』《詩》：『蔦與女蘿。』《傳》曰：『女蘿，菟絲松蘿也。』【錢鍾書曰】水仗柳蘿之映影而而添光色也。（《管錐編》八〇八頁）

⑤【朱注】《詩箋》：『天河，水氣也。』『從到海』以其有朝宗之義；『莫為河』，以其隔牛女之會合。【朱彝尊曰】四句溪中之水。【按】『從到海』即任其到海之意，下句謂但不可天上為河。此聯流水對，二句一意相承。參下引紀昀箋語。

⑥【朱注】《列仙傳》：『弄玉隨鳳皇飛去，故秦作鳳女祠于雍宮，世有簫聲。』【按】前已屢見。

⑦【道源注】龍孫，龍駒也。《本草》：『珂，貝類，皮黃黑而骨白，可為馬飾，生南海。』【程注】張華詩：『文軒樹羽蓋，乘馬鳴玉珂。』【朱彝尊曰】（『鳳女』）二句溪中之人。（亦見錢良擇《唐音審體》。『中』作『上』。）【按】龍孫，猶言龍種。《楊本勝説于長安見小男阿袞》：『寄人龍種瘦。』《哭遂州蕭侍郎》：『我系本王孫。』

⑧【朱彝尊曰】結歸自己。

箋評

【朱曰】義山《謝河東公和詩啟》：『某前因假日，出次西溪。既惜斜陽，聊裁短什。蓋以徘徊勝境，顧慕佳辰，為芳草以怨王孫，借美人以怨君子。思將玳瑁，為逸少裝書；願把珊瑚，與徐陵架筆。斐然而作，曾無足觀。不知誰何，仰達尊重，果煩屬和，彌復兢惶。』所云『和詩』，即和此詩也。河東公者，柳仲郢也，義山為仲郢判官。

【陸鳴皋曰】此即景以託意也。首四句，即有感懷遲暮之悲。『人間』二句，言應得朝宗，而莫阻牛女之會也。鳳女，代湘靈，二句言得所而樂，故吾亦想夢京華，而寄之于此波耳，用託波通辭語意。

【姚曰】西溪在蜀，故即景而發京華之想。首四句，自況遲暮。中四句，分承第二聯：『色染』一聯，承第三句，『人間』一聯，承第四句。到海，慕其朝宗；為河，憂其間隔。末四句，言京華佳麗，願藉雲波一寄消息耳。

【屈曰】『奈爾何』，言西溪佳甚。三四正是佳處，溪色染柳，溪光含蘿，水至清也。此時流去，只可到海，且莫為河飛歸天上，使我不得再遊也。瑶瑟，玉珂比溪水之清，他夜京華之夢欲寄雲波，從此永不能忘也。此詩想成於遊覽之頃，不暇獺祭，遂能爽利近情，全無堆集之病，在本集中最為難得，在排律中更難得也。

【馮曰】鳳女、龍孫並非泛設，謂昔年客中憶在京妻子，尚得好好一寄消息，今則妻亡子幼，夢亦多愁矣。言外含悲，隱而不露。

【紀曰】七八句深遠藴藉，可稱高唱。（七八句）長孺解下句是，上句以朝宗為解，則添出支節，横隔語脈矣，蓋此十字是一意，一開一合耳。（《詩説》）（七八句）寓意深微，言人間縱然到海，亦自不妨，但不可以天上為河，隔牛女之會耳。後四句言戀闕情深，申所以莫為河意。「鳳女」二句即所謂京華夢也。（《輯評》）

【張曰】『龍孫』『鳳女』，即『龍種』『鳳雛』意，分憶在京之子女。結言從前作客他方，尚有『雲波』之寄，今則無矣，意實悼亡，而啟文云云，晦之耳。妻喪未除，餘哀猶在，故觸類增悽也。今編是年（大中六年。《會箋》）。

【按】據啟文『既惜斜陽，聊裁短什』及『為芳草以怨王孫，藉美人以喻君子』等語，此詩確有寓託。然詩并非比體，而係觸物興懷一類，故賦物與興感雜陳，如一律以比興求之，則必致穿鑿。起聯謂望西溪流水潺湲而去，中心悵然，『奈爾何』即『從來繫日乏長繩，水去雲回恨不勝』（《謁山》）之慨。故次聯即點破此意，謂見此西溪夕照景色，不覺觸動遲暮之悲。『不驚』『只覺』，似曠達而實惆悵。『光含』『色染』二句，狀西溪水色之美以襯『春物』之麗，而『夕陽無限好，只是近黄昏』之慨亦自寓其中。『人間』二句，承上啟下，謂溪水東流，既無奈爾何，則亦惟任其到海而已，但企其莫流至天上為銀河以阻隔牛女之會合耳。詩至此乃由感遲暮而轉出傷離一層意思。此蓋緣自身痛苦遭遇所生之悲天憫人願望。末四句轉憶寄養於京華之兒女（鳳女龍孫自指子女。子女並提，義山詩文中屢見），謂異日思念京華子女之夢，祈能藉西溪之水以寄也。此詩語温婉而情悲凉，西溪在詩中係興起遲暮之感、傷離之緒之觸媒。詩亦如行雲流水，自然流轉，清空如話，排律中化境。

夜出西溪

東府憂春盡①，西溪許日曛②。月澄新漲水，星見欲銷雲。柳好休傷别③，松高莫出羣④。軍書雖倚馬⑤，猶未當能文⑥。

集注

①【朱注】山謙之《丹陽記》：『東府城地，晉簡文為會稽王時第也。東則丞相會稽王道子府，道子領揚州，故俗稱東府。』【程注】《元經》：『冬十月，城東府。』薛氏傳：『城東府者何？尚書府也。自道子、元顯分東府、西府掌其事，至劉裕因之居東府。』　【馮注】《晉書》：『會稽王道子開東第，築山穿池，列樹竹木，此孝武帝時也。』又曰：『道子為長夜之飲，政委世子元顯，加元顯録尚書事。時謂道子為東録，元顯為西録。西府車騎填凑，東第

門下可設雀羅，此安帝時也。』此句藉謂東川使府。【鍾惺曰】『憂』字又生一意。

②【補】許，期，望。幕僚晨入昏歸，故期待日曛而有西溪之游。

③【馮注】寓柳姓，謂且可久留。【鍾惺曰】無奈何，作翻案語。

④【馮注】自謂。

⑤【程注】《漢書·息夫躬傳》：『軍書交馳而輻輳，羽檄重跡而狎至。』【馮注】《世説》：『桓宣武北征，袁虎時從，被責免官。會須露布文，唤袁倚馬前令作，手不輟筆，俄成七紙。』

⑥【朱注】時義山在河東公幕府，故云然。【何曰】杜詩韓筆不得在臺閣應用，文章復何足誇也。【馮曰】言我豈軍書見才者歟？

箋評

【朱曰】此不得已而有所赴之詞。（《李義山詩集補注》）

【馮班曰】（三四）名句秀麗。

【徐德泓曰】時在東川幕，故云東府。首二句，一開一合，在彼處之春盡可憂，而在此之日曛可許，以其有夜來月星之好景也。『許』字特佳。第三聯，即景而寓别離、嫉妬之感。結雖云自謙以收到『東府』意，而實根第六句來，言並非出羣之材，不必忌也，意味深長。

【姚曰】此不得已而有所赴之詞。四句叙出門景色，月澄星見，比己之得被拂拭也。顧柳好無如傷别，松高應妒出羣。須知倚馬千言，亦是尋常事，不必深相忌耳。

【屈曰】五六比也。末承六，兼結首句。首句云憂春盡，五六云休傷别、莫出羣，結又云云，似有不能安於幕府者。

【馮曰】下半四句，或寓柳珪將至西川，我以高才代之作歟，不但軍書之職也。

【紀曰】詩亦有格，但末二句太露，且五六雖經比到自己，尚未落明，斗然説出，亦太鶻突無頭腦，意可通而語欠清也。○問二句『許』字如何解？曰此幕府不得志之作，考昌黎《上張僕射書》，有『辰入酉歸』之語，知幕府定制類然，此句與上句呼應，言常憂錯過春光，偏于日曛纔許出也，然終是晦澁之句。

【張曰】唐律承接往往用潛氣内轉法，語自不貫而意已暗通，故有餘味，豈突接無緒可比哉！結以豪語作收，轉覺沉痛，玉谿慣法也。（《辨正》）

【按】首二謂居幕府而憂春之盡，故期盼有夜出西溪之游。三四即景。五六藉柳、松寓感。幕主善遇，故曰『休傷别』；同僚嫉才，故曰『莫出羣』。七八緊承『松高』，既以才自負，亦以才而不遇自傷。據『軍書倚馬』語，當大中六年復攝記室後所作。

西溪①

近郭西溪好，誰堪共酒壺？苦吟防柳惲②，多淚怯楊朱〔一〕③。野鶴隨君子，寒松揖大夫④。天涯長病意〔二〕，岑寂勝歡娱。

校記

〔一〕『怯』，悟抄作『憶』。

〔二〕『長』，季抄、朱本作『常』。

集注

①【朱彝尊曰】時為柳仲郢東川幕府判官。【按】西溪見前注。

②【朱注】《梁書》：『柳惲字文暢，河東解人，少工篇什，為詩曰：「亭皋木葉下，隴首秋雲飛。」琅琊王融書之齋壁。入梁，為秘書監，終吴興太守。』【按】防，比也，當也。

③【朱注】《淮南子》：『楊朱見歧路而哭之，為其可以南，可以北。』【何曰】次聯寫出岑寂，應『誰堪共』也。（《輯評》）【馮曰】苦吟多淚，皆與病夫不宜，故不與共也。柳仲郢父子皆工詩文，而楊本勝賢而文，貎索其所作四六。此其藉指歟？【按】馮解柳、楊非是，詳箋。

④【朱注】《抱朴子》：『周穆王南征，一軍盡化：君子為猿為鶴，小人為蟲為沙。』【何曰】隨者，鶴無同寮也；揖者，松非知己也。（《輯評》）【按】大夫松，見《李肱所遺畫松》。二句意即隨君子所化成之野鶴，揖受封大夫之寒松。

箋評

【賀裳曰】義山《西溪》詩：『野鶴隨君子，寒松揖大夫。』……其意則自傷淪落荒野，所見君子惟有鶴，大夫惟有松而已。思路雖深，神韻殊不高雅。（《載酒園詩話》卷一）

【何曰】第二句便含岑寂意。第三句因病廢詩。第四句時方喪偶也。（《讀書記》）

【田曰】自不欲人共，非無人共也。傲情可想。『勝』字更傲。（馮箋引）

【姚曰】西溪儘堪觴咏，而獨居無伴，惟恐引起情懷，轉成傷感耳。野鶴長松，蕭然作伴。病夫羈旅，只得以清净消之，亦不得已之詞也。

【屈曰】西溪最佳，奈是獨遊，遊人雖多，無堪共酒杯者。惟覺防柳惲之苦吟，怯楊朱之多淚耳。幸有野鶴相隨，寒松堪揖，所以如此者，天涯病客，以岑寂為佳耳。

【程曰】又有《西溪》六韻律詩……《夜出西溪》四韻律詩……詩語皆不得意。合觀三首，一則曰：『楊朱下淚』，一則曰『悵望西溪』，一則曰『軍書雖倚馬，猶未當能文』，蓋必有鬱鬱乎中者。且三首皆有柳句，此首曰『苦吟防柳惲』，明道仲郢矣；彼二首曰『色染妖韶柳』、曰『柳好休傷别』，亦藉柳比之，似有不足之意。豈亦昌黎『感恩則有，知己則未』之意耶？仲郢於義山恩禮不薄，義山於仲郢情好亦深，大抵皆自慨其『因人作遠遊』，故不免『滿目悲生事』耳。

【紀曰】兀傲太甚，嫌於露骨。三句『防』字不解，或是『妨』字。（《詩説》）不協於中聲。（《輯評》）

【張曰】此詩乃自傷，聊作排遣耳。紀氏律以中聲，譏其兀傲、露骨，皆不甚切。且中聲不知指何等，恐紀氏亦不能舉其例也。（《辨正》）

【按】起言西溪雖好，然竟無人可與共飲者，言外見無知己。頷聯謂己苦吟可比柳惲，多淚更怯于楊朱，蓋極言心情之抑鬱與藉詩酒以遣悶。腹聯謂己漫步於西溪之畔，追隨野鶴，拜揖寒松，聊為此岑寂之閒遊。末聯總結，言天涯多病之身，懷抑鬱之情，作此種寂寥之排遣，較之强為歡娱之舉，覺遠勝之矣。

北禽

為戀巴江暖〔一〕①，無辭瘴霧蒸。縱能朝杜宇②，可得值蒼鷹〔二〕③？石小虛填海④，蘆銛未破矰⑤。知來有乾鵲⑥，何不向雕陵⑦？

校記

〔一〕『暖』，季抄、朱本作『好』，非。

〔二〕『值』，悟抄作『阻』，非。

①【姚注】《三巴記》：『閬、白二水南流，自漢中經始寧城下，入涪陵，曲折三回，如「巴」字，曰巴江。』

【按】此泛指巴地之江。巴江猶東川。　【錢良擇曰】（首二句）處非其地，不得已而羈留。

②【馮曰】杜宇，蜀帝也，藉謂西川府主。　【按】典屢見。馮解非，杜宇指柳仲郢，詳箋。

③【姚注】《左傳》：『如鷹鸇之逐鳥雀也。』　【馮注】值，直吏切。如《後漢書·酷吏傳》『嗟我樊府君，安可更遭值』之『值』。《戰國策》：『要離之刺慶忌，蒼鷹擊於殿上。』　【錢良擇曰】值，去聲，當也。言即能自結主知，難當猛鷙之害。　【岑曰】言雖得仲郢辟置，恐仍難免牛黨排擊。

④【馮注】《山海經·北山經》：『發鳩之山有鳥如烏，文首、白喙、赤足，名曰精衛。其鳴自詨，是炎帝之少女，名曰女娃，遊于東海，溺而不返，故為精衛。常銜西山之木石，以堙于東海。』　【錢良擇曰】精衛之願難酬。

⑤【朱注】《淮南子》：『雁銜蘆而飛，以避矰繳。』　【補】銛，鋒利。　【錢良擇曰】鴻燕自全之具未備。

【紀曰】言善防而不能自全。

⑥【朱注】《淮南子》：『乾鵲知來而不知往，此修短之分也。』　【馮注】《西京雜記》：陸賈曰：『乾鵲噪而行人至。』《埤雅》：『鵲作巢，取木杪枝，不取墮地者。皆傳枝受卵，故曰乾鵲。』《爾雅》：『鷽，山鵲。』《說文》：『山鵲，知來事鳥也。』按《淮南子·氾論訓》作『乾鵠』。注云：『乾鵠，鵲也。乾音干。』

⑦【馮注】《莊子》：『莊周遊雕陵之樊，睹一異鵲自南來，翼廣七尺，目大運寸，感周之顙而集於栗林。周執彈而留之，睹一蟬得美蔭而忘其身，螳螂執翳而搏之，見得而忘其形，異鵲從而利之，見利而忘其真。莊周怵然曰：「物固相累，（二類相召也）。」捐彈而反走。』『知來』『雕陵』合勘，方得命意。《莊子》皆言見所利而忘其害

也，喻己意有所慕而不知人將忌之，知來之明不全矣。故箋斯集，不可不詳引事也。【錢良擇曰】乾鵲能知來，欲就之決疑，即屈原《卜居》之旨。

箋評

【胡震亨曰】此必東川幕府不得意寄託之作。

【朱曰】此詩作於東川。義山自北來，居幕府，故題曰『北禽』，以自況也。中二聯皆憂讒畏譏之意。末語有羡於雕陵之鵲，其為周身之防至矣。此等詩意味深長，逼真老杜家法。（《李義山詩集補注》）

【錢良擇曰】通首自寓。

【姚曰】此以北禽自況也。雁自北而南，故曰『北禽』。三四言雖貞心自信，而猜忌何堪。五六，傷其有志而無力。雖號隨陽，恨不能如乾鵲之知時也。應是東川幕府中作。

【屈曰】蒼鷹喻酷吏，見《史記》。通篇自喻。不辭瘴霧而來巴江者，以其能朝杜宇也，然其如蒼鷹何哉！空懷填海之心，而有矰繳之憂。乾鵲知來，何不向雕陵以避之乎？

【程曰】《本傳》：『大中末，柳仲郢坐專殺左遷，商隱廢罷。』考仲郢專殺事乃杖殺南鄭令權奕，左遷乃貶雷州刺史也。義山時為判官，當有見於仲郢之非妄殺者，而其貶謫，出執法嚴刻之意，故作詩以歎之。（按《舊書·傳》誤，程箋亦顯非，以下删去不録。）

【田曰】意深、情苦、語厚，大異晚唐人。（馮箋引）

【馮曰】起聯謂不憚遠來。三四言意在西川，而歎人之排擊。『縱能』句，謂徒能謁見也。五六頂上致慨。結則言其計左矣。又曰：『縱能』句，意謂僅一見耳。

【紀曰】蘅齋曰：憂讒畏譏而作。字字比附，妙不黏滯。（《詩説》）起二句言為依賢主而未去。三四言雖見知於主人，而無奈困於讒口。五句言竭誠而無補於事，六句言善防而不能自全。七八以知幾遠去結之。（《輯評》）

【張曰】起句與『南行問酒鑪』同意。中言杜悰本非彼黨鉅子，如石小不能填海，銛蘆未必破矰，縱使得見顏色，亦復於我何濟？我本令狐門客，與其希此無益之求，何如竟向子直告哀為愈乎？又曰：觀此詩，義山不見杜悰之故，已自言之，馮氏乃疑别為一人，何也？（《會箋》）詩中全是自悔希求之無益，非憂讒畏譏也。（《辨正》）

【岑曰】巴江隸東川管下，杜宇是兩川典故，不專限西川，尤非影射杜悰之姓。詩起聯言隨仲郢來東川以求託庇，三四言雖得仲郢辟置，恐仍難免牛黨排擊。五六言仲郢力量不及牛黨，安見為説不見杜悰之故！

【按】詩作於梓幕期間。前四紀箋甚塙。『杜宇』古蜀帝，比喻節度東川之柳仲郢甚切，『朝杜宇』，即為杜宇之僚屬也。五六岑氏以為言仲郢力量不敵牛黨，恐非。詩題為『北禽』，通首均以北禽自喻，『填海』『破矰』者亦應屬北禽。五句當從姚箋，謂已雖有填海之志而無其力，六句當從紀箋，謂雖善防而不能自全，末則謂已如有『知來』之智，當如乾鵲之向雕陵以遠害也。

壬申七夕①

已駕七香車②，心心待曉霞③。風輕唯響珮，日薄不嫣花〔一〕④。桂嫩傳香遠⑤，榆高送影斜⑥。成都過卜肆⑦，曾妒識靈槎⑧。

校記

〔一〕『日』，各本均同。【何曰】礙『夕』字，『日』疑作『月』。馮注本從之，作『月薄』。【按】月本不蔫花，何校非。『嫣』，姜本作『蔫』。【馮曰】蘇詩《卧病彌月垂雲花開》之作，施注引義山句『日薄不蔫花』。【按】嫣、蔫，字通。狀花草因受强日照射等原因，而缺少水分，顔色不鮮。蘇軾《次韻劉景文左藏和順闍黎》：『淺紫從争發，浮紅任早蔫。』

集注

①【何曰】（壬申）大中六年。（《輯評》）

②【朱注】魏武帝《與楊彪書》：『今賜足下畫輪四望通幰七香車二乘。』《樂府》：『青牛白馬七香車。』何遜《七夕》詩：『仙車駐七襄，鳳駕出天潢。』【姚注】《與楊彪書》注：『以七種香木為車。』【馮注】《隋書·禮儀志》引此事，謂用牛駕之，蓋犢車也。

③【馮注】江揔詩：『心心不相照，望望何由知？』【何曰】疊字嫵媚。【補】宋若憲《催妝詩》：『催鋪百子帳，待障七香車。借問妝成未？東方欲曉霞。』一作陸暢《雲安公主下降奉詔作催妝詩》之後四句。

④【何曰】礙『夕』字，『日』疑作『月』。（《讀書記》）【《輯評》朱筆眉批】日薄，正將夕也。【按】作『日』是。因日薄，故花草猶鮮嫩而不蔫。

⑤【朱曰】謂月中桂樹。　【張曰】初七之月，魄猶未圓，故曰『桂嫩』。
⑥【朱注】《古詩》：『天上何所有？歷歷種白榆。』
⑦【馮注】見《送崔珏》。
⑧見《海客》注。　【何曰】落句收歸自己。（《輯評》）

箋評

【姚曰】此羨得意者之詞。兩心相得，恰遇良時，風輕日薄，桂香榆影，景物清佳，何由得泛靈槎、窺絶境耶？

【屈曰】一言已渡河矣，二惟恐其晚。三四是初渡景。五六一夕之内所見，嫩桂、白榆之外，更無人知，乃成都卜肆，偏有識者，良可疑也。題以壬申二字便非泛詠七夕，必有寄託，看《贈烏鵲》自知。

【程曰】壬申為大中六年，是年六月，義山徐州之主人盧弘正遷宣武節度使，義山因其府罷入朝。然七月乃將去未去之時，故起有『已駕七香車』之句。《本傳》：『入朝之後，復以文章干綯。』當此未入朝之時，必預計其干謁之事，故有『心心待曉霞』之句。風輕日薄，喻令狐與盧皆於已無大裨益。桂嫩榆高，喻已之夙負才名，有毁有譽，皆由於此。然自為王茂元婿，綯已惡之，此去干綯，恐終不遂，故結有『成都過卜肆，曾妬識靈槎』之句也。

【馮曰】時當已承東川之辟矣。首聯暗寓已承辟命，只待啟行。三四比雖將行役，未甚光華。結則撫今追昔，而言又將入蜀也。　（末聯）追慨前遊之不遇也，託意微妙。

【紀曰】了無出色，既云『待曉霞』，又曰『日薄』，又用『月桂』『星榆』等字，亦夾襍不倫。（《詩説》）

【姜炳璋曰】此以牛女比天闕，可望而不可即也。待至曉霞，則香車已會合而返矣。然輕風乍動，而若聞珮之響；日光初昇，而不見花之嫣。月魄落矣，桂香愈遠；晨星高矣，榆影俱斜。我何由至牛女之靈渚，一探其消息乎？因思惟乘槎可以至之。而成都卜肆之識靈槎者，我嘗見妒於此人，未必肯指示我以乘槎之術也。『識靈槎』，蓋指絢也。

【張曰】義山赴梓，在大中五年……此二首東川時作無疑。但詩意皆望薦語。惟初依仲郢，遽謀他就，揆之事理，又寧可通？然成都卜肆，所指顯然，豈別有所屬意於杜悰耶？悰鎮西川，義山五年冬曾至成都推獄；六年移節淮南，又有渝州迎候之迹。當時或託悰向子直將意，觀『兩度填河』語，情事約略可見。《述德抒情詩》云：『鶯巢憐越燕，裂帛待燕鴻』，上言暫依柳幕，不過偷安；下言為我達書，重入京輦，用蘇武上林寄書事。曰『待燕鴻』者，即此詩『心心待曉霞』之意，猶云靜候好音也。然則此類諸詩，殆亦屬意令狐，而非別圖他就者比矣。（《會箋》）

【按】義山七夕詩共五首，內容均與喪偶有關。《辛未七夕》借對『仙家好別離』之疑問、不然，曲折表達自己欲為牛、女之年年一度相會而不得之悲哀，此篇則極力描寫織女之珍重佳期，亟盼好合，以寄託自己對牛、女之欣羨。意似相反，實則歸趨一致。此詩前三聯均詠牛、女相會情景。首聯寫織女清晨即駕好七香車，一心待曉霞之昇，見其一早即盼佳期。次聯寫傍晚赴會時環境氣氛：風輕珮響，日淡花香，襯出如此良夜。腹聯藉月桂傳香、星榆送影暗寫牛、女會合情景。榆高影斜，暗示時間推移，即『榆莢散來星斗轉』（《一片》）之意。末聯則謂織女不欲人間知其會合之隱，忌有成都卜肆識靈槎之人，進一步表現其珍重佳期之心理。

由於喪偶，故每因悲自己之『無期別』，轉羨他人之有期別。此詩寫牛、女佳期會合及織女珍重佳期之心情，均此種心理之自然流露。

壬申閏秋題贈烏鵲①

繞樹無依月正高②，鄴城新淚濺雲袍③。幾年始得逢秋閏，兩度填河莫告勞④。

集注

①【朱注】《通鑑日録》：『宣宗大中六年閏七月乙未朔，八月一日甲子秋分。』

②【朱注】《魏武》樂府《短歌行》：『月明星稀，烏鵲南飛，繞樹三匝，何枝可依？』

③【朱注】魏武都鄴。《唐書》：相州鄴郡屬河北道，乾元二年改為鄴城。』【按】鄴城新淚，指己悼亡未久。文集《上河東公啟》有『某悼傷已來，光陰未幾』之語。時義山在東川柳幕，故以鄴中七子自比。且與首句用魏武詩相應。

④【程注】《詩·小雅》：『黽勉從事，不敢告勞。』【按】烏鵲填河事已見《辛未七夕》。閏七月，故云『兩度填河』。

箋評

【姚曰】此因閏秋而傷舊歡之不可復得也。

【屈曰】月明正高，繞樹無依，豈能為織女成橋？乃值鄴城新淚，方濺雲袍，秋閏難逢，甚莫以兩度告勞也。既云鄴城，更云新淚，此時事也。新淚者，織女新别之淚，方過七夕也。○魯連當布衣遊説尚能排難解紛。毛、薛二公處賣漿日尚能令信陵返國，古來英雄貧賤阨窮，往往扶危濟困，玉谿此詩必非無為而作。

【程曰】此詩以鄴城言，乃去徐入朝，或道經鄴下之作。起句言己之去徐，如烏鵲之無枝可依。次句言道途雖經，非鄴下之風流時世。以下則預計其行將入朝，復有干絢之意。三句言久有入朝之望，及今始逢機會。四句言雖書干之不省，不得憚勞兩度也。題曰贈烏鵲，猶前詩（指《辛未七夕》）『豈能無意酬烏鵲』之意，皆以之自寓耳。

【馮曰】《乙集序》：『七月河東公奏為記室，十月得見，吴郡張黯見代，改判上軍。』蓋判官視掌書記稍高。義山於徐幕已為判官，此時必至東都懇仲郢再為奏請而改，故下二句藉言機緣難遇，莫憚兩次陳請也。否則奏充書記而私自移易，必不然矣。上二句則兼失偶言之，其深處真未可輕測。

【紀曰】感遇之作，微病其淺。第二句字句亦凑泊。（《詩説》）

【張曰】鄴城用典，取切魏武，詩意無庸鑿解。（《會箋》）又曰：此詩蓋初承東川之辟，又新悼亡，故詩意隱曲，真善於埋没意緒者，不見其淺也。紀氏渾稱之為感遇，知其然而不知其所以然，宜其不解詩中用意耳。二句亦非凑泊。義山大中五年冬赴西川推獄。杜悰本係牛黨，疑義山曾託其向令狐子直轉圜，故此詩有『兩度填河』之語。○『鄴城新淚』，不詳所指，余初疑鄴城在河北，近懷鄭，似指葬妻故鄉而言。然細核之亦不符。俟再考。（《辨正》）

【按】『鄴城新淚』不必泥，蓋因上句『繞樹』云云，用語出自曹操《短歌行》，故以『鄴城』點寄幕，以『新淚』指悼傷。三、四句，謂牛、女年年只得一會，而今逢秋閏得渡河重會者，機會極少，故祈烏鵲兩度填河，不辭勞苦，以成全之也。詩人此時不僅沉淪飄泊，且王氏早逝，夫婦亦成永別。然思人間尚有配偶猶在而處境如牛、女者，彼一生中能得幾次如壬申年之有兩回七夕耶？祈烏鵲為之兩度填河，正體現詩人因痛己之不幸，而以幸福期望於他人之悲憫心情。

七夕

鸞扇斜分鳳幄開①，星橋橫過鵲飛迴〔一〕②。争將世上無期别③，換得年年一度來④。

校記

〔一〕『過』，《事文類聚》作『道』。

集注

①【朱注】庾信詩：『思為鸞翼扇，願備明光宮。』

②【程注】李巨仁詩：『翠微橫鳥道，珠澗入星橋。』【按】星橋，即所謂鵲橋。韓鄂《歲華紀麗》卷三引《風俗通》：『織女七夕當渡河，使鵲為橋。』

③【程注】庾信詩：『共此無期別。』【馮注】《漢費鳳碑》：『壹別會無期。』

④【馮注】《述異記》：『天河之東，有美麗女人，乃天帝之子，機杼女工，年年勞役，織成雲霧綃縑之衣，辛苦殊無懽悦，容貌不暇整理。天帝憐其獨處，嫁與河西牽牛之夫婿，自後竟廢績紝之功，貪懽不歸。帝怒，責歸河東，但使一年一度相會。』

箋評

【何曰】無期別，謂此生永淪使府也。（《輯評》）

【《輯評》墨批】深於怨矣。

【陸鳴皋曰】剝入翻新。天上之樂，又勝人間矣。

【姚曰】情種相纏，歷刼只如彈指，況年年一度耶？

【屈曰】人間一別，再見無期，欲求如天上一年一度相逢不可得也。

【馮曰】此篇亦悼亡作，年已漸久，故酌編此（大中八年）。

【紀曰】亦淺亦直。（《詩説》）

【張曰】此亦感逝作。無期之別，年年棖觸，情何以堪！讀之使人增伉儷之重。（《辨正》） 又曰：詩是悼亡，亦兼慨『兩度填河』之恨。妙處無窮，任人自領。（《會箋》）

【錢鍾書曰】『天上一日、人間一年』之説，咏賦七夕，每借作波瀾，……桃源屢至，即成市集，後來如李漁《笠翁一家言》卷五《七夕感懷》……等，騰挪狡獪，不出匡格。聊舉張聯桂《延秋吟館詩鈔》卷二《七夕》以概其他：『洞裏仙人方七日，千年已過幾多時；若將此意窺牛女，天上曾無片刻離。』李商隱《七夕》：『争將世上無期別，換得年年一度來！』李郢《七夕》：『莫嫌天上稀相見，猶勝人間去不回！』皆無此巧思，而唱嘆更工，豈愁苦易好耶？抑新巧非抒情所尚也？（《管錐編》六七二頁）

【按】『無期別』即『死別』之同義語，寄跡幕府，豈得謂『無期別』乎？屈箋是。一二正寫牛女鵲橋相聚。三四則因牛女年年一度而致慨，謂己與亡妻相見無期，欲求為牛女之年年一度相會而不可得也。

二月二日①

二月二日江上行，東風日暖聞吹笙。花鬚柳眼各無賴②，紫蝶黃蜂俱有情。萬里憶歸元亮井③，三年從事亞夫營④。新灘莫悟遊人意〔一〕，更作風簷夜雨聲〔二〕⑤。

校記

〔一〕『新灘莫悟』原作『新春莫訝』（『春』，一作『灘』；『訝』，一作『悟』），據一作及蔣本、姜本、席本、錢本、影宋抄、朱本改。

〔二〕『夜雨』，蔣本、姜本、悟抄、席本、影宋抄作『雨夜』。戊籤作『雨後』。

集注

①【馮注】按：《文昌雜録》：『唐時節物，二月二日有迎富貴果子。』而《全蜀藝文志》：『成都以二月二日為踏青節。』至宋張詠乃與幕僚乘綵舫數十艘，號小遊江。則唐時梓州當亦為踏青節也。

②【朱注】杜甫詩：『隨意數花鬚。』【補】花鬚，花之雄蕊。柳眼，指早春時初生之柳葉，因其如人睡眼初展，故云。無賴，本指放刁、撒潑，此處含有有意挑逗、惱人之意。杜甫《奉陪駙馬韋曲》詩云：『韋曲花無賴，家家惱殺人。』或謂『無賴』與下『有情』對舉，即『無心』之義（王鍈《詩詞曲語辭例釋》一二二頁），亦可通。

③【朱注】陶潛《歸田園居》詩：『井竈有遺處，桑竹殘朽株。』【馮注】《晉書》：『陶潛字元亮。』

④【朱注】《漢書注》：『長安有細柳聚，周亞夫屯兵處。』張揖曰：『在昆明池南，今柳市是也。』《元和郡縣志》：『京師萬年東北三十里有細柳營。』【馮曰】此寓柳（仲郢）姓。【補】從事，指任幕職。參《韓碑》注。

⑤【馮曰】『悟』字入微。我方借此遣恨，乃新灘莫悟，而更作風雨凄其之態以動我愁，真令人驅愁無地矣。作『誤』作『訝』似皆淺也。

箋評

【金聖嘆曰】此二月二日，乃是偶然恰值之日。是日本是東風，却又日暖，江上閒行，忽聞吹笙，因而遽念家室，不能自裁也。花鬚柳眼，寫盡少年冶遊；紫蝶黄蜂，寫盡閨房秘戲。看他『無賴』『有情』上加『各』字、『俱』字，猶言物猶如此，人何以堪也。前解止寫春色惱人，此解方寫乘春欲歸也。五言别去之遠，六言别來之久。七八言趁風晴日暖，便宜及早束裝，毋至風雨淋漓，又恨泥滑難行也。

【王夫之曰】何所不如杜陵？世論悠悠不足齒。（《唐詩評選》）

【《唐詩鼓吹評注》】首二云二月二日江上聞吹笙，所見者柳眼花鬚、紫蝶黄蜂也。乃余萬里遊遨，憶歸元亮之宅，而三年淹久，猶滯亞夫之營，庶幾乘此春明時來遊此，以適鄉思，不可作風簷夜雨之聲，悮我遊樂之意，反生客愁也。

【何曰】兩路相形，夾寫出憶歸精神。合通首反覆咀咏之，其情味自出。《隋宫》《籌筆驛》《重有感》《隋師東》諸篇得老杜之髓矣。如此篇與《蜀中離席》，尤是《莊子》所云『善者機』。前半逼出憶歸，如此濃至，却使人不覺，所謂『《國風》好色而不淫』也。其神似老杜處，在作用不在氣調。『東風』句，即温詩『併起别離恨，似聞歌吹喧』之意。『新灘』二句，同一江上行也，耳目所接，萬物皆爽（馮箋引及《輯評》皆作『春』，應從），不免引動歸思；及憶歸不得，則江上灘聲頓有凄凄風雨之意。筆墨至此，字字化工。杜荀鶴詩云：『此時情景愁于雨，是處鶯聲苦似蟬。』落句當以此意求之。（《義門讀書記》）又曰：拗體。直寫甚老。亦是客中思鄉，説來温雅清

逸。『新灘』二句批：老杜云：『回身視緑野，慘淡如荒澤。』（《輯評》）

【賀裳曰】全篇均摹倣少陵，然在集中殊不見佳。（《載酒園詩話又編》）

【陸鳴皋曰】此在幕出遊詩也。魄力雄瀾，逼真少陵遺法。

【陸曰】身羈使府，偶然出行，而風日晴暖，遊人已有吹笙為樂者。且目之所接，萬物皆春，不來江上，幾不知花柳蝶蜂如此濃至也。於是因聞見而歸思萌焉。曰萬里，則為路甚遠；曰三年，則為時甚久。而寄人廡下，知有無可奈何者，故猶是灘聲也，一時聽之，便有凄凄風雨之意，覺與初到時迥然不同。

【姚曰】此義山在東川時懷歸之作。大凡人生境界無常，只心頭不樂，好境都成惡境。此詩前四句，乍讀之豈不是春遊佳況，細玩一『各』字，一『俱』字，始覺無賴者自無賴，有情者自有情，於我總無與也。蓋萬里憶歸，三年從事，誠非花柳蜂蝶所能與知，乃新灘水響，更作風雨蕭條之聲，聒入愁人之耳，猶似妒我此遊也者，然則此遊真屬可已也。

【屈曰】偶行江上，日暖聞笙，花柳蜂蝶，皆呈春色。獨客遊萬里，從軍數載，覩此春光，能不懷鄉？故囑令今夜新灘莫作風雨之聲，令人思家不寐也。

【紀曰】香泉評曰：兩路相形，夾寫出憶歸精神，合通首反覆咀味之，其情味自出。七句如何下『莫悟』二字，灘豈有知之物也？曰此正滄浪所云詩有别趣，非關理也。

【李重華曰】拗體律詩亦有古近之别。如老杜《玉山草堂》一派，黄山谷純用此體，竟用古體音節，但式樣仍是律耳。如義山《二月二日》等類，許丁卯最善此種，每首有一定章法，每句有一定字法，乃拗體中另自成律，不許凌亂下筆。（《貞一齋詩説》）

【王鳴盛曰】第三聯斗接有神，一結悽惋有味，唯義山有之。（馮注初刊本王氏手批）

【薛雪曰】楊鐵崖《春日》佳句：『游絲蜻蜓日款款，野花蛺蝶春紛紛。』似祖杜少陵：『落花游絲白日静，鳴鳩乳燕青春深。』比李玉谿『花鬚柳眼各無賴，紫蝶黄蜂俱有情』，其相去何如哉！（《一瓢詩話》）

【方東樹曰】此即事即景詩也。五六闊大，收妙出場。起句叙，下三句景，後半情。此詩似杜公。（《昭昧詹言》）

【按】此詩作於大中七年二月二日。踏青江行，本為游賞遣興，但花柳蜂蝶，滿眼春光，反而處處觸動欲歸不得之羈愁。連歡暢之新灘流水聲，在懷有深重羈愁者耳中，亦化作一片風檐夜雨之凄其之聲。詩以春色襯羈愁，以樂境寫哀思，以輕快跳動之筆調表現抑鬱不舒之情懷，相反相成，益見凄其寂寥。前幅用拗格，而筆致流走。全篇純用白描，清空如話，於義山七律中别具一格。

初起

想像咸池日欲光①，五更鐘後更迴腸。三年苦霧巴江水〔一〕②，不為離人照屋梁③。

校記

〔一〕『年』原一作『千』，非。

集注

①【馮注】《淮南子》：『日出於暘谷，浴於咸池，拂於扶桑，是為晨明。』【補】屈原《離騷》：『飲余馬於咸池兮。』王逸注：『日浴處也。』

②【朱彝尊注】鮑照賦：『嚴嚴苦霧。』注：『殺物曰苦。』

③【朱注】《神女賦》：『耀乎如白日初出照屋梁。』

箋評

【何曰】因（疑當作固）是兩川實事，亦自訴戴盆之怨也。○深曲。（見《輯評》）

【陸鳴皋曰】亦在蜀望闕之思，一有寓情，便不單寂。

【姚曰】此寓見棄於時之意。日喻君恩，苦霧喻排擯者。

【屈曰】五更即望日出，乃日出而不照屋梁三年於兹矣。

【程曰】此在東川幕中感嘆流滯之作。幕官多有入為朝士者，而義山寂處三年，故借日光以比君上，而慨其沉埋苦霧不為照臨也。玩起語『想像咸池』四字，則寄情遥遠可知，非專為蜀中漏天之諺也。

【馮曰】此將入京謁令狐而作也。《南史·王融傳》：『融詣王僧祐，遇沈昭略，未相識，謂主人曰：「是何年少？」融殊不平，曰：「僕出於扶桑，入於暘谷，照耀天下，誰云不知？」』首句用此事。時令狐綯承恩，初為內相，故以初起比之。三年者，合元年赴桂至此時言之，不必拘在巴蜀三年也。程氏謂東川流滯之作，統觀前後諸篇，必不可符。

【紀曰】淺。（《詩説》）

【姜炳璋曰】此義山在東川幕官之作。衆口排擠，而昭雪無從，正如日光長在，偏置離人。命也夫。

【張曰】在東川迴想京師之作。『咸池日光』暗指令狐。結語慨陳情不省也。『三年苦霧』，其大中七年作乎？『離人』謂遠客，不必泥看。馮氏繫之大中二年蜀遊，則『三年』字不可通矣。（《辨正》）又曰：遠客思入京華之慨。『咸池日光』，所指甚顯。蓋去歲曾託杜悰附狀，今則消息闃然，故詩有餘嘆也。（《會箋》）

【按】詩作於大中七年居梓幕時。『三年苦霧巴江水』，明為長期留滯蜀中而發，豈得合元年赴桂及所謂二年、三年巴蜀之游言之？題為『初起』，蓋晨起又對濃霧而有所感觸。妙處在賦實中微寓比興象徵，既見包圍詩人之環境陰霾昏暗，亦透出詩人意緒之苦悶無憀，心境之壓抑窒息，而企盼霧開日出，復見光明之情亦溢於言表。日、霧未必有所寓指，虛解之似更有味。按義山《為崔從事福寄尚書彭城公啟》云：『潼水千波，巴山萬嶂，接漏天之霧雨，隔嶓冢之煙霜。』（作於東川幕）可與本篇參證。

夜飲

卜夜容衰鬢①，開筵屬異方②。燭分歌扇淚③，雨送酒船香④。江海三年客，乾坤百戰場。誰能辭酩酊，淹臥劇清漳⑤？

集注

①【程注】《左傳》：『陳敬仲飲桓公酒，樂，公曰：「以火繼之。」辭曰：「臣卜其晝，未卜其夜。」』【按】後因稱晝夜相繼宴飲為卜晝卜夜。『衰鬢』自指。句意謂己以衰鬢之身忝與夜飲。

②【補】屬，正值。異方，此指東川。

③【補】歌扇，歌者表演時所用之扇。何遜《擬輕薄篇》：『倡女掩歌扇，小婦開簾織。』揮動歌扇時，燭光動摇，加速燭淚流淌，致歌扇上亦沾燭淚，故云。暗示宴飲歌舞徹夜。與『舞低楊柳樓心月，歌盡桃花扇底風』意相近。

④【朱注】《大業拾遺》：『有小舸子長八尺，七艘。木人長二尺許，乘船行酒。每一船一人棨酒杯，一人捧酒鉢。一人撑船，二人盪槳，遶曲水池隨岸而行，疾於水飾，水飾遶池一匝，酒船得三遍。每到坐客處，即停住。棨酒木人於船頭伸手，酒客取酒飲訖，還杯，木人受杯，迴向捧酒鉢，人取杓斟酒滿杯，船依式自行。』李白詩：『嵇山無賀老，却放酒船回。』【程曰】此酒船不過如李白所云，不必拘《大業拾遺》也。【馮注】《吴志》注引《吴書》曰：『鄭泉性嗜酒，每曰：「願得美酒滿五百斛船，以四時甘脆置兩頭，反覆没飲之。」』《晉書·畢卓傳》：『嘗謂人曰：「得酒滿數百斛船，四時甘味置兩頭，拍浮酒船中，便足了一生矣。」』二事相類。陸龜蒙《酒中諸詠》，其詠『酒船』即指此事也。若泛以酒器為酒船，亦可。又《八王故事》：『陳思王有神思，為鴨頭杓，浮於九曲酒池，王意有所勸，鴨頭則迴向之。』近人注庾子山詩『金船代酒巵』者引之，謂凡用酒船者本此。若朱氏引《大業拾遺》之酒船，必非也。【高步瀛曰】馮後説是。……《海録碎事》曰：『金船，酒器中大者呼為船。』《松窗雜録》言唐玄宗為潞州別駕歸京師，會春暮，豪家子數輩盛酒饌，遊於昆明池，忽一少年持酒船云云，則酒船為

酒器可證。

⑤【補】劉楨《贈五官中郎將》詩：『余嬰沉痼疾，竄身清漳濱。』劇，甚。二句連讀，謂如此身世時局，誰能淹卧一室，有甚於當日卧病清漳濱之劉楨，辭此酩酊一醉，不以之遣愁懷乎？

箋評

【范晞文曰】若『江海三年客，乾坤百戰場』，則絶類老杜。（《對牀夜語》）

【陸時雍曰】（末）四語風味。（《唐詩鏡》）

【馮舒曰】極似少陵。（《瀛奎律髓彙評》引，下同）

【馮班曰】何如老杜。義山本出於杜，西崑諸君學之而句格渾成不及也。江西派起，盡除温、李，而以粗老為杜，用事瑣屑更甚於崑體。王半山云學杜者當從義山入，斯言可以救黄、陳之弊。有解於此者我請與言詩。

【朱彝尊曰】結句複《崇讓宅東亭》詩，俱不甚連。

【何曰】如此學杜，亦似不病而呻。（《讀書記》）又曰：百戰場，言黨人更相傾軋也。乾坤以内，劇於戰争，戎馬遍地，江海無虚側足，有逾卧病，况以忘死故，能不醉也。末句再見。又引朱少章曰：『百戰場是實事，了無意味矣。』（見《輯評》）

【徐德泓曰】此因飲而有衰年異鄉之戚也。第三句，帶寫悲意；四句，叙事也。五六句，感慨之情。末言此情難遣，惟醉可忘，誰能醒然而甘此淹留病卧乎？劇，猶甚也。

【姚曰】衰鬢殊方，何心歌扇酒船之樂。顧連年江海，百戰乾坤，如此身世，那能淹卧一室，不借酩酊以為消遣之地耶？

【屈曰】似杜。

【程曰】此從鄭亞嶺南時作，故曰『異方』。五六江海三年客，謂從亞自大中丁卯迄己巳也；乾坤百戰場者，謂元年吐蕃誘党項及回鶻同寇河西，二年吐蕃又略地西鄙，三年始復河湟也。

【楊曰】（結聯）神似少陵。（馮箋引）

【馮曰】（五六）指事中兼含身世之感，非強摹悲壯之鈍漢也。又曰：起結言雖衰病，不辭起而一醉以散愁也。五句是桂管歸後，時海上邕南兵事未息，故借時事以兼慨世途也。似巴蜀歸後還京之前所作。細縱莫考，酌附於此。（馮繫大中三年巴蜀之遊還京前）。

【紀曰】五六高壯，使通篇氣力完足。三句小樣。（《詩説》）王荆公極推此五六句，通體亦皆老健，惟三句微纖耳。（輯評）又曰：五六沉雄。（此條見《瀛奎律髓彙評》）

【潘德輿曰】『江海三年客，乾坤百戰場』，范晞文以此為杜，不知乃得杜之皮也。（《養一齋詩話》）

【張曰】義山行年四十餘，故曰『衰鬢』。在梓州，故曰『異方』。『百戰場』泛指時勢艱難。結謂無人能甘隱遁也。此夜飲蓋尋常讌集，非離席也。馮説誤。（《會箋》，繫大中七年）又曰：三句不過語艷耳。以艷為纖，繆以千里。馮氏繫此篇於大中二年桂林府罷時。攷桂林只年餘，無三年之久，所謂『江海三年客』何所指耶？細玩詩中並無離別之意，恐此夜飲，必非離席，或是東川大中七年所作也。……《屬疾》詩在梓幕悼遊（疑應作亡）作，已云『何日免殊方』，與此『異方』同，不得專指桂林也。（《辨正》）

【按】繫年當依張箋。義山在梓幕，多言衰病，亦常參與幕中遊宴。《病中聞河東公樂營置酒口占寄上》云：『刻燭當時忝，傳杯此夕賒。可憐漳浦卧，愁緒亂如麻。』因病而未赴宴遊。此則雖衰病而强起與宴。其情懷之不佳，意緒之蕭索則同。『江海』一聯，泛言身世漂泊，時世艱難。『三年』自指梓幕，『江海』猶江湖，與朝廷京邑相對而言，不必泥『海』字。『百戰場』虚解為宜，如實指戰亂，則真近乎『不病而呻』矣。此詩聲律格調似杜，而深厚沉鬱則不如。

寫意①

燕雁迢迢隔上林②，高秋望斷正長吟。人間路有潼江險，天外山惟玉壘深〔一〕③。日向花間留返照，雲從城上結層陰④。三年已制思鄉淚，更入新年恐不禁⑤。

校記

〔一〕『外』原作『上』，據蔣本、姜本、戊籤、錢本、朱本改。

集注

①【陸曰】題曰寫意，寫思鄉之意也。　【按】不僅思鄉之意。寫意，猶抒懷也。

②【補】上林，即上林苑。漢武帝增廣秦上林舊苑，周圍三百里，離宮七十所。地在今陝西長安、盩厔、鄠縣界。《漢書·蘇武列傳》：『昭帝即位，數年，匈奴與漢和親。漢求武等，匈奴詭言武死。後漢使復至匈奴，常惠……教使者謂單于，言天子射上林中，得雁，足有係帛書，言武等在某澤中。』此暗用其事，以寓思歸京國而不得

之情。上林借指長安。

③【朱注】《元和郡縣志》：『梓州射洪縣有梓潼水，與涪江合流。』【馮注】《漢書·地理志》：『廣漢郡梓潼縣五婦山，馳水所出，南入涪。』應劭曰：『潼水所出，南入墊江。涪音浮。墊音徒浹反。』《水經注》：『馳水一名五婦水，亦曰潼水。』《通典》：『梓潼郡左帶涪水，右挾中江，水陸冲要。』按：渡梓潼江，又渡涪江，乃次梓州也。玉壘山在成都。此遡昔年至巴蜀途次曾身親此江流之險，亦暗寓人心險於山川也。西川終無屬望，如山最深，不得入矣。此之謂寫意。【按】馮謂暗寓人心險於山川，似之，然謂遡往年巴蜀之遊則非。（人心險於山川，語出《莊子·列禦寇》：『凡人心險於山川，難於知天。』）二句蓋寫蜀中山川之險阻，言外見滯留異鄉之厭倦，亦暗寓世路之險阻。

④【馮曰】（五句）遲暮之感。（六句）羈愁之痛。

⑤【補】義山大中五年赴蜀，至大中七年，首尾三年，故云。

箋評

【范梈曰】兩句立意格　《寫意》（略）。初聯上句起第二句，第二句起頸聯。蓋頷聯是應第一句，頸聯是應第二句，結尾是總結上六句。思之切，慮之深，得乎性情之正也。（《詩學禁臠》）

【金聖嘆曰】前解言只望一寄書人尚自不得，安望乃有歸家之日耶？所謂潼江之險，玉壘之深，一墮其間，便成井底也。後解寫一年又有一年，一月又有一月，只今一日又有一日，如此返照雖留，暮雲已結，真為更無法處者也。設果一日又有一日，一月又有一月，因而一年又有一年，則我且欲失聲竟哭也。

【王夫之曰】一結初唐。（《唐詩評選》）

【吴喬曰】温飛卿以玉跳脱對金步揺，宣宗有意拔擢，綯沮抑之。意者義山因此事，故第三聯云然乎？綯之忌才，無往不極也。（《西崑發微》）

【朱彝尊曰】不言而神傷。（『日向』二句上眉批。）

【何曰】『燕雁』句，伏思鄉。『人間』二句，正披寫其不思鄉而不可得之故。『日向』句，朱晦翁云：西北邊多陰，蓋日到彼方午，則彼已甚晚，不久則西落，故西邊不甚見日。元稹通州酬白居易詩有『州斜日易晡，未酉即桑榆』之句。『三年』二句，一路逼出此二句。（《讀書記》）　又曰：『迢迢』二字生於三四。落句即老杜所謂『叢菊兩開他日淚』也。（見《輯評》）

【錢良擇曰】此詩氣韻沉雄，言有盡，而意無窮，少陵後一人而已。

【陸曰】義山在東川最久，詩亦最多。《二月二日》一篇云：『三年從事亞夫營』，此云『三年已制思鄉淚』，二詩乃一年中先後所作也。越二年罷廢寄同舍，有『五年從事霍嫖姚』之句，從此遂還鄭州矣（按此説誤，張氏《會箋》已正之）。題曰寫意，寫思鄉之意也。上半言故鄉迢遞，山川間之，且蜀道之難，水陸皆成險阻，能不為之長吟遠望其際乎？『日向花間留返照』，譬餘光之無幾也。『雲從城上結層陰』，喻愁抱之不開也。結言思鄉有淚，强制已久，豈能更禁於三年後耶？

【陸鳴皋曰】此從事蜀幕而思還之作也。第五六句，猶有望思意，而仍嘆不能，非泛然寫景。

【姚曰】此義山自傷其流滯於東川也。憶自高秋别家至此，無往非長吟遠望之時，遂覺人間天外，除潼江玉壘，再無更深更險於此境者。今來此已經三年，花間晚照，城上輕陰，又入新年景况，而歸期正未卜也。一吟淚流，恐有不能自禁者矣。

【程曰】此東川佐幕，回思長安之作。

【馮曰】黯然神傷，情味獨絶。　又曰：甚似前遊巴蜀時所作，擬編《北禽》五律之下；惟『三年』字更不比《夜飲》之『江海三年客』可通融也，故不得已編此（按指梓幕時），為撫今追昔之慨。

【紀曰】潼江玉壘，豈必獨險獨深，意中覺其如是耳。結恐太直，故作態收之，此亦躲閃之法也。（《詩説》）此『新年』乃未來之新年。或泥此二字，欲改『高秋』為『高樓』，失其旨矣。（《輯評》）

【方東樹曰】先君云：『此思鄉之詩，思上林，望鄉也。』樹按：此詩末句點題，章法用筆略似杜。三四句法亦似杜。但不知此詩作於何地，似是在蜀得判官時。而以燕雁上林為鄉，支泛無謂，五六寫思鄉之景，句亦平滯。

【按】借客觀景物抒懷，意在言外，情寓景中，故特題為『寫意』。起結雖寫思鄉之情，然全篇内容則遠不止此，舉凡羈滯遲暮之痛、世路崎嶇之慨、時世陰霾之悲，均見於言外。思鄉特上述感情之結穴耳。作於大中七年秋。

楊本勝説於長安見小男阿衮〔一〕①

聞君來日下②，見我最嬌兒。漸大啼應數③，長貧學恐遲。寄人龍種瘦④，失母鳳雛癡⑤。語罷休邊角，青燈兩鬢絲⑥。

校記

〔一〕『男』，瀛奎律髓作『兒』。

集注

①【朱注】本集《樊南乙集序》：『大中七年十月，弘農楊本勝始來軍中，懇索所有四六。』時義山在東川。【程注】《唐書·宰相世系表》：『楊籌，字本勝，官監察御史。』【馮注】《舊書·楊漢公傳》：『子籌、範皆登進士，累辟使府。』題曰『長安』，詩曰『寄人』，知仍寄家關中矣。

②【朱注】《世説》：『舉頭見日，不見長安。』杜甫詩：『顧枉長安日。』【程注】謝朓詩：『揚旍浮大川，惆悵至日下。』王勃《滕王閣序》：『望長安於日下。』【補】《晉書·陸雲傳》：『雲與荀隱素未相識，嘗會華（指張華）坐。華曰：「今日相會，可勿為常談。」雲因抗手曰：「雲間陸士龍。」隱曰：「日下荀鳴鶴。」』荀隱係潁川人，潁川與洛陽（西晉首都）相近，故稱日下。後遂以京都為日下。

③【朱彝尊曰】大則啼不應數矣，疑有誤字。【馮注】陶潛詩：『嬌兒索父啼。』漸大則知思父遠遊，傷母早背，故『啼應數』。或疑之者，非也。【按】馮説是。

④【朱注】崔珏哭義山詩云：『成紀星郎字義山』，可證義山乃隴西成紀李氏。義山詩亦云『我系本王孫』，此故稱龍種，《新書》或云英國公世勣之後，考英公孫敬業則天時起義，事敗被誅，復姓徐氏。《新史》所云，不足信也。【馮曰】義山本宗室。

⑤【程注】《晉書》：『陸雲幼時，閔鴻見而奇之，曰：「此兒若非龍駒，當是鳳雛。」』

⑥【馮注】角，畫角也。謂晚角將罷。

箋評

【查慎行曰】義山集中，『衮師我驕兒』五古一章絶佳，今乃稱為『龍種』『鳳雛』，誇張似乎太過。（《瀛奎律髓彙評》引）

【姚曰】前六句一氣説下，結句是聞説時情境。

【屈曰】一二破題，中四情，七八情景合結。『應』『恐』二字，想當然耳。五六定然之詞。雖皆寫情，亦有淺深之別。『語罷』結上六句，『休邊角』夜深也。八句更悲慘。一二破題太直率。題略者詩詳之，題詳者詩略之。題已詳甚，複述二句有何意味？

【程曰】《唐書·宗室世系表》：『河東太守李仲翔葬隴西狄道東川，因家焉，生伯攷，為隴西、河東二郡太守，又生尚，為成紀令，因居成紀。』成紀、隴西，蓋同出也。唐系隴西，義山系成紀，故有龍種鳳雛之語。朱長孺氏引崔珏之詩以證義山成紀之望，是矣。但隴西成紀，支派久分，朱氏未攷得其源，故詳言之。

【紀曰】四家評曰：結有情致，詩須如此住，意方不盡於言中。（《詩説》）結得有餘不盡，異乎元白之竭情，蓋元白務變新聲，温李猶存古法。（《瀛奎律髓刊誤》）

【按】作於大中七年十月。前三聯連貫而下，傳出對嬌兒之急切繫念與深情憐惜，其中寓含歉疚之情。尾聯截住，宕開寫景，於青燈絲鬢之剪影與晝角聲停之曠寂中滲透無限悲凉。純用白描，語淡情深，意餘言外。龍種、鳳雛，均指題内『阿衮』，張氏箋《西溪》謂『鳳女』『龍孫』即此詩龍種、鳳雛，非。

寄太原盧司空三十韻①

隋艦臨淮甸②，唐旗出井陘③。斷鼇搘四柱④，卓馬濟三靈⑤。祖業隆盤古⑥，孫謀復大庭〔一〕⑦。從來師傑俊〔二〕，可以煥丹青⑧。舊族開東岳⑨，雄圖奮北溟⑩。邪同獬豸觸⑪，樂伴鳳凰聽⑫。酣戰仍揮日⑬，降妖亦鬬霆⑭。將軍功不伐⑮，叔舅德唯馨⑯。雞塞誰生事⑰？狼烟不暫停⑱。擬填滄海鳥⑲，敢競太陽螢〔三〕⑳。内草纔傳詔㉑，前茅已勒銘㉒。那勞《出師表》㉓，盡入《大荒經》㉔。德水縈長帶㉕，陰山繚畫屏〔四〕㉖。秖憂非綮肯㉗，未覺有羶腥㉘。

保佐資冲漠㉙，扶持在杳冥。乃心防暗室㉚，華髮稱明廷〔五〕㉛。按甲神初静㉜，揮戈思欲醒〔六〕㉝。羲之當妙選㉞，孝若近歸寧〔七〕㉟。月色來侵幌，詩成有轉櫺〔八〕㊱。羅含黄菊宅㊲，柳惲白蘋汀㊳。神物龜酬孔㊴，仙才鶴姓丁㊵。西山童子藥㊶，南極老人星〔九〕㊷。

自頃徒窺管㊸，于今愧挈瓶㊹。何由叨末席㊺，還得叩玄扃㊻。莊叟虛悲雁㊼，終童漫識鼮㊽。幕中雖策畫，劍外且伶俜㊾。俁俁行忘止㊿，鰥鰥卧不瞑(51)。身應瘠於魯(52)，涙欲溢為滎(53)。

禹貢思金鼎(53)，堯圖憶土鉶(54)。公乎來入相，王欲駕雲亭〔一〇〕(55)。

校記

〔一〕「大」原作「太」，據蔣本、姜本、戊籤、悟抄、席本、朱本改。

〔二〕「傑俊」，朱本作「俊傑」。馮曰：「一作俊傑，非。」

〔三〕「螢」原作「營」，據錢本、影宋抄、朱本及戊籤改。

〔四〕「繚」，季抄、朱本作「繞」。

〔五〕「廷」，影宋抄、錢本、席本作「星」。

〔六〕「揮戈」，戊籤作「鳴鼙」。【馮曰】作「揮戈」，與「揮日」複。【按】此正後人所以妄改之由。他本均作「揮戈」。「思」，季抄一作「醉」。

〔七〕「近」，錢本作「得」。

〔八〕「有」，戊籤作「看」。

〔九〕「南」原作「太」（一作「南」），據蔣本、姜本、戊籤、悟抄、席本、錢本、影宋抄、朱本改。

〔一〇〕「王」，馮注本作「皇」。【按】舊本皆作「王」。

集注

①【朱注】《唐書》：「盧鈞，字子和，系出范陽，徙京兆藍田。舉進士第。太和中，累遷給事中。開成元年

冬，擢嶺南節度使，時稱廉潔。會昌初，遷山南東道節度使。四年，誅劉稹，以鈞領昭義節度使，檢校兵部尚書。宣宗即位，改吏部尚書，授宣武節度使，加檢校司空。四年，入為太子太師。六年，充太原尹、北都留守、河東節度使。九年，召為左僕射。十一年九月，拜同平章事，充山南西道節度使。懿宗初，以太保致仕，年八十七。」【馮注】原編集外詩。《舊書・傳》：『盧鈞……元和四年進士第。……（大中）四年入為太子太師，進上柱國、范陽郡開國公。六年復檢校司空，尹太原，節度河東。』

②【朱注】《隋書》：『大業二年八月，帝幸江都，舳艫相接二百里。』　【程注】《隋書・食貨志》：『煬帝造龍舟鳳艒黄龍赤艦以幸江都。』鮑照詩：『登艫眺淮甸。』隋煬帝《早渡淮》詩：『淮甸未分色，泱漭共晨暉。』

③【朱注】《唐書》：『井陘縣屬鎮州。』又：『獲鹿縣有故井陘關，一名土門關。』《括地志》：『井陘故關在并州石艾縣。陘東十八里即井陘口也。』柳芳《唐曆》：『大業十三年，高祖為太原留守，起義兵。明年四月，受隋禪。』　【馮注】《史記・淮陰侯列傳》：『信欲東下井陘擊趙，趙聚兵井陘口。平旦，信建大將之旗鼓，鼓行出井陘口。』　【程注】王褒《從軍行》：『西征度疏勒，東驅出井陘。』

④【朱注】《列子》：『（女媧氏）斷鰲足以立四極。』　【馮注】《淮南子・覽冥訓》注曰：『鰲，大龜。天廢頓，以鼇足柱之。』

⑤【道源注】卓馬，猶云立馬也。《真誥》：『卓靈虛之駿。』　【補】《文選》班孟堅《典引》：『答三靈之蕃祉。』注：『三靈，天地人也。』按：日月星亦稱三靈。

⑥【程注】徐整《三五歷議》：『天地渾沌如鷄子，盤古生其中。萬八千歲，天地開闢。陽清為天，陰濁為地。盤古在其中一日九變，神於天，聖於地。天日高一丈，地日深一丈，盤古日長一丈。如此萬八千歲，天極高，地極深，盤古極長。』　【馮注】《述異記》：『盤古氏死，頭為四岳，目為日月，脂膏為江海，毛髮為草木，天地萬物之祖也。』以比高祖。【何曰】『古』疑作『石』，乃借對。（《輯評》）

⑦【朱注】《莊子》：『昔者容成氏、大庭氏……（當是時也），民結繩而用之，（甘其食，美其服，樂其俗，安

其居，鄰國相望，雞狗之音相聞，民至老死而不相往來。）若此之時，則至治已。』《古史考》：『大庭氏，姜姓，以火德王，號曰炎帝。』【馮曰】以比宣宗。【程注】嵇康詩：『延頸慕大庭，寢足侯皇羲。』【補】《詩》：『貽厥孫謀，以燕翼子。』鄭箋：『孫，順也，謂傳其所以順天下之謀。』朱熹注：『謀及其孫，則子可以無事矣。』

⑧【朱注】《漢書·蘇武傳》：『竹帛所載，丹青所畫，何以過子卿？』【程注】《揚子》：『聖人之言，炳若丹青。』【馮注】《鹽鐵論》：『公卿者四海之表儀，神化之丹青也。』按：唐人多用《鹽鐵論》意。

⑨【朱注】《唐書·世系表》：『盧氏出自姜姓，食采于盧，濟北盧縣是也，其後因以為氏。』【程注】陳琳《檄吴將校文》：『吴諸顧陸舊族長者。』

⑩見《洞庭魚》。

⑪【馮注】見《謝往桂林》。《舊書·傳》：『鈞遷左補闕，與同職理宋申錫之枉，由是知名。』

⑫【朱注】《漢書·律曆志》：『黄帝取竹嶰谷，制十二筩以聽鳳鳴，其雄鳴為六，雌鳴亦六。』【馮注】見《鈞天》。此則承上句，又如鳳鳴朝陽之義。

⑬【朱注】《淮南子》：『魯陽公與韓戰酣，日暮，援戈而撝之，日為之退三舍。』【朱彝尊曰】對劉稹事。

⑭【朱注】《北齊書·薛孤延傳》：『神武嘗閱馬於北牧，道逢暴雨，大雷電震地。前有浮圖一所，神武令薛孤延視之，孤延乃馳馬按矟直前。未至三十步，震燒浮圖。孤延喝殺，繞浮圖走，火遂滅。孤延還，眉鬚及馬鬃尾皆焦。神武嘆其勇决，曰：「薛孤延乃能與霹靂鬬。」』【馮注】《舊、新書·傳》：『劉稹平，以鈞節度昭義。鈞及潞，石雄兵已入。稹將白惟信率卒三千保潞城未下。鈞至高平，惟信獻款，曰：「不即降者，畏石尚書耳。」雄欲盡夷潞兵，鈞不聽，坐治堂上，左右皆雄親卒，擊鼓傳漏，鈞自居甚安，雄引去，乃送惟信至闕，餘衆悉原。』按：《舊書》及《通鑑》：李德裕言：『前潞州市有男子磬折唱曰：「雄七千人至矣。」劉從諫以為妖言，斬之。破潞州必雄也。』及劉稹誅，乃詔石雄將七千人入潞，以應謡言。『降妖』指降潞人。『亦鬬霆』，又指石雄也。詔出潞軍五千戍代北，鈞坐城門勞遣。卒素驕，不欲去，酒酣，反攻城，鈞奔潞城。大將李文矩諭叛兵，衆乃悔服，迎鈞還府，

斬首惡乃定。詔趣戍者行，密使盡戮之於太平驛。『酣戰仍揮日』則指此事也。鈞曾出奔，故上句隱約。

⑮【程注】《書》：『女惟不伐，天下莫與女争功。』【補】東漢馮異佐光武帝争天下，諸將并坐論功，異常獨處樹下，軍中號為大樹將軍。此暗用其事。

⑯【朱注】《禮記》：『（九州之長），天子同姓謂之叔父，異姓謂之叔舅。《白帖》：『長曰伯舅，少曰叔舅。』【程注】《書》：『黍稷非馨，明德惟馨。』

⑰【朱注】《後漢書》：『竇憲將萬騎出朔方雞鹿塞。』【程注】《漢書·匈奴傳》：『漢遣長樂衛尉高昌侯董忠、車騎都尉韓昌將騎萬六千，又發邊郡士馬以千數，出朔方雞鹿塞。』【馮注】《後漢書·匈奴傳》注曰：『闞駰《十三州志》：「窳渾縣有大道，西北出雞鹿塞。」』《漢書·陳湯傳》：『貢禹争，谷吉送單于子往，必為國取悔生事。』

⑱【馮注】《埤雅》：『古之烽用狼糞，取其煙直而聚，風吹不斜，故曰狼堠。』

⑲見《北禽》。

⑳【道源注】《易略例》：『螢爝争燿于太陽。』【馮注】晉傅咸《螢火賦》：『當朝陽而戢景，進不競於天光。』二句喻虜之蠢動。

㉑【馮注】内草，内制也。

㉒【朱注】《左傳》：『前茅慮無。』注：『軍行前有斥堠蹹伏，備慮有無。茅，明也。或曰：時楚以茅為旌識。』【按】前茅，猶先頭部隊。古代行軍時前哨斥候以茅為旌。如遇敵或敵情有變，舉旌以警告後軍。餘見《行次昭應》。

㉓【補】《三國志·諸葛亮傳》：『建興五年，率諸軍北駐漢中，臨發，上疏曰：「臣亮言：先帝創業未半，而中道崩殂。」』云云。即《出師表》。

㉔【程注】《山海經》有《大荒東經》《大荒南經》《大荒西經》《大荒北經》。

㉕【朱注】《漢書·郊祀志》：『秦文公獲黑龍，此水德之瑞，於是更名河曰德水。』《功臣表》：『黄河如帶。』【馮注】《文選》陸士衡詩：『巨海猶縈帶。』

㉖【朱注】《秦本紀》：『西北斥逐匈奴，自榆中并河以東屬之陰山。』徐廣曰：『陰山在五原北。』《通典》：『陰山唐為安北都護府。』【馮注】《西都賦》：『繚以周牆。』

㉗【程注】《莊子》：『枝經肯綮之未嘗，（而況大軱乎？）』【按】肯綮，筋骨結合之處，喻要害。

㉘【程注】《武帝内傳》：『絶五穀，去膻腥。』【馮注】《周禮》：『内饔辨腥臊羶香之不可食者。』以上六韻，正賦鎮太原。《通鑑》：『大中六年六月，河東節度使李業縱吏民侵掠雜虜，又妄殺降者，由是北邊擾動。閏月，以太子少師盧鈞節度河東，鈞奏度支郎中韋宙為副使。宙徧詣塞下，悉召酋長諭以禍福，禁唐民毋入虜境侵掠，由是雜虜遂安。』『生事』指李業，『前茅』指韋宙而言，中其機要，遂不逞動也。

㉙【程注】陸雲詩：『收彼紛華，委之冲漠。』【按】冲漠，襟懷淡泊，語言簡默。意近冲淡、冲默。

㉚【程注】《書》：『雖爾身在外，乃心罔不在王室。』【按】暗室，見《詠懷寄秘閣舊僚》。

㉛【朱注】《唐書》：『鈞宿齒，數外遷，而後來者多至宰相。』【馮注】追頌為太子少師，且言宜在朝宁。

㉜【馮注】《漢書·韓信傳》：『不如按甲休兵。』

㉝【馮注】《禮記》：『鼓鼙之聲讙，君子聽鼓鼙之聲，則思將帥之臣。』謂在外鎮，暗寓不得志。【按】馮注本此句作『鳴鼙思欲醒』。『揮戈』已見前注。

㉞【自注】小弟羲叟早蒙眷以嘉姻。【馮注】《晉書》：『太尉郄鑒使門生求女婿於王導，導令就東廂徧觀子弟，歸謂鑒曰：「王氏諸少並佳，然咸自矜持。唯一人在東牀坦腹食，獨若不聞。」鑒曰：「正此佳壻耶？」訪之乃羲之也，遂妻之。』潘岳《懷舊賦》：『名余以國士，眷余以嘉姻。』

㉟【自注】三十五丈明府高科來歸膝下。【朱注】《晉書》：『夏侯湛，字孝若，官散騎常侍，卒。潘岳稱其文非徒温雅，乃别見孝弟之性。』【馮注】《文選》夏侯湛《東方朔畫贊序》：『朔平原厭次人。建安中，分厭次為

樂陵郡，故又為郡人。大人來守此國，僕自京師言歸定省。」【程注】錢起詩：「才子欲歸寧，棠花已含笑。」【按】男子歸省父母亦可稱歸寧，趙湘《南陽集》有《送周湜下第歸寧序》。

㊱【朱注】櫺，窗櫺也。【馮注】美其才之捷也。詩成而月僅轉窗櫺。

㊲【馮注】《晉書·文苑傳》：「羅含致仕還家，階庭忽蘭菊叢生，以為德行之感。」

㊳【馮注】《梁書》：「柳惲字文暢，少工篇什，為吳興太守。」柳惲《江南曲》：「汀洲采白蘋，日暖江南春。」

㊴【馮注】《晉書》：「孔愉字敬康，會稽山陰人。建興中以討華軼功，封餘不亭侯。愉嘗行經餘不亭，見籠龜於路者，置而放之溪中，龜中流左顧者數四。及是，鑄侯印，而印龜左顧，三鑄如初。印工以告，愉乃悟，遂佩焉。」

㊵【朱注】《尚書·故實》：「盧元公鈞奉道，暇日，與賓友話言，必及神仙之事。」【按】丁令威事見《喜雪》。

㊶【朱注】魏文帝詩：「西山一何高，高高殊無極。上有兩仙童，不飲亦不食，與我一丸藥，光耀有五色。服藥四五日，身輕生羽翼」【道源注】《述異記》：「相州棲霞谷，昔有橋、順二子於此得仙，服飛龍一丸，十年不飢，故魏文帝詩云云。」

㊷【馮注】《史記·天官書》：「狼比地有大星，曰南極老人。」《晉書·天文志》：「老人一星在弧南，一曰南極，常以秋分之旦見於丙，春分之夕没於丁。見則治平，主壽昌。」《神仙感應傳》：「唐相國盧鈞射策為尚書郎，以疾求出，為均州刺史，羸瘠不耐見人。忽有王山人踰垣而入，曰：『公位極人臣，而壽不永，故相救耳。』以腰巾蘸於井中，解丹一粒，捩腰巾之水以咽丹。『約五日，疾當愈。後三年，當再相遇，在夏之初。』公自是疾愈。明年還京，夏四月，山人尋至。自此復去，云：『二十三年五月五日，可令一道士於萬山頂候，此時君節制漢上，當有月華相授。』自是公便蕃貴盛。後鎮漢南，及期，命道士牛知微登萬山之頂，山人在焉，以金丹二使知微吞之，以十粒令授於公，曰：『當享上壽，無忘修鍊；世限既畢，佇還蓬宫耳。』忽不見。」按：傳云：「會昌初，鈞為襄州節

度』，即漢南也。舊、新書傳言初刺常州，拜華州防禦使，無刺均州事，豈史之疏耶？恐難深信。【程注】《後漢書·禮儀志》：『仲秋之月祀老人於國都南郊老人廟。』李白詩：『下看南極老人星。』【按】自『按甲』句以下均叙盧鈞留守太原時情事，馮引《神仙感應傳》，以王山人之事附會之，甚謬。詳箋。

㊸【朱注】《晉書·王獻之傳》：『此郎亦管中窺豹，時見一斑。』【補】頃，往昔。自頃，自昔。

㊹【朱注】《左傳》：『雖有挈瓶之智，守不假器。』注：『挈瓶汲者喻小智。』

㊺【馮注】《晉書·張憑傳》：『王濛就劉惔清言，有所不通，憑於末坐判之。』【程注】嵇康詩：『自慚陪末席，便與九霄通。』

㊻【馮注】《漢書·揚雄傳》：『侯芭常從雄居，受《太玄》《法言》。』《鹽鐵論》：『未遑叩扃之義，而録拘儒之論。』《論林》：『劉真長、桓宣武共聽講《禮記》，桓曰：「時有入心處，便咫尺玄門。」』《尚書·故實》：『盧鈞好道，與賓友話言，必及神仙之事。』按：義山亦好道。

㊼【朱注】《莊子》：『莊子舍於故人之家，故人喜，令豎子殺一雁而烹之。豎子曰：「其一能鳴，其一不能鳴，請奚殺？」主人曰：「殺不能鳴者。」』

㊽【馮注】（二句謂）能鳴多識，正復何益！（終童識鼷事）見《贈送劉五經》。【程注】《漢書》：『終軍，字子雲，年十八，選為博士弟子，卒時年二十餘，世號終童。』

㊾【馮注】《古猛虎行》：『少年惶且怖，伶俜到他鄉。』《玉篇》：『行不正也。』本作『竛竮』。【按】伶俜，孤零。

㊿【朱注】《詩》：『碩人俣俣。』【補】《毛傳》：『俣俣，容貌大也。』陳奐《詩毛氏傳疏》：『《釋文》引《韓詩》作「扈扈」，云「美貌」，大與美同意。』然此處作大而美解，義不可通，頗疑是『踽踽』之誤。『踽踽』，孤獨貌，與下『鰥鰥』對文。《詩·唐風·杕杜》：『獨行踽踽。』

(51)【道源注】《左傳》：『何必瘠魯以肥杞。』

(52)【朱注】《禹貢》：『導沇水，東流為濟，入于河，溢為滎。』

(53)【朱注】《左傳》：『夏之方有德也，貢金九牧，鑄鼎象物。』

(54)【程注】《韓非子》：『昔者堯有天下，飯於土簋，飲於土硎。』　【馮注】《韓詩外傳》：『舜甑盤無羶，飯乎土簋，啜乎土型。』形、鉶、型字皆同，瓦器也。

(55)【朱注】《史記》：『黃帝封太山，禪亭亭；顓頊封太山，禪云云。』　【馮注】《漢書·郊祀志》：『無懷氏封太山，禪云云；黃帝封太山，禪亭亭。』晉灼曰：『云云在蒙陰縣故城東北，下有云云亭。』《地理志》：『泰山郡鉅平縣有亭亭山祠。』【程注】虞世基《講武賦》：『望云亭而載蹕，禮升中而告成。』

箋評

【錢龍惕曰】《舊書》：『大中六年，盧鈞為檢校司空、太原尹、北都留守、河東節度使。』義山時在東川，作此詩寄之也。『隋艦臨淮甸』以下，因太原為高祖興王之地，故首述之，願鈞著丹青之功也。『舊族開東岳』以下，言其家世宦蹟也。『雞塞誰生事』以下，述其節度嶺南之功也。開成元年，鈞鎮嶺表。先是土人與蠻獠雜居，婚娶相通。吏或撓之，相誘為亂。鈞至，立法，俾華蠻異處，婚娶不通。蠻人不得立田宅。由是徼外肅清而不相犯。詩曰『那勞《出師表》，盡入《大荒經》』，比于武侯之功也。『羲之當妙選』以下，叙姻婭之誼以及寄詩之情也。鈞晚歲為宰相令狐綯所惡，謝病不視事，悠優別墅，故有『黃菊』『白蘋』之句。及其再為司空，年逾大耋，則『西山童子藥，南極老人星』，其祝頌之辭歟？自以伶俜劍外，不得親叩玄扃，所以願其入相，身致太平，而成封禪之禮也。

【姚曰】起手十二句，言太原興王之地，非重臣不堪作鎮。『酣戰』以下十二句，歷叙其鎮昭義鎮宣武之功。『德水』四句，叙其威德足以服遠。『保佐』四句，叙其入為太子太師。『按甲』下十二句，叙其留守太原時壽考福禄之盛。『自頃』下十二句，自叙在東川流落不偶。末四句，仍以出將入相望之也。

【屈曰】一段叙太原開創之功。二段叙司空家世。三段叙司空戰功。四段叙其投閒壽攷。五段自叙行藏。六段祝其復相。

【程曰】盧鈞宣宗大中初檢校司空，六年，充太原尹、河東節度使。自『隋艦臨淮甸』至『祖業隆盤古』，叙其先世佐唐開國有功。按隋大業間宇文化及之亂，盧祖尚據州稱刺史，後以州歸唐，高祖封弋陽郡公。討輔公祏，為前軍總管。下宣歙，進擊賊帥馮惠諒、陳正通，破之，歷刺史、都督，有能名，鈞豈其苗裔耶？攷《宰相世系表》不載，而盧氏四房又别無有唐初立功如此者，或表有失載也。自『孫謀復大庭』至『揮戈思欲醒』，叙其一生功業。按盧氏自北魏以來，定為四姓之一，故曰舊族。鈞舉進士，又以拔萃起，故曰雄圖，後遷監察御史，嘗為秘書正字，故曰鳳凰。鈞嘗為昭義節度使，同平澤潞叛帥，故曰酣戰、曰降妖。鈞嘗為嶺南節度使，南方服其德，欲走闕下請立生祠，鈞固辭不許，故曰功不伐、曰德惟馨。鈞在潞時已受白惟信降，俄而戍卒叛，鈞選牙卒至太平驛，盡斬之，故曰誰生事、曰不暫停。鈞以宿齒，數外遷，而後來者多至宰相，被召之時，自謂當必輔政，既而失志，内常怨望，故曰擬填滄海、曰敢競太陽。宣武節度劉約死，家僮五百無所依食，有亂志，上以鈞為宣武，人情貼然，故曰纔傳詔、曰已勒銘。自是遷檢校司空，節度河東，蓋其出鎮之日已久，所歷之地已多，故曰勞出師、盡大荒。河東之地，肘腋關中，襟帶塞外，故曰縈德水、曰繞陰山。其鎮河東，史無治兵之事，則邊境之安堵可知，故曰非綮肯，曰無膻腥，曰善保佐、能扶持。鈞嘗入朝，年已老矣，舉朝咨歎，以為耆碩長者，而其時音吐鴻暢，升降如儀，故曰乃心，曰華髮，曰神静，曰思醒。義山之弟羲叟，為鈞之壻，而鈞之子又適以得第覲省，故曰妙選，曰歸寧。史稱鈞有林墅，數移病不事，累日遊遨，故曰幌、曰櫺、曰菊宅、曰蘋汀。鈞之官爵既高，而其奉道又篤，故曰軀酬孔、曰鶴姓丁。奉道則自言服食之事，其時年齒又高，故曰童子藥、曰老人星。以上叙盧鈞之事盡矣，自此以後則義山自叙其情。已亦能文，而小智不能大伸，故曰窺管、曰挈瓶。既為戚黨，而又同有好道之情，故曰思叨末席、欲叩玄扃。盧公當憐己之不鳴，而亦無由見己之多識，故曰莊生悲雁、曰終童識鼮。己為柳仲郢之幕客而羈孤於東川，故曰雖策畫、曰且伶俜。時又當其失偶之後，而張懿仙又不屑受，故曰行忘止、曰卧不瞑。如此心情，故惟有銷瘦而泣下者，故曰身應瘠、淚欲盈。其時蓬果諸盗初平，方有四海乂安之望，故曰思金鼎、曰憶土硎。盧公既有耆碩之望，時論方歸咎於宰相令狐綯不肯援引入相，則綸扉秉政，指顧俟之，故曰來入相，曰佐封禪也。錢夕公箋甚確，但州居部次未甚分明，不若細疏其節次，以暢一篇之曲折也。

【馮曰】《舊傳》云：『九年，召為尚書左僕射，後輩子弟多至台司，雖居端揆，心殊失望，常移病不視事，與親舊遊城南別墅，或累日一歸。宰相令狐綯惡之，乃罷僕射，仍檢校司空，守太子太師。物議罪綯弄權。』事在此時寄詩之後。錢夕公引此以證『黄菊』『白蘋』『西山』『南極』之句，非矣。題書『寄太原』，結句祝其來入，蓋時方在鎮，略寫其閒適怡神耳。『溢為滎』三字止是用典，不得以為梓州府罷居滎陽時作也。

【紀曰】起手氣象自偉，但後半淺弱不稱。且『羲之』二句、『禹貢』二句、轉折皆不甚融洽，『羅含』六句亦凑泊不警切，大不及《上杜僕射》也。（《詩説》）　『降妖』句不疋，『淚欲』句趁韻。（《輯評》）

【張曰】時盧鈞方為北都留守，『按甲』句謂其閑適，『揮戈』句言其無意功名，故即以『羲之』二句接之，略寫家庭之樂，而後以『羅含』二句祝其頤養。『禹貢』二句，曰思、曰憶，則義山自叙，望盧入相也。通篇轉折極為分明，並無所謂雜凑之處矣。〇長律當看氣機，不宜摘句，紀氏未免有意嗤點古人也。（《辨正》）

【按】程箋處處以盧鈞傳文印證為解，失誤甚多。蓋此詩題『寄太原盧司空』，故詩中自當關合太原。首段十二句程氏謂叙盧鈞先世佐唐開國有功，且欲以盧祖尚實之，不思『祖業隆盤古，孫謀復大庭』二句，只可施之開國帝王與嗣位後王，絶不可能用以贊頌臣下功烈。馮箋謂分指高祖、宣宗，甚是。此段蓋以太原重鎮襯起重臣。『從來師傑俊，可以焕丹青』二語，即謂宣宗之師事重臣也。『舊族』點盧氏望族，『雄圖』謂鎮太原。『邪同』句朱、馮均引争宋申錫獄事以實之，然此處似虚説更佳，連下句蓋謂盧為奸佞所畏、為君主所親，如鳴鳳之朝陽，實治世之良臣。二段十六句，前四句叙潞州之功，後十二句叙鎮太原安邊鄙之功，已見注。詳太原而略潞州，因題立意。三段謂其保佐扶持之功在於冲默杳冥，不為暗室欺心之事，故華髮而見稱於朝廷。先總寫其功德品行，然後方叙其留守太原時吟詩賞菊、躭於仙道，既暗寓其不得志於時，亦贊其閒雅風流。四段十二句傷己不遇。末四句則祝其重入朝為相。

盧鈞與義山有姻婭之親（義山之弟羲叟娶盧鈞之女），係會昌年間名臣；大中朝雖不得志，且與令狐有隙，為令狐所排抑，然義山於窮途末路之際，能寄詩望其援引者，舍盧鈞外已别無他人。末四句雖祝頌套語，亦望其重入朝廷時能予以汲引也。盧鈞大中六年七月至九年七月在河東節度使任。據詩中所叙情景，似非初出鎮時。酌編大中七年。

夜雨寄北〔一〕

君問歸期未有期，巴山夜雨漲秋池①。何當共剪西窗燭，却話巴山夜雨時？

校記

〔一〕【馮曰】《萬首絶句》作『夜雨寄内』。【按】文學古籍刊行社影印明嘉靖刊本唐人萬首絶句作『夜雨寄北』。馮氏所見當是别本。姜本作『夜雨寄内』。除姜本外，義山詩集諸本均作『夜雨寄北』。

集注

①【姚注】《一統志》：『四川保寧府有大巴嶺，與小巴嶺相接，世傳九十里巴山是也。』【馮注】三巴皆可云巴山，而此則當以前後詩會其意也。【程注】嚴武詩：『卧向巴山月落時。』【楊柳曰】按巴山有二，一為川北之大巴山脈，世稱巴山；另一則為湖北巴東縣南之巴山，……詩中之巴山乃指後者（决非川北之巴山）。【按】唐人詩中巴山多泛指今四川境内之山。如杜甫《傷春》之二：『巴山春色静，北望轉逶迤。』程注引嚴武詩『卧向巴山月落時』亦同。未必具體指大巴山或巴東縣南之巴山。義山文中之『巴山』亦每泛指東川之山（參《初起》箋引《為崔福寄彭城公啟》）。又，商隱《唐梓州慧義精舍南禪院四證堂碑銘》：『掩靄巴山，繁華蜀國。』巴山亦明指東川一帶之山。另，劉滄《宿蒼溪館》：『巴山夜雨别離夢，秦塞舊山迢遞心。』似用商隱詩語，蒼溪在閬州，亦與東川鄰接，巴山所指亦同。

箋評

【范晞文曰】唐人絶句，有意相襲者，有句相襲者。……賈島《渡桑乾》云：『客舍并州已十霜，歸心日夜憶咸陽。無端更渡桑乾水，却望并州是故鄉。』李商隱《夜雨寄》人云……此皆襲其句而意别者。若定優劣、品高下，則亦昭然矣。（《對牀夜語》）

【陳模曰】《夜雨（寄北）》（略）、《贈畏之》（待得郎來。略）、《為有》（略）。此皆句意透徹，有姿態而好者

也。（《懷古録》）

【李夢陽曰】唐詩如貴介公子，風流閒雅，觀此信然。（《唐詩選脈箋釋會通評林》引）

【唐汝詢曰】題曰『寄北』，此必私暱之人。就景生意，為後人話舊長談。（同上引）

【周珽曰】以今夜雨中愁思，冀為他日相逢話頭，意調俱新。第三句應轉首句，次句生下落句，有情思。蓋歸未有期，復為夜雨所苦，則此夕之寂寞，惟自知之耳。得與共話此苦於剪燭之下，始一腔幽衷，或可相慰也。『何當』『却話』四字妙，犁犁雲樹之思可想。（同上）

【蔣一葵曰】末句又翻出一層來。（同上引）

【郭濬曰】兩叠『巴山夜雨』，無聊之甚。（同上引）

【朱彝尊曰】（君問歸期）問。（未有期）答。（次句）今夜。（三句）他日。（四句）今夜。時在東川幕下。

【沈德潛曰】此寄閨中之詩。雲間唐氏謂寄私暱之人，詩中有何私暱意耶？

【何曰】水精如意玉連環，荆公屢仿此。（《輯評》。按陳永正云：王安石的《封舒國公》：『桐鄉山遠復川長，紫翠連城碧滿隍。今日桐鄉誰愛我，當時我自愛桐鄉。』即仿此。）

【吴昌祺曰】東坡『對牀風雨』之詩，意亦本此。題曰『寄』，則非今宵相會，當是答其書信耳。（《删訂唐詩解》）

【范大士曰】圓轉如銅丸走坂，駿馬注坡。（《歷代詩發》）

【徐德泓曰】翻從他日而話今宵，則此際羈情不寫而自深矣。此種見地，高出諸家。

【姚曰】『料得閨中夜深坐，多應説着遠行人』，是魂飛到家裏去，此詩則又預飛到歸家後也。奇絶。

【屈曰】即景見情，清空微妙，玉溪集中第一流也。

【程曰】此隨柳仲郢時作，自感於其久留南中也。

【馮曰】語淺情濃，是寄内也。然集中寄内詩皆不明標題，當仍作『寄北』。　又曰：此時義山於巴蜀間兼有水陸之程，玩諸詩自見，但無可細分確指。

【桂馥曰】眼前景反作日後想，此意更深。（《札樸》）

【紀曰】探過一步作結，不言當下云何而當下意境可想。　作不盡語每不免有做作態，此詩含蓄不露，却只似一氣説完，故為高唱。（《詩説》）

【王堯衢曰】以目下之落寞，作他時之佳話。逆計其必有是境，而又不知何日始有是境也，故曰『何當』。篇末評：此詩内複用『巴山夜雨』，一實一虚。（《古唐詩合解》）

【馬位曰】全不似玉谿手筆。（《秋窗隨筆》）

【姜炳璋曰】只一轉换間，慧舌慧心。

【李慈銘曰】（三四句）淡寂中有無限意理。（《越縵堂讀書簡端記》）

【施補華曰】李義山『君問歸期』一首，賈長江『客舍并州』一首，曲折清轉，風格相似；取其用意沈至，神韻尚欠一層也。（《峴傭説詩》）

【林昌彝曰】七絶喜深而不宜淺，喜婉曲而不宜平直。……李義山《夜雨寄北》……，眼前景却作後日懷想，此意更深。（《射鷹樓詩話》）　又曰：詩從對面寫法，如唐人《巴山夜雨》《蘆荻花中》皆有加倍一層境界。（《海天琴思録》）

【俞陛雲曰】清空如話，一氣循環，絶句中最為擅勝。詩本寄友，如聞娓娓清談，深情彌見。此與『客舍并州已十霜』詩，皆首尾相應，同一機軸。（《詩境淺説續編》）

【張曰】此亦留滯巴閬時作。時初交秋，而義山亦將歸矣。（《會箋》）　又曰：蜀遊是夏秋之交，玩《楚澤》等詩可見。此『秋池』『夜雨』，亦係初秋景況。蓋寄此詩後，義山亦即作歸計矣。末二句預定歸計，與首句相唤。（《辨正》）

【郝世峰曰】在一句中寫了巴山、夜、雨、秋、池等六種物象，而用一個動詞『漲』聯絡、貫通於其間，為它們灌注靈魂，構成一幅生動的圖畫；這幅圖畫充溢着迷濛的愁悶氣氛，於表現環境特徵的同時，映現着詩人淹没於愁情的心境。……這裏的『巴山夜雨漲秋池』，使愁懷借景物而顯現，即可視為感情的外在形態。……詩人因不耐今夜的寂寞而向往異日的快慰，而這向往中的莫大快慰就是回味今夕的寂寞。這一曲折入微的向往，感情是複雜微妙的，它雖然浸潤着追求的興奮與滿足，却也融匯着對現實空虛落寞的感受；在給人以快慰的形式中，使人更深刻地感受詩人的今夕苦況，即『巴山夜雨漲秋池』的寂寞。（《李商隱夜雨寄北賞析》）

【按】馮、張均繫大中二年巴蜀之游。岑仲勉《玉谿生年譜會箋平質》已力辨所謂巴蜀之游並不存在，此處僅就本篇辨之。馮、張均以《萬首絶句》題作『夜雨寄内』為據，然現存義山詩集舊本除姜本作『寄内』外，均作『寄北』，明嘉靖刊本萬首絶句亦作『北』不作『内』，故馮氏亦感孤證之不足憑而未敢遽改。按《馮譜》，義山係先自桂返洛，然後又出遊江漢巴蜀，於深秋略頓巴巫之境。此説之謬顯然。《陸發荆南始至商洛》《歸墅》已言『青辭木奴橘』『四海秋風闊』『鄧橘未全黄』，則至鄧州、商洛時已届深秋，返洛後再出行至江漢巴蜀，往返數千里，而云『深秋略頓巴巫之境』，則時間直若停滯不動矣。張箋謂桂管歸途先至巴蜀尋杜悰，不果而中途折回，由荆南赴洛，而後歸京。並謂《夜雨寄北》所寫係初秋景況，由洛赴京則在九月初。是則客居巴蜀之時至返洛又復入京之時，前後相距亦不過兩月左右，如此長途往返，時日豈敷分配？況詩明言『君問歸期未有期』，則作詩時歸期尚在不可知之數，又何從測其『即作歸計』乎？『何當』云云，正見歸期無日。且如張氏所云，義山之游巴蜀，幾全部時日皆於僕僕道途中度過，並無一地有較長時日滯留之痕迹（實亦無此可能）。試問於如此變動不居之旅途中，雙方書信往來竟若今日藉現代化通訊工具傳遞之迅便，一似預知其何日當在何地者，豈非純屬想當然？

楊柳先生為補救馮、張之明顯缺失，於《如何確解李商隱詩》一文中提出新説，略云：『大中二年，義山北返途次淹留荆巴，其入蜀地區未超越長江沿岸夔、峽一帶，時間為夏秋之交，不出兩月。除《夜雨寄北》外，尚有《風》《摇落》《因書》《過楚宮》等詩，均為此際產物。……按商隱淹留荆巴，恰值孟秋苦雨季節，長江流域漲水，與詩中情景正合。』此説固遠勝馮、張巴蜀之游臆説，然『巴山』唐人詩中多為泛指，謂指巴東縣南之巴山，似乏書證。且此詩情味，顯係長期留滯，歸期無日之況，與客途稍作羈留者有別。似不得因是年秋桂管歸途有夔峽之短期滯留，遂謂此詩亦作於夔峽也。當是梓幕思歸寄酬京華友人之作，確年不可考，當為在梓幕滯羈已數年之久，尚未歸京探望兒女時（商隱於大中七年冬至八年春，曾有歸京之行，詳後《贈庾十二朱版》《留贈畏之》七律、《行至金牛驛寄興元渤海尚書》等詩按語）。約大中七年秋。

考證此詩作年，關鍵有以下三點。一為詩題作『夜雨寄北』抑或作『夜雨寄內』。關於此點，校記中已列舉現存義山詩集諸舊本（除姜本外）均作『夜雨寄北』，連馮氏恃以為證之《萬首絶句》現存最早刊本亦作『夜雨寄北』，證明『寄內』之異文不足憑。二為詩中『巴山』所指。注①中已列舉商隱在東川幕所撰之《唐梓州慧義精舍南禪院四證堂碑銘》『掩靄巴山，繁華蜀國』及《為崔從事福寄尚書彭城公啟》『潼水千波，巴山萬嶂』之文，證明『巴山』泛指東川一帶之山，且為其梓幕詩文之習用語。三為詩中所抒寫之羈愁究竟是長期留滯、歸期無日之情緒，抑是在變動不定之旅途中產生之愁緒。關於此點，詩之首句『君問歸期未有期』實已明顯透露出係長期留滯、歸期未有期之濃重羈愁。此點若聯繫其梓幕期間一系列詩句（如『萬里憶歸元亮井，三年從事亞夫營』『江海三年客』『三年苦霧巴江水』『三年已制思鄉淚，更入新年恐不禁』『豈關無景物，自是有鄉愁』『定定住天涯』），便可看出此種羈愁鄉思乃是商隱留滯梓幕數年後最强烈濃重之情緒。綜上數端，此詩作於羈滯梓幕期間應屬無疑。

此詩佳處，在詩心詩情，而非緣刻意構思。首句包含一問一答，仿佛深夜燈前，向遠方友人遥吐歸期無日之心曲，為以下各句伏根。次句推開，寫想像中室外情景。巴山、夜、雨、秋、池等一系列包含寂寥、凄清、綿長、蕭瑟意味之物象，以一『漲』字綰結，構成極富包蕴之氛圍，寫實中寓含象徵，羈滯異鄉之愁思似隨單調之雨聲逐漸漲滿秋池。三句轉出新境，遥想他日重逢，今宵巴山夜雨之情景均成西窗剪燭夜話之談資。在重逢之歡愉中回首凄清之往事，不但使重逢更顯珍貴而富詩意，且此遥想本身亦使眼前凄清之雨夜增添一絲温煦，給寂寞之心靈帶來幾許慰藉。『西窗剪燭』之典型細節加强重逢時之親切温暖氣氛，亦透出今宵遥想時悠然神往之情。從中可見義山不僅善於將生活中凄清之情事化為凄傷之詩美，且有一種化解凄傷心境、化凄傷為温煦之心靈潛能。此正義山詩心詩情之特質，亦其詩雖感傷而不絶望頽廢之原因。

詩語淺情深，曲折含藴而清新流暢，回環往復中有發展變化，極富風調情致之美、自然本色之美。

李夫人三首①

一帶不結心②，兩股方安髻③。慚愧白茅人④，月没教星替⑤。

其二

剩結茱萸枝⑥，多擘秋蓮的⑦。獨自有波光⑧，綵囊盛不得⑨。

其三

蠻絲繫條脱⑩，妍眼和香屑⑪。壽宫不惜鑄南人〔一〕⑫，柔腸早被秋眸割〔二〕⑬。清澄有餘幽素香，鰥魚渴鳳真珠房⑭。不知瘦骨類冰井⑮，更許夜簾通曉霜。土花漠碧雲茫茫〔三〕⑯，黄河欲盡天蒼蒼〔四〕。

校記

〔一〕『壽』，馮曰：『一作守，誤。』

〔二〕『眸』，樂府詩集作『波』。

〔三〕『漠碧』原作『碧碧』（一作『漠漠』），姜本、朱本、季抄作『漠漠』，均非。據蔣本、戊籤、悟抄、席本、錢本、影宋抄改。

〔四〕『蒼蒼』原作『蒼黃』（一作『蒼蒼』），據蔣本、姜本、戊籤、朱本改。

集注

①【馮注】《漢書·外戚傳》：『李夫人少而早卒，上思念不已，方士齊人少翁言能致其神，乃夜張燈燭，設帳帷，陳酒肉，而令上居他帳，遥望見好女如李夫人之貌，還帷坐而步。又不得就視，上愈益相思悲感，為作詩曰：「是邪非耶？立而望之，偏何姗姗其來遲！」』潘岳《悼亡詩》：『獨無李氏靈，髣髴覩爾容。』題取此意。

②【朱注】梁武帝詩：『腰間雙綺帶，夢為同心結。』

③【程注】梁簡文帝詩：『頂分如兩髻。』　【馮注】《炙轂子》：『漢有同心髻。』　【補】兩股，指釵之兩股。

④【朱注】《漢書》：『武帝拜欒大為五利將軍，又刻玉印曰「天道將軍」，使衣羽衣，立白茅上（受印），以示弗臣也。』　【程注】《易林》：『白茅醴酒，靈巫拜禱。』白茅以供祭祀，降神所必需。白茅人不必定指五利。【補】慚愧，多謝。白茅人，見注⑤。

⑤【朱注】按史云：李夫人卒，齊人少翁以方致夫人，天子自帷中望見焉，乃拜翁為文成將軍。夫文成能致夫人之神，尚以偽書見殺，今復尊信五利，是月没而以星替之也。此語驟讀不解。　【程注】月没星替，謂夫人已卒，空致其神也。長孺乃謂文成見殺，復尊信五利，考五利與李夫人無涉，不必如此解。　【馮注】《文子》：

「《老子》曰：百星之明，不如一月之光。」《讀曲歌》：『月没星不亮，持底明儂緒？』按：致李夫人者，為齊人少翁，拜文成將軍，與五利等耳。夫人已死，月没也；刻石似之，教星替也。《尚書緯》曰：『天子大社以五色土為壇，將封諸侯，各取方土苴以白茅以為社。』唐時藩鎮猶古封建，故又暗以白茅人比仲郢耳。五利、文成不足泥也。

【按】白茅人指柳仲郢，取『封諸侯，各取方土苴以白茅以為社』之義。

⑥【馮注】《西京雜記》：『戚夫人侍兒賈佩蘭出為扶風人段儒妻，説在宮内時九月九日佩茱萸。』《續齊諧記》：「費長房謂汝南桓景：「九月九日汝家有災，宜令家人各作絳囊，盛茱萸以繫臂，此禍可消。」」【程注】梁簡文帝詩：『茱萸生狹邪，結子復銜花。』【補】剩，多也。

⑦【朱注】《爾雅》：『荷，芙蕖，其實蓮，其中的。』《詩義疏》：『青皮裹白子為的。』【程注】《爾雅注》：『的，蓮中子也。』

⑧【朱注】《招魂》：『娭光眇視，目曾波些。』

⑨【朱注】《華山記》：『鄧紹八月旦入華山，見童子執百綵囊，盛栢葉上露，如珠滿囊中，紹問之，答曰：「赤松先生取以明目。」』又《述征記》：『八月一日作五明囊，盛取百草頭露，洗眼眼明。』（馮注引《續齊諧記》，同《華山記》）

⑩【朱注】殷芸《小説》：『金條脱為臂飾，即今釧也。』《真誥》：『安妃有斲粟金跳脱。』又『萼緑華贈羊權金、玉跳脱各一。』【馮注】條脱即臂釧。《盧氏新記》：『唐文宗謂宰臣曰：『古詩「輕衫襯條脱」，《真誥》言安妃有金條脱，即今之腕釧也。』

⑪【朱注】香屑，百和香屑也。費昶詩：『衣薰百和屑，鬢插九枝花。』

⑫【朱注】《漢書·郊祀志》：『上起幸甘泉，病良已，大赦，置壽宮神君。』注：壽宮，奉神之宮也。《李夫人傳》：『夫人少而早卒，上憐憫焉，圖畫其形於甘泉宮。』鑄南人無解，或南金之訛，言不惜以金鑄其像也。【程注】《楚詞》：『蹇將憺兮壽宮，與日月兮齊光。』【馮注】《史記·封禪書》：『上郡有巫，病而鬼神下之，上召置

祠之甘泉。上幸甘泉，置酒壽宫神君，神君弗可得見，聞其言，言與人音等。時去時來，來則風肅然。居室幃中。』《楚詞》：『蹇將澹兮壽宫。』王逸曰：『壽宫，供神之處也。』此壽宫亦言供神之處，不必定泥漢事。朱曰：『鑄南人無解。或南金之訛，言不惜金鑄其像也。』此解似之。

⑬【朱注】白居易詩：『雙眸剪秋水，十指剥春葱。』

⑭【朱注】《釋名》：『愁悒不能寐，目常鰥鰥然。字從魚，魚目恒不寐。』【按】鰥魚、渴鳳均自況。

⑮【馮注】《文選》：『江淹《擬曹植詩》：『從容冰井臺。』善曰：『《鄴中記》：「銅雀臺北則冰井臺。」』』按：藏冰井室，即《詩》云『凌陰』也。

⑯【程注】李賀《金銅仙人辭漢歌》：『三十六宫土花碧。』

箋評

【朱曰】三首《并景陽宫井雙桐》詩只可闕疑。

【陸鳴皋曰】（次章）首二句，言其飾也。『壽宫』二句，言圖形而見其眼波，腸已斷矣。『清澄』二句，狀房中清冷，殊不知肌骨已瘦而寒矣，乃更欲致其神乎？夜簾曉霜，謂方士事也。究事屬渺茫，而其術終虚幻耳。結得杳無邊際。

【姚曰】總言李少君刻石致神事。（第一首）此章首二句應指所刻之像言。（第二首）此言貌似，總未必傳神也。（第三首）《拾遺記》：『少君使人求得潛英之石於黑海北對都之野，色青，輕如毛羽，冬温夏清，刻為人像，神悟不異於人。帝如其言，置之幙中，宛若生時。』此詩似用其事。首四句，刻為人像也。『清澄』四句，置之幕中也。結語言天長地久，未若此恨之無窮耳。

【屈曰】（第一首）此首方士之僞。（第二首）死者不可復生。（第三首）其目之妍如和香屑，所以不惜金鑄者，其柔腸已被香屑之目所割也。心如秋水之清明，如幽素之香潔，而鰥魚渴鳳究不能雙，殊不自知一身已成冰井，而尚愁思不忘同歸於死也。

【程曰】此三首歷紀有唐之宫閨也。第一首詠玄宗朝楊貴妃。『一帶不同心』，謂不能從一於壽王。『兩股方安髻』，謂又受册於明皇。『慚愧白茅人』，謂洪都道士。『月没教星替』，謂身死而夜致其魂影也。第二首詠文宗朝尚宫宋若憲。『剩結茱萸枝』，謂宋庭芬五女皆有文學。『多擘秋蓮的』，謂自德宗時皆入禁中。『獨自有波光』，謂文宗尚學，以若憲善屬文，尤禮之。『綵囊盛不得』，謂獨不能如其姐妹善終，乃為李訓、鄭注讒言賜死也。第三首詠武宗朝王才人。『蠻絲繫條脱』，『妍眼和香屑』，謂史傳所稱佼服光侈。『壽宫不惜鑄南人，柔腸早被秋眸割』，謂武宗既不惜尊崇方士趙歸真、劉玄静、周息元等，服食求仙，而又有王才人寵冠宫中。『清澄有餘幽素香，鰥魚渴鳳真珠房』，謂武宗大漸時尚戀戀不舍，以致才人許以身殉，乃不復言。『不知瘦骨類冰井，更許夜簾通曉霜』，謂才人早日憂帝枯槁，不知止其情欲，而自經幄下以殉，竟相從於夜臺霜露之下。『土花漠碧雲茫茫，黄河欲盡天蒼蒼』，謂宣宗嘉其節，竟葬之於端陵柏城。黄壤相連，彩雲不散，河聲嗚咽，天漢長存，是則才人之遇，勝於前代之妃嬪宫人矣。唐人詠唐事，不敢質言，故借漢武之李夫人為題。作詩之意，似因王才人之近者而追及於楊妃、宋尚宫，如後詳而前略也。

【馮曰】姚説是矣。蓋（第三首）首四句謂狀其形，而一覩妍眼，終非向日明眸，便令我腸斷也。『清澄』二句，冷静之態；『鰥魚渴鳳』，明點悼亡。『不知』二句，言瘦骨業已如冰，況加以霜寒乎？結乃碧落黄泉，不可復接之意。又曰：三首為悼亡，蓋借古以寓哀。義山赴蜀後，河東公賜以樂籍張懿仙，上啟力辭，正此時也。首章言一帶不能同心，兩股方能成髻；單棲者固當求偶，其如月光已没，終非星所能替乎！次作舉茱萸之可以囊盛，蓮菂之皆在房中，而歎獨此波光斷不能盛之使長留，以申明星難替月之義。三章上四句又申明波光不可復得，而深致其哀，故一曰『妍眼』，一曰『秋眸』。蓋婦人之美，莫先於目。義山妻以此擅秀，於斯更信。又曰：錢曰：『樊紹述《園池記》，元人以分其句讀為能事，其説有三，究不知樊之句讀何如。而昌黎銘樊，美其文從字順，則知元人直為樊所欺，兼為韓所欺也。此等詩亦《園池記》也，何可為其所愚！」愚謂錢説固快，然甘為古人所愚，正讀古一法。此三首一經拈出，未為絶奥，餘詩或有當闕疑者。

【張曰】馮氏從「鰥魚渴鳳」字悟出悼亡，可從。「白茅人」比仲郢，亦巧合。惟謂「妍眼」「秋眸」，婦人之美，莫先於目，義山妻以此擅秀，則杜撰不根矣。夫詩家用典，羌無故實，泛論以致哀思而已，安得求其事以實之，且加義山之妻以輕薄哉！如此説詩，真所謂固哉高叟也。（《會箋》）

【按】此三首悼亡詩無疑，馮説大體近是。首章起二句比興，意謂男女結合，需有兩心相愛為基礎，單絲不能成線也。「慚愧」，猶多謝之意。「白茅人」明指致神形之方士，暗喻柳仲郢，「月没教星替」，謂空致其神而不能使之復生，以喻柳仲郢雖贈伎，然「星」（小星）豈可替月乎？次章「茱萸」取其味辛，「蓮的」取其心苦。「剩結」「多擘」，蓋謂王氏逝世後，所餘者唯有無限苦辛。三四則謂王氏猶如波光瑩瑩之露珠，忽已消亡，雖有綵囊亦難盛而貯之也。三章馮解甚確。首二寫王氏神像之形。「壽宫」句點明此係神像，四句則謂其秋眸宛若平生，令我腸斷也。「清澄」二句謂獨處幽室，似聞餘香，真如鰥魚、渴鳳之思念舊侣。「不知」二句，謂已形容枯槁，夜夜思念以至曉霜透簾而不覺，即《長恨歌》「鴛鴦瓦冷霜華重」之意，末二句即此恨綿綿之謂。「土花漠碧」「黄河欲盡」，當非眼前景，頗疑是遥想王氏墳墓之情景。

自《李夫人三首》至《飲席代官妓贈兩從事》，均為大中五至九年居梓幕期間所作，但不能確考為何年所作，統編於後，大體按題材以類相從。其中有較明顯羈滯異鄉、思念京華情緒者（如《憶梅》《無題》「萬里風波一葉舟」、《柳》「柳映江潭底有情」），有可能為大中七年末自梓還京探望兒女前所作，不再細分。至於回京期間及返梓途中所作之三首詩，則置於《飲席代官妓贈兩從事》之後，《梓州罷吟寄同舍》之前。

屬疾①

許靖猶羈宦②，安仁復悼亡③。兹辰聊屬疾④，何日免殊方⑤！秋蝶無端麗，寒花更不香〔一〕⑥。多情真命薄，容易即迴腸⑦。

校記

〔一〕『更不』，朱本、季抄作『只暫』。

集注

①【馮注】義山在東川，往往因愁致疾，屢見於詩。『屬疾』者，以疾暫假也，亦曰『移疾』。先後史文中極多。《漢書》：『公孫弘移病免歸。』師古曰：『移書言病也。』其義亦相類，然免歸與暫假有殊。【按】屬（zhǔ），託也，屬疾，託病，稱病。

②【馮注】《蜀志》：『許靖字文休，因劉璋招入蜀，為巴郡廣漢太守。先主克蜀，以靖為左將軍長史；及即尊

號，策靖司徒。』

③【程注】《潘岳集》有《悼亡賦》，又有《悼亡詩》三首。【馮曰】此謂復遇妻亡之日。【按】此但言悼念亡妻，『復』對上『猶』字而言，不必泥。與妻亡之日無涉。

④【程注】《南史》：『王僧達少好學，善屬文。為太子舍人，坐屬疾而於揚列橋觀鬬鴨為有司所糾。』【馮曰】因妻亡日託言疾也。【按】承上謂因羈宦悼傷而屬疾。

⑤【程注】《吳越春秋》：『禹周行寓内，平易相土，觀地分州，殊方各進，有所貢納。』

⑥【何曰】好句似桂（杜）。○五六自比脆薄，非也。秋蝶起多情，寒花起薄命。○『更不』二字，二句一串，與『無端』二字緊相呼應。（均見《輯評》）【馮曰】『寒花只暫香』，杜詩《薄遊》成句。【按】二句謂秋蝶雖麗，寒花雖香，均轉眼即逝，蓋睹秋蝶寒花而益增悼亡羈孤之痛也。

⑦【程注】《列子》：『北宮子厚於德，薄於命。』《高唐賦》：『感心動耳，迴腸傷氣。』【補】容易，輕易。

箋評

【朱曰】羈宦悼亡，何堪屬疾。（《李義山詩集補注》）

【陸鳴皋曰】此亦滯遠思還之作。李早喪偶，故有『安仁』句。屬疾，托疾也。無端、只暫四字，寫盡無聊情緒。

【姚曰】羈宦悼亡人，何堪屬疾。五六正殊方旅館中静對光景。蝶麗花香，黯然無色，傷同心人之不見也。因歎己之薄命多情，自合至此，雖腸一日而九迴，將誰訴耶？

【程曰】此詩當與《上河東公啟》參看，乃辭樂伎張懿仙時作也。曰『羈宦』、曰『殊方』，謂在柳仲郢幕也。曰

『悼亡』、曰『屬疾』，即《啟》中所謂『悼傷以來，梧桐半死』也。秋蝶、黃花，比懿仙也；無端麗、只暫香，猶《毛詩》『有女如雲，匪我思存』之義也。結句『多情真命薄』，乃致謝仲郢；『容易即迴腸』，乃拒絶懿仙也。即迴腸者，豈即迴腸耶？蓋反語耳。

【紀曰】前四句穩，六句亦佳，末二句太小家氣象。（《詩説》）

【張曰】王氏忌辰，託病休沐，故曰『悼亡』。曰『殊方』，必是年（大中六年）梓幕作。（《會箋》）○結乃情語，正如宋周清真詞偶用纏令體，好處原不相掩也，何謂太劣哉！（《辨正》）

【按】多情命薄，兼悼亡羈宦而言，乃自指，程箋似近穿鑿。

病中聞河東公樂營置酒口占寄上①

聞駐行春旆②，中途賞物華。緣憂武昌柳③，遂憶洛陽花④。稽鶴元無對⑤，荀龍不在詩⑥。只將滄海月，長壓赤城霞⑦。興欲傾燕館⑧，歡於到習家〔一〕⑨。風長應側帽⑩，路隘豈容車⑪？樓迥波窺錦⑫，窗虛日弄紗。鎖門金了鳥，展障玉鴉叉⑬。舞妙從兼楚⑭，歌能莫雜巴⑮。必投潘岳果⑯，誰參禰衡撾〔二〕⑰？刻燭當時忝⑱，傳杯此夕賒⑲。可憐漳浦卧，愁緒獨如麻〔三〕⑳。

校記

〔一〕『於』，蔣本、姜本、悟抄、季抄、朱本作『終』。

〔二〕『參』，姜本、戊籤、悟抄作『操』，非。席本作『摻』，與『參』通。

〔三〕『獨』，朱本作『亂』。

集注

① 原編集外詩。【補】樂營，官妓之坊署。

②【朱注】《後漢書》：『謝夷吾為鉅鹿太守，行春，乘柴車，從兩吏。』【馮注】《後漢書·許荆傳、謝夷吾傳》皆有『行春』字。【補】行春，官吏春天出巡。

③【馮注】《晉書》：『陶侃鎮武昌，嘗課諸營種柳。都尉夏施盜官柳，植之於己門。侃後見，駐車問曰：「此是武昌西門前柳，何因盜來？」施惶怖謝罪。』【程注】孟浩然詩：『行看武昌柳。』

④【朱注】何遜詩《范廣州宅聯句》：『洛陽城東西，却作經年別。昔去雪如花，今來花似雪。』【馮注】《羣芳譜》：『唐、宋時洛陽牡丹之花為天下冠，故竟名洛陽花。』又『天彭號小西京，以其好花，有京洛之遺風焉。』陸游《天彭牡丹譜》：『牡丹在中州，洛陽為第一；在蜀，天彭為第一。』

⑤【朱注】《晉書》：『嵇紹始入洛，或謂王戎曰：「昨於稠人中見嵇紹，昂昂然如野鶴之在雞羣。」』

⑥【朱注】《後漢書》：『荀淑子八人，並有才名，時謂八龍。』《世説》：『陳太邱詣荀朗陵，既至，荀使叔慈應

門，慈明行酒，餘六龍下食。』按：此以況柳仲郢諸子也。仲郢子珪、璧、玭，《舊唐書》皆有傳。【馮注】《新書・藝文志》：柳玭有《柳氏訓序》一卷。

⑦【馮注】《南史・劉訏傳》：『族祖孝標稱訏「超超越俗，如半天朱霞」。』餘見《送從翁東川》。稽鶴、月比仲郢，荀龍、霞比諸子，謂仲郢風度高邁，時無匹者，有子皆賢，勝於荀氏，而諸子文采皆為父所壓也。柳氏最修禮法，此稍及之。

⑧【朱曰】燕館即碣石宫。【馮曰】謂盡攜賓佐。

⑨【馮注】《晉書・山簡傳》：『簡鎮襄陽，惟酒是躭。諸習氏有佳園池，簡每出遊嬉，多之池上，置酒輒醉，名之曰高陽池。時有童兒歌曰：「山公出何許？往至高陽池。日夕倒載歸，酩酊無所知。」』

⑩【原注】獨孤景公信，舉止風流，嘗風吹帽傾，觀者滿路。【馮曰】按：事見《周書》。《北史》云：『信在秦州，嘗因獵日暮，馳馬入城，其帽微側。詰旦而吏民有戴帽者咸慕信而側帽焉。』

⑪【原注】《樂府》：『相逢狹路間，路隘不容車。』

⑫【何曰】（『樓迴』句）入病中。（《輯評》）【按】樓窗及下二句門障均想像樂營情景。

⑬【何曰】了鳥即屈戌，北方語猶然，鴉叉則吾吴語也。二句合南北方言始可解。（《輯評》）【《輯評》墨批】亦疊韻。【朱曰】障，屏障也。玉鴉叉謂畫叉。

⑭【朱注】《漢書》：『高祖令戚夫人楚舞，自為楚歌。』【馮注】《史記・留侯世家》：『上曰：「為我楚舞。」』

⑮【何曰】自敘。（《輯評》）【按】『歌《巴》』用《宋玉對楚王問》，屢見前。『歌』『舞』者似同指歌伎。

⑯【馮注】《晉書》：『潘岳美姿儀，少時嘗挾彈出洛陽道，婦人遇之者，皆連手縈繞，投之以果，滿車而歸。』此指柳氏諸子。【按】此恐指諸幕僚。

⑰【原注】禰處士擊鼓，能為《漁陽參撾》。【朱注】摻，七勘切。【馮注】按：『摻』，《戊籤》作

「操」，非衹刻誤，蓋因《天中記》云：『吴淑校理《古樂府》有「摻」多改為「操」字。』又魏了翁云：『魏、晉間避曹操諱，改為「摻」，故好奇作此耳。』詳見《聽鼓》。此句自謂。【按】參，通摻，擊鼓之調。撾，擊，打。此處「參」作動詞，「撾」作名詞，謂擊禰衡之《漁陽參撾》鼓曲。

⑱【程注】《南史·王僧孺傳》：『竟陵王子良嘗夜集學士，刻燭為詩，四韻者則刻一寸。蕭文琰曰：「頓燒一寸燭而成詩，何難之有？」乃與邱令楷、江洪共打銅鉢立韻，響滅詩成，皆可觀。』

⑲【馮注】梁簡文帝有《詠武陵王左右伍嵩傳杯》詩。【張相曰】此賒字為空缺義，意言往時曾忝列刻燭吟詩之會，今夕傳杯，則缺席矣。

⑳【馮注】劉楨詩：『余嬰沉痼疾，竄身清漳濱。』

箋評

【姚曰】首四句，從置酒本意起。『嵇鶴』四句，叙人物之俊妙。『興欲』四句，想到樂營之景。『樓迥』四句，想供帳之華。『舞妙』四句，想歌舞之酣暢。『刻燭』四句，恨己之不得與此席也。

【屈曰】一段聞置酒。二段河東公一門之盛。三段賓客之多，品物之貴。四段歌舞之盛。末寄上。

【程曰】起有『旌旆』『中途』字，結有『當時』『此夕』字，又有『漳浦』字，詩乃義山歸鄭州後仲郢出為山南西道節度使時作。詩中武昌屬鄂岳，不屬山南，當是借用，或路出鄂岳耳。（按程箋非，此東川作無疑）

【紀曰】應酬之作，格意卑下。（《詩説》）

【按】全篇均從『聞』字着筆。除末二聯外，他皆想像之詞。以河東公賓主、父子遊春宴飲之歡悦襯出己之哀病無聊。樂營，樂工、歌伎所居，故詩中寫營妓歌舞。『武昌柳』『洛陽花』似亦指營伎。

南潭上亭讌集以疾後至因而抒情①

馬卿聊應召②，謝傅已登山③。歌發百花外，樂調深竹間。鷁舟縈遠岸④，魚鑰啟重關⑤。鷺蜨如相引，煙蘿不暇攀⑥。佳人啟玉齒⑦，上客頷朱顏⑧。肯念沉痾士⑨，俱期倒載還⑩。

集注

①【馮注】徐曰：『南潭即南江。《文苑英華》有宋之問《梓潼南江泛舟序》云：「艤舟於江潭。」蓋梓州遊宴之所。』按：今《英華》作王勃。又有《宴梓州南亭詩序》，作盧照鄰，起云：『梓州城池亭者，長史張公聽訟之別所也。』

②【姚注】《司馬相如傳》：『相如素與臨邛令王吉相善，卓王孫、程鄭乃相謂曰：「令有貴客，為具召之。」相如為不得已而强往，一座盡傾。』【馮注】謝惠連《雪賦》：『相如末至，居客之右。』【按】馬卿自指，謂己姑且應召前往。

③【馮注】《晉書·謝安傳》：『安於土山營墅，樓館林竹甚盛，每攜中外子姪往來遊集。』【按】謝傅指柳仲郢。

④【朱注】《淮南子》：『龍舟鷁首。』【姚注】張衡《西京賦》：『浮鷁首。』注：『船頭象鷁鳥，厭水神。』

⑤【姚注】《芝田録》：『門鑰必以魚，取其不瞑目守夜之意。』

⑥【何曰】此聯鬆秀生動。（《輯評》）

⑦【朱注】昭明太子《七契》：『啟玉齒而安歌。』【馮注】《莊子》：『吾君未嘗啟齒。』郭璞《游仙詩》：『靈妃顧吾笑，粲然啟玉齒。』

⑧【朱注】《招魂》：『美人既醉，朱顏酡些。』【馮注】《左傳》：『衛侯入，逆於門者，頷之而已。』注曰：『謂摇其頭。』又曰：《韓碑》當作點頭解，此當作摇頭解，謂已醉辭勸飲也。【程注】庾肩吾詩：『蘭堂上客至，綺席清絃撫。』【按】二句謂歌女啟齒謳歌，而賓客頷首稱許，馮補注非。

⑨【程注】《晉書·樂廣傳》：『沈痾頓解。』【馮注】《漢書·五行志》：『痾，病貌。』

⑩【朱注】《晉書·山簡傳》：『兒童歌云：「日夕倒載歸，酩酊無所知。」』【馮注】古人每謂醉者為倒載，如《嶺表録異》曰：『廣州酒賤，晚市散，男兒女人倒載者，日有三二十輩。』

箋評

【何曰】次第如畫。（《讀書記》）

【姚曰】前八句，寫未至時景物。後四句，寫未至時情事。

【屈曰】一二主人（客？）。三四歌舞。五六南潭上亭。七八景物。九十讌集之衆。結後至。

【程曰】此當與《病中聞河東公樂營置酒》詩為先後時之作，故題不重書河東公。若他人，則題必不遺也。

【按】屈箋是。末聯謂雖衰病而蒙召，期於盡醉而歸也。

江亭散席循柳路吟歸官舍〔一〕①

春詠敢輕裁，銜辭入半杯①。已遭江映柳，更被雪藏梅②。寡和真徒爾③，殷憂動即來④。從詩得何報？唯感二毛催〔二〕⑤。

校記

〔一〕蔣本『歸官舍』三字係題下雙行小字，題作『江亭散席循柳路吟』。錢曰：『吟下空一字。』似亦以『歸官舍』三字為注。然『循柳路吟歸官舍』，似難分割，『歸官舍』三字亦不似題注，故仍從諸本。

〔二〕『感』，蔣本、姜本、悟抄、錢本、影宋抄作『看』。

集注

①【程注】曹植《洛神賦》：『含辭未吐。』

②【補】《柳》：『柳映江潭底有情，望中頻遣客心驚。』【何曰】江映柳，見擯在遠；雪藏梅，被厭（壓？）

在下也。從詩之報乃爾，所以欲詠而辭銜也。（《輯評》）

③【程注】《宋玉對楚王問》：『其曲彌高，其和彌寡。』張説詩：『曲高彌寡和。』

④【程注】嵇康《養生論》：『内懷隱憂，則達旦不瞑。』【補】陸機《嘆逝賦》：『在殷憂而勿違。』

⑤【程注】《左傳》：『不禽二毛。』潘岳《秋興賦》：『余春秋三十有二，始見二毛。』

箋評

【何曰】製題不減康樂。○柳梅得春早而邀賞難，三四直貫注『二毛催』句。○小馮云：『感字作□便足。』余謂『看』字勝。（《輯評》）

【姚曰】古人作一詩，未有不從苦心研鍊中得者，恐其唐突景物，罪過不小也。開口一『敢』字便妙。胡亂下筆，罪過總在一『敢』字。『銜辭入半杯』，是何等細心静氣！正為映柳藏梅，此中意味不敢唐突耳。雖然如此，深知其意，和者誰人；且牽動情思，殷憂欲老，吾不敢得罪於景物，景物何以報我，惟感得二毛即至耳。嗟乎！『吟成五個字，撚斷幾莖鬚』，蓋古人作詩苦心盡如此。

【馮曰】徐氏以江亭為曲江之亭，柳路為柳衙之路。余初以結句似在壯年，遂從其説，今乃悟其謬也。義山官京師，為秘省郎、京兆掾、國子博士三者，無論秘省在皇城之内，即京掾、學博亦無可循路吟歸官舍之事。此蓋猶《柳下暗記》之作。『循柳路』者，循其意指也，故曰『藏梅』『寡和』。結句定作『看』字。從詩何報？惟看白髮催增，非乍驚斑鬢也。首聯便寫居人幕下之慨，通篇情味酸而旨矣。

【紀曰】題極雅馴，而詩不成語，七八句尤惡，大似薛能一輩俚語也。（《詩説》）

【吴闓生曰】後半大氣盤旋，沈鬱頓挫，真大家手筆。此義山所以崛起於李杜之後也。（《今古詩範》）

【張曰】此首馮氏所解，迂僻殆堪發噱，不知此亦流覽景光之作，無他寓託。惟江亭不知為桂江抑梓江耳。（《會箋》）〇此詩極細帖，粗獷之評，吾所不取，豈不容詩人作自負語耶？（《辨正》）

【按】此因循柳路吟歸而有身世之慨。柳路即道旁植柳之路。起二謂席間不敢輕裁春咏，『銜辭入半杯』，極狀細酌曼吟復加心緒茫茫情景。三四點『循柳路吟歸』，謂已遇春江映柳，更睹梅被雪藏，早春景物如此，尤難屬辭矣。五六謂平生為詩和之者寡，而因多借詩抒寫己之生活感受，故動輒觸發内心之殷憂。結謂詩歌於我何有？徒促使人多愁善感，加速己之衰老而已。作年無顯證。張謂江亭不知為桂江抑梓江，按桂江無雪，馮繫梓州較可信。

細雨成詠獻尚書河東公①

灑砌聽來響，卷簾看已迷。江間風暫定，雲外日應西②。稍稍落蝶粉，斑斑融燕泥。颱萍初過沼，重柳更緣堤。必擬和殘漏，寧無晦暝鼙。半將花漠漠，全共草萋萋。猿别方長嘯③，烏驚始獨棲④。府公能八詠〔一〕⑤，聊且續新題。

校記

〔一〕『八』，蔣本、悟抄作『入』，非。詳注。

集注

①【姚注】《唐書·柳公綽傳》：『公綽子仲郢，咸通初，以兵部尚書加金紫光祿大夫，河東男，食邑三百户。』【馮注】原編集外詩。河東，柳氏郡望也。仲郢封河東男，見《舊書》大中十一年《紀》。仲郢字諭蒙，見《舊書·傳》。又《因話録》：『柳仲郢，小字壽郎。』【按】題稱『尚書河東公』，尚書當為仲郢鎮東川時所兼之京職禮部尚書，姚引咸通初為兵部尚書與此無涉。

②【馮曰】（『雲外』句）巧句。

③【馮曰】見《失猿》，謂遠客也。

④【馮曰】謂失偶。

⑤【朱注】《金華志》：『齊隆昌元年，沈約出為東陽太守，作八詩題於玄暢樓，後人因更為八詠樓。』【程注】府公指柳仲郢也。考六朝王府臣僚稱其主為府公，唐幕僚亦稱節度觀察為府公，蓋沿六朝之舊耳。劉夢得有《送王司馬之陜州》詩云：『府公既有朝中舊，司馬應容酒後狂』可證也。【馮注】《後漢書》諸曹掾屬皆曰公府掾，是以稱府公非始六朝也。

箋評

【李因培曰】『卷簾看已迷』，即切『細』字。『雲外日應西』，五字寫對雨。『稍稍落蝶粉』，情景入神。『颭萍初過沼，重柳更緣堤』，颭、重字鍊。『必擬』二句：必擬、寧無涉套。『半將花漠漠』，的是細雨。（《唐詩觀瀾集》）

【姚曰】此賦細雨以自寓其情懷也。首四句，細雨之初。『稍稍』四句，寫其漸久。『必擬』四句，想其通夜。『猿別』四句，託猿鳥以自況，而幸其得親近於主人也。
【屈曰】一段細雨。二段景物。三段細甚。四段尚書。
【馮曰】着題之作，頗近帖體。
【紀曰】小有刻畫，只是試帖體。『必擬』二句尤拙。（《詩説》）
【張曰】『必擬』二句用意頗深，百讀始知之，以為太拙，真孟浪立言矣。
【按】馮紀二箋是。張氏嗜痂，故曲為迴護，姚謂自寓情懷亦不免以偏概全。此酬應之作。

即日

一歲林花即日休，江間亭下悵淹留〔一〕①。重吟細把真無奈，已落猶開未放愁②。山色正來銜小苑，春陰只欲傍高樓③。金鞍忽散銀壺漏〔二〕，更醉誰家白玉鉤④？

校記

〔一〕『間』原一作『門』，朱本同。
〔二〕『漏』，蔣本、姜本、戊籤、錢本、席本、影宋抄作『滴』。

集注

①【程注】《九辯》：『時亹亹而過中兮，蹇淹留而無成。』【按】淹留，謂徘徊不忍去。

②【田曰】謂未全愁。【馮曰】如曰『未盡愁』。【錢良擇曰】閒冷處偏搜得到，宋人之工全在此。

③【何曰】山色一聯言并不使我稍得淹留也。（《讀書記》）【按】謂山陰暮靄，正漸次籠罩己所在之小苑高樓。

④【程注】崔液詩：『玉漏銀壺且莫催。』【朱注】丁仙芝詩：『簾垂白玉鈎。』【紀曰】長孺注非也。此玉鉤即隔座送鉤之鉤，緣此戲起于鉤弋夫人之白玉鉤，故云爾耳。（《詩説》）【何曰】落句言風光忽過，不醉無以遣懷，然使我更醉誰家乎？無聊之甚也。（《讀書記》）【按】更醉誰家白玉鉤，猶更醉於誰家宴席之上。『白玉鉤』指宴席上藏鉤之戲。

箋評

【金聖嘆曰】言三春花事，是一歲大觀，若此事一休，即了無餘事。蓋入夏徂秋，如風疾卷，特地開春，便成往事也。江間，取長逝義；亭下，取暫住義；悵淹留者，長逝無法教停，故不覺其悵然，然暫住且如不逝，故遂漫作淹留也。三四，重吟細把，妙。已不必吟，而又重吟；已不足把，而又細把，此無奈，乃所謂真無奈也。已落猶開，又妙。親見已落，何止萬片，便報猶開，豈能數朵？此欲故將如何可放也。前解寫一春已盡，後解寫一日又盡也。山色銜苑，暮光自遠而至也；春陰傍樓，日影只剩觚棱也。倏忽馬嘶人去，漏動更停，則不知後會之在何家也。哀哉！哀哉！（純是工部詩）

【王夫之曰】苦寫甘出，少陵初年乃得似此，入蜀後不逮矣。予為此論，亦不復知世人有恨。（《唐詩評選》）

【朱曰】此嘆恩情之不可恃也。（《李義山詩集補注》）

【何曰】學（杜甫）『一片花飛減却春』。（《輯評》）○一歲之花遽休，一日之光遽暮，真所謂刻意傷春者也。金鞍忽散，惆悵獨歸，泥醉無從，排悶不得，其強裁此詩，真有歌與泣俱者矣。○觀『江間』之文，疑亦在東川時所作。（《讀書記》）

【胡以梅曰】因落花而悵恨留連於花間亭下，把玩重吟，真出無奈。落者落，開者尚開，愁愈難放。此聯實寫而曲折，故佳。五六言天色已晚，陰雲暗淡，皆為落花愁緒，銜日將落，而一半在屋也。結承晚來無可遣懷之處。第八是商酌之辭。散，散於江亭。

【陸曰】此因春事將闌，對林花而悵然有作也。言江間亭下，有此已落猶開之花，得以重吟細把，則我之淹留於此，似可不恨，而無奈其即日休也。是倒裝法。五六又跌進一層，言不特一歲之花易休，即一日之景亦難駐。觀山銜小苑，而時將暮矣；觀陰旁高樓，而時益暮矣，且頃之銀壺漏盡而金鞍散矣。當斯時也，非醉無以遣懷，然使我更醉誰家乎？無聊況味，非久於客中者不知。

【徐德泓曰】此惜春殘而寓行藏之感也。花落人淹，焉得不悵？落者既無可奈何矣，猶開者，亦總抒未放之愁耳，二句有去留兩難意。腰聯，寫黯然景色，亦有人事蹉跎意。末言景殘時盡，何處更尋樂地，隱然有瞻烏爰止之思焉。

【姚曰】此嘆恩情之不可恃也。花開花謝，榮悴關頭，頃刻分判。然不待花謝之時也，最難為是將謝未謝時淹留光景。蓋就施恩者而言，重吟細把，猶覺舊情無奈；就受恩者而言，已落猶開，尚思百計取憐。當是時也，山色春陰，已不得從容留待一日，而無如金鞍之忽散何也。恩情中道絶，豈待到別家簾幙時耶？

【屈曰】江亭花發，春光已晚，山色春陰，日亦將暮，乃金鞍忽散，銀壺下漏，更醉誰家以遣此情乎？

【紀曰】純以情致勝，筆筆唱嘆，意境自深。《曲池》詩亦是此調，則近乎靡矣。（《輯評》）

【姜炳璋曰】此當為鄭亞貶循州刺史，義山見落花而作。一，喻亞貶官；二，喻將至循州，猶在桂管未發。三四，言亞已落職，而猶官于循。五六，循雖小，亦正可居，而他人只欲附聲勢，傍高樓。七八，至夜行漏盡之時，畫棟已頹，冰山安在？吾不知更映誰家月色也。蓋刺當時之附黨人以擠鄭亞者。

【張曰】首言「一歲林花即日休」，義山在桂，首尾僅及一年，此將去時作。自嘆府貶職罷，失路無依也，大有留連不忍遽別之意。「江間」指桂江。馮編甚誤。（《會箋》）

【錢鍾書曰】少陵七律兼備衆妙，衍其一緒，胥足名家。……陳後山之細筋健骨，瘦硬通神，自為淵源老杜無論矣。……然世所謂「杜樣」者，乃指雄闊高渾，實大聲弘……一類。山谷、後山諸公僅得法於杜律之韌瘦者，於此等暢酣飽滿之什，未多效仿。惟義山於杜，無所不學，七律亦能兼茲二體。如《即日》之「重吟細把真無奈，已落猶開未放愁」，即杜《和裴迪》之「幸不折來傷歲暮，若為看去亂鄉愁」是也。而世所傳誦，乃其學杜雄亮諸聯。（《談藝録》）

【按】詩寫游賞觸發之傷春意緒。先因林花之凋謝而傷感一年之花事已休，繼又因春陰只傍高樓而傷感一日之好景難駐，加以客散獨歸，銀壺滴漏，不知醉卧誰家，遂覺極難為懷。將春殘日暮人散引起之傷春意緒表現得非常深入。筆筆唱嘆，層層轉進。「重吟」一聯，純用虛字控馭，將美好事物凋殘引起之惋惜、惆悵與無奈表現得尤為曲折動人。

寓興

薄宦仍多病，從知竟遠遊①。談諧叨客禮②，休澣接冥搜③。樹好頻移榻，雲奇不下樓。豈關無景物？自是有鄉愁。

集注

①【馮曰】『竟』字悲痛。【按】從知，指追隨幕主柳仲郢。

②【程注】陶潛詩：『談諧終日夕，觴至輒傾杯。』

③【朱注】休澣即休沐。鮑照詩：『休澣自公日。』《天台山賦序》：『遠寄冥搜』。【補】冥搜，有多義。晉孫綽《遊天台山賦序》：『非夫遠寄冥搜，篤信通神者，何肯遥想而存之。』杜甫《同諸公登慈恩寺塔》：『方知象教力，足可追冥搜。』此冥搜指極高極遠之探求。唐人於更多場合，則以冥搜指構思作詩。高適《陪竇侍御靈雲南亭宴》詩：『連唱波瀾動，冥搜物象開。』裴説《寄曹松》：『冥搜不易得，一句至公知。』徐夤詩：『十載公卿早言屈，何須課夏更冥搜。』皆其例。本篇『冥搜』屬後一類。『休澣接冥搜』，指假日賦詩。

箋評

【姚曰】薄宦多病之人，豈堪復事遠遊？衹因知我相招，不得已而相從耳。三四極言賓主之款洽，公事之從容，却自有一種行坐不安處。頻移榻，不下樓，人只謂樹好雲奇之故，不知實是一段鄉愁不能自解之故，非關景物也。

【屈曰】叨客禮亦有公務，故必休澣方得冥搜，此之謂薄宦。

【紀曰】有清迥之氣，自為佳製，但未極深厚耳。（《詩説》）五六自好，四句不佳，結亦徑直。（《輯評》）

【張曰】『休澣』句亦杜法，何以謂之不佳？結亦沉痛，何以謂之徑直？皆不通之評語也。（《辨正》）

【按】薄宦、多病、遠遊，構成極深之鄉愁，故對一切皆意興闌珊。與幕主晤談雖諧，然不覺其樂，惟覺叨其客禮相待而已；逢假日則無所事事，僅吟詩以自遣。樹好雲奇，景物堪賞，其奈鄉愁何！五六放，七八收，即王粲所謂『雖信美而非吾土兮，曾何足以淹留』之意。

巴江柳①

巴江可惜柳，柳色緑侵江。好向金鑾殿②，移陰入綺窗③。

集注

①【馮注】《水經》：「江水至巴郡江州縣東，強水、涪水、漢水、白水、宕渠水五水合，南流注之。」注曰：「巴水出晉昌郡宣漢縣巴嶺山，南流歷巴中，逕巴郡入江。庾仲雍所謂江州縣對二水口，右則涪內水，左則蜀外水也。江州縣，古巴子之都。」《通典》：「渝州南平郡，古巴國，謂之三巴。」引《三巴記》曰：「閬、白二水東南流，曲折三回如『巴』字，故謂三巴。」巴縣，漢江州縣。按：唐之渝州，今之重慶府，諸水合流於此。巴江以地言，又以形言，非專以巴水言也。凡江水經巴境者，固皆可稱巴江。然《元和郡縣志》云「巴江水一名涪陵江」，是唐人所習稱者在此也。【按】巴江，指東川附近之涪江，猶以巴山泛稱東川一帶之山同例。

②【朱注】《兩京記》：「大明宮紫宸殿北曰蓬萊殿，（其）西龍首山支隴起平地，上有殿名金鑾殿，殿旁坡名金鑾坡。」《五代會要》：「殿因金鑾坡以為名，與翰林院相對。」【馮注】蘇易簡《續翰林志》：「德宗時移院於金鑾坡上。」

③【馮注】《古詩》：「交疏結綺窗。」左思《蜀都賦》：「都護之堂，殿居綺窗。」暗用獻蜀柳事。《南史》：「張緒少有清望，吐納風流，每朝見，武帝目送之。劉悛之為益州，獻蜀柳數株，枝條甚長，狀若絲縷。帝植於太昌靈和殿前，常賞玩咨嗟，曰：『此柳風流可愛，似張緒當年時。』其見賞愛如此。」

箋評

【何曰】此梓州詩，亦自比也。（《輯評》）

【姚曰】志戀君也。

【程曰】此乃自感其不得立朝，又應柳仲郢之辟入東川，借柳以攄其慨也。

【馮曰】二《漢書·志》《華陽國志》《通典》諸書：古巴子國境東至魚復，西至僰道，北接漢中，南極黔涪，自古言巴在蜀之東偏也。唐之梓州，厥初亦巴西郡，梓之西北綿州、東北閬州，皆巴西地。然自漢初分置廣漢郡，梓潼久屬廣漢，至蜀漢又自置梓潼郡。故常璩《漢中志》列梓潼郡於梁州，而曰『東接巴西，南接廣漢』；《蜀志》列廣漢郡於益州，而曰『北接梓潼，東接巴郡』也。其梓潼江、涪江水固通巴入漢，然即稱潼江為巴江，則未可矣。本集中於梓州則曰巴南也。余熟味詩情，所云巴江者，實有斯時之行役，絶非後來東川之幕，總以追慨閬中為隱據也。貌似武斷，意頗洞微，否則何敢妄忖哉？

【紀曰】直而淺。（《詩説》）

【袁枚曰】借柳自比，有慨世不用意。（《詩學全書》）

【張曰】假柳以自寓，與『曾逐東風』一首前後映帶，皆玉谿極經營慘淡之作，似不得譏為淺也。（《辨正》）又曰：首二不甘使府之慨。後二望其汲引入朝。杜悰遷淮南，義山奉仲郢命往渝州迎侯，詩當作於此時（按指大中六年）。（《會箋》）

【按】馮解迂曲，巴江與巴山，皆泛指東川，不必專指。（《北禽》：『為戀巴江暖，無辭瘴霧蒸。』可證。）即據《三巴記》『閬、白二水南流……曲折三回如巴字』，則巴江指嘉陵江之正源；涪江為嘉陵江之支流，亦不妨稱巴江也。詩羈留異地，寄跡幕府之意顯然，絶非行役偶經情味。如係偶經其地而借以寄慨，則不得謂『巴江柳』，亦不必曰『移陰』矣。張繫大中六年至渝州迎送杜悰時，亦無據。三四有希冀入京居清職之想，然無望人汲引之意。

柳

曾逐東風拂舞筵，樂遊春苑斷腸天①。如何肯到清秋日，已帶斜陽又帶蟬②。

集注

①【張相曰】斷腸猶云銷魂。（《詩詞曲語辭匯釋》）【按】二句謂昔日樂遊苑中，銷魂芳春，柳曾隨東風輕拂舞筵，佔盡繁華。樂遊苑見《及第東歸》及《樂遊原》詩注。

②【張相曰】如何肯，猶云如何會也。意言春日如許風流，奈何會到秋天，便斜陽暮蟬，如許蕭條也。

箋評

【陳模曰】若『帶斜陽』，人能言之，『帶蟬』，則無人能言矣。此盡言前日逐春風舞筵，如此可樂，後日乃帶斜陽、蟬聲之淒悲，則宜不肯到秋日，不如望秋先零也。此比興先榮後悴難為情之意，足以盡之矣。（《懷古録》）

【田曰】不堪積愁，又不堪追往，腸斷一物矣。（馮注引）

【何曰】雍門之蟬。落句言外更有夫何使我至於此極之意。〇玉度云：至不欲生，傷心極矣。桓大司馬金城之嘆

（按：指所謂『樹猶如此，人何以堪！』）。〇『往時文采動人主，此日飢寒趨路旁。』（《輯評》）

【陸鳴臯曰】必有清秋一日，而曰『如何肯到』，一副得時庸俗心腸如繪。

【徐德泓曰】不越盛衰之意，而寫得渾脱，毫不粘煞。然此種格調，在于心領神會也。

【姚曰】得意人到失意時苦況如是。『肯到』二字妙，却由不得你不肯也。

【屈曰】春時纏綿極矣，似終身無改。如何肯到秋日乃斜陽暮蟬混亂至此耶？〇玩『曾拂』『肯到』『既』『又』等字，詩意甚明。晚節交疎，有托而言，非徒詠柳也。識者詳之。

【程曰】楊升庵以為形容先榮後悴之意，此解固然。然所謂先榮後悴者，乃謂人，非自謂。玩『如何肯到』一語，則極形其知進而不知退者為可笑也。

【馮曰】初承東川命，假物寓姓而言哀也。意最深婉。上痛不得久官京師，下慨又欲遠行。東川之辟在七月，正清秋時。斜陽喻遲暮，蟬喻高吟，言沉淪遲暮，豈肯尚為人書記耶？尋乃改判上軍。若僅以先榮後悴解之，淺矣。此種入神之作，既以事徵，尤以情會，妙不可窮也。

【紀曰】蘅齋評曰：四句一氣，筆意靈活。只用三四虚字轉折，冷呼熱唤，悠然絃外之音，不必更著一語也。平山曰：『肯』字妙。芥舟評曰：平山賞『肯』字之妙，然此字亦險。（《詩説》）

【李慈銘曰】（已帶斜陽又帶蟬）七字寫得蕭寥萬狀。（《越縵堂讀書簡端記》）

【俞陛雲曰】此詠柳兼興之體也。當其裊筵前之舞態，拂原上之游人，曾在春風得意而來，乃一入清秋，而枝抱殘蟬，影低斜日，光景頓殊，作者其以柳自喻，發悲秋之歎耶？抑謂柳之無情，雖芳時已過，而帶蟬映日，猶逞餘姿，不知有江潭摇落之感耶？但覺誦之凄黯耳。（《詩境淺説續編》）

【張曰】末句亦兼悼亡而言，悽惋入神。（《會箋》）又曰：含思宛轉，筆力藏鋒不露，故紀氏以稍弱議之。吾謂紀氏不深於唐律，觀此評益信。又曰：馮氏謂：初承梓辟，假府主姓以寄慨，意兼悼亡失意言之（按馮箋未言悼亡）。遲暮之傷，沈淪之痛，觸物皆悲，故措辭沈著如許。有神無迹，任人領味，真高唱也。集中《蟬》詩、《流

鶯》詩，均是此格，其深處洵未易測也。（《辨正》）

【按】陳模『先榮後悴』之解，較為通達，諸家多從之。馮氏斥為『淺』，乃别創『假物寓姓而言哀』之説。然既已假物寓姓（柳）矣，則此柳非自喻；如係自喻，則不得更寓府主之姓。馮氏欲將『假物寓姓』與『（自喻）言哀』一歸之柳，而不顧明顯之矛盾，實屬求深反鑿。詩意蓋謂先榮者不堪後瘁。在寄慨自身遭際、不堪回首當年之同時，亦寓含更具普泛性之人生感慨。詩中『柳』之形象，客觀上亦概括了諸如琵琶女、杜秋娘一類人物之悲劇命運及心態。

柳

柳映江潭底有情①，望中頻遣客心驚②。巴雷隱隱千山外，更作章臺走馬聲③。

集注

①【程注】庾信《枯樹賦》：『昔年移柳，依依漢南；今看摇落，悽愴江潭。』【補】底有情，何其有情。

②【補】謂睹此江潭之柳，頻使天涯羈客心驚。

③【馮注】《長門賦》：『雷隱隱而響起兮，聲象君之車音。』《漢書》：『張敞為京兆尹，時罷朝會，過走馬章臺街。』唐人有《章臺柳》詩。

箋評

【何曰】此亦思北歸而不得也。（《輯評》）

【陸鳴皋曰】此江岸之柳，從雷聲寫合，思入神奇。

【姚曰】此春去夏來之景。巴雷隱隱，非復章臺走馬之時，悲在『更作』二字。

【屈曰】客心思鄉，望江潭柳色已自心驚，況巴雷隱隱更作章臺走馬之聲乎？

【程曰】此東川道中偶有所見而作。章臺走馬，冶遊之事也。今在客途，徒然悵望而已。柳枝之掩映有情，客子之驚心何極！巴山重疊，豈是章臺？隱隱雷聲，偏同走馬，此際欲嘆奈何矣。

【馮曰】走馬章臺，乃官於京師者也。今雷在巴山，聲偏相類，益驚遠客之心矣。意曲而摯。

【紀曰】深情忽觸，不復在迹象之間。

【姜炳璋曰】言旅況難堪也。巴山重疊，柳映江潭，客心傷矣。而雷聲隱隱，更作從前走馬章臺之聲，不益難堪耶？義山絶句，多用推進一層法。『章臺』，游冶之地。

【張曰】首句蒙愛，次句遠客。後二思入京師也，乃不直言，而借巴雷託出，意曲而摯，耐人尋味。【按】張箋首句非是。『蒙愛』云云，乃認為詩以『柳』寓柳（仲郢）姓，夫既何其有情而蒙愛，又何望之心驚歟？

【錢鍾書曰】《無題》言『車走雷聲』，此篇則言『雷轉車聲』；巴山羈客，悵念長安遊冶，故聞雷而觸類興懷，聽作章臺走馬。義山詩言醒時之想因結合，心能造境也。山谷詩（《六月十七日晝寢》）言睡時之想因結合，心能造境也。（《談藝録補訂》）

【按】『柳映江潭』，用《枯樹賦》『今看搖落，悽愴江潭』語意。詩人目睹江柳，似發現自我之身影，故『頻遣客心驚』也。此柳略有自寓之意。三四由『望』而『聞』，由柳而聯想及于章臺，遂忽覺今巴山之雷，偏類章臺走馬之聲，而『益驚遠客之心矣』。身世潦倒之感，懷念京華之想，均寓言外。

柳下暗記①

無奈巴南柳〔一〕②，千條傍吹臺③。更將黃映白，擬作杏花媒④。

校記

〔一〕『南』，姜本作『江』。

集注

①【馮注】《後漢書》：『應奉少聰明，凡所經歷，莫不暗記。』

②【馮注】梓州在巴南。《華陽國志》：『巴西郡南接梓潼。』

③【馮注】《水經注》：『《陳留風俗傳》：縣有倉頡、師曠城，上有列仙之吹臺，北有牧澤，俗謂之蒲關澤。梁

王增築以為吹臺，即阮嗣宗所謂：「駕言發魏都，南向望吹臺。簫管有遺音，梁王安在哉？」」《元和郡縣志》：『吹臺俗號繁臺。』【朱注】《元和郡縣志》：『吹臺在開封東南六里。』【按】相傳為春秋時師曠吹樂之臺。梁孝王增築曰明臺。孝王常按歌吹於此，故亦曰吹臺。

④【屈注】況其黃白相映，擬作杏媒，更覺可憐也。

箋評

【姚曰】暗記去年也。

【程曰】此必蜀妓留寓於汴州者，偶見而惋惜之，非有所期遇，與前《柳》詩不同。

【馮曰】柳璧入都應舉，義山代之作啟（詳文集），故作此暗記之。吹臺為梁王之蹟，暗以鄒、枚自比，言其泥我揮毫也。『黃映白』即妃青儷白之意，謂四六文也。『杏花媒』謂將藉以得第。《玉泉子》載楊希古事有曰：『今子弟之求名者，大半假手也。』可為此二章（按指本篇及《江亭散席循柳路吟歸官舍》）的證。

【紀曰】題曰暗記，是冶遊所見之作，詩中語意亦分明也，措語殊淺。

【張曰】馮氏謂在柳仲郢幕時作。末二語指柳璧應舉時為代作諸啟也。『黃映白』謂儷黃對白，比已駢體之文也，似為近之。首二句極狀使府沉淪無聊之況，失意之餘，觸物皆悲已。（《辨正》。《會箋》全依馮箋）

【按】首二張箋近是。『巴南柳』自喻，『傍吹臺』謂依人幕下。三四則馮箋得之，謂為柳璧代作妃青儷白之文也。『黃映白』，本指柳絲柳絮相映成趣。文集有《為舉人上翰林蕭侍郎啟》，係為仲郢子柳璧應舉而作。

憶梅

定定住天涯〔一〕①，依依向物華。寒梅最堪恨，長作去年花〔二〕②。

校記

〔一〕『住』原一作『任』，季抄同，非。

〔二〕『長』，朱本作『常』。

集注

①【補】定定：唐時俗語，猶今云『牢牢』『不動』。天涯：此指梓州。【黄叔燦曰】『定定』字新。（《唐詩箋注》）

②【補】寒梅：指早梅。早梅嚴冬即開放，『不待作年芳』，故云『去年花』。作詩時值春暖花開，早梅已過，故題為『憶梅』。恨：令人悵恨。【黄叔燦曰】『定定』意出。

箋評

【何曰】得名最早，却不值榮進之期，此比體也。（『依依』句注）指眼前。（『寒梅』二句注）今無花。『可恨』在首句生來。（《輯評》）

【姚曰】自己不能去，却恨寒梅，妙絶。

【馮曰】梅寒大堪恨，忍令我定定天涯，恨之，故憶之，與下章（指《天涯》）意同，姚氏不解也。

【屈曰】『定定』字俚語入詩却雅。一憶之由，二憶之時，三四憶之反詞。

【紀曰】末二句用意極曲折可味，但篇幅少狹耳。問何以題與詩不相應，或詩中『恨』字是『憶』字耶？曰：不然。作『堪憶』則下句不接，當是題目有訛字耳。（《詩説》）

【張曰】小詩祇此篇幅，豈可充之令長？紀氏謂篇幅少狹，殊難索解。又曰：『梅』取鹽梅之義。『天涯』指徐方。去年子直入相，在十月，正梅開時，恨之故不能不憶之也。住天涯矣，而加以『定定』，慘極。

【劉盼遂曰】詩人流落異鄉，長期不能回長安，只有在自然景物中討安慰，但見到寒梅却益生恨，因為它年年開花結蕊，意即梅尚有生機，而自己則生機都絶，不及寒梅遠矣。

【錢鍾書曰】『寒梅最堪恨，常作去年花。』人之非去年人，即在言外，含蓄耐味。（《管錐編》一四八四—四八五頁）

【按】此羈留天涯，面對三春芳華，轉憶『去年』開放之寒梅，有感於身世遭逢而作。寒梅先春而開，春前而謝，不與三春之百花同享春光；己亦非時而早秀，『不待作年芳』之沉淪羈泊者，故因『憶梅』而觸發開不逢時之感。曰『最堪恨』，似恨寒梅之觸緒傷情，實恨造物者之不平。解此詩關鍵，在注意題内『憶』字與詩中『去年花』之關係。

天涯

春日在天涯，天涯日又斜①。鶯啼如有淚，為濕最高花②。

集注

①【補】上句謂己值此春日，居於天涯極遠之地；下句謂天際日斜，惟餘殘陽晚照。『日』字『天涯』字迴環重複，而意則有別。

②【姚曰】最高花，花之絕頂枝也。花開至此盡矣。【馮曰】最高花所指顯然。【按】二句謂鶯啼如亦有淚，請為我沾濕最高之花。

箋評

【田曰】一氣渾成，如是即佳。（馮箋引）

【楊曰】意極悲，語極艷，不可多得。（馮箋引。一作朱彝尊批語。『意極悲』作『言極怨』。）

【徐德泓曰】最高之花，到後始開，誦此亦不覺唾壺欲缺。

【屈曰】不必有所指，不必無所指，言外只覺有一種深情。

【張曰】春日在天涯，點時點地，日又斜，府主又卒也。最高花，所指顯然。馮編梓幕，大誤。（《會箋》。繫大中五年。）又曰：『天涯日又斜』暗喻盧弘正又卒也。『最高花』指子直，可謂字字血淚矣。（《辨正》）

【按】天涯羈泊沉淪，又值春殘日暮，乃覺鶯啼花闌，無往非傷心之境。三四謂啼鶯之淚，請為洒向象徵殘春之『最高花』。此洒淚之啼鶯，不妨視為刻意傷春之詩人化身或詩魂。此詩所抒寫之對於美好事物凋衰之哀挽，包蘊甚廣，傷時之感，遲暮之悲，沉淪漂泊之痛，及對美好情事之流連，均可於虛處領之。屈評有識。

義山詩中，『天涯』一語，或指桂州，或指梓州。此詩就詩中所抒寫之感情論，似作於梓幕較為合理。

無題①

萬里風波一葉舟，憶歸初罷更夷猶②。碧江地没元相引〔一〕，黃鶴沙邊亦少留③。益德冤魂終報主④，阿童高義鎮橫秋⑤。人生豈得長無謂，懷古思鄉共白頭〔二〕！

校記

〔一〕『地没』，【程曰】當作『地脈』。【馮曰】『没』字當誤，或疑作『脈』，未可定。

〔二〕『鄉』，戊籤一作『賢』。

集注

①原編集外詩。

②【朱注】《楚詞》：「君不行兮夷猶。」注：「猶豫也。」【補】憶歸，思歸，亦即下文思鄉之意。

③【馮注】《通典》：「江夏縣，漢以來沙羨縣。」《荆州圖記》：「夏口城西南角，因磯為高，是名黄鶴磯。」《述異記》：「荀瓌字叔偉，憩江夏黄鶴樓上，望西南有物飄然降自雲漢，乃駕鶴之賓也。賓主歡對，辭去，跨鶴騰空。」唐閻伯里《黄鶴樓記》：「《圖經》云：費禕登仙，嘗駕黄鶴返憩於此，遂以名樓。」《一統志》：「世傳仙人子安乘黄鶴過此。」【按】馮注非，詳箋。

④【朱注】《蜀志》：「張飛字益德，先主伐吴，飛當率兵萬人自閬中會江州；臨發，其帳下將張達、范彊殺飛，持其首順流而奔孫權。」【馮注】《蜀志》：「張飛……領巴西太守。」冤魂報主事未詳。《寰宇記》：「張飛冢在閬州刺史大廳東二十步。」

⑤【朱注】《晉書·五行志》：「孫皓天紀中童謡曰：『阿童復阿童，銜刀遊渡江。不畏岸上虎，但畏水中龍。』武帝聞之，加王濬龍驤將軍。及征吴，江西衆軍無過者，而濬先定秣陵。濬小字阿童，故帝因謡言用之。」【程注】《王濬傳》：「濬除巴郡太守，郡邊吴境，兵士苦役，生男皆不養。濬嚴其科條，寬其徭課，其産育者皆與休復，所全活者數千人。及後伐吴，活者皆堪供軍。其父母戒之曰：『王府君生爾，爾必勉之，無愛死也。』」【姚注】孔稚珪《北山移文》：「風情張日，霜氣横秋。」【馮注】《晉書·羊祜傳》：「祜以伐吴必藉上流之勢，又時吴有童謡曰：『阿童復阿童，銜刀浮渡江。不畏岸上虎，但畏水中龍。』會益州刺史王濬徵為大司農，祜知其可任，濬又小字阿童，因表留濬監益州諸軍，加龍驤將軍。』事亦未詳。舊注引濬守巴郡，禁巴人不得棄子事，絶無當也。

益德被害事在閬州，士治則久在益州，義山兹行似為益州。他詩又云：『望喜樓中憶閬州』，自注：『此情别寄。』則固當有意在，或借古人以寓其姓，非用古事也。徒詮其粗迹，則一死一生皆有功義，引起長無謂之慨。【按】馮注牽扯巴蜀之游，非。詳箋。

箋評

【朱曰】按詩中益德、阿童皆用巴閬事，恐是在東川時作。又曰：此思歸不得也。（《李義山詩集補注》）

【吴喬曰】長孺説信也。或義山别有悶事，亦名為《無題》耶？而《無題》之非艷詩，即此阿童、益德可據。冤魂報主，唐時稗史必有其説，故爾用之。張、王皆是東川事，故曰『懷古』，而『豈得長無謂』，思有所建立也。

【朱彝尊曰】（末聯）語淡意深。

【何曰】此篇未詳。（《輯評》）

【《唐詩鼓吹評注》】此詩不甚可解。細玩之，前四句是思鄉，五六乃懷古也。首言萬事（按：《鼓吹》作『萬事風波一葉舟』）如風波中之一葉，思歸未得，則尤如一葉之漂泊無依耳。『碧江』句未詳。『亦少留』者，或即其所謂『夷猶』也。益德、阿童，一成一敗，總屬風波，此亦萬事中之一二事。而我為留滯所觸，懷此二人，所以并思鄉而鬢白如絲耳。○廖（文炳）解謂忠君者不見親而托意於宫女，不啻千里之隔矣。

【陸鳴皋曰】此在蜀之詩。前半思歸而憶其道路。五六句，即引蜀事，言人死生俱當有所作為，故第七句緊接，而末句總結全文。沉鬱之思，直逼老杜。

【陸曰】此義山在東川時作也。起二句，即老杜『艱難歸故里，去住損春心』之意。三四承上風波説來，言萬里征途，歸既未能，留亦不可，此我之所以猶豫其間也。下以巴閬之事言之，言人生雖取舍萬殊，要須歸於有謂，如益德之率兵而死非命，阿童之先衆而定秣陵，其人自足千古。而我碌碌依人，進退維谷，懷古思鄉之下，焉得不速老乎？

【姚曰】此言思歸不得之恨也，必在東川幕中作。萬里風波，豈能傅翼飛去，憶歸之心愈欲撇開，愈加縈繫。觀碧江之東下，既若有相引之情；羡黄鶴之自由，亦若有留待之意，所謂『夷猶』也。因思丈夫在世，亦貴自行其志耳。益德、阿童，皆巴閬中事。冤魂報主，至死不迴也；高義横秋，一往莫禦也。今我於思鄉之際，發此懷古之情，似屬無謂，不知人生駒隙，白首如期，豈能長在世間，而乃受人牽制如此耶？

【程曰】此篇第二句『憶歸初罷』，第八句『懷古思鄉』，是作者之意旨。所懷之古為益德、為阿童，皆巴中事，則所謂『初罷』者，乃大中年間梓州府罷將歸鄭州之時也。一生幕職，老大無成，又復歸來，思之無謂，故不禁其感憤成詩。起句言萬里之遥，風波之險，去來漂泊之情况，惟有一舟而已。次句言憶歸固客子之心，初罷亦無聊之至，夷猶中路，未免去住兩難。三四承上『夷猶』，言江流既牽引其歸心，沙畔復逗留其離緒。五六逗下『懷古』，從今日過客之無成，思往昔蜀中之豪傑。七八則總括通首而暢明其作詩之懷抱也。此詩後半與『曾共山翁把酒卮』一首後半同一作法。彼逆揭『郎君』，突寫二語，然後結出『郎君』；此逆揭『懷古』，突寫二語，然後揭出『懷古』，律體中陡健之格，其法自杜子美出也。

【馮曰】似因破帆荆江，驚魂方定，故曰『萬里風波』也。不得已而又就扁舟，故曰『憶歸初罷更夷猶』也。三句謂沿江之境相連。四句小駐橈於武昌也。曰『亦少留』者，似追憶會昌初鄂岳之役，今又少留於此也。一結極凄惋，惜五六無可曉耳。舊解泥作東川，絶不通矣。

【紀曰】此是佚去原題而編録者署以《無題》，非他寓言之比。前四句低徊徐引，五六斗然振起，七八以曼聲作結，絶好筆意。廉衣曰：『次句欠渾成。』（《詩説》）全篇從『更夷猶』三字生出。『懷古思鄉』，收繳第二句，完密。『地没』二字不可解。午橋曰：『當作地脈。』亦一説。（《輯評》）

【姜炳璋曰】令狐綯當國，剪除異己。屢次干綯，僅補太學博士。適柳仲郢鎮東川，辟為幕官，而義山殆將老矣。首句『萬里風波一葉舟』，喻一身飄泊似葉，而不能勝衆口之喧呶也。『憶歸初罷』，言方欲歸去，而又『夷猶』不決，一似碧江之相引、沙邊之少留者。何也？蓋以益德之魂，終能報主，阿童之義，定可横秋，或當時用我，得有以建白也。『地没』，謂『地盡』也；『鎮』，定也。《蜀志》未嘗言飛冤魂報主，義山必有所據，蓋見於他書耳。『無謂』，猶言没世無稱也。末二句言人生世上，當名標竹帛，豈得長無稱謂，使我懷古之心與思鄉之意兩相糾纏，而不覺頭之盡白也！言『冤魂』，言『高義』，是被『詭薄無行』之誣，深自表白意。曰『報主』，曰『横秋』，是自信有為，值邊隅多事，可以建白意。『懷古』者，懷古人而欲與争烈也。鬚髮蒼然，進取無路，一身飄零，草木同腐，此義山所以抱恨於『交親得路昧平生』者也。《無題》之詩，半托香奩以寓感憤，此更直抒己意，可知諸詩之非閨情豔體矣。

【張曰】起曰『萬里風波一葉舟，憶歸初罷更夷猶』，言桂州府罷，尚有所待也。曰『碧江地没元相引』，言李回本同黨，雖由西川左遷，未嘗不可援引也。曰『黄鶴沙邊亦少留』，言己與李回相遇荆州，為之少留也。中聯引益德、阿童二典，雖無可徵實，然以益德報主，比衛公之乃心武宗（案衛公之貶，雖由於黨人，實則宣宗以嘗不見禮於武宗，遷怒及之，恐其不利於己耳。《貶崖州制》曰：『李德裕當會昌之際，極公台之榮，騁諛佞而得君，遂恣横而持政。動多詭異之謀，潛懷僭越之志。計有踰於指鹿，罪實見於欺天。』則當時黨人必有以衛公無君之説譖於宣宗者。不然，安得有此言？至衛公不忘故主，觀《會昌一品集》編次之意可見），以王濬受厄王渾，功高得謗，比李回因黨禍而貶官，不負衛公所知，詞意均極明顯（詩中數典，皆用蜀故，以李回自西川左遷也。此以見義山隸事之精）。結則言李回既不能攜赴湖南，進既不可，歸又不能，人生如此，徒使我懷古思鄉，安能忍而與之終古乎？此所以留滯荆門之後，又有巴蜀之遊也。（《會箋》） 又曰：義山後此轉向牛黨，屢啟陳情，皆以此篇為轉關，此實集中一字一淚之篇矣，讀者不可忽視也。（同上） 又曰：此玉谿桂州府罷，留滯荆江，感念遇合之作。義山於大中二年鄭亞貶後，即屬望李回湖南幕府，以鄭亞、李回皆李黨也。首二句言桂府罷歸，更有所圖。『碧江』句言我之赴蜀，原望李回援引，回為府主，並非冒昧。『黄鶴』句言無如其畏讒疏我，致使小滯於荆門。『益德』二句，則言古人受恩圖報者甚多，如益德之冤魂，猶思報主；阿童之高義，尚且横秋。我非不欲盡忠於故主，而朝局反復，李黨疊敗，並一窮交而不能護庇，人生如此無謂，安能常此終古乎？此所謂『懷古思鄉共白頭』也。『懷古』即指益德二事。義山初心依恃贊皇，於此可見。○益德、阿童皆用巴閬故事，此二句亦兼閬中遇合無成而言。詩具兩意：一則慨己之不能始終報恩故主；一則假古人之高義，哀憐舊交，以見今人不然也。閬中不知屬望何人，疑其人亦李黨歟？（《辨正》）

【岑曰】商隱（大中二年）五月至潭，……流連湘幕，當滯旬時，夫故有《賀馬相公登庸啟》之代撰。李回降湖南，以二月命，不容五月尚未抵任，（張）箋三謂《潭州》詩為『桂管歸途暫寓湖南遲望李回之作』，《無題》詩『黄鶴沙邊亦少留』，為『與李回相遇荆州為之少留』，『而回並未攜任所』，可謂無一字有來歷。

【陳寅恪曰】頗疑仲郢於大中六年夏間遣商隱於渝州迎送杜悰，並同時因水程之便利，即遣商隱逕由渝州往江陵，致祭德裕之歸葬，實不止令其代作祭文也。但此假設非有確據，不過依時日地理及人事之關係，推測其可能而已。……嘗見馮氏《玉谿生年譜》於大中二年創為義山巴蜀遊蹤之説，實則别無典據。……張采田解《無題》（萬里風波），謂『益德冤魂』指衛公，然不悟此詩若果如張説作於大中二年之夏，則距大中元年十二月衛公南貶潮州不過數月，其時文饒尚健在，即使無生還之望，亦豈忍遽目之為『冤魂』耶……鄙見凡注家所臆測之大中二年巴蜀遊踪實無其事，其所指為大中二年往返巴蜀所作之詩，大抵大中六年夏間奉柳仲郢命迎送杜悰並承命乘便至江陵路祭李德裕歸柩之所作，或其它居東川幕時代之著述。……茲試依此解略釋『萬里風波』詩，以證成其假設。……萬里二句　此詩為商隱於江陵為李爗（德裕子）所賦。……『初罷』者，非罷桂府之『初罷』。考爗貶蒙州立山尉，於大中六年以前奉詔特許歸葬，其時尚未除父喪也。其奉詔北歸葬親，既在父喪未除中，必罷立山尉職。其過江陵時距罷立山尉職不久，故謂之『初罷』。蓋當日宣宗止許爗北歸葬父，事訖仍須返立山尉貶職，此據自撰其妻鄭氏墓誌推得之結論。爗雖急欲歸洛陽，然於荆南却有逗留，故得邀之中途，因以設奠，此所謂『萬里風波一葉舟，憶歸初罷更夷猶』也。碧江二句　此二句不得其確解。大約爗自湖南至荆南，其途中少有滯留，自所不免，恐亦欲於沿途之所過官吏及親故中有所請乞耶？盧商曾為爗幕主，然於大中三年已罷去。……益德二句 若謂此詩作於大中六年夏間德裕歸葬時，且在宣宗有感於『西邊兵食制置事』，特許其歸葬之後，則較張氏之解，更於文理可通。德裕……生前既以武功邀奇遇，死後復因邊事蒙特恩，又曾任西川節度使，建維州之勳，其以翼德為比，亦庶幾適切也。不必更求實典，恐亦未必果有實典，而今人不知也。至『阿童高義』句，自指仲郢而言。若合二句併讀之，即是東川節度柳仲郢遣使祭崖州司户參軍李德裕之歸櫬也。……（人生二句） 此二句極佳，不待詳説。若仍欲加以解釋，即誦《哀江南賦》『班超生而望返，温序死而思歸』之句，以供參證可也。（《李德裕貶死年月及歸葬傳説考辨》。《歷史語言研究所集刊》第五本第二分）

【按】此篇雖有若干不易確解之詞句，然全詩主旨自較顯明。末二語一篇主意，謂人生豈能碌碌無為，於『懷古思鄉』之鬱悶心情中終老此生乎？含意與《離騷》『懷朕情而不發兮，余焉能忍與此終古』相類。『懷古』即腹聯所云益德、阿童之事，『思鄉』即次句所謂『憶歸』。腹聯用典，均取巴蜀故實，朱、陸、姚、程諸家以為當作於東川幕，極是。然則此詩係居東川幕時抒寫懷古思鄉感情之作，可大體肯定。

前幅抒『憶歸』之情。首句『萬里風波一葉舟』既書江上即目所見，亦隱寓己之身世飄零，有如風波一葉。意蘊與杜詩『飄飄何所似？天地一沙鷗』略似。次句『憶歸』即從風波漂泊景中生出。『初罷更夷猶』，謂思歸之情乍歇而更復猶豫徬徨，不能自已，所謂『翦不斷，理還亂，是離愁』。三四承『更夷猶』，極寫思鄉情切。『碧江』句謂江水迤邐流去，本已牽引歸思。『黄鶴』馮解為武昌黄鶴磯，然作者身在東川，似無緣忽及千里外之黄鶴磯，當從姚箋，實指黄鶴。此句亦目擊江間景物有感而發。黄鶴健飛之鳥，得自由翱翔於雲間，故沙邊暫歇，旋即飛去，曰『亦少留』者，正透露詩人目睹黄鶴少留沙邊旋又健舉之景象，益增留滯異鄉之感。然心雖逐江水而身仍羈留異鄉，故五六又轉因留滯才難盡之處境而懷想蜀中之英雄豪傑。益德冤魂報主事雖不詳所出。然其意在贊頌其死猶報主之忠，則固較然；阿童高義則頌其生而惠及人民之義，舊注引王濬全活巴人之德政，甚碻，馮氏以為『絶無當』，不知何據。一死一生，一忠一義，或報君，或惠民，均有不朽之事功而令人緬懷欽仰。『懷古』之餘，乃益增身世沉淪之悲，所謂『有客趨高義，於今滯下卿』是也。故結聯深有慨於己之碌碌終生，無所作為，以『懷古』『思鄉』雙收。『豈得』二字，寫出不甘沉淪漂泊而又無法擺脱此種困境之憤鬱。

然詩中所謂『懷古』，似非單純緬懷蜀中古代豪傑之忠義，而兼寓現實感慨，略近於潭州詩之『今古無端』。陳寅恪氏謂『益德』句指李德裕死後因『西邊兵食制置事』而有功於朝廷，於人於事均切，似可信；實則『阿童』句亦兼指德裕任西川節度時之德政。《新唐書·李德裕傳》：『徙劍南西川。……蜀人多鬻女為人妾，德裕為著科約，凡十三而上，執三年勞；下者，五歲，及期則歸之父母。毀屬下浮屠私廬數千，以地予農。』其事固與濬相類，而二人又均曾長益州。《武侯廟古柏》詩即已借『玉壘經綸遠』寄慨德裕鎮蜀接納維州之降，此以『阿童』兼寓德裕，亦復相類。然則，不論古人今人，均足以引起其『人生豈得長無謂』之慨。

紀氏謂此係佚去本題而編録者署曰《無題》，蓋緣其不涉男女之情，主旨顯明，與無題他篇迥不相侔之故，説可參。按盧綸《無題》云：『恥將名利託交親，只向尊前樂此身。才大不應成滯客，時危且喜是閑人。高歌猶愛思歸引，醉語唯誇漉酒巾。□□□□□□□，豈能偏遺老風塵？』直抒留滯不遇之牢騷，内容、手法均與義山『萬里風波』首類似（《全唐詩》中，義山之前作《無題》者，僅盧作一首。李德裕五絶《無題》一首，時代當與義山《無題》大體相同）。然盧綸此篇，究屬佚去詩題而後人署為『無題』，抑或本即題為『無題』，尚難論定。

有懷在蒙飛卿①

薄宦頻移疾②，當年久索居③。哀同庾開府④，瘦極沈尚書⑤。城緑新陰遠，江清返照虛⑥。所思惟翰墨⑦，從古待雙魚⑧。

集注

①【馮注】原編集外詩。《舊書·傳》：『温庭筠本名岐，大中初應進士，苦心研席，尤長於詩賦，累年不第。徐商鎮襄陽，署為巡官。』按：飛卿咸通中事與義山無涉矣，故不録。《北夢瑣言》曰：『温庭雲字飛卿，或云作「筠」字。』『在蒙』無考。

②【補】移疾，已見前『屬疾』注。移書言疾也。

③【馮注】《禮記》：『吾離羣而索居，亦已久矣。』　【按】當年，猶壯年，非今年、昔年之謂。此謂久賦悼亡。

④【程注】《庾信傳》：『仕周為開府儀同三司。』杜甫詩：『清新庾開府。』　【何曰】頂索居。（《讀書記》）　【補】庾信《哀江南賦》序有云：『傅燮之但悲身世，無處求生；袁安之每念王室，自然流涕……信年始二毛，即逢喪亂，藐是流離，至於暮齒。燕歌送别，悲不自勝；楚老相逢，泣將何及。……不無危苦之辭，惟以悲哀為主。』《送千牛李將軍赴闕》亦有『庾信生多感』語。

⑤【馮注】見《奉使江陵》。二句自叙。　【何曰】頂移疾。（《讀書記》）　【補】極，達於，至於。

⑥【馮曰】寫景中喻二人新入幕而遠不相照。　【按】馮解太鑿，此係眼前之景，即有寓意，亦不過與『一樹碧無情』『殘照更空虛』之類略近，隱約透露處境之孤寂、心境之索寞。暗透『懷』字。

⑦【程注】揚雄《答劉歆書》：『言詞博覽，翰墨為事。』魏文帝《典論》：『古之作者，寄身於翰墨，見意於篇籍。』

⑧雙魚，見《寄任秀才》。

箋評

【姚曰】索居之苦極矣，惟有古（按恐系『故』字之誤）人翰墨，時刻不忘。當此緑陰返照之中，不能以雙魚慰我，何耶？

【程曰】史稱飛卿苦心研席，尤長於詩賦，初至京師，人士翕然推重，然士行塵雜，不修邊幅，義山與之友善，蓋以其詩賦耳，故曰『所思惟翰墨』也……（按程箋非，『所思』句係推重語，豈微詞乎？）

【紀曰】詩亦清適，但非有宗社邱墟之痛，哀同開府，未免非倫，七八句亦殊拙滯。（《詩説》）第三句太過，唐雖亂而未亡，義山亦非竄身別國也。○『從古』二字不可解。（《輯評》）

【姜炳璋曰】前六，叙己索居之苦；後二，則思二君之投以翰墨也。○『在蒙』無考，然與飛卿并稱，則亦工詩賦者。

【張曰】『哀同』句衹是用典，衹取其『哀』字耳。紀評太泥。如此隸典，固哉高叟矣。（《辨正》）又曰：據五六寫景，是在梓州作也。《飛卿集》有《秋日旅舍寄義山李侍御》詩，結云：『子虚何處堪消渴？試向文園問長卿。』蓋寄義山東川者，温李酬唱始此。（《會箋》）

【按】題曰『有懷在蒙飛卿』，而前四唯叙己之羈宦索居，哀愁多病，五六亦唯描繪新陰晚照相形相襯之眼前景物，然懷想故人之意即隱寓其中。沉淪遲暮，益需友情之温暖，故末聯一點即止。

聞著明凶問哭寄飛卿①

昔歎讒銷骨，今傷淚滿膺②。空餘雙玉劍③，無復一壺冰④。江勢翻銀漢〔一〕⑤，天文露玉繩⑥。何因擕庾信，同去哭徐陵⑦？

校記

〔一〕『漢』原一作『礫』，蔣本、姜本、戊籤、席本、錢本、影宋抄、朱本作『礫』。

集注

①【朱注】《舊唐書》：『温庭筠，字飛卿，大中初應進士，累年不第。徐商鎮襄陽，往依之，署為巡官。咸通初，遷隋縣令，卒。』○著明為會昌進士盧獻卿。著明有《愍征賦》，司空圖注之。其《後述》云：『盧君以讒擯，致憤於累千百言。』故此首句云然。（據馮箋引）【程曰】長孺引司空圖《一鳴集》，謂著明會昌中進士。愚按《本事詩》：『獻卿大中中進士。』與《一鳴集》不合，未知孰是。【馮注】按：《新書·藝文志》盧獻卿《愍征賦》

一卷。而司空圖《一鳴集》明言會昌中進士盧獻卿著明也。《注愍征賦述》一篇有云：『愍去郢以抽毫，悵征秦而寓旨。』又《後述》一篇云：『著明幸於棄黜，而能以《愍征》爭勍千載之下。且凡稟精英之氣，智謀超出羣輩，一旦憤抑，肆其筆舌，亦猶武人逞怨於鋒刃也。然則據權而蔽善者，得不以此危慮哉！』蓋著明不遇，亦權貴斥之，而表聖目睹白馬清流之禍，故借以發慨耳。《本事詩》：『范陽盧獻卿，大中中舉進士，作《愍征賦》數千言，時人以為《哀江南》之亞。連不中第，薄遊衡湘，至郴而病，夢人贈詩曰：「卜築郊原古，青山帷四鄰。扶疎遶臺榭，寂寞獨歸人。」後旬日而殁，郴守為葬之近郊，果以夏初窆，皆符所夢。』

②【程注】《史記·張儀傳》：『衆口鑠金，積毀銷骨。』【按】温庭筠《病中書懷呈友人》云：『積毀方銷骨，微瑕懼掩瑜。』則此詩首句即用温詩語，當是指温昔日曾嘆讒毁可以銷骨，下句方指盧卒而哭弔之。

③【朱注】曹植《七啟》：『步光之劍，錯以荆山之玉。』盧思道詩：『犀渠玉劍良家子。』劍有雌雄，故言『雙』也。【馮注】《説苑》：『襄城君始封之日，衣翠衣，帶玉劍。』按：玉具劍習見之事。《漢書·匈奴傳注》曰：『摽首鐔衛盡用玉為之也。』此指其遺物耳。徐氏謂暗用延陵掛劍徐君墓事，『雙』者喻己與飛卿，非然也。

④【朱注】鮑照詩：『清如玉壺冰。』【按】『一壺冰』指著明，兼形其高潔。

⑤【馮注】一作『礫』，誤。《釋名》：『小石曰礫。』何足以言江勢？【朱注】梁簡文帝《雪》詩：『晚霰飛銀礫。』【按】句意謂江波洶涌，如銀漢之翻轉。若作『翻銀礫』，則波光粼粼，風平浪静矣。

⑥【朱注】《春秋元命苞》：『玉衡北兩星為玉繩。』【程注】《七命》：『望玉繩而結極。』

⑦【程注】《北史·庾信傳》：『父肩吾，為梁太子中庶子掌管記。東海徐摛為右衛率，子陵及信并為抄撰學士，文并綺艷，世號徐庾體。』【馮注】《南史傳》：『徐陵字孝穆，博涉史籍。自梁入陳，累官至左僕射、太子少傅。國家大手筆，必命草之。其文緝裁巧密，多有新意。』徐、庾自古並稱。『攜哭』字不必更有典。【按】庾信喻温，徐陵喻盧。

【何曰】腹連言相隔之遠也。（《輯評》）

【姚曰】此言其讒雖白而身已死，為可痛也。三四承『淚滿膺』，五六承『讒銷骨』。『江勢』句言讒毀洗滌已盡，『天文』句言文章光耀常存。非同調人誰知此痛？

【程曰】（著明）詞藻為同流所推，故以徐陵比之，而以庾信比飛卿也。

【馮曰】《新書·藝文志》：『段成式、温庭筠、余知古《漢上題襟集》十卷。』而王仁裕《玉堂閒話》則曰三卷。成式從事襄陽徐商幕，與温庭筠、崔皎、余知古、韋蟾、周繇等唱和詩什及往來簡牘也，皆不及義山。乃他書又有謂柯古罷刺江州居襄陽，與温、李唱和之作。今考《舊、新書·傳》，徐商之鎮襄陽，在大中之季，時義山在東川，故有寄飛卿詩。義山自梓還京，不經襄漢，則《題襟》自當無與。若段之刺江州，則為咸通初，尤不相涉矣。因温、李並稱，傳者誤牽引耳。

【紀曰】平正無出色處。（《詩説》）　六句上下俱不貫。（《輯評》）

【姜炳璋曰】此為著明表微也。『雙玉劍』，指著明所作二賦。『無復壺冰』，其人已亡也，應次句。五六，言其心迹昭著，衆口無傷，應首句。七八，是寄飛卿。

【張曰】（盧）不詳歿於何年。味此詩腹聯寫景，當是梓幕所作。『江勢』『天文』泛言高遠。馮氏云：『徐商鎮襄陽在大中之季，時義山在東川，故有寄飛卿詩。』不知飛卿從事徐商幕，乃大中十三年事，義山已前一年卒矣。考温寄義山詩有『渭城風物』語，此或寄飛卿京邸歟？（《會箋》）。繫梓幕時，未定編何年）　又曰：五六兩句即玉谿文所謂『江遠惟哭，天高但呼』意，旋氣内轉，非不貫也。『銀礫』以比江水白泡翻湧之勢，若作『銀漢』，便與下

文犯複矣。（《辨正》）

【按】徐商鎮襄陽，始大中十年春，十四年（即咸通元年）徵召赴闕（據夏承燾《唐宋詞人年譜温飛卿繫年》）。而温飛卿之依徐商於襄陽，商署為巡官事則在大中十三年。義山大中九年即已隨柳仲郢還朝，故此詩非寄飛卿於其在徐商幕時甚明。而飛卿大中九年曾試有司，不第，則此前一年或在長安，義山此詩寄飛卿於京邸之可能性較大。『江勢』句謂江闊浪高，就眼前景物抒寫内心之悲憤不平，見心潮之激蕩，『天文』句即『天高但撫膺』『天文北極高』之意，兼示聞凶問正值秋令。

江上憶嚴五廣休〔一〕

征南幕下帶長刀，夢筆深藏五色毫〔二〕①。逢著澄江不敢詠②，鎮西留與謝功曹③。

校記

〔一〕席本、錢本、影宋抄此首入集外詩。

〔二〕『毫』，蔣本、錢本、影宋抄作『豪』，字通。

集注

①【馮注】（夢筆）見《牡丹》。（錦幃初卷）　【補】《宋書·劉瑀傳》：至江陵與顔竣書曰：『朱脩之三世叛兵，一旦居荆州青油幙下，作謝宣明面目，向使齋師以長刀引吾下席，於吾何有？政恐匈奴輕漢耳。』

②【馮注】謝朓《晚登三山》：『餘霞散成綺，澄江净如練。』

③【馮注】《南齊書》：『謝朓文章清麗，遷隨王子隆鎮西功曹。子隆在荆州，朓被賞愛，不捨日夕。』

箋評

【姚曰】文士從軍，偶得文章知己，豈非樂事！

【馮曰】上二句言無暇為詩，則江上者當為東川判上軍不暇筆硯之時也。但以嚴五蹤跡未詳，詩意未能全會耳。

【紀曰】亦無深味。（《詩説》）

【姜炳璋曰】因帶刀而藏筆，因藏筆而不詠，故好句留與嚴也。嚴應係幕僚，故以謝比之。

【張曰】此在桂州作。江上，桂江也。首云『征南幕下』，以比鄭亞。《同崔八詣藥山》詩已云『共受征南不次恩』矣。《偶成轉韻》詩有『謝遊橋上澄江館』句，桂林有謝朓遺迹，故結以况之。馮編入之東川，誤矣。（《會箋》。繫大中元年）

【按】桂管幕與東川幕均在京師之南，故均可云『征南幕下』，義山《晉昌晚歸馬上贈》『征南子更遠』即指赴東川幕。合之首句『征南幕下帶長刀』，必指在東川幕為判官。判官『務檢舉條理，不暇筆硯』（《樊南乙集序》），故云『夢筆深藏五色毫』，馮解甚確。下二句則謂我今目遇梓潼江上美景，而不敢吟詠，當留待詩才如謝朓之嚴五異日為之詠也。末句即『留與謝鎮西功曹』之意，因平仄而調整次序。憶，思也。

酬崔八早梅有贈兼示之作〔一〕

知訪寒梅過野塘，久留金勒為迴腸〔二〕①。謝郎衣袖初翻雪②，荀令熏爐更換香③。何處拂胸資蜨粉，幾時塗額藉蜂黃④？維摩一室雖多病，亦要天花作道場〔三〕⑤。

校記

〔一〕『兼示之作』，英華作『見示之什』。

〔二〕『久』，蔣本作『又』。

〔三〕『亦要』，英華作『要舞』。英華詩末自注：時余在惠祥上人講下，故崔落句有（一作云）『梵王宮地羅含宅，賴許時時聽法來。』集本除戊籤、季抄外，均無，今據補，見注。

集注

①【補】金勒，代指馬。迴腸，形容思念之深。【朱彝尊曰】（首句）早梅。（次句）有贈。【方回曰】起句平淡却好。（《瀛奎律髓》）

②【朱注】《宋書·符瑞志》：『大明五年正月戊午元日，花雪降殿庭。時右衛將軍謝莊下殿，雪集衣，還白，上以為瑞，于是公卿並作花雪詩。』謝惠連《雪賦》：『紈袖慙冶。』【朱彝尊曰】（謝郎二字旁批）崔八。

③【馮注】習鑿齒《襄陽記》：『劉季和曰：「荀令君至人家，坐處三日香。」』按：《後漢書》《魏志》：『荀彧字文若，為漢侍中、守尚書令。曹公征伐在外，軍國之事皆與彧籌，稱荀令君。』梁昭明《博山香爐賦》曰：『粵文若之留香。』【朱彝尊曰】（荀令二字旁批）崔八。【何曰】梅發則改歲矣。（《輯評》）

④【姚注】簡文帝詩：『同安鬟裡撥，異作額間黃。』【馮注】按：《野客叢書》引《草堂詩餘注》：『蜨粉蜂黃，唐人宮妝也。』且引此聯以證之。然粉面額黃，豈始唐時哉？【吳旦生曰】《野客叢書》引《滿江紅》詞云：『蜨粉蜂黃都褪却。』注：『蜨粉、蜂黃，唐人宮妝。』觀義山詩，知詞注為不妄也。《鶴林玉露》載《道藏經》云：『蜨交則粉退，蜂交則黃退。』詞云：『蜨粉蜂黃渾退了』，正用此也。説者以為宮妝，且以退為褪，誤矣。【方回曰】蝶粉以言梅花之片，蜂黃以言梅花之鬚，似乎借梅以咏婦人之胸之額矣。【紀曰】意在『何處』『幾時』四字，言白與黃皆天然姿色，非由塗飾耳。（方回）所解謬甚。（《瀛奎律髓彙評》引）【何曰】腹聯極透『早』字，拂胸、塗額，夾寫『有贈』（《輯評》）【朱彝尊曰】二句所贈之人。

⑤【自注】時余在惠祥上人講下，故崔落句有『梵王宮地羅含宅，賴許時時聽法來。』【馮注】《維摩經》：『長者維摩詰其以方便現身有疾，因以身疾廣為説法。佛告文殊師利：「汝詣維摩詰問疾。」時維摩詰室有一天女，

見諸天人聞所説法，便現其身，即以天華散諸菩薩大弟子上，華至諸菩薩，即皆墮落；至大弟子，便着不墮。結習未盡，華著身耳；結習盡者，華不著也。』《法苑珠林》引《西域傳》：『吠舍釐國即毗舍離國，有塔，是維摩故宅基，説法現疾處。』【朱彝尊曰】酬示。【何曰】（尾聯）恰有三層。（《輯評》）

箋評

【朱翌曰】詩人論魯直《酴醾》云：『露濕何郎試湯餅，日烘荀令炷鑪香』，不以婦人比花，乃用美丈夫事。不知魯直此格亦有來歷。李義山《早梅》云：『謝郎衣袖初翻雪，荀令熏鑪更換香。』亦以美丈夫比花。魯直為工。（《猗覺寮雜記》）

【程大昌曰】嘗有問予周美成詞曰：『蝶粉蜂黄都過了』用何事？予曰：記得《李義山集》有之。李《酬崔八早梅》曰：『何處拂胸資蝶粉，幾時隨額藉蜂黄。』又《贈子直花下》曰：『屏緣蝶留粉，窗油蜂印黄』，周蓋用李語也。（《演繁露續集》）

【何焯曰】五六極透『早』字，『拂胸』『塗額』夾寫『有贈』。第三句『崔八』。尾聯恰有三層。（《瀛奎律髓彙評》引）

【查慎行曰】此題無處着艷語，非義山所長。

【馮班曰】較宋人紛紛比擬，何異鶴鳴之於蟲吟耶？讀此知後村之拙矣。（《瀛奎律髓彙評》引）

【胡以梅曰】詳詩題，是崔以早梅而有贈人之什兼示於義山也。其所贈之人，是解語花，所以通身賦梅而意皆雙夾。起言『訪』字，便不止梅矣。次言『迴腸』，又豈為梅乎？謝郎、荀令，沾其色，染其香，崔之風流亦甚矣。上句只用一『郎』字，將故典融洽出靈氣。下句只一『换』字，點得新鮮。然皆含蓄是梅，暗藏其人在內。至五六却以人事加之於花，顧似戲花者，終非言花。而粉胸黄額，是人事，却資於蝶之粉、蜂之黄，又是花矣。全以巧搭，而靈氣活句，遂使不落邊際，妙。何處，是不知其人之所在；幾時，是不見其人之色相。然而維摩雖病，亦要一見天女散花耳，羡之之辭。

【陸鳴皋曰】首句點早梅，次句即帶有贈意。三四句，總言崔。五六句，指所贈者，而俱有梅在内也。末收到『酬示』意，因在僧室，故云。天花中却藏天女，可謂精工密緻。

【陸曰】此詩上六句，和早梅；結二句，答其相贈之意。首言訪寒梅而久留金勒，知懷我於花間也。曰初翻雪，是乍見之雪；曰更换香，是新添之香，着眼總在一『早』字。蝶粉言花之片，蜂黄言花之鬚，不資於蝶粉蜂黄，見早梅自有真色，直與天花無異也。結言來詩有『賴許聽法』之云，不知維摩以身疾説法時，正要此花作供養也。

【姚曰】此詩上半首，人憐梅；下半首，梅亦應憐人也。妙在俱切『早』字。雪初翻，香初换，一倍相憐。顧此早梅，正當亭亭獨立之際，蝶未得資其粉，蜂未敢藉其黄，而我以維摩多病之身，一室無聊，正要天花作伴，早梅有情，那得不憐我也，正答崔落句意。

【屈曰】一見梅，二有感。三梅色，四梅香。五六有感傷之意。故結云今一室多病，亦要天女散花耳。詳五六，蓋玉谿斷弦之後，崔八贈花與詩，故答之如此。

【程曰】此酬崔八挾妓之作。崔八者，東川同幕之崔福也。義山在東川《上河東公啟》云：『雖從幕府，常在道場，猶恨出俗情微，破邪功少。』則義山清修梵行，不染情緣，故崔詩云云，而酬之如此也。

【馮曰】當即《同詣藥山》之崔八，但此未詳何年。義山後在東川幕，大有養疾躭禪之跡。程氏乃謂酬崔八挾妓之作，崔八即東川同幕之崔福也。全由臆揣，毫無可據，更非疑為崔珏之比矣。詩之情味，必非在東川。特惠祥上人未可定指，若即《歸來》篇之惠禪師，亦必非桂管東川歸後事也。程説誤甚。

【許印芳曰】方虚谷謂蝶粉以言梅花之片，蜂黄以言梅花之鬚，良是。蓋早梅時實未嘗有蜂蝶耳。又云：似乎借梅以詠婦人之胸之額矣。余謂詩意正合爾爾，以題中明言有贈也。然上句又用姑射仙人肌膚若冰雪意，下句則暗用壽陽公主梅花落額上意，雖格調未高，而鎔鑄之妙，千古殆無其匹，『初翻』『更換』『何處』『幾時』，俱影切『早』字意，結用天女散花故事，題中兩層一齊照應，一齊收拾，天工人巧，吾無以名之。（《瀛奎律髓彙評引》）

【紀曰】詩極清楚，但太淺耳，格亦卑卑。（《詩説》）此種刻畫，自是不稱此花。（《輯評》）又曰：三四俗極。二馮欲以此壓宋人，宋人可壓，此詩不能壓也。（《瀛奎律髓彙評》引）

【張曰】《戊籤》采此落句（指崔詩落句）為崔珏詩，程氏又指崔福，皆無據。惟馮氏謂即《同詣藥山》之崔八，似之。玩落句似在洛中作，不能定編何年也。（《會箋》）又曰：此詩着重在『有贈』二字，早梅不過借以關合映帶耳，非專為刻畫梅花也。篇中字字雙關，極有情致，結語一齊綰住，章法尤為完密。紀氏看詩孟浪，泥定早梅，幾忘却題中『有贈兼示』等字矣。（《辨正》）

【按】詳味詩意，似崔詩所咏之對象為一美麗女性，崔詩中之『早梅』即兼喻其人。故義山酬詩首聯從崔訪『寒梅』叙起，即含義雙關，實借訪梅暗示崔之訪美也。『久留金勒為迴腸』，謂崔因其人而流連也。陸謂指崔之懷己，恐非。次聯『初翻雪』『更換香』詠梅之色、香，點醒『早』字，謝郎、荀令喻崔，兼謂其人因久留花間而沾色惹香。腹聯以『何處（時）』『幾時』再點『早』字，謂花含苞初放，故未褪粉泛黄，即所謂『荳蔻梢頭二月初』是也。末聯正面酬崔之《早梅》詩見示，謂我雖如維摩之一室多病，然知君有此國色天香，亦要此『天花』作供養耳。『天花』正切『天女』，暗指其人，此謔之之詞。程氏云崔所訪之人係歌妓之流，似之。馮氏謂崔八即《同崔八詣藥山融禪師》詩中之崔八，亦近是，然不必因此疑其必非東川之作。義山梓幕期間，既有『養疾躭禪之跡』，則崔或即幕中同僚亦未可知。情事相合，繫之東川較為近理。

題白石蓮花寄楚公①

白石蓮花誰所共？六時長捧佛前燈②。空庭苔蘚饒霜露，時夢西山老病僧。大海龍宮無限地③，諸天雁塔幾多層④。謾誇鷲子真羅漢⑤，不會牛車是上乘⑥。

集注

①【道源注】《續高僧傳》：『楚南，閩人也，俗姓張氏，投開元寺曇藹師落髮。後謁黄檗山禪師，問答雖多，機宜頓了。武宗廢教，深竄山谷。大中間，裴公休出撫宛陵，請黄檗出山，南隨侍焉。昭宗聞其道化，賜鹿皮衣五事，卒年七十，著《般若經品頌偈》一卷、《破邪論》一卷，行于世。』【程曰】楚公未必如道源所注。考古人稱僧，如晉之竺法深稱深公，宋之惠遠稱遠公，唐之齊己稱己公，率舉下一字，不聞上一字也。楚公恐非楚南。【徐曰】武宗廢教在會昌六年，去昭宗龍紀初四十五年，楚南年止七十，計義山時南年尚少，而詩云『西山老病僧』，其非楚南可知。【馮曰】二説皆精核。《新書·藝文志》明言楚南昭宗大順中人也。源師所注釋子多誤，是不可解。

②【道源注】鑿白石為蓮花臺，捧燈佛前。【馮注】共，即供。《魏書·釋老志》：『六時禮拜。』【補】佛教分一晝夜為六時：晨朝、日中、日没、初夜、中夜、後夜。

③【朱注】《法華經》：『文殊師利坐千葉蓮花，從大海娑竭羅龍宫自然涌出，住處空中，詣靈鷲山。』【馮注】按《尚書考靈曜》已有卯金赤符藏龍吐珠之語。鄭氏注曰：『秘藏也。珠，寶物，喻道也。』至佛家每謂經典為法海藏，譬如大海，是衆寶藏也，亦曰龍藏。《佛説法海經》：『大海之中，神龍所居。諸龍妙德難量，能造天宫，品物之類，無不仰之，吾僧法亦復如是。』《纂靈記》：『《華嚴大經》，龍宫有三本，佛滅度後六百年，有龍樹菩薩入龍宫，誦下本十萬偈四十八品，流傳天竺，即今所傳《華嚴經》也。』庾信碑文：『龍藏之所不盡。』

④【道源注】佛書有三界諸天，自欲界以上皆曰諸天。《西域記》：『昔有比邱見羣雁飛翔，思曰：「若得此雁，可充飲食。」忽有一雁投下自殞，佛謂比邱曰：「此雁王也，不可食之。」乃瘞而立塔。』【袁曰】言道之廣遠崇高。（馮注引）

⑤【道源注】《法華經》：『舍利弗，此云鶖子，連母為名。以其取涅槃一日之價，故不知有上乘，亦非真阿羅漢。佛為授記，乃知真是佛子，得佛法分。』【馮注】謾，『漫』通。《因果經》：『舍利弗者，於智慧中最為第一。世尊為舍利弗廣説四諦，即得阿羅漢果。』《法華經音釋》：『舍利弗，此云鶖子，連母為名。其母名舍利，眼如鶖鷺，身形美好。弗即子也。』《四十二章經》：『阿羅漢能飛行變化，曠刦壽命，住動天地。』《修行本起經》：『得一心者，萬邪滅矣，謂之羅漢。羅漢者，真人也。』

⑥【朱注】《法華經》：『長者以牛車、羊車、鹿車立門外，引諸子出離火宅。』《釋迦成道記注》：『羊車，喻聲聞乘；鹿車，喻緣覺乘；牛車，喻菩薩乘，俱以運載為義。前二乘，方便施設，惟大白牛車是實引重致遠，不遺一物。』《傳燈録》：『若頓悟自心即佛，依此而修者是上乘禪。』【馮注】《妙法蓮華經》：『長者諸子於火宅中戀著戲處，無求出意。長者設方便，言羊車、鹿車、牛車在門外，可以遊戲，隨汝所欲，皆當與汝。諸子争出火宅，白父，願時賜與。爾時長者各賜一大車珍奇雜寶而莊嚴之，駕以白牛。我財物無極，不應以下劣小車與諸子等。如是七寶大車，其數無量。佛告舍利弗，如來亦復如是，於三界火宅為説三乘；聲聞乘如求羊車，辟支佛乘如求鹿車，佛乘利益天人，度脱一切，是名大乘，如求牛車。如來説三乘引導衆生，然後但以大乘而度脱之。』《魏書·釋老

志》：『初根人為小乘，行四諦法；中根人為中乘，受十二因緣；上根人為大乘，則修六度。』【按】會，曉喻，理解。

箋評

【金聖嘆曰】將以白石蓮花奉寄楚公，看他一解四句，先將白石蓮花與楚公説得蕭然無關，各各異住，妙，妙。言白石蓮花自在佛前，老病楚公自在西山；白石蓮花既不雕鎸應入西山，西山老僧又不起心欲此石蓮。然而忽然發心，願移相寄，此間有第一機；若使連忙會得，早也是第二機也。《妙法蓮花經·多寶塔品》：有龍王女，年始八歲，已發道意，辨才無礙。鶖子疑其胡得有是，爾時，龍女即以手從多寶塔前疾上於佛，佛便受之。龍女因題向鶖子：『一上，一受，是事疾耶？』答曰：『甚疾！』龍女笑言：『以汝神力，觀我成佛，又疾於是。』遂往南方無垢世界，忽然之間，成等正覺。今先生前解已奉寄蓮花，而此解則正引此經文，自申其義也。言大海有無限地，而龍女獻佛，只須一珠；寶塔有無量層，而古佛臨機，則止分半座。然則我今所寄白蓮花，不會其實，一門隘小；會得，便是露地大牛。此間任君妙波秋眼，正恐急覷不着也。

【朱彝尊曰】頸聯不對，亦如五律格調。〇（『不會』句）似有所諷。

【何曰】此古體非律詩。（《輯評》）

【張謙宜曰】頸聯……是側注法。（《絸齋詩談》）

【陸曰】只起二句是題白石蓮花，……下皆寄懷楚公。言當此霜露既降，時以公之老病為憂，故夢寐往往見之。大海龍宫，言道之廣遠不可涯量，故曰無限地；諸天雁塔，言道之崇高不可瞻仰，故曰幾多層，此極力贊嘆楚公也。結句言公為引重致遠之器，有如大白牛車，能載一切，豈如鶖子不知上乘，而猶煩我佛之授記也耶？

【姚曰】白石蓮花必楚公庭中供養之物，故題此以寄求法之意。言此石蓮，常得親近佛燈，而我之夢寐皈依，不啻在空庭苔蘚之間，承事几杖也。但佛燈所照，大千世界，浩浩茫茫，非尋常小智之人，可以徼倖得法，雖智慧如舍利弗，非佛親為授記，不能得最上乘，證真羅漢果。鈍根如我，不知何以得出沉冥耶？

【屈曰】石蓮捧佛燈，喻不染心也。霜露之感，時夢老僧。龍宫地廣，雁塔天高，楚公到此矣。古所稱真羅漢者，皆不及楚公臻上乘也。

【程曰】按此詩乃兩絶句，以韻同占叶，誤合為一律耳。静心體會，則知章法於絶，則正閏之地位分明；於律，則首尾之摶結散涣。不敢擅分，姑識之以俟説詩解頤者焉。

【馮曰】在東川作也。西山隨處可稱，而自東川則尤確。下半喻職官之多，階品之積，及我不得效用朝家，而惟寄身使府，譬之説法，徒嘆小乘耳。義山斯時因病耽禪，可於言外參悟。

【紀曰】前四句有姿逸之致，而三四句尤佳，後四句嫌禪偈氣。（《詩説》）

【張曰】詩本無深意，惟楚公未詳何僧耳。西山隨處可稱，不必定在東川；即謂東川尤確，而詩云『時夢西山老病僧』矣，亦必東川歸後情事始合，馮説進退失據。至所解言外之意，沾滯皮附，益無論矣。（《會箋》。不編年。）

【按】陸箋是。詩或如張氏所云，作於東川歸後。然身在東川，遥夢『西山老病僧』亦可通。義山在東川耽於佛道，作此類詩之可能性較大。

題僧壁

捨生求道有前蹤，乞腦剜身結願重①。大去便應欺粟顆〔一〕②，小來兼可隱針鋒〔二〕③。蚌胎未滿思新桂④，琥珀初成憶舊松⑤。若信貝多真實語⑥，三生同聽一樓鐘⑦。

校記

〔一〕「顆」，席本作「粒」。

〔二〕「可」，馮曰：「一作恐。」

集注

①【道源注】《知玄三昧懺》：「捨頭目髓腦如棄涕唾。」《報恩經》：「有婆羅門往乞其頭，王許之。婆羅門尋斷王頭，持還本國。」又：「轉輪聖王為求佛法，有一婆羅門言：若能就王身上剜作千瘡，灌滿膏油，安施燈炷，然以供養者，我當為汝解脱佛法。」【馮注】《因果經》：「菩薩昔日以頭目髓腦以施於人，為求無上正真之道。」又：「有來從我乞求頭目腦髓。」《菩薩本行經》：「佛言我昔於閻浮提作國王，剜身出肉，深如大錢，以蘇油灌中作千燈炷，語婆羅門，請説經法，求無上道。」

②【朱注】陳啟源曰：「佛偈：一粒粟中藏世界，即此句義。」【馮注】《維摩經》：「若菩薩住是解脱者，以須彌之高廣，內芥子中，無所增減。」《佛藏經》曰：「四天下中普雨大石，皆如須彌，有人以手承接此石，無有遺落，如芥子者。」按：句意類此。或引一粒粟中藏世界，乃呂洞賓見黃龍超慧禪師時語，在唐末年矣。【補】去，語助辭，來也。

③【道源注】《維摩經》：『（舉恒河沙無量世界，）如持針鋒，舉一棗葉而無所撓。』《涅槃經》：『尖頭針鋒受無量衆。』【馮注】《大般涅槃經》：『諸佛其身姝大，所坐之處如一針鋒，多衆圍繞，不相障礙。』《法苑珠林》：『故經中説色界諸天下來聽法，六十諸天共坐一鋒之端，而不迫窄，都不相礙。』徐曰：『二句即芥子納須彌，須彌納芥子之義。』

④【朱注】《吕氏春秋》：『（月，羣陰之本。）月望則蚌蛤實，羣陰盈；月晦則蚌蛤虚，羣陰虧（擘）。』《吴都賦》：『蚌蛤珠胎，與月虧全。』虞喜《安天論》：『俗傳月中有仙人桂樹，今視其初生，見仙人之足，漸已成形，桂樹後生。』李賀詩：『新桂如蛾眉。』【馮注】《漢書》揚雄《羽獵賦》：『剖明月之珠胎。』注曰：『珠在蚌中，若懷姙然，故謂之胎。』【何曰】是未來。（《讀書記》）

⑤【朱注】陳藏器《本草》：『舊説松脂入地千年，化為琥珀。今燒之亦作松氣。』○按『新桂』『舊松』即未來過去之喻。【馮注】《博物志》：『《仙傳》曰：松脂淪地中，千年化為茯苓，千年化為琥珀。』《戊籤》：『舊松，前生；新桂，來生。通三生纔得一悟法。』【何曰】是過去。【賀裳曰】『琥珀初成憶舊松』，實勝賈島『種子作喬松』，總言禪臘之久耳。上句『蚌胎未滿思新桂』，語雖工，思之殊不甚關切。（《載酒園詩話》）

⑥【朱注】《酉陽雜俎》：『貝多出摩伽陀國，西土用以寫經。』《般若經》：『如來是真語者，實語者。』【馮注】《阿難問事經》：『佛言至真，而信者少。』《楞嚴經》：『樺皮貝葉書寫此咒。』《法華經》：『如所説者，皆是真實。』餘詳《安平公》詩。

⑦【道源注】過、未、現為三生。【馮注】《魏書·釋老志》：『經旨言生生之類，皆因行業而起，有過去、未來、當今三世。』《報恩經》：『歸依一佛，即是三世諸佛，以佛無異故。』《法華經》：『椎鐘告四方，誰有大法者。』一樓鐘取覺悟之義。【《戊籤》】通三生纔得一悟法，故如是。

【《輯評》墨批】中四句，合大小新舊而化之。

【錢良擇曰】（『蚌胎』句）喻未來也。（『琥珀』句）喻過去也。四句言大小新舊，皆非真實。（篇末總批）過去、未來、現在三生，亦如鐘聲之倏作倏止而已。

【何曰】發端言信道之篤。三四反言，似非真實，聞鐘則三生俱覺悟也。〇只是故實，都無厚味，學義山者，不在此等。（《輯評》）

【陸曰】義山事智玄法師多年，深入佛海，是篇最為了意。起言身命至重，昔人有捨其頭目髓腦，如棄涕唾者，豈不愛其生哉？聖賢之舍生取義，釋氏之舍生求道，其意一也。三四以道之大小言。粟顆可藏世界，是大無外也；針鋒可受衆生，是小無内也。五六以道之因果言。蚌胎未滿，因也；而可卜未來之桂；琥珀初成，果也，而實本過去之松。然則佛法之發矇振聵，真不異清夜鐘聲矣。求道者，究心如來真實之言，而確能自信，於以底徹悟也何有，承腹聯作結，唐人每用此法。〇本集有《別智玄法師》一絶云：『雲鬢無端怨別離，十年移易住山期。東西南北皆垂淚，却是楊朱真本師。』深悔不能隨師入山，以致所向多歧，反似學楊朱之道者。可知義山素通禪學，奇章秀句，皆從慧業中得來。

【姚曰】為法忘身，古人每有，乞腦剜身，不足訝也。所難者，真實信得及耳。夫佛法大無外，小無内，大中現小，則一粒粟中可藏世界；小中現大，則尖頭針鋒受無量衆。以非世智所及，遂至學者驚疑，然即以世智論之，如蚌胎之待新桂，琥珀之憶舊松，未來已往，一一自然，此世尊所謂真實語也。浩劫茫茫，非三寶是皈而誰皈耶？

【屈曰】一二求佛法之誠。三四佛法之妙。五六佛法在妙悟。七八言果能信心，自然成道。

【程曰】此詩雖題僧壁，通篇舉内典以為言，其實非談禪也。集中有《贈田叟》詩，有『交親得路昧平生』之句，此篇全是此意。起二語言求之之誠，累結乞腦剜身之願，不啻捨生以求佛法，久已有掃門拜塵之踪跡也。三四言窮困不暇擇木而棲，能致大用固佳，即小而一郡一縣以自效，免為幕官依人，未嘗不可。粟顆針鋒之喻，言藏一世界可也，舉一棗葉亦可也。五六言得路者之在天上如秋月之盈滿，而窮困之在下者，有若映月之蚌蛤，月望則實，月晦則虚，不得不思其新桂之盛。及追求其根本，則彼此托地，元有結交青松枝之意，而成敗利鈍，時有不齊：一則為席上之珍，變化而成重寶；一則似不材之木，匠石棄而不顧，安可不憶其舊松之衰耶？結句『真實語』三字，正謂其許而不與，非無齒牙餘論，大都無是子虚。若信有其事，則過去者或不可追，現在者亦可成就，即不然，而未來者亦實有可望，不負三生之願，同聽一樓之鐘矣。朱長孺氏以新松舊桂為過去未來之喻，其説亦佳，但拘於談禪，所見猶淺。

【馮曰】義山好佛，在東川時於常平山慧義精舍經藏院剏石壁五間，金字勒《妙法蓮華經》七卷，見文集。詩為是時所作。玩結語，蓋久不得志，因悟一切皆空矣。〇按《金石録》：『《唐四證臺記》，一作《四證堂碑》，李商隱撰，正書無姓名，大中七年十一月。』考其時正在東川。亦見宋王象之所考《潼川府碑記》中。《碑記》又曰：『《道興觀碑》《道士胡君新井碣銘》，并見《李義山集》。更有《彌勒院碑》，李商隱書。』而《懷安軍碑記》《為八戒和尚謝復三學山精舍表》，李商隱譔，皆見《全蜀藝文志》。愚意《金石録》所云無姓名者，當即義山自書也。《録》又云：『義山又有《佛頌》，廣明元年十月吴華篆書。』又按《雲笈七籤》：『胡尊師名宗，居梓州紫極宫。梓之連帥及幕下如周相公、李義山，畢加敬致禮。』蓋義山在梓，好釋、道之教，藉以遣懷也。

【紀曰】填切内典，不足為佳，禪偈為詩，雖東坡妙通佛理，加以語妙天下，猶不免時有鄙俚不化之病，況下此乎？王孟清音，時含禪味，禪故不在字句也。（《詩説》）

【曾國藩曰】窮途以求故人，傾身納交而棄我如遺，猶之舍生求佛而卒無所得。（《十八家詩鈔》）

【張曰】此僧壁不詳何寺，亦未定何年作。馮編東川，引慧義精舍創石壁勒《法華經》事，未免武斷。義山東川時雖耽禪悦，然早年已在惠祥上人講下，何處無僧壁，安可臆定為慧義精舍耶？（《會箋》）又曰：此詩與禪偈又别，山水清音亦用不着，無庸苛責。禪偈為詩，自是一種文字，何至便墜惡趣？真不通之語。〇東坡以禪入詩，多用語録中俗語，猶諺所謂打諢也，故不免於鄙俚。此詩則引用佛典，非禪偈語也。雖亦出於内典，而雅俗則不同，迥分天壤矣，何至墮入惡趣哉？此等似是而非之評，誤人不淺。〇此題本是《題僧壁》，何處用得着山水清音？不得以王、韋一派概盡天下古今之詩也。（《辨正》）

【錢鍾書曰】李商隱《題僧壁》：『大去便應欺粟顆，小來兼可隱針鋒。』……竊疑原作『小去』『大來』，不識何時二字始互易位，此聯遂難索解。『欺』……，較量而勝越之意。『隱』即『穩』……。商隱贊釋氏神通之能大能小：『小去便應欺粟顆』謂苟小則能微逾粟粒，即如商隱《北青蘿》之『世界微塵裏』……；『大來兼可隱針鋒』謂雖大而能穩據針鋒。（《管錐編》七六五—七六六頁）

【按】此尋常題僧壁詩，不過撮拾内典，謂佛法須彌芥子、未來過去之義而已，起結則均就篤信佛道言之。誠如何評：『只是故實，都無厚味。』義山居東川幕時尤佞佛，《樊南乙集序》云：『三年已來，喪失家道，平居忽忽不樂，始尅意事佛，方願打鐘掃地，為清涼山行者。』《上河東公啟》：『兼之早歲，志在玄門；及到此都，更敦夙契。』則居梓幕時作此類詩之可能性自較大，馮編梓幕，雖無顯證，然亦不為武斷。程箋求深反鑿，不可從。

明禪師院酬從兄見寄①

貞吝嫌兹世②，會心馳本原③。人非四禪縛④，地絶一塵喧⑤。霜露欹高木〔一〕，星河墮故園〔二〕⑥。斯遊儻為勝，九折幸迴軒⑦。

校記

〔一〕『欹』，悟抄作『欺』，非。

〔二〕『隍』，季抄、朱本作『壓』，非。

集注

①【馮曰】未知即從兄閬之否？

②【朱注】貞吝，見易。【程注】陸機文：『援貞吝以惎悔，雖在我而不臧。』【補】《易》：『城復于隍，勿用師，自邑告命。貞吝。』貞吝，言卜問不吉，其事難行，或將遇艱難。

③【程注】《世説》：『簡文帝入華林園，顧謂左右曰：「會心處不必在遠。」』《莊子》：『立之本原，而知通於神。』

④【朱注】《大寶積經》：『菩薩至於空處修習四禪。』《阿毘曇經》：『自初禪至四禪，立為四地。』沈約詩：『四禪隱噞曲。』《維摩經》：『貪著禪味，是菩薩縛。』【馮注】《菩薩本起經》：『太子便得一禪，復得二禪、三禪、四禪。』《楞嚴經》：『一切苦惱所不能逼，名為初禪；一切憂懸所不能逼，名為二禪；身心安隱得無量樂，名為三禪；一切諸苦樂境所不能動，有所得心，功用純熟，名為四禪。』按：四禪尚非真解脱處，故未盡免縛。

⑤【馮注】《南史·隱逸顧歡傳》：『佛經云：釋迦成佛，有塵刧之數。』此言隔絶塵世。

⑥【何曰】腹聯言歲月不居也。(《讀書記》)　【馮曰】寫景中寓歎老思歸。

⑦【馮注】《漢書·王尊傳》:「王陽為益州刺史。行部至邛郲九折阪。歎曰:「奉先人遺體,奈何數乘此險。」後以病去。」【程注】顔真卿《石樽聯句》:「山公此迴軒。」

箋評

【姚曰】三句明禪師,一句明禪師院。中聯,因院中景物而思故園。結句則願其歸心净地也。

【屈曰】前半禪院,後半諷其歸也。

【程曰】東川罷幕,將歸鄭州,故有此作。星河、故園,謂鄭州也。九折迴軒,切蜀道也。

【馮曰】義山寓居禪院,從兄當有詩寄之,故述景寄酬也。結言儻以我之幽棲為勝,幸爾亦迴軒而至。『九折』字不必拘地,禪院未知何處。意致頗近晚年,或東川養疾時乎?

【紀曰】語多拙□。(此條《輯評》缺收,據《辨正》引。)

【張曰】通篇全是杜法,『霜露』一聯尤為闊遠。此種詩而謂之拙,則杜少陵真不免村夫子之誚矣。(《辨正》)

【按】星河所墮之地為故園方向,則其時義山當在東川,若在長安或徐府,并不得有此句也。居桂幕時亦可謂『星河墮故園』,然聯繫義山處境、心情,仍以東川作為合。詩中禪味甚濃,既已『嫌茲世』而期『馳本原』,則所謂『迴軒』亦當指歸心净地。『九折』切蜀地,但似亦兼寓世路艱險之意。

春深脱衣①

睥睨江鴉集②，堂皇海燕過〔一〕③。減衣憐蕙若④，展障動煙波〔二〕⑤。日烈憂花甚，風長奈柳何！陳遵容易學，身世醉時多⑥。

校記

〔一〕『皇』，蔣本、悟抄作『隍』，字通。

〔二〕『障』，蔣本、影宋抄作『鄣』，字同。戊籤、季抄、朱本作『帳』。

集注

①【馮注】原編集外詩。按：製題暗取酒酣更衣之意，見《漢書·竇嬰傳》。

②【馮注】《釋名》：『城上垣曰睥睨，言於其孔中睥睨非常也。亦曰睥，亦曰女牆。』【程注】王筠《巡城口號》：『罘罳分曉色，睥睨生妖霧。』

③【馮注】《漢書・胡建傳》：『列坐堂皇上。』注曰：『室無四壁曰皇。』【按】『堂皇』，官署之大堂，亦作『堂隍』。

④【程注】《楚詞》：『自前世之嫉賢兮，謂蕙若其不可佩。』《張衡・南都賦》：『其香草則有薜荔蕙若。』注：『蕙，香草也；若，杜若也。』【朱注】《本草》：『杜若一名杜衡，香草也。』

⑤【馮注】步障字已見前《朱槿花》，或取中庭障日之用，亦通。此句作『帳』作『障』皆可，而飲帳尤合，展帳如動烟波也。（按馮注本校定作『展帳』。）【補】障，屏風。

⑥【朱注】《漢書》：『陳遵字孟公，嗜酒，每大飲，賓客滿堂，輒取客車轄投井中，雖有急，終不得去。』【馮注】同上：『（遵）放縱不羈，日出醉歸，曹事數廢。』

箋評

【姚曰】江鴉海燕，春深之景物也。憐蕙若，恐花艷易蔫；動煙波，恐柳長易折，是隔句相應法。脱衣時情緒如此，豈能學陳遵之長醉不顧也。

【屈曰】一二春深。三四脱衣。五六春情。七八欲醉以遣之。

【程曰】義山有語語艷詞而實非艷詩者，《無題》諸作是也。有絶無艷詞而實為艷詩者，詠花鳥諸作是也。如此作亦是艷詩。結句用陳遵，分明自道。按《漢書・陳遵傳》：『陳遵嘗過寡婦左阿君，置酒歌謳，為司直陳崇劾奏免官。既免，歸長安，賓客愈甚，飲酒自若。』義山蓋以之自比也。前六句鴉集燕過，非謂禽鳥；憂花惜柳，非謂草木。何以知之？知之於減衣展帳也。若有以傷春痛飲為解，恐減衣展帳無謂，且於題『春深脱衣』輕倩之致不合矣。

【馮曰】是醼飲之作。一二時地，三四候暖飲酣，醒出題字。五六對景感懷，佳在尚未説明，直至結句以『醉時多』三字振起全篇。題亦不露飲席字，蓋其意有所不快也。

【紀曰】後四句太累，前四句亦無佳處。（《詩説》）五六寓意，然五句太拙。（《輯評》）

【張曰】五六以寫景寓比興，故不露骨。五句沉著可誦，非拙筆也。（《辨正》）又曰：題又詭，詩則妓席讌集之作，惟略含憤語耳。馮編梓幕，不知何據？（《會箋》）

【按】張謂妓席讌集之作，是。程謂『鵶集燕過，非謂禽鳥；憂花惜柳，非謂草木』，亦是。『減衣』句謂減衣而倍增姿媚，蕙若喻歌妓。『展障』句似暗喻好合。末聯即『可憐漳浦卧，愁緒獨如麻』之意，謂己身世不偶，常借酒澆愁，故陳遵易學。此詩前六寫妓席讌集，末則抒己之失意。蓋詩人雖身預讌會而實則并無興致也。此與其他東川詩相類，馮繫梓幕可從。

妓席暗記送同年獨孤雲之武昌①

疊嶂千重叫恨猿，長江萬里洗離魂。武昌若有山頭石，為拂蒼苔檢淚痕②。

集注

①【馮注】《新書·宰相世系表》：『獨孤雲字公遠，官至吏部侍郎。』核其世次，即此人也。又見《舊書》咸通

十三年《紀》文。【補】《舊唐書・懿宗紀》：『十三年三月，以吏部尚書蕭鄴、吏部侍郎獨孤雲、考官職方郎中趙蒙、駕部員外郎李超考試宏詞選人。』又詩集有《寄在朝鄭曹獨孤李四同年》，獨孤即獨孤雲。

②【馮注】《御覽》引《輿地記》：『武昌郡奉新縣北山上有望夫石，狀如人立者，古今相傳云：昔有貞婦，其夫遠赴國難，携弱子餞送此山，既而立望其夫，乃化為石，因此為名。』（按姚注引《幽明録》與此略同，作武昌北山。）

箋評

【朱彝尊曰】詩中無妓席意。

【何曰】上二句極嘆其癡，欲洗其魂。下二句因送别借武昌事唤醒，但問執心不移，豈待相持狂哭痛（按此句疑有誤闕）？又曰：倡優下材，安能相守？徒作兒女之態。彼有望夫化石者，豈屬此輩耶？（按此條與上條意不合，疑另出一手。）『疊嶂』句旁批：暗記。『武昌』句旁批：反對妙。席。（均見《輯評》）

【姚曰】謂望夫一點清淚，雖千里不能隔也。

【屈曰】劉義慶《幽明録》：『武昌北山上有望夫石』，言化石而淚則不乾也。

【程曰】唐詩多有用望夫石者，劉賓客則反用之，其《悼妓》云：『從此山頭似人石，丈夫形象淚痕深。』此特正用，然能曲盡其形容，窮極其要渺，較杜牧之《湘竹簟》詩『何忍將身卧淚痕』同一深情，而此則更幻。通此三者，可悟用事之法。

【徐曰】詩中無妓席意，『妓席暗記』四字，必義山曾往武昌，因獨孤去而追感也。（馮注引）

【馮曰】詞意沉痛，必非徒感閑情也。座主觀察武昌，遷鎮西蜀，義山不能依倚，必有隱恨，故於讌送同年，大嗚積憤，聲與淚俱，所暗記者此也，聊以妓席晦其迹耳。上二句即從武昌悵望蜀中之情景，非紀客蹤也。此種箋釋是為以意逆志乎？又曰：《寄在朝四同年》，獨孤與焉。此似在前也，無可定編，聊附於此。（按：馮編於會昌二年，次《哭劉司户》蕡之後。『座主』指高鍇。）

【紀曰】借物寫照，亦殊有情，但格意不高。（《詩説》）

【姜炳璋曰】言武昌之石人，日對長江，朝朝送別，檢其淚痕，應不少也。况今日相送，皆有情人乎？因獨孤之武昌，即從武昌化石之婦人設想，且以映送行之妓也。

【張曰】此暗記大中二年蜀遊失意，留滯荆門之恨。不欲顯言，故借『妓席』晦其意耳。不定何年所作。以武昌望夫石暗比己之繫念李回、鄭亞。二人皆遭李黨而貶，義山亦因此不得志，故以妓席暗記不忘故主也。（《辨正》） 又曰：起聯寫景，似由長江上峽水程，皆義山大中二年所經也。此詩必追感李回而作，故以『望夫』為喻。回由賀州貶撫州長史而卒，不詳何年，此時殆已卒矣。妓席暗記者，製題晦其迹耳，姑編是年。（按張氏編此詩於大中五年。《會箋》）

【按】此詩製題及詩意均較隱晦。『妓席暗記』者，恐是送獨孤雲之武昌之妓席上對男女雙方傷別情景默有所感，遂筆之於詩，以送獨孤東下武昌也。一二句謂獨孤雲沿江穿峽東下，沿途疊嶂千重，哀猿長鳴，浪高水急，當倍增傷離之情。三四謂君到武昌，往訪北山望夫石，請拂石上之蒼苔，檢尋望夫之淚痕，定不知有多少舊跡新痕也。此當是借言獨孤所繫念之女子，正如望夫之貞婦日日翹首遥望而淚下不已。質言之，一二寫獨孤之傷別，三四則寫對方之傷離。視題内『妓席』字，其人當即獨孤所戀之妓。何氏謂『倡優下材，安能相守』，乃無視詩語所發之迂論。義山《板橋曉別》即云：『水仙欲上鯉魚去，一夜芙蓉紅淚多。』據『長江萬里』『疊嶂千重』及『之武昌』，詩當作於蜀中，姑繫梓幕。

飲席戲贈同舍①

洞中屐響省分攜②，不是花迷客自迷③。珠樹重行憐翡翠④，玉樓雙舞羨鵾雞⑤。蘭迴舊蕊緣屏緑〔一〕，椒綴新香和壁泥⑥。唱盡《陽關》無限疊〔二〕⑦，半杯松葉凍頗黎⑧。

校記

〔一〕「緣屏」原作「屏緣」，據姜本、悟抄、錢本、朱本改。「緣屏」與下「和壁」對文。

〔二〕「陽關」原作「關山」，席本、朱本作「陽關」。按詩曰「無限疊」，作「陽關」是，兹據席本、朱本改。

集注

①【馮注】當是餞席。

②【朱注】《長安志》：「蓮花洞在神禾原，鄭駙馬潛曜所居。子美有《鄭駙馬宅宴洞中》詩。」【按】詩當作於東川，與長安蓮花洞無涉。洞謂神仙洞府，借喻歌伎所居。分携猶言分手。詩意謂洞内聲音雜遝，聞屐響即可知

為離席間同舍偕所歡之女子作分手前之嬉戲也。

③【馮曰】官妓豈長戀故人，人每自迷耳。

④【朱注】行，音杭。《山海經》：『三珠樹在厭火國北，生赤水上，樹如柏葉，皆為珠。』《爾雅》：『翠，鷸也。』《説文》：『翡，赤雀；翠，青雀。』　【程注】左思《吴都賦》：『翡翠列巢於重行。』

⑤【程注】公孫乘《月賦》：『鵾雞舞於蘭渚。』謝惠連《雪賦》：『對庭鵾之雙舞。』　【馮注】《漢書·上林賦》注：『鵾雞似鶴，黄白色。』餘詳後《九成宫》。　【按】重行、雙舞，當指筵席間官妓分行而舞。盧照鄰《盂蘭盤賦》：『舞鵾雞與翡翠。』

⑥【朱注】《西京雜記》：『温室以椒塗壁。』《世説》：『石崇以椒為泥塗室。』　【馮注】《漢官儀》：『皇后稱椒房，取其實蔓延；外以椒塗，亦取其温。』《蜀都賦注》：『岷山特多藥草，其椒尤好。』雖詩意不至此，亦可取證。

⑦【朱注】《東坡志林》：『舊傳《陽關》三疊，然今世歌者，每句再疊而已。若通一首言之，又是四疊，皆非是。或每句三唱以應三疊之説，則叢然無復節奏。余在密州，有文勛長官以事至，自云得古本陽關，其聲宛轉凄斷。及在黄州，偶讀樂天《對酒詩》云：「聽唱《陽關》第四聲。」自注云：「勸君更盡一杯酒。」以此驗之，若一句再疊，則此為第五聲，餘為第四聲，是首句不疊審矣。』

⑧【道源注】《本草》：『松葉六十觔，細剉；㕮咀水四石，煮取四斗九升，以釀五斗米，如常法。煮松葉汁浸米，並饋飯泥釀封頭，七日發飲之，得此酒力者甚衆。』《韻會》：『玻瓈，寶玉名。』《本草》作頗黎，云西國寶。【馮注】庾信詩：『方欣松葉酒。』《天竺記》：『大雪山中有寶山，諸七寶并生，取可得，惟頗黎寶生高峯，難得。』《玄中記》：『大秦國有五色頗黎，紅色最貴。』此謂酒杯。　【《輯評》墨批】言洞中佳麗如此，而行人將去，則酒亦凉且盡矣。（《輯評》）

箋評

【朱曰】此席上有美人同座，為之傾倒，詩以戲之也。（《李義山詩集補注》）

【何曰】程漸于補注《義山詩集》，引（《吴都賦》《雪賦》）以證『珠樹』二句，則『重行』『雙舞』俱有着落。（《讀書記》）

【陸曰】此必同舍於飲席間戀其所歡之人，不能别去，而義山戲贈是詩也。一聞屐響，即慮分攜，猶云風聲鶴唳，皆疑晉兵，此非花能迷客，乃客之自迷耳。三四言既憐此，復羡彼，應接不暇，那得不迷。下又寫洞中之勝，見此人此地，皆不能舍之而去，所以聽奏《陽關》而停杯不飲也。

【徐德泓曰】此贈同舍挾妓者。當有兩人，故曰『分攜』，又曰『重行』『雙舞』也，省乃記省之省，作知字解。言聞洞中屐響而知其各攜所好也。次聯形容情好之比昵。腹聯則狀房室之芬芳。末言不忍别離，故無情戀飲而酒冷也。『凍』字特妙。

【姚曰】此因席有美人，同舍為之傾倒，而詩以戲之也。分手花源，洞中屐響，迷魂顛倒，真無可奈何之時。翡翠重行，鶤雞雙舞，不知此願何時得遂耳。於時温香暖玉，無情者俱化有情，屏上蘭芳，為之吐蕊；壁間椒氣，亦若增香。無奈《陽關》唱斷之後，終歸分手，半杯松葉，酒與淚俱，不覺已凍作頗黎也。所謂煖玉温香者果何在哉！蓋即諺所謂『醒眼看醉人』者。

【屈曰】一二同舍與美人分攜，遂迷而不舍。三四洞中佳麗重重。五六洞中佳麗種種。末言《陽關》唱盡，杯酒已闌，而同舍猶不忍去也。

【程曰】題曰『戲贈同舍』，詩曰『花迷』，乃旁觀冶遊惜别者而作。重行、雙舞，言其合歡。椒壁、蘭屏，言其棲止。結則道其對酒當歌，黯然銷魂之致也。

【馮曰】陸已悟到，余更定為梓州府罷作耳。次聯『憐翡翠』『羡鶤雞』，歎人之不如物也。五六則因舊新相代，居處重茸，真欲留無計矣。結則歌殘酒冷，黯然魂銷也。

【紀曰】氣格不脱晚唐靡靡之習。（《詩説》）

【曾國藩曰】同舍蓋妓席惜別者。（《十八家詩鈔》）

【張曰】以晚唐詩為靡靡之音，此乃明七子分門別户之陋習。況此詩音調流美，而筆力仍自老潔，神味仍自沉著，豈可以皮相定其優劣邪？（《辨正》）又曰：馮氏定為梓府罷作，似之。蓋同舍戀其所歡，不忍別去，故戲贈也。（《會箋》）

【按】：諸家所箋大旨無異，句解則頗有出入。首聯謂洞中屐響，同舍為『花』所迷而嬉戲於其中也。次聯承『迷』字，正寫同舍戀其所歡，翡翠、鶤雞，喻諸妓；『憐』『羡』即『迷』意。頸聯寫洞中温暖如春，蘭發舊蕊，壁散椒香，益增戀戀之情。末聯則謂雖唱徹《陽關》，而杯酒未盡，暗示同舍仍不忍別也。馮謂府罷時作，無據，解頸聯亦鑿。

飲席代官妓贈兩從事

新人橋上著春衫①，舊主江邊側帽簷②。願得化為紅綬帶，許教雙鳳一時銜③。

集注

①【馮注】春衫即青袍，言將至也。【程注】李白詩：「新人非舊人，年年橋上遊。」【按】着春衫，狀其年少風流。

②【原注】隋獨孤信舉止風流，曾風吹帽簷側，觀者塞路。

③【朱注】綬，韍維也。紅綬即朱紱。白居易詩：「鶻銜紅綬遶身飛。」【馮注】徐曰：「陶潛《閒情賦》：『願在裳而為帶，束窈窕之纖身。』」二句從此化出。按：《後漢書・輿服志》：「諸侯王赤綬。」《新書・車服志》有雁銜綬帶、鶻銜綬帶。詩固借言耳。

箋評

【馮班曰】太褻。（《二馮評閱才調集》）

【何曰】太褻狎。（《輯評》）

【徐德泓曰】新人、舊主，各謂一人。極艷意而却寫得不俗。

【姚曰】此即「笑啼俱不敢，方信作人難」之意。

【馮曰】官妓送舊迎新，故以兩從事為言。玩「從事」「江邊」之字，必與上章（按指《飲席戲贈同舍》）同作，正見「不是花迷」之意。

【袁枚曰】風趣殊佳。（《隨園詩話》）

【紀曰】不雅。（《詩説》）猥褻太甚。（《輯評》）

【俞陛雲曰】『化為綬帶』二句，從淵明《閑情賦》『願在髮而為澤，在履而為絲』等句點化而出。身化雙帶，分繫新舊從事，頗見巧思。近人孫原湘詩：『何緣身為王餘片，分屬江東大小喬。』王餘乃一魚兩身之魚，較綬帶尤為切合。（《詩境淺説續編》）

【張曰】此種雅詩而猶以為猥褻，吾不知何等詩方為不猥不褻也。飲席代妓之作，唐人此題極多，紀氏何妨舉一篇不猥褻者為例。（《辨正》）

【按】『新人』『舊主』不必定指新舊幕僚，泛指新識、舊交可也。首二謂彼皆年少風流，故三四云願身化紅綬，為『雙鳳』同時銜之。謔而近褻，張氏極力為之辯，且目之為『雅詩』，殊可不必。

贈庾十二朱版①

固漆投膠不可開②，贈君珍重抵瓊瑰③。君王曉坐金鑾殿④，只待相如草詔來⑤。

集注

①【自注】時庾在翰林，朱書版也。（『也』字蔣本、姜本、戊籤、悟抄作『上』）【朱注】《舊唐書》：『大

中三年九月，以起居郎庾道蔚充翰林學士。」疑即此人也。【馮注】《禮記》：「造受命於君前，書笏。」《周禮・天官・司書疏》曰：「古有簡策以記事，若在君前，以笏記事，後代用簿。簿，今手版。」此朱版似朱色之版，或可以朱書之版也。徐氏謂是手版，不必拘定。【張曰】考《翰苑羣書重修承旨學士壁記》：「道蔚大中六年七月十五日自起居舍人充。七年九月十九日加司封員外郎。九年八月十三日加駕部郎中知制誥，並依前充。十年正月十四日守本官出院，尋除連州刺史。」與《舊紀》不合。《樊川集》有《庾道蔚守起居舍人充翰林學士》等制。杜牧於大中五年冬自湖州刺史召拜考功郎中知制誥，此制即其時所作。則道蔚充學士，自當以《壁記》為定。道蔚十年正月十四日始出院，此詩必義山初從東川歸時作也。【按】馮氏據《舊唐書・宣宗紀》關於庾道蔚於大中三年九月以起居郎充翰林學士之誤載，將此詩繫於大中三年，固誤。張氏據《重修承旨學士壁記》將此詩繫於大中十年正月十四日道蔚出院之前，謂義山其時初從東川歸，亦非。柳仲郢自東川節度使內徵為吏部侍郎在大中九年十一月（據《會箋》考證），然仲郢接奉內徵之制書後，並未立即啟程返京，而是等待新任命之東川節度使韋有翼到任後方離梓返京。商隱有《為京兆公乞留瀘州刺史洗宗禮狀》，即係韋有翼到任後商隱為其代撰。則仲郢與商隱自梓州啟程返京，當遲至大中九年末甚至十年初。以梓州至長安二千九百里需時約五十天計算，其抵京之時間當在十年二月末甚至三月初。據自梓返京途次所作《重過聖女祠》「一春夢雨常飄瓦」之句，其抵京之時間極有可能在暮春，其時庾道蔚早已出院。故此詩不可能作於大中十年正月十四日之前，只可能作於大中六年七月十五日以後至十年正月十四日以前的一段時間內。據編著者考證，商隱於大中七年冬曾自梓返京探望兒女，約八年春初抵長安，仲春或暮春初啟程返梓。此詩及下兩首即分別為在京期間、啟程返梓前及返梓途中所作。詳參《李商隱梓幕期間歸京考》（載《文史》第五十八輯，二〇〇二年第一期），及下兩首詩之繫年考證。朱版，用朱筆書寫之手版（即笏）。

②【朱注】古詩：「以漆投膠中，誰能別離此？」【朱彝尊曰】朱版。【補】《史記・魯仲連・鄒陽列傳》：「感於心，合於行，親於膠漆，昆弟不能離。」

③【程注】《詩・國風》：「何以贈之？瓊瑰玉佩。」梁簡文帝詩：「顧憐碔砆質，何以儷瓊瑰？」【馮注】

《説文》：『瓊，赤玉。』又：『火齊，玫瑰也。』以比朱版。【朱彝尊曰】贈。

④【姚注】《五代會要》：『殿因金鑾坡以為名，與翰林院相對。』

⑤【程注】《翰林志》：『學士於禁中草詔，雖宸翰所揮，亦資檢討，謂之視草。』【馮注】《漢書·淮南王安傳》：『武帝以安辨博，善為文辭，每為報書及賜，嘗召司馬相如等視草乃遣。』【朱彝尊曰】庚十二。

箋評

【姚曰】不過以詩代柬。

【紀曰】代柬率筆。

【按】此贈庚十二以朱版之同時贈之以詩也。首二謂贈朱版，兼寓己與庚關係之親密，贈朱版情意之殷勤。後二切庚之身份，且贊庚之文才與内職之重，羨其得君主之寵信也。

留贈畏之〔一〕①

清時無事奏明光②，不遣當關報早霜③。中禁詞臣尋引領④，左川歸客自迴腸⑤。郎君下筆驚鸚鵡⑥，侍女吹笙弄鳳凰⑦。空記大羅天上事〔二〕⑧，衆仙同日詠《霓裳》⑨。

其二

待得郎來月已低，寒暄不道醉如泥⑩。五更又欲向何處？騎馬出門烏夜啼。

其三

户外重陰黯不開，含羞迎夜復臨臺。瀟湘浪上有煙景⑪，安得好風吹汝來⑫。

校記

〔一〕除席本外，諸本均題作『留贈畏之』，題下自注云：『時將赴職梓潼遇韓朝迴三首』。席本題下注『三首』作『作』。【按】二、三首與『赴職梓潼』無涉，題下注『三首』二字當係衍文，今删。詳箋及注①按語。

〔二〕『記』原作『寄』，據戊籤改。

集注

①【朱曰】第二首絶句，唐人選入《才調集》，注云：『遇韓朝迴。』【馮曰】原注必有誤。第一首、第三首並非朝迴，第一首並非將赴梓潼也。第二首似遇韓朝迴，而以艷情寄意，原注中為後人妄添上六字，又移於首章題

下耳。安得古本校正之歟？【按】此三首詩中，第一首七律題當作『留贈畏之』，題下自注『時將赴職梓潼，遇韓朝迴』十字當亦原有。二、三兩首七絶内容與『赴職梓潼』及『遇韓朝迴』毫無關涉，當另有題，其題佚去後，遂與七律相連。後人遂於自注『遇韓朝迴』之下加『三首』二字，以示《留贈畏之》原有三首。此與《蝶三首》（初來小苑中；長眉畫了繡簾開；壽陽公主嫁時妝）、《楚宫二首》（十二峰前落照微；月姊曾逢下彩蟾）、《無題二首》（八歲偷照鏡；幽人不倦賞）、《詠史二首》（歷覽前賢國與家；十二樓前再拜辭）諸篇情况相似，均為前後題相連，後題佚去，遂使後詩與前題及詩誤合為一，後人又從而在題内加『二首』『三首』等字。此三首之後二首當另標『失題二首』，現姑仍其舊。箋解時則分别釋之。

②【朱注】《漢官儀》：『尚書郎直宿建禮門，奏事明光殿。』《三秦記》：『未央宫漸臺西有桂宫，中有明光殿，珠璣為簾箔，金戺玉階，晝夜光明。』【馮注】《漢官儀》：『尚書郎主作文書起草，夜更直建禮門内。』又：『郎握蘭含香奏事』。【按】據此句用典，其時韓瞻當任尚書省某部郎中，疑即大中十年所任之虞部郎中之職。

③【朱注】《東觀漢記》：『汝郁載病徵詣公車，臺遣兩當關扶入，拜郎中。』嵇康《與山巨源絶交書》：『卧喜晚起，而當關呼之不置。』【按】當關，守門者。

④【馮注】蔡邕《獨斷》：『天子所居，門閤有禁，稱禁中。』此以内相望之。【岑仲勉曰】頌其有詞臣希望，應着眼『尋』字。

⑤【朱曰】左川即東川。【按】左川歸客，商隱自指，大中七年末自梓回京探望兒女，八年春在京。

⑥【朱注】《後漢書·禰衡傳》：『黄祖大會賓客。人有獻鸚鵡者，衡攬筆作賦，文無加點，辭采甚麗。』按此語謂韓瞻子偓也。偓小字冬郎，嘗即席為詩，一座盡驚。

⑦【朱注】《漢武内傳》：『王母命侍女董雙成吹雲和之笙。』【姚注】《説文》：『笙有十二簧，象鳳之聲。』【馮注】《後漢書·矯慎傳》有騎龍弄鳳之字，即謂弄玉也。又補注曰：《矯慎傳》：『足下審能騎龍弄鳳，翔嬉雲間者。』

⑧【朱注】《雲笈七籤》：『最上一天名曰大羅，在玄都玉京之上，合三十六天，總是三尊所統，故《經》云：「三界之上，眇眇大羅。」』《藝林伐山》：『世傳大羅天放榜於蕊珠宫，故稱蕊榜。』【馮注】葛洪《枕中記》：『玄都玉京七寶山，週迴九萬里，在大羅之上。』《三洞宗玄》：『最上一天名曰大羅，在玄都玉京之上。紫微金闕，七寶騫樹，麒麟師子化生其中，三世天尊治在其内。』按：『之上』互異，不足校。【何曰】君鶩、女弄是雙聲。（《輯評》）

⑨【朱注】鄭嵎《津陽門詩注》：『葉法善嘗引上入月宫，聞仙樂。及歸，但記其半，遂于笛中寫之。會西凉節度使楊敬述進《婆羅門曲》，聲調相符，遂以月中所聞為散序，敬述所進為腔，名《霓裳羽衣》也。』《蔡寬夫詩話》：『唐開成初，尉遲璋嘗仿古作《霓裳羽衣曲》以獻，詔以曲名賜貢院為題，是歲榜首李肱所試詩即此題也。此曲世無譜，好事者每惜之。』〇或云義山與畏之疑皆李肱榜進士，故有末句。其年高鍇權知貢舉。【朱彝尊曰】大抵以登仙喻及第耳。注云是歲榜首李肱所賦詩以《霓裳羽衣曲》為題，殆不可解。【馮注】《唐逸史》：『羅公遠嘗與明皇遊月宫，見仙女數百，皆素練霓衣，舞于廣庭間，其曲曰《霓裳羽衣》，帝默記其音調而還。明日，召樂工作是曲。』按：諸書所記各有小異。《文獻通考》：『唐明皇朝有《大羅天曲》，茅山道士李會元作。』《新書·禮樂志》：『文宗詔太常卿馮定采開元雅樂，制《雲韶法曲》《霓裳羽衣舞曲》。』《選舉志》：『太和八年，復罷進士議論而試賦，文宗從内出題。』《唐摭言》：『開成二年，高侍郎鍇主文，恩賜詩題《霓裳羽衣曲》；三年，復前詩題為賦題，《太學石經詩》。』《舊書·高鍇傳》：『自太和九年十月以本官權知禮部貢舉，開成元年春試畢，進呈及第人名。文宗謂所試似勝去年，乃以鍇為禮部侍郎，凡掌貢部三年。』朱曰：『或疑義山、畏之皆李肱榜進士，但本集於李肱不云同年。』按：鍇自太和九年至開成三年榜出，凡貢舉三年也。《畫松詩》不稱同年，或在未第時。但《摭言》專記科第類事，何以不書李肱事也？《摭言》又云高侍郎鍇第一榜之明年，裴思謙以仇軍容一緘求得巍峩。《容齋隨筆》亦云鍇第二年知舉事，似開成二年榜元是裴。而《唐詩紀事》《全唐詩話》皆云思謙開成三年登上第，則二年榜元是李肱也。唐時，秋命主司，明春放榜。《雲溪友議》固云元年秋復司貢籍，則榜開於二年也，且當合考存疑

耳。又曰：《唐闕史》：『開成初，文宗好古博雅，嘗欲黜鄭衛之樂，復正始之音。有太常寺樂官尉遲璋，善習古樂，遂成《霓裳羽衣曲》以獻。詔中書、門下及諸司三品以上官具常朝服班坐以聽，合奏，相顧曰：「不知天上也，瀛洲也。」因以曲名宣賜貢院，充進士賦題。』按：補《唐摭言》。上是實指文宗所新定賜充賦題者。【按】曰『衆仙同日詠《霓裳》』，顯非泛言，末聯指開成二年應進士試殆無疑。

⑩【朱注】《後漢書·朱澤傳》：『一日不齋醉如泥。』【馮注】謂夜深醉歸，五更又入朝矣。此乃留贈之作也。

【按】詩無入朝、留贈意，詳箋。

⑪【馮注】指竹簟，猶云水紋簟也。

⑫【馮注】若曰安得吹來而並宿言情乎？其非朝迴顯然。

箋評

【朱曰】（首章）此嘆時命之不如韓也。（《李義山詩集補注》）

【錢曾曰】夫時事日非，期望畏之來，有所論建，而喑無一語，竟如囈如醒者，何也？故次章云『待得郎來月已低，寒暄不道醉如泥』也。隨例趨朝，轉轅迴去，國成誰秉？若瑱耳不聞，宫鄰金虎，委之蜩螗沸羹之徒，忠於君者若是乎？故繼之以『五更又欲向何處，騎馬出門烏夜啼』也。首章起句，即責韓以『清時無事奏明光』，反言之，亦激言之耳。詞臣引領，歸客迴腸，義山於君臣朋友之間，情義愷切，且又託為豔詩，以委曲諷諭，此豈笨伯所能解乎？朱鶴齡注義山詩初藁云：『此題有誤。』予笑語之：『義山既誤作於前，韋縠《才調集》又誤選於後，無知妄作，賢者無是焉。』鶴齡面發赤，因削去。今聊引此以啟其端，見義山之詩之難讀如此。（《讀書敏求記》）

【馮舒曰】（次章）是贈同年，所以意深味旨，俗本改作《無題》詩，誤甚。（《删正二馮評閱才調集》）

【馮班曰】（次章、三章）此是道韓瞻見疎之意，非《無題》艷作也。二首當另有題。（何焯引）

【朱彝尊曰】情深意淡，燕昵之至，故《才調集》於此二首注云：『遇韓朝迴』也。俗本訛作《無題》，謬甚。

【何曰】（首章）前四句言居禁中者際會清時，並不須早霜趣朝；淪使府者漂零萬里，更加以左川涉險，所以（腸）一日九迴也。後四句言通顯不如，固已迴腸；骨肉之間，畏之又獨際其盛。（回）思（同）『詠《霓裳》』，豈非雲泥之判乎？中禁詞臣尋引領二句：引領言可望不可親，遂以中禁詞臣之態待至戚同年也。梓潼在東川，故曰左川歸客。郎君下筆驚鸚鵡：郎君指瞻之子冬郎，即致光也。（次章）執政者皆其所憾，獨一至戚同年在中禁而又不足恃，則何異生世不諧作太常妻耶？從第一篇『自迴腸』三字咀味，則作者之微情，但畏之都不能解，或冬郎却曉耳。○難於明言而託於狎昵之詞，此《離騷》之法也。（三章）二篇（指二、三兩章）畫出一得意一失意相對情味來，讀之可以泣下也。（據《讀書記》。《輯評》小異，其首章有云：第二句謂返命本府，欲辭去而不得即見也。○『引領』狀其意氣揚揚。○下五句不過深自悼歎，而以責望於韓，亦愈婉切矣。其三章有云：不説仕無中人，却自戀烟景，妙。反作畏之怪其不來，微妙）

【《唐詩鼓吹評注》】言今值清平之時，無事可奏於明光之殿，亦不遣司門之人報曉霜，以速君之早起也。今此朝回，則中禁詞臣尋引領而望，而左川歸客，腸一日而九迴。乃余所致美於君者，鸚鵡才高，郎君有驚人之句；鳳凰聲好，侍女亦仙子之流。以余浮沉下位，忝屬同籍，空想大羅天上之事，共咏《霓裳》之曲而已，言外有雲泥之意。

【胡以梅曰】首言時際清平，上朝無事奏對而早迴，遂燕私甜息，不令司閽通報踏霜早來之客……所以引領而望。……第四道出留贈心事，言如此遠道走別，乃疏薄相待，豈不令人愁腸宛轉乎。……下半首略無怒張之氣，反加譽頌之詞，但用一『空』字，則意盡包舉。……

【陸曰】（首章）此詩上下分看。畏之居中禁而閑適，義山涉左川以崎嶇，此通顯之各異也。畏之有子十歲能詩，而義山子無聞焉，且與畏之並娶於王，而義山早賦悼亡，是骨肉之間，畏之又獨際其盛也。回憶當日同登蕊榜，今彼此懸殊乃爾，又奚翅仙凡之隔耶。

【徐德泓曰】（首章）此赴蜀而留贈也。時韓為員外郎，故首言時無奏對之事，可從容晏起，不必令司閽報曉也。次聯，言其即轉秩清華，而在我則不忍離別，左川歸客，自謂也。『郎君』句，美其子偓之才。『侍女』句，羡其室家之樂。李每贈韓詩，必有此種語。箋注以兩人為僚壻也。結意蓋云此日之分途如此，回憶同登蕊榜時，有不勝感嘆矣，以『空記』二字含蓄之。

【姚曰】（首章）此歎時命之不如韓也。清時無事，自無早朝晏退之煩，清要之班，平步可至。所不堪者，故人此去，情緒蒼茫，不禁為子迴腸耳。且韓、李本僚壻之戚，而韓則郎君有《鸑鷟》之才，侍女皆鳳凰之侶。迴想登第時，雖曾大羅天上，同咏《霓裳》，而一榮一悴如此，宜其感歎而不能已也。

【屈曰】（首章）一二畏之官中禁悠悠無事，以見己之奔走天涯也。三四別後彼此相思。五六畏之家庭其樂如此，我方遠去京師，僅辟幕職，回思當日同第，不意今日竟至雲泥之別也。（次章）舊在《留贈畏之》下，誤。（三章）前二句昔事，後二句今景。

【程曰】此詩前一首與後二首語似不倫，或疑編次有誤。然原注云『三首』，則非誤矣。錢遵王《讀書敏求記》以為奄人用事，時事日非，期望畏之有所論建，而喑無一語，如囈如酲，故託為艷詩委曲諷喻。不知北司之横，天子宰相且不能制，而有望於畏之，不已苛乎？且與前首後六句絶不類也。愚按此必將赴梓潼而往謁畏之，值其朝迴，而不一見，故有慨乎言之耳。義山特於題下注明。一首云『當關不報』，蓋以明示其意矣。義山與畏之同年，又同為茂元之壻，畏之獨居中禁，義山赴辟東川，一則時已悼亡，一則家室無恙，此腸之所以欲迴也。次首極道韓之得意，亦己之所以迴腸處。己之失意，而韓視之漠然，可為慨嘆。五更騎馬，門外烏啼，言韓無一刻得與故人款洽。三首言重門深閉，今日之來，我自含羞，何況瀟湘烟水，悵望伊人，安得好風，惠我肯顧耶？昔則蕊榜同登，今則雲泥判隔，語語諷刺，與前赴職梓潼留別畏之同一情思。

【馮曰】（首章）此東川歸後作也。若如舊注，則赴職時方自秦入蜀，何云『歸客』，一可疑也。前已有留別之作，此又云『留贈』，二可疑也。韓果朝迴，首二句措辭反背，三可疑也。前云『劍棧風檣各苦辛』，與此大異，四可疑也。前云冬郎『十歲裁詩』，與此『下筆』之句相似而不同，此時當漸長矣，五可疑也。余故以為東川府罷，義山必回京乃至鄭州。《東觀奏記》曰：『夏侯孜為右相，以虞部郎中韓瞻聲績不立，改鳳州刺史。』《舊書·紀》：『大中十二年五月夏侯孜同平章事，則義山東川回京，韓實為郎中，篇中事跡相符，情味斯出矣。（二章）乃留贈之作也。……默庵誤矣。作《無題》而意有所託，乃妙，本集之例皆然也。以入朝為向何處，亦惟作《無題》，庶免語病。然則古本《才調集》作《無題》，而下注『遇韓朝迴』以疏之，若作『留贈畏之』，則可不注矣。趙氏刊《萬首絶句》作《無題》二首，可以互證。楊曰：『此二首（二、三章）當更有題。』浩曰：題既當作《無題》，則并非為畏之發也。同年僚壻，必不澹漠至此。上首是去而留宿以候，及入朝時，終不得見；下首是傍晚又往謁也。惟子直之家情事宜然。綯於十三年始罷相，義山自東川歸時必往相見，豈怨恨之深，並其題而亦削之歟？此解深入義山心坎，當與《訪人不遇》之作同悟，庶為得其真矣。

【紀曰】第一首平平無取……特以情致取一首耳（按指第二首）。第三首情致亦佳，然不能及前一首。此題三首，後二首了不相涉，必遺去贈韓詩二首而以他詩入之也，午橋附會穿鑿，亦固而已矣。（『待得』首）絶妙閨情，聲調極似《竹枝》。此種自是艶體，唐人多有，必以義山之故，為之深解，斯注家之陋也。同年董曲江曰：『義山之詩，寄託固多，然亦有只是艶詞者。如《柳枝五首》，設當日不留一序，又何不可作感慨遇合解也。』此語有見，因論此詩而附著之。（《詩説》）改作《無題》固妄，然實是失去《贈韓詩》二首，又失去此二首之題，誤連為一，默庵（馮舒）强為作解，甚謬。程午橋又祖其説，愈用穿鑿。此或可因前首侍女吹笙句云代作閨情為戲。第二首『瀟湘岸上』之語，與韓何涉？（《删正二馮評閲才調集》）（二、三兩章）情調極佳。（《輯評》）

【方東樹曰】此詩（首章）用意亦輕浮。且起二句又與『朝迴』不切。時將赴職而曰『歸客』亦未解，想亦預指它日言之。

【曾國藩曰】程云此必將赴梓潼往謁畏之，值其朝回而不一見，故有慨乎言之耳。朱氏云左川即東川。愚按：此

必自東川奉使入京一次，故自稱曰『歸客』，與前《留別畏之》詩非一時也。（《十八家詩鈔》）

【張曰】（首章）自注不誤。『左川歸客』，猶言思歸之客，虛擬之詞耳。首句朝迴。三句祝韓掌誥。四句寫己懷思。『郎君』二句，羡其妻子之樂，言外見己則妻亡子幼也。結言當時登第，彼此皆年少新婚，今日思之，真如一夢矣。冬郎即席為詩相送正此時，此詩亦必同時作也。舊本皆合《待得郎來》及《户外重陰》二絶句作三首，《才調集》只選第二首，則又注曰：『遇韓朝迴』，細玩實不類，必他篇失題而錯簡者。馮默庵評《才調集》云俗本一作《無題》，可以悟其非一題矣，今仍分之。（二、三兩章，張箋作《無題》二首）馮説極確，此必與《鳳尾香羅》一首同時作（張繫大中五年赴蜀前夕），非東川歸後也。（《會箋》）

【按】三首原非一題，後二首原有題而佚去，遂與七律《留贈畏之》相連，故宜分別箋釋。馮氏謂『原注中為後人妄添上（時將赴職梓潼）六字，又移於首章題下耳』，純屬臆測。然七律《留贈畏之》之自注『時將赴職梓潼』與第四句『左川歸客』之間，如按通常理解，確實存在難以調和之矛盾。若詩作於大中五年赴梓幕時，則不得言『左川歸客』；若詩作於大中十年自梓州回京後，則不得謂『時將赴職梓潼』。曾國藩謂『此必自東川奉使入京一次，故自稱曰歸客』，此説發前人之所未發，然僅從此詩本身存在之矛盾提出假設，而未提供任何證據，故一直為研究者所忽略。

細審商隱詩文並詳考其作年，發現大中七年冬至八年春，商隱確曾自梓返京，其證有五：

其一，商隱有《為同州張評事（潛）謝辟啟》及《為同州張評事謝聘錢啟》，係為新被同州刺史聘為幕僚之張潛所代撰之謝啟。前啟中提及此同州刺史乃是『榮自山陽（即楚州），來臨沙苑（即同州）』。據《唐故范陽盧氏滎陽鄭夫人墓誌》及《唐故承奉郎大理司直沈府君墓誌銘》，知此同州刺史係駙馬都尉鄭顥之父鄭祇德。其刺楚州之時間約在大中五年至七年，其自楚州移刺同州之原因，據《滎陽鄭夫人墓誌》，乃是其時『關輔亢沴，民窮為盜，不可止』，故『朝廷借公治馮翊』。而《通鑑·大中七年》：『冬，十二月，左補闕趙璘請罷來年元會，止御宣政。上以問宰相，對曰：「元會大禮，不可罷，況天下無事。」上曰：「近華州奏有賊光火劫下邽，關中少雪，皆朕之憂，何謂無事！雖宣政亦不可御也。」』所謂『有賊光火劫下邽，關中少雪』，正是《鄭夫人墓誌》所謂『關輔亢沴，民窮為盗，不可止』。故鄭祇德之由楚州遷同州，當在大中七年冬。接到任命後當自楚州赴京入謝，時約在大中八年春，其奏署張潛為同州從事即在其時。（據《唐闕史》，會昌二年鄭顥以狀頭及第，張潛為第二人，兩人係同年。故鄭祇德奏署潛為從事。）同州、梓州相距三千里，張潛絶不可能馳書數千里，請遠在梓州之商隱為其代撰此區區二謝啟，張潛又非商隱梓幕同僚（梓幕同僚有大理評事張覿、掌書記張黯，無張潛），故唯一之可能是撰謝啟時商隱正在長安。

其二，商隱有《為山南薛從事（傑遜）謝辟啟》，係為新被山南西道節度使奏辟為節度書記之薛傑遜所撰之謝啟。馮浩據啟内稱幕主為『尚書士林圭臬，翰苑龜龍』，定此山南西道節度使為封敖。敖之鎮山南，在大中四年至八年。據啟稱敖為尚書，可證此啟當作於大中六年二月敖因平雞山事加檢校吏部尚書之後。啟又稱『伏以家室憂繁初解，山川跋涉未任，須至季秋，方離上國。』説明作此啟時薛傑遜既不在梓州，亦不在興元，而係身在長安。故此啟之作同樣存在商隱其時身在何處之問題。薛亦不可能馳書數千里，請遠在梓州之商隱撰此謝啟；反之，則此啟之作正證明大中六年二月封敖加尚書之後，大中八年夏秋間敖罷山南西道節度使之前，商隱曾回過長安。聯繫上引為張潛所撰謝啟，則此啟之作當與之同時（張潛非敖初到山南時所辟，而係到任已有較長時間後所辟，詳啟文，此處不贅述）。

其三，即商隱《贈庾十二朱版》詩。此詩不可能作於大中十年春商隱返京後，而應作於大中六年七月十五日至大中十年正月十四日一段時間内，已見該詩注①之繫年考證。而參以《為同州張評事（潛）謝辟啟》之作年考證，此詩亦當為大中八年春商隱自梓歸京期間所作。

其四，商隱有《行至金牛驛寄興元渤海尚書》詩，此『興元渤海尚書』即大中四年至八年任山南西道節度使之封敖。馮譜繫大中十一年商隱隨柳仲郢還朝途次，張箋改繫十年，均誤。此詩當是大中六年二月封敖加檢校吏部尚書後至大中八年夏秋間敖罷山南任前之某一春天（詩寫景切春令）所作。結合為張潛所撰謝啟，此詩當為大中八年春商隱自京返梓途次所寄。詳下首編著者按。

其五，即《留贈畏之》詩。此詩之自注『時將赴職梓潼』及第四句『左川歸客』，説明在大中五年九月至九年十一月整個梓幕期間，商隱曾有一次自梓歸京、又自京返梓之行。聯繫為張潛所撰謝啟之寫作時地，此詩當為大中八年春自京返梓前留贈韓瞻之作。

以上三文三詩，或證明大中八年春商隱在長安，或證明大中六年二月至八年春，商隱有行經金牛驛之行，或證明梓幕期間有歸京返梓之行，或證明大中六年七月至十年正月間商隱曾在京。綜合以上五證，而以《為同州張評事潛謝辟啟》之寫作時地為基準，則商隱大中八年春在京一事遂可肯定。據商隱《樊南乙集序》，大中七年十一月十日商隱尚在梓州；又據《劍州重陽亭銘序》，大中八年九月一日商隱已在劍州或梓州。則其歸京返梓之時間當在此段時間内。再結合上述三文三詩，可以大體考定：商隱由於思鄉念子情切，曾於大中七年仲冬由梓啟程返京，約八年初春抵京。在京期間，曾分別為新奏署為同州從事之張潛及山南西道節度書記之薛傑遜代撰謝啟，又有《贈庾十二朱版》詩。約在大中八年仲春末或暮春初啟程返梓，行前往訪韓瞻遇韓朝回，作《留贈畏之》七律。暮春末過金牛道，有《行至金牛驛寄興元渤海尚書》，約是年夏返抵梓州。九月一日作《劍州重陽亭銘》。

《留贈畏之》七律首聯稱美韓瞻清時為郎官，職清貴而事清簡，無早朝早起晏退之煩，切題注『遇韓朝回』。頷聯謂韓尋將擢任内職，為中禁之詞臣，而已則方自東川歸京，又將赴職梓潼，沉淪漂泊，本自腸回心傷。腹聯專美韓瞻，稱羨其既有才思敏捷之子，又有室家之樂。『下筆驚《鸚鵡》』，即『十歲裁詩走馬成』；『吹笙弄鳳凰』，即『鴛鴦何事自相將』，而已之喪妻別子之情即暗寓其中。尾聯則回顧當年共登蕊榜情事，『空記』二字，無限昔榮今悴、人榮已悴之慨盡在言外。

『待得郎來』與『户外重陰』二首則與『留贈畏之』之題及『時將赴職梓潼，遇韓朝迴』之題注均迴不相關，其為另有題而佚甚為明顯。『待得郎來』寫女子盼望情郎之來，直至夜深。至郎來時月已西斜將落。而郎則酒醉如泥，不道寒暄，甫及五更又欲出門而去，但聞棲烏夜啼。『户外重陰』則寫女子於户外重陰之暗夜登臺迎候情郎之來，三四句係女子之心理獨白，謂室内簟紋如水，似瀟湘間之美好風景，安得有好風吹送汝來乎？此二首似為模仿《竹枝》一類民間歌曲之情詩。錢曾等强牽『留贈畏之』之題以解，且附會朋友間委曲諷諭之大義，殊為穿鑿。

行至金牛驛寄興元渤海尚書①

樓上春雲水底天，五雲章色破巴牋②。諸生箇箇王恭柳③，從事人人庾杲蓮④。六曲屏風江雨急〔一〕⑤，九枝燈檠夜珠圓⑥。深慙走馬金牛路⑦，驟和陳王白玉篇⑧。

校記

〔一〕『急』原一作『色』。

集注

①【朱注】《元和郡縣志》：『梁州金牛縣，武德二年置，取五丁力士石牛出金為名。』《唐書》：『興元元年，升漢中郡為興元府、山南西道治焉。』渤海尚書，以義山所作狀考之，乃高元裕也。元裕會昌中為京兆尹，大中初為刑部尚書，但《新、舊史·本傳》及除官制辭並云『出為山南東道節度使』，非興元也。豈元裕自山南西道改東道，而

史失書乎？俟再詳。【馮注】《舊書・志》：『山南西道梁州興元府。』《舊書・紀》：『大中三年正月，以太常卿封敖檢校兵部尚書，為興元尹、山南西道節度使。』《封敖傳》：『其先渤海蓨人。武宗時翰林學士、中書舍人。宣宗即位，遷禮部侍郎。大中二年典貢部，多擢文士，轉吏部侍郎、渤海男。四年，出為興元尹、山南西道節度使，歷左散騎常侍。十一年，拜太常卿。』《新書・傳》：『加檢校吏部尚書，還為太常卿。』按：文集有《為渤海公高元裕舉代狀》，而《舊書・紀》有『大中二年七月，以前山南西道節度使高元裕為吏部尚書』，余初遂以此題必亦為高元裕，但《舊、新書・元裕傳》止書山南東道，不書西道，《文苑英華》有杜牧撰《元裕除吏部尚書制》，時當大中六年，由山南東道重拜天官，而追叙官資，初無興元之蹟，則《紀》文前山南西道必有錯誤，不可據。而此篇情味於封敖特為親切，故改定焉。《元和郡縣志》：『金牛縣東至興元府，一百八十里。』又按：余得《高元裕神道碑》，漫漶已甚，其僅存者云：『於宛陵□二郡理於漢南□八郡化。』又云：『為□州之五歲，慨然有懸車之念，累章陳懇，故復有□□□□之□，即日渡江，將休于□□。』又云：『大中四年夏六月廿日，次於鄧，無疾暴薨於南陽縣之官舍。』蓋元裕觀察宣歙，節度漢南，自漢南求罷。其闕文當是『為襄州之五歲』，『故復有吏部尚書之命』。行至南陽而遽卒。其為山南東道無疑。則《傳》文是而《紀》文誤。《英華》所載杜牧撰制『六年』字亦定誤也。《金石録》云：『唐吏部尚書高元裕碑，大中七年七月。』合之此章行跡詩情，絕無一似。然則非封敖而誰歟？【張曰】《渤海尚書》，封敖也。《補編》有《為興元裴從事賀封尚書加官啟》可證。馮氏未見《補編》，而考證暗與之合。高元裕未嘗為山南西道，舊注誤矣。此詩蓋義山隨柳仲郢自東川還朝途次所寄。仲郢大中九年冬内徵，詩有『樓上春雲』，則到京已涉十年矣。【按】馮、張謂興元渤海尚書非高元裕，而係封敖，甚是。然馮繫此詩於大中十一年商隱隨柳仲郢還朝途次，張改繫十年，則均誤。此詩乃大中八年暮春商隱自長安返梓州途次所作，詳詩後編著者按語。

②【道源注】《唐書》：『韋陟使侍妾掌五采箋，裁答授意，陟惟署名，自謂所書「陟」字若五朵雲。』杜甫詩：『巴牋染翰光。』【馮注】《周禮・春官》：『保章氏以五雲之物辨吉凶。』《孫氏瑞應圖》：『五色氤氲，謂之慶雲。』《書史會要》：『封敖屬辭美贍，而字亦美麗。』

③【朱注】《晉書》：『王恭美姿儀，人目之曰：「濯濯如春月柳。」』

④庾杲蓮，見《南山趙行軍新詩盛稱游讌之洽因寄一絶》。

⑤【姚注】古詩：『山屏六曲郎歸夜。』

⑥【朱注】檠，去聲。王筠《燈檠》詩：『百花曜九枝。』

⑦【姚注】《十三洲志》：『秦惠王未知蜀道，乃刻石牛五頭，置金尾下，言此牛能糞金。蜀令五丁共引牛成道，秦因伐之。』

⑧【朱注】《白玉篇》今《子建集》不載，疑逸。【馮注】徐曰：『宋本作《白馬篇》，用曹子建詩。』按：宋本余未見。《樂府詩集》曹植《白馬篇》，宋袁淑以下效之，共十一首，多言邊塞征戰之事。而袁淑之篇言才賢從外來，長安羣公競致書幣，而一諾許人，無慚俠烈也。豈為此所託意乎？且當作『玉』，闕疑。徐武源曰：『大意總叙詩文嘉會。……末言不得與會，而草率遥和佳篇耳。「陳王」借比也；「白玉」美詞。』按：此解甚合。陳王白玉篇，以美尚書。『白玉』字不必拘看矣。【按】徐武源説是。

箋評

【趙臣瑗曰】一二言樓如此其高，水如此其清，尚書雄據上游，揮毫落紙，真不啻五色雲霞之爛熳也。三四美諸生，美從事，皆所以美尚書也。不有賢主，何以得羣才之聚會乎。五六『六曲屏風』『九枝燈檠』，乃想像興元樓上鋪陳點綴之物……七八一掉，見金牛道上走馬和詩之時，正興元樓上雨急珠圓之候也，神理自是一片。

【陸曰】玩起結處，必渤海公有詩見貽，而義山寄和於行次者也。大意言眼前好景，皆入篇章，而幕下才人，又極一時之盛，宜其話雨剪燈，此唱彼和也。顧我不獲置身其側，揚扢風雅，而悤悤走馬酬答，能無以草率自媿耶？

【徐德泓曰】大意總叙詩文嘉會。首聯，言江樓為吟咏之地。次聯，贊人才之妙。第五六句，乃想像樓中景色，兼有詞源流峽，刻燭裁詩之意。末始自言不得與會而草率遥和佳篇耳。陳王，借曹植以比也；白玉，美詞。

【姚曰】此必見幕中唱酬之作而遥和之，故有末句。高（此沿朱箋之誤）必工於詞翰，……樓上春雲，美其艷麗，水底天，美其清澂。主人如此，賓從之佳可知。遥想開筵倡和之時，六曲屏風，疑來江雨；九枝燈檠，争握夜珠。才思飛騰，光華映射。而余以風塵走馬之身，驟和陳王白玉之什，得毋嫌其唐突也乎？

【馮曰】金牛為秦、蜀孔道，在興元之西南。興元非此時所經，故云寄也。玩首聯與六句，蓋春正宴飲賦詩，義山途次聞之，發興屬和也。次句美原唱。三四門生賓佐之盛，當以公讌，故列叙之。結乃自言身在官程，僅可寄和，其非義山自為行役可知，否則何難紆道修謁哉？又曰：此章殊費考核，由於是朝簡籍散亂也。《舊書·紀、傳》：大中元年，王起卒於興元鎮。三年正月，封敖出鎮，中間更不書何人鎮興元也。三年十一月，《紀》書東川節度使鄭涯、鳳翔節度使李玭奏修文川谷路，下詔褒美。經年為雨所壞，又令封敖修斜谷舊路。東川當為山南之誤。《唐會要》亦載此事，而曰大中三年十一月山南西道節度使鄭涯云云。至四年六月，中書門下請詔封敖修斜谷舊路。《通鑑》於三年之末書山南西道節度鄭涯奏取扶州。是則封敖之前，鄭涯實鎮之，而封非於三年春初至興元也。後至十一年八月，《紀》云『以守散騎常侍渤海郡開國伯封敖為太常卿，九月盧鈞為山南西道節度，十月以山南西道節度蔣係權知刑部尚書。合之《蔣係傳》，是盧鈞之前，蔣實代封出鎮，而封之入朝守常侍，又無細年月可考也。封在鎮頗久，節使每加常侍。余以仲郢內徵，義山隨之入朝，故有金牛走馬之跡；若當赴柳幕時，時令不符。（大中三年春初，封若已抵鎮，其時義山自巴蜀入京，亦可有此作，然情事必不可合。）故定編此。

【紀曰】太應酬氣，三四尤俗。（《詩説》）

【曾國藩曰】首二句憶渤海公所居之勝景，而寫入詩箋以寄義山。（《十八家詩鈔》）

【張曰】亦當時隨筆酬應之作，讀者取其典切可也。且此類詩境，晚唐常調，尚未至俗不可耐。『諸生』一聯，雖非佳句，然較之少陵『起居八座太夫人』，不猶愈乎？『尤惡』之評，殊欠平允，吾不謂然。（《辨正》）

【按】此詩作年，關鍵在考定封敖任山南西道節度使之時間下限。商隱《劍州重陽亭銘並序》作於大中八年九月一日，序云：『侯蔣氏，名侑。』銘云：『伯氏南梁，重弓二矛。古有魯衛，唯我之曹。』據《舊唐書·蔣乂傳》：子係、伸、偕、仙、佶。又《蔣係傳》：『轉吏部侍郎，改左丞，出為興元節度使，入為刑部尚書。』《宣宗紀》：大中十一年十月，『以山南西道節度使……蔣係權知刑部尚書。』以上記載相互參證，可以確知，大中八年九月一日李商隱作《劍州重陽亭銘並序》時，劍州刺史蔣侑之堂兄蔣係已在山南西道節度使任（唐人習慣稱山南西道使府所在興元府為南梁。重弓二矛為節鎮之儀。蔣係為侑之堂兄，故稱『伯氏南梁，重弓二矛』。劍州屬劍南東道，與山南西道鄰接，故曰『古有魯衛，唯我之曹。』）直至大中十一年十月方罷任。故《行至金牛驛寄興元渤海尚書》一詩絕不可能是大中十年春或十一年春作，彼時之山南西道節度使早已是蔣係而非封敖。詩題稱敖為『尚書』，詩有『春雲』語，可證詩當作於大中六年二月封敖加檢校吏部尚書後至八年春此三年中之某年春。復據前三首詩中關於商隱大中八年春曾自梓回京旋又返梓之考證，便可證實此詩乃商隱自京返梓途次所作，據『春雲』語，其時約當大中八年暮春。

封敖與幕下文士當是於樓上宴飲賦詩，故有首聯，謂春雲水天，美景盡入詩箋。三四美幕下文士，兼美封敖。五六想像封與幕僚唱和於屏前燈下之情景，『江雨急』『夜珠圓』，兼喻其詩思之敏捷、詩語之圓潤。末則謂走馬金牛，不得預此盛會，草此以和佳篇。因急於趕回梓州擔任幕職，故商隱返梓時可能取駱谷路由長安至興元，再由興元西行入蜀，故先已在興元拜謁過封敖並拜讀其詩，未及賡和，即已續發，遂於金牛道上『驟和陳王白玉篇』，寄呈此詩。

梓州罷吟寄同舍①

不揀花朝與雪朝②，五年從事霍嫖姚③。君緣接座交珠履④，我為分行近翠翹⑤。楚雨含情皆有託，漳濱多病竟無憀〔一〕⑥。長吟遠下燕臺去，唯有衣香染未銷⑦。

校記

〔一〕『多』，朱本、季抄作『卧』。

集注

①【馮曰】大中十年，徵柳仲郢入朝。【按】仲郢罷東川鎮，事在大中九年，見張氏《會箋》。此罷幕時吟寄幕府同僚之作。

②【補】不揀，不論。花朝與雪朝。猶春、冬，舉春、冬以概一年四季。

③【朱注】《漢書》：『霍去病為票姚校尉。』按：師古音嫖，頻妙反，姚，羊召反。服虔音飄摇，後人多從

之。【馮注】荀悦《漢紀》作『票鷂』字。去病後為票騎將軍，尚取『票姚』之字。今讀者音飄遥，則不當其義也。【按】霍嫖姚，借指柳仲郢。句謂在柳幕任幕僚五年。《史記·建元以來王子侯者年表》作『嫖姚』；《史記·衛將軍驃騎傳》作『剽姚』。嫖姚，勁疾貌。王楙《野客叢書》卷六《詩句用嫖姚事》指出『嫖姚作平聲用，自古已然』。

④【朱注】《史記》：『楚春申君上客三千人，皆躡珠履。』【馮曰】此則謂婦人珠履。【按】馮説非，詳箋。接座，座席相連。

⑤【朱注】《招魂》：『砥室翠翹，挂曲瓊些。』注：『翠，鳥名；翹，羽也。』《炙轂子》：『高髻名鳳髻，上有珠翠翹。』【補】翠翹，婦女首飾，狀如翠鳥尾上長羽。朱注引《招魂》『翠翹』係指翠鳥尾羽，非此句所用。『翠翹』借指官妓。『分行』，諸家失注。按：『分行』，指歌舞筵上的舞行。楊師道《詠舞》：『二八如回雪，三春類早花。分行向燭轉，一種逐風斜。』崔液《踏歌詞》：『歌響舞行分，艷色動流光。』『接座』『分行』皆頂上『從事』而來，兩句互文，謂我與君等因任幕職，既得結交上客，亦常接近歌伎。

⑥【何曰】《無題》注脚。（見《輯評》）【馮曰】接上，言同舍各有所歡，我獨以病無憀，觀辭張懿仙事可見矣。解者乃曰自為《無題》注脚，非也。【補】『楚雨』用《高唐賦序》『旦為朝雲，暮為行雨，朝朝暮暮，陽臺之下』語。『漳濱多病』用劉楨《贈五官中郎將》『余嬰沉痼疾，竄身清漳濱』句意，謂己在幕多病。無憀，同『無聊』，無所依託，與上句『有託』相對。何、馮解均非。詳箋。

⑦【馮注】『燕臺』指幕府。習鑿齒《襄陽記》：『劉季和曰：「荀令君（彧）至人家，坐處三日香。」』言我惟懷府公之德，別無閒情牽繞也。《舊書·仲郢傳》：『三為大鎮，厩無名馬，衣不薰香。』此用典固不拘耳。

箋評

【何曰】後半言己不得志於時，偶託意聲色，以遣放廢無聊之懷。五年幕府，百無一成，惟染令公之衣香而已。仲郢之於義山，蓋非深知，特失路無依，不得已而相隨不去耳。（見《輯評》）

【陸曰】……言我與君同事五年，花朝雪朝，總在河東公所，相依不為不久矣。君為上客，獲交珠履，公所尊也；我屬末行，得近翠翹，公所親也。計五年來，何所不有，或為有託之詞，情如宋玉；或作無憀之卧，病等劉楨。客中況味，知我惟君。乃今公既左遷（按此沿舊《傳》之誤），我亦廢罷，而同舍相知，將自此遠別矣。衣香未銷，令人思荀令不置也。

【徐德泓曰】楚雨荒唐，復以是篇明其託。

【姚曰】此因罷職歸去，而訴知心者之難也。前半首作一氣讀，言五年從事以來，無日不接席分行於珠履翠翹間也。首聯，是倒裝法；次聯，是互文法。相聚既久，吟咏自多，雖有流連風景之作，無異《離騷》美人之思。自今以後，則老病侵尋，惟有歸卧漳濱而已。長吟遠別，衣香未銷。五年間朋遊曲宴，恍如一夢，竟成何事！

【屈曰】五年共事，珠履相交，翠翹相近，皆非有意。五，詩有寄託；六，病甚無聊。結言終不及亂也。詳詩意，似同舍有議近翠翹者。

【馮曰】玩題中『寄』字及第六句，則府未罷時義山已因病別居矣，《樂營置酒》一章可互證也。此因同舍有所戀戀，故調之。

【紀曰】起手斗入有力。結語感歎不盡。（《詩説》）又曰：『楚雨含情皆有託』句，則借夫婦以喻君臣，固嘗自道。（《紀河間詩話》）

【黃侃曰】細審詩意，但叙述宴游之樂、聲伎之美，而自歎為病所侵，不及府主恩禮一字，則其怨望，可於言外得之。措辭深婉而不激怒，此其所以難也。

【按】何焯等謂五句為《無題》作注，細按之，實不可通。此詩一二句已與同舍合起；三四句互文，兼及『君』『我』；五句承上，『皆有託』合五年雙方共同境遇而言；六句『獨無憀』，轉入己方；七八承六，就己作結。若謂五句指己之詩多寄託，於全篇結構及上下文義均未能合。馮氏已見及此説不可通，然解為『同舍各有所歡』，則於文義仍未安。『楚雨含情』而曰『有託』，顯應為傳統之所謂女有所託。解為同舍多情『各有所歡』，乃屬不倫。馮氏此説，殆因《飲席戲贈同舍》一詩連類及之，然彼明曰『飲席戲贈』，此則罷幕吟寄，豈可以彼例此？『珠履』明指『上客』，馮氏為證成其説，亦曲解為『婦人珠履』，實不足取。

此詩蓋罷幕之際回顧五年梓幕生活之作。姚解前半首曰：『言五年從事以來，無日不接席分行於珠履翠翹間也。首聯，是倒裝法；次聯，是互文法。』可從。五句承上，謂數年間承幕主照拂，彼此皆欣然有託；六句謂無奈己體弱多病，常無聊悵卧，而未能多奉諸君歡遊也；結謂今則慘然遠別矣，惟有舊日所染之衣香，猶未能銷也。紀氏以『感嘆不盡』評之，洵然。

蜀桐

玉壘高桐拂玉繩〔一〕①，上含霏霧下含冰〔二〕②。枉教紫鳳無棲處，斲作秋琴彈壞陵〔三〕③。

校記

〔一〕『桐』原一作『梧』，英華作『梧』。
〔二〕『霏』原一作『非』。蔣本、姜本、戊籤、悟抄、席本、影宋抄、朱本作『非』。
〔三〕『壞』原作『廣』，一作『壞』。據蔣本、姜本、戊籤、悟抄、席本、錢本、影宋抄、朱本改。

集注

①【馮注】見《武侯廟》《寄令狐學士》。
②【馮注】《史記·天官書》：『若霧非霧，衣冠而不濡，見則其域被甲而趨。』
③【朱注】《琴操》十二曲曰《壞陵》，伯牙所作。　【馮注】徐曰：『陸機詩：「齊僮《梁甫吟》，秦娥《張女彈》。」』彈與館、漢叶，作去聲。按：《後漢書·邊讓傳》：『《章華賦》：「琴瑟易調，繁手改彈。」』與半、散、幹、漢叶。《英華》及諸舊本皆作『壞』，考《御覽》《玉海》引《琴操》本皆作『壞』，而他書或作『懷』，訛也。

箋評

【賀裳曰】《蜀桐》詩『枉教紫鳳無棲處，斲作秋琴彈《廣陵》』，亦即《亂石》意。……叔夜死而《廣陵散》不

傳，言外有知音難遇意，此語亦深也。（《載酒園詩話》卷一）

【吴喬曰】作者此種詩，以為必刺令狐，則固；以為全不相干，又恐没作者之意。且曰：『拂玉繩』，義山不至趁韻也。今日讀之，只在疑似間耳。（《西崑發微》）

【何曰】此亦嘆早栖使府，僅以文章自見也。又曰：不平之鳴，豈人所願耶？（《輯評》）

【姚曰】歎世無知音也，非惜高桐之謂。

【屈曰】一二言材之良如此，正當留以棲鳳，乃斲琴而彈《廣陵》，世無賞音，徒枉令紫鳳無棲處耳。

【程曰】此為大中十一年梓州府罷之作。題曰『蜀桐』，詩用『玉壘』，情事顯然。其曰『紫鳳無棲』，自是以後，無復辟聘矣。

【馮曰】此二章（按連《寄蜀客》）余早悟為間之於西川者發也。但初定為大中二三年有望於杜悰之作，今乃知其非矣。當與《寄成都高苗二從事》互看。唐人託興，每以夫婦之情喻君臣師友之契合，《寄蜀客》篇『文君』『故夫』，喻本是師生，情更濃至。其人必離西川，故言今豈還有長卿哉，何向之工於排間也！《蜀桐篇》言其聲名高顯，蒙上淩下，昔年爾實擯我，豈知今亦遭斲壞哉！其人或廢棄，或已逝也。皆未定何年所作。以會昌末鎮蜀者已非高鍇，故酌編此（按馮編會昌六年）。愚細味詩情，詳探遊跡，始能得之。舊解動指令狐，於蜀客奚取焉？『《壞陵》』或謂當作『《廣陵》』，以喻杜悰由蜀移淮南，不知移鎮依然顯貴，義必不可通也。

【紀曰】此感遇之作，言空斲秋琴亦無賞音，非惜桐正惜琴也，用筆深曲，但其詞不免怨以怒耳。（《詩説》）

【張曰】此為李回再貶賀州刺史而致慨也。回由西川左遷，『玉壘高桐』，狀使相之尊貴。次句即炎涼俄頃之感。結言當日憂讒畏譏，不能攜我入幕，而豈知今日又遭貶黜乎？賀州之貶，傳不詳年月，當與衛公貶崖同時也。馮氏安疑高鍇，鍇一生未嘗失意，安得有此沉痛之篇章哉？（《會箋》）

【按】此對琴而有感也。題曰『蜀桐』，乃指桐木斲成之琴。吴喬引李賀詩『吴絲蜀桐張高秋』釋題，極碻。一二極寫『高』字，『拂玉繩』『上含霏霧下含冰』皆然。三四謂斲此高桐為琴，雖可彈奏伯牙《壞陵》之曲，然世少賞音，徒使紫鳳無棲宿之所，安得不使人感慨萬端也哉！仲郢内徵，有似良材之斲作玉琴，然已則從此托身無所矣。題爲『蜀桐』，或寓微意焉。此詩第三句乃全篇主旨所在，最宜重看。

因書

絶徼南通棧〔一〕①，孤城北枕江②。猿聲連月檻，鳥影落天窗〔二〕③。海石分碁子〔三〕④，郫筒當酒缸⑤，生歸話辛苦，别夜對凝釭⑥。

校記

〔一〕『徼』原作『檄』，非，據蔣本、姜本、朱本改。

〔二〕『鳥影』，【馮曰】『影』一作『語』，誤。

〔三〕『海』，朱本、季抄一作『錦』。

集注

①【馮注】《漢書注》：『東北謂之塞，西南謂之徼。』《戰國策》：『棧道千里，通於蜀漢。』按：秦棧在北，劍棧在南。此謂南通劍閣也。『絶徼』字不足異，杜詩《夔府》已曰『絶徼烏蠻北』矣。

②【馮曰】地勢雖難確指，大略嘉陵江畔接近巴山，唐為巴州、利州地，江水經此而南趨閬中。【按】據『南通棧』『北枕江』，孤城指利州為宜。利州，今廣元縣。

③【朱注】《魯靈光殿賦》：『爾乃懸棟結阿，天窗綺疏。』張載注：『天窗，高窗也。』【何曰】言無人。（《輯評》）【馮曰】言其高。【按】天窗，即窗之設於屋面以透光或通風者。

④【道源注】《杜陽雜編》：『日本東三萬里有集真島，島上有凝霞臺，臺上有手談池，池中出玉碁子，不由製度，自然黑白分明，冬温夏冷，謂之冷暖玉。更産楸玉，狀如楸木，琢之為碁局，光潔可鑑。』【馮注】徐曰：『杜詩：「錦石小如錢」，則可以為碁矣。』按：川江固多錦石，然不聞可為碁。舊本皆作『海』，不可改也。《萬花谷續集》廣西路欽州題詠：『僧憐海石為碁子，客懼蠻螺作酒杯。』出陶弼詩。按：亦云海石為碁，必川廣間有此物産。又唐釋齊己詩『陵州碁子浣花牋，深愧攜來自錦州』，陵州屬劍南道，當亦類此。

⑤【朱注】《華陽風俗録》：『郫縣有郫筒池，池旁有大竹。郫人刳其節，傾春釀于筒，苞以藕絲，蔽以蕉葉，信宿香聞於林外，然後斷之以獻，俗號郫筒酒。』

⑥【馮注】《廣韻》：『釭，燈也。』

箋評

【朱彝尊曰】詩叙蜀事，以別緒作結，則『因書』猶即事也。

【姚曰】此必附書故舊，而述彼中之客況也。絕徼孤城，天窗月檻，荒迥如此。碁枰酒盞，聊以自遣，正不知有日生歸，夜燈相對，話此辛苦否？此即『何當共剪西窗燭，却話巴山夜雨時』之意。

【屈曰】因寄書故國而作也。前六句皆絕徼景物，結言何日得生歸故里，夜燈之下話此辛苦也耶？

【程曰】此亦梓州府罷北歸之作。

【馮曰】亦寄内詩，與上首（按指《夜雨寄北》）同。次聯旅宿荒涼之景。細味詩情，實有屬望於巴蜀間者，而迄無遇合，欲歸猶未歸耳。下半言辛苦行役，僅為碁酒之資，其何益哉！只堪歸而相對言愁耳。其後閬州屢有追慨，當於此尋根也。

【王鳴盛曰】如無《摇落》等三篇，則竟可删抹此段（按指大中二年蜀遊），盡徙之東川矣，今不能也。

【紀曰】偶記之作，不以詩論。此必蜀中歸來為人述其風土因而韻之，故末句云云而題曰《因書》也。（《詩説》）　題上有脱字。（《輯評》）

【張曰】此義山桂管府罷，座主李回貶湖（當作湘），滯留巴蜀寄内之作也。『因書』者，因家書却寄也。蓋義山赴蜀，大有望於李回湖南幕府，及李回赴鎮，義山不能同去，必有隱恨，故詩中《夜雨寄北》《北禽》諸作，皆一時之情事也。○亦大中二年作，暗寓巴閬遇合無成之恨。蓋李回既不能攜之赴湘，而閬中所圖又變。結言惟有歸而相對話愁耳。前六句皆叙留滯蜀中景況。『海石』『郫筒』，則言所得僅此而已。此為寄内之作。惟閬中不詳屬意何人，其人必亦李黨，馮氏疑為夔州刺史李貽孫，文集有《為李貽孫上李相公啟》，所測似近之。或疑時杜悰代回移西川，何以義山不謁見，而抒情詩尚有『早歲乖投刺』句耶？不知悰係牛黨，與贊皇相惡。自義山婚於王氏，令狐交誼已乖，此時子直一門，尚未轉圜，義山自不敢輕投杜悰，此義山當時隱衷也。細玩《萬里風波》《相思樹上》諸篇，言外微意，大可想見。甚矣，誦詩讀書，不可不知其人、論其世也已！（《辨正》）

【按】此當梓幕罷歸時作。『因書』，朱彝尊謂『即事』，甚是。南通棧而北枕江之『孤城』，似為利州。義山罷幕歸京經利州，有《籌筆驛》，與《因書》或為同時同地之作。利州不屬東川，義山居梓幕時雖亦可能至其地，然細味末聯，解為梓幕罷歸途經所作更切。蓋『何當共剪西窗燭，却話巴山夜雨時』之與『生歸話辛苦，別夜對凝釭』，一則歸期未卜，一則歸期已卜，貌似而實異。『海石』二句，借蜀中事物概述羈泊蜀中生活狀況，馮解非。

籌筆驛①

猿鳥猶疑畏簡書〔一〕②，風雲長為護儲胥③。徒令上將揮神筆④，終見降王走傳車〔二〕⑤。管樂有才真不忝〔三〕⑥，關張無命欲何如〔四〕⑦？他年錦里經祠廟⑧，《梁甫》吟成恨有餘⑨。

校記

〔一〕『猿』原作『魚』，據朱本及季抄改。

〔二〕『傳』，戊籤作『副』，非。

〔三〕「真」，朱本、季抄作「終」。　【按】「終」，縱也，義似較長。然與上句字複。

〔四〕「欲」原一作「復」。

集注

①【朱注】《方輿勝覽》：「籌筆驛在綿州綿谷縣北九十九里，蜀諸葛武侯出師，嘗駐軍籌畫於此。」杜牧詩：「永安宮受詔，籌筆驛沉思。畫地乾坤在，濡毫勝負知。」　【馮注】《一統志》：「保寧府廣元縣北八十里有籌筆驛，蜀相諸葛亮出師，嘗駐於此。唐李義山詩云。」《全蜀藝文志》：《利州碑目》：「舊有李義山碑，在籌筆驛，因兵火不存。」按：今之廣元縣，唐利州益昌郡綿谷縣地也。　【薛雪曰】籌筆驛「筆」字，不可實作筆墨之筆用。唐人如杜樊川之「揮毫勝負知」，李玉溪之「徒令上將揮神筆」，皆實作筆墨之筆用矣。（《一瓢詩話》）　【按】今四川廣元縣北有朝天嶺，路徑絶險，嶺上有朝天驛，即古籌筆驛。見《讀史方輿紀要》六八保寧府。籌筆，籌畫（軍事）。

②【程注】《詩》：「豈不懷歸？畏此簡書。」　【馮注】（《詩》）傳曰：「戒命也。」　【按】指軍中命令文書。

③【朱注】揚雄《長楊賦》：「木雍槍纍，以為儲胥。」注：「木擁柵其外，又以竹槍纍為外儲（胥）。」　【馮注】韋昭曰：「儲胥，蕃落之類。」　【按】二句謂籌筆驛一帶，山勢高峻，猿鳥不近，似仍懼當年諸葛亮之森嚴軍令，風雲屯聚，又似長久護衛當年之藩籬壁壘。

④【馮注】《世説》：「晉文王固讓九錫，司空鄭冲就阮籍為文敦喻，宿醉扶起，書札為之，時人以為神筆。」　【程注】鮑照《飛白書勢銘》：「君子品之，最是神筆。」　【按】上將，猶主將，此指諸葛亮。《孫子·地形》：「料

敵制勝，計險阨遠近，上將之道也。』王維《燕支行》：『教戰雖令赴湯火，終知上將先伐謀。』揮神筆，指籌畫軍事，揮筆出令，料敵如神。

⑤【馮注】《蜀志》：『鄧艾至城北，後主輿櫬詣軍壘門，艾解縛焚櫬。後主舉家東遷至洛陽。』潘岳《西征賦》：『作降王於道左。』《史記·田横傳》：『高帝赦齊王田横罪，田横迺乘傳詣洛陽。』《游俠傳》：『條侯乘傳車將至河南。』《漢書注》：『傳若今之驛。古者以車，謂之傳車；後人單置馬，謂之傳驛。』

⑥【程注】《蜀志》：『諸葛亮自比於管仲、樂毅，時人莫之許也。惟博陵崔州平、潁川徐庶與亮友善，謂為信然。』

⑦【馮注】《蜀志》：『先主與羽、飛恩若兄弟。先主定益州，羽督荊州，攻曹仁於樊，降于禁，斬龐德，威震華夏。曹公議徙許都以避其鋭，乃遣人勸孫權躡其後。羽引軍還，權據江陵，遣將逆擊羽，斬之。先主伐吴，飛當率兵萬人自閬中會江州。臨發，其部下將張達、范彊殺之，持其首順流而奔孫權。魏謀臣程昱等咸稱羽、飛萬人之敵。』《蜀志·楊戲傳》：『關、張赳赳，隕身匡國。』【查慎行曰】管樂關張皆實事，勝前玉璽、錦帆。

⑧【姚注】《蜀志》：『錦里，成都地名，武侯祠在焉。』【馮注】見《武侯廟古柏》。【補】他年，猶往年。『他』字用以指時間者，一為將來之義，如『他生未卜此生休』（《馬嵬》），『他日扁舟有故人』（《贈鄭讜處士》）。一為過去之義，如『細路獨來當此夕，清樽相伴省他年』（《野菊》），『嶺外他年憶，於東此日逢』（《九月於東逢雪》），此句『他年』係後一義，指大中五年冬至西川推獄，曾謁武侯廟一事。

⑨【程注】《蜀志》：『亮躬耕隴畝，好為《梁父吟》。』【馮注】見《偶成轉韻》。《白虎通》：『梁甫者，泰山旁山名。』《西溪叢語》：『《文選》張衡《四愁詩》：「我所思兮在泰山，欲往從之梁父艱。」注曰：「言王者有德則封泰山。泰山以喻時君，梁父以喻小人。」諸葛好為《梁父吟》，恐取此意。』按：所傳武侯《梁父吟》，專詠齊晏嬰以二桃殺三士事，有云：『力能排南山，文能絶地紀。一朝被讒言，二桃殺三士。』似嘆蘊文武之才，而恐為人所斥也。前遊（按指所謂大中二年蜀遊）不得志，當亦有讒之者。【按】《梁父吟》本挽歌，歌詞悲凉慷慨。今傳《梁

父吟》古辭托為諸葛亮作，唐詩人如李白亦襲其説。此詩所謂《梁父吟》，實指作者大中五年謁武侯廟時所作之《武侯廟古柏》一詩。蓋《梁父吟》古辭詠二桃殺三士事，後世或以諸葛亮借此抒寫政治感慨，故此處轉指有寄託感慨之詩篇。（作者在《偶成轉韻》中亦自謂『我生麤疎不足數，《梁父》哀吟《鴝鵒》舞。』）《武侯廟古柏》有句云：『玉壘經綸遠，金刀歷數終。誰將《出師表》，一為問昭融？』與『恨有餘』之語正合。二句謂往年曾謁武侯廟，寫成弔古傷今之詩篇，深感餘恨無窮。明説『他年』『吟成恨有餘』，實兼寓今日詠懷古跡時亦有類似感慨。【許印芳曰】『有』字複。

箋評

【范温曰】文章貴衆中傑出，如同賦一事，工拙尤易見。余行蜀道，過籌筆驛，如石曼卿詩云：『意中流水遠，愁外舊山青』，膾炙天下久矣。然有山水處便可用，不必籌筆驛也（馮浩按：石曼卿詩叙蜀事畢，乃為此追愴之句，豈得謂有山水處便可用耶？）。殷潛之與小杜詩甚健麗，亦無高意。惟義山詩云：『魚鳥猶疑畏簡書，風雲長為護儲胥』，簡書蓋軍中法令約束，言號令嚴明，雖千百年之後，魚鳥猶畏之也。儲胥蓋軍中藩籬，言忠誼貫神明，風雲猶為護其壁壘也。誦此兩句，使人凛然復見孔明風烈。至於『管樂有才真不忝，關張無命欲何如』，屬對親切，又自有議論，他人亦不及也。（引自郭紹虞輯《宋詩話輯佚》）

【方回曰】起句十四字壯哉！五六痛恨至矣。（《瀛奎律髓》）

【范晞文曰】前輩云：詩家病使事太多，蓋皆取其與題合者類之，如此乃是編事，雖工何益。李商隱《人日》詩（略）正如前語。若《隋宫》詩云：『玉璽不緣歸日角，錦帆應是到天涯。』又《籌筆驛》云：『管樂有才真不忝，關張無命欲何如？』則融化斡旋如自己出，精粗頓異也。

【顧璘曰】此篇八句勻停，略成晚唐一體。（《唐詩選脈箋釋會通評林》引）

【周珽曰】此追憶武侯而深致感傷之意。謂其法度忠誠，本足感天人，垂後世，然籌畫雖工，而漢祚難移，蓋才高而命不在也。他年而經武侯祠廟，而恨功之徒勞，與武侯賦《梁父吟》所以恨三良者更有餘也。聯屬清切而又有意，他人不能及。（《唐詩選脈箋釋會通評林》）

【金聖嘆曰】言直至今日，而魚鳥猶畏，然則當時上將揮筆，其所號令、部署，為是何等簡書，何等儲胥！而彼劉禪也者，乃終不免銜璧輿櫬，跪為降王，此真不能不令千載英雄父兄拊膺痛哭至於淚盡出血者也。〇分明如子美先生手！後解言：然此亦無用多責劉禪也。天生武侯，雖負王霸之才，然而炎德既終，虎臣盡隕，大事之去，早有驗矣。所以鞠躬盡瘁，猶未肯即弛擔者，只為遠答三顧之殷勤，近奉遺詔之苦切耳。至於自古有才，決是無命，此固不能與天力爭者也。

【黃周星曰】少陵之嘆武侯『諸葛大名』一首正可與此詩相表裏。（《唐詩快》）

【馮舒曰】荊州失，翼德死，蜀事終矣。第六句是巨眼。（臨二馮閱本《瀛奎律髓》）

【沈德潛曰】瓣香在老杜，故能神完氣足，邊幅不窘。（《唐詩別裁集》）

【胡以梅曰】起得凌空突兀……猿鳥無知，用『疑』。風雲神物直用『長為』矣，有分寸。『徒令』與『神』字皆承上文，而轉出題面，下則發議論。五申明三四，六則言第四所以然之故，……結借少陵詩『可憐後主還祠廟，日暮聊為《梁父吟》』之語，言昔年有人經過後主之祠廟，吟成《梁父》而有餘恨，今我同有餘恨於後主也，……此結應降王也。

【趙臣瑗曰】魚鳥風雲，寫得諸葛武侯生氣奕奕。『徒令』一轉，不禁使人嗒焉欲喪。鄭莊公有云：『天而既厭周德矣，吾其能與許爭乎？』由此言之，漢祚之衰，固非武侯之力所可得而挽回也。自古英雄有才無命，關、張虎臣，先後凋落，即大事可知矣。然武侯之志未申，武侯之心不死，後之過其地而弔之者，其能無餘恨耶？此詩一二擒題。三四感事。五承一二，六承三四，尚論也。七八總收，以致其惓惓之意焉。

【《唐詩鼓吹評注》】此追憶武侯之事而傷之也。首言武侯曾駐師於此，其軍法嚴明，至今魚鳥猶敬畏之。且忠感天地，故風雲長護其壁壘而不毁也。所惜者武侯筆畫籌策，指揮若神，而終見後主璧櫬詣降之事，則當日出師之舉，亦屬徒勞而已也。夫亮以管、樂自比，固無所忝；而關、張無命，漢祚終移，其奈之何！今於此驛既不能無所感，若他年經成都而拜祠廟，讀《梁父》之吟，以先生之惜三人者惜武侯，悲傷又寧有既哉！

【何曰】議論固高，尤當觀其抑揚頓挫處，使人一唱三嘆，轉有餘味。○不離承祚舊論，却非承祚本意，讀書論世真難事。○『猿鳥』二句，一揚。『簡書』切『籌筆』，『儲胥』切『驛』。○『徒令』二句，一抑。破題來勢極重，妙在次聯接得矯健，不覺其板。○『管樂』句，此句又揚。○『關張』句，此句又抑。○『他年』句，對『驛』字。『梁父』句，對『籌筆』。（《讀書記》）『終見』句，起『恨』字，反醒『驛』字。又曰：起二句本意已盡下而無可措手矣，三四忽作開筆。五六收轉，而兩意相承，字字頓挫。七八振開作結，與少陵《丞相祠堂》作不可妄置優劣也。起二句即目前所見，覺武侯英靈奕奕如在。通首用意沉鬱頓挫，絶似少陵。（《輯評》）

【陸鳴皋曰】此咏諸葛武侯也。首言此地氣象，至今尚自凛然，猿鳥猶畏，而風雲常護也。次言空費籌畫，而蜀終亡。『管樂』二句，寫得親切，較杜『蜀相祠堂』『諸葛大名』二作，似更沉着。

【陸曰】直是一篇史論，而於『籌筆驛』三字又未嘗抛荒。從來作此題者，摹寫風景，多涉游移，鋪叙事功，苦無生氣，惟此最稱傑出。首云『簡書』，指籌筆也。次云『儲胥』，指驛也。妙在襯貼猿鳥、風雲等字，又妙在虚下猶疑、常護等字，見得當時約束嚴明，藩籬堅固，至今照耀耳目也。國家得將才如此，何功不成，而生前之畫地濡毫，不能禁身後之銜璧輿櫬，豈非有臣無君，而大厦之傾，一木莫支耶？觀於關、張無命，而知蜀之不振，天實為之，非公才之有忝管、樂也。過祠廟而吟《梁父》，為公抱餘恨者，不獨今日為然矣。以『祠廟』應『驛』字，以『《梁父吟》』應『籌筆』字，法律最嚴。

【姚曰】此因武侯志業不遂，而嘆時命之不可强也。猿鳥風雲，千古下猶覺神靈儼在。以此吞吴併魏，亦復何難？銜璧之辱，誠公之所不及料也。然公才誠不愧管、樂，天意且并不留關、張，徒使他年過錦城者，吟《梁父》

而懷遺恨耳。

【屈曰】一二壯麗稱題，意亦超脱。下四句是武侯論，非籌筆驛詩。七八猶有餘意。四、六二句與題無涉，律以初、盛之法，背謬極矣，而范元實稱之，甚矣真知之難也！一二既言英靈至今猶存，三四法當誦忠武之神機，鬼神莫測，五六仍寫驛景方是。乃作輕薄之詞，將鞠躬盡瘁之純忠，反若多事者，不惟詩法皆謬，議論如此，識見何等！

【楊曰】沉鬱頓挫，絶似少陵。（馮箋引）

【紀曰】起二句斗然抬起，三四句斗然抹倒，然後以五句解首聯，六句解次聯，此真殺活在手之本領，筆筆有龍跳虎卧之勢。〇他年乃當年之謂，言他時經過其祠，恨尚有餘，況今日親見行兵之地乎。亦加一倍法，通篇無一鈍置語。（《瀛奎律髓刊誤》） 起手擡得甚高，三四忽然駁倒，四句之中幾于自相矛盾，蓋由意中先有五六一解，故敢下此離奇之筆，見是横絶，其實穩絶。 前六句夭矯奇絶，不可方物，就勢直結，必為强弩之末，故提筆掉轉前日之經祠廟吟《梁父》而恨有餘，則今日撫其故迹，恨可知矣。一篇淋漓盡致，結處猶能作掉開不盡之筆，圓滿之極。 蒙泉曰：起二句本意已盡，無可措手矣，三四忽作開筆。五六收轉，兩意相承，字字頓挫。七八拓開作結，與少陵『《丞相祠堂》』作不可妄置優劣也。 問詩複二『終』字恐是一病。曰自是一病，然席氏百家本係翻雕宋刻，此句作『真不忝』也，或朱本訛耳。香泉曰：『議論固高，尤難其抑揚頓挫處一唱三嘆，轉有餘味。』此最是詩家三昧語，若但取議論而無抑揚頓挫之妙，則胡曾之詠史矣，須知神韻筋節皆自抑揚頓挫中來。（《詩説》）

【宋宗元曰】起勢突兀，通首一氣呵成。（《網師園唐詩箋》）

【姜炳璋曰】一二，就驛中所見，是人心望驛感動，覺得如此也，已為『恨』字鈎魂攝魄。豈知古驛能感動千載人心，乃不免後主傳車入魏乎？有才無命，恨何如也！六句一氣寫出『恨』字來。末則欲代舒其恨也。

【許印芳曰】沈鬱頓挫，意境寬然有餘。義山學杜，此真得其骨髓矣。筆法之妙，紀批盡之。（《瀛奎律髓彙評》引）

【方東樹曰】先君云：『此詩人不得其解，以為布置不勻。不知武侯之能尚待呆説乎！詩只詠蜀之亡，天命為之。「關張」句尤有識力。起正賦題。第四句是主，末只作襯收驛耳。』又曰：『「恨有餘」三字收足。』樹按：義山此等語，語意浩然，作用神魄，真不愧杜公。前人推為一大家，豈虛也哉！但存此等三十二首，而删其晦僻支離、輕艷流奕者，豈不洗清面目與天下相見。海峯多愛，不免濫登耳。起正賦題。三四轉。五句承第三句。六句承第四句。收離題有味。

【吴闓生曰】（一二）起得有神。（五六）名儁。（七八）華嚴精警，義山獨擅。（《今古詩範》）

【王文濡曰】（首句）言威靈所及，猿鳥常生驚畏也。（次句）言武侯出師之處，至今靈氣如存，風雲常護，猿鳥過之，猶生驚畏，況在當時乎？（三四）二句言武侯不能挽回漢運。（五句）用遠襯法，（六句）用近襯法。言關張勇而無命，不能助成武侯之業，正武侯所無可奈何者。（末句）恨有餘者，恨後主不肖先主，未能展其經綸也，應上『徒令上將揮神筆』句。○運用故事，操縱自如，而意亦曲折盡達，此西崑體之最上乘者。（《唐詩評注讀本》）

【張曰】此隨仲郢還朝途次作。結指大中五年西川推獄，曾至成都也。（《會箋》。繫大中九年）

【按】論者多以此詩與杜甫《蜀相》並提，就其藝術成就言，固可比肩，然此詩内容，實更近於杜之《詠懷古跡》第五首。『伯仲之間見伊呂，指揮若定失蕭曹』，即此詩『管樂有才真不忝』之意，而『運移漢祚終難復』一語，更直可移作此詩主題。惟杜作於『運移漢祚』之前提下仍强調其『志決身殲軍務勞』之主觀精神品質，李作則深慨才人志士之無能為力，突出諸葛所遇之客觀條件。詩中因地及人，於追思讚嘆諸葛之同時，對其遭逢庸主、失去輔翼，終致志業無成深致感慨。晚唐政治腐敗，危機深重，才智之士因客觀環境限制，既難成大業，且往往不免遭受排擠打擊。李德裕之遭遇即其顯例。作者於弔古中，當融有現實感慨。

《蜀相》已兼用抒情、寫景、叙事、議論，義山此作亦融四者為一體，而議論成分更見突出，故陸氏謂『直是一篇史論』，然不落論宗者，正緣其以抒情貫穿議論耳。於抑揚頓挫中突出諸葛『才命相妨』之悲劇，尤為本篇特色。據『他年』句，此詩或為隨柳仲郢還京途次作。

重過聖女祠①

白石巖扉碧蘚滋②，上清淪謫得歸遲③。一春夢雨常飄瓦〔一〕④，盡日靈風不滿旗⑤。萼緑華來無定所⑥，杜蘭香去未移時⑦。玉郎會此通仙籍⑧，憶向天階問紫芝⑨。

校記

〔一〕『夢』，蔣本，戊籤作『猛』，非。

集注

①【馮注】《水經注》：『故道水合廣香川水，又西南入秦岡山，尚婆水注之。山高入雲，懸厓之側，列壁之上，有神像若圖，指狀婦人之容，其形上赤下白，世名之曰聖女神，至於福應愆違，方俗是祈。故道水南入東益州之廣漢郡界。』按：合《水經注》《通典》《元和郡縣志》諸書，兩當水源出陳倉縣之大散嶺，西南流入故道川，謂之故道水。其云『西南入秦岡山』者，在唐鳳州之境，州西五十里，則兩當縣也。鳳州南至興元府幾四百里，東南至

褒城縣幾三百里。而唐時興元至上都，或取駱谷，或取斜谷，若從驛路，則一千二百餘里，其途較紆也。此為自興元至鳳州，出扶風郡之陳倉縣大散關時經之無疑也。【按】聖女厓在陳倉縣、大散關之間。近人或謂聖女祠即女道士觀之代稱。陳貽焮謂聖女祠即指玉陽山玉真公主之靈都觀。考唐代確有聖女祠，與商隱同時之許渾有《聖女祠》五律云：『停車一卮酒，涼葉下陰風。龍氣石牀濕，鳥聲山廟空。長眉留桂緑，丹臉寄蓮紅。莫學陽臺伴，朝雲暮雨中。』張祜有《題聖女廟》云：『古廟無人入，蒼皮澀老桐。蟻行蟬殼上，蛇竄雀巢中。淺水孤舟泊，輕塵一座蒙。晚來雲雨去，荒草是殘風。』稍後之儲嗣宗亦有《聖女祠》云：『石屏苔色涼，流水繞祠堂。巢鵲疑天漢，潭花似鏡妝。神來雲雨合，神去蕙蘭香。不復聞雙佩，山門空夕陽。』此三首《聖女祠（廟）》詩寫實色彩頗濃，當係實有其祠。三首均提及祠在山間，與商隱《聖女祠》五排『寡鵠迷蒼壑』者合，許渾詩有『停車』語，可見祠在路旁，與商隱同題五排『蒼茫滯客途』『此路向皇都』者合。張、儲二詩提及『淺水孤舟泊』『流水繞祠堂』，見祠當建於聖女崖之下，故道水之濱。許詩寫到祠内供有聖女神像，亦與商隱七律《聖女祠》相合。故朱鶴齡、馮浩謂聖女祠在陳倉、散關間，當可信。商隱此前已作《聖女祠》五排、七律各一首，作年不詳。此篇張氏會箋繫大中十年自梓還京途次，兹從之。據『一春夢雨』句，當在暮春時。

②【馮注】江淹詩：『閨草含碧滋。』

③【朱注】《靈寶本元經》：『四人天外曰三清境：玉清、太清、上清。亦名三天。』《太真經》：『三清之間，各有正位：聖登玉清，真登上清，仙登太清。』釋道源注：『上清蕊珠宫，大道玉宸君居之。』【馮注】《登真隱訣》：『上清，太上宫名，玉晨道君所居。』

④【朱注】夢雨用巫山神女事。《九歌》：『東風飄兮神靈雨。』【程注】《莊子》：『雖有忮心者，不怨飄瓦。』【補】王若虛《滹南詩話》引蕭閑語曰：『蓋雨之至細若有若無者，謂之夢。』

⑤【道源注】《雲笈七籤》：『靈風揚音，緑霞吐津。』【朱注】陶貞白《真誥》：『《右英王夫人歌》：阿母延軒觀，朗嘯躡靈風。』【徐曰】祠中樹旗，如《漢書·郊祀志》『畫旗樹太乙壇上，名靈旗』之類。【程注】《扶桑

神王歌》：『虎旗鬱霞津，靈風幡然理。』【屈曰】不滿旗，寂寞之意。【按】靈風，即神風。

⑥見《無題》（聞道閶門萼緑華）。

⑦【朱注】《墉城仙録》：『杜蘭香者，有漁父於湘江之岸見啼聲，四顧無人，惟一二歲女子，漁父憐而舉之。十餘歲，天姿奇偉，靈顔姝瑩，天人也。忽有青童自空下，集其家，攜女去。臨升天，謂漁父曰：「我仙女也，有過謫人間，今去矣。」其後降於洞庭包山張碩家。』《搜神記》：『漢時有杜蘭香者，自稱南康人氏，以建業四年春數詣張碩，言本為君作妻，情無曠遠，以年命未合，其小乖，太歲東方卯當還求君。』【馮注】《晉書・曹毗傳》：『桂陽張碩為神女杜蘭香所降，毗以二詩嘲之，并續蘭香歌詩十篇。』曹毗《神女杜蘭香傳》：『杜蘭香自云：「家昔在青草湖，風溺，大小盡没。香年三歲，西王母接而養之於崑崙之山，於今千歲矣。」』《御覽》引《杜蘭香別傳》曰：『香降張碩，既成婚，香便去，絶不來。年餘，碩忽見香乘車山際，碩不勝悲喜，香亦有悦色。言語頃時，碩欲登其車，其婢舉手排碩，凝然山立。碩復於車前上車，奴攘臂排之，碩於是遂退。』按：《集仙録》作洞庭包山張碩。

⑧【朱注】《真誥》：『北元中玄道君，太保玉郎李靈飛之小妹。』【道源注】《雲笈七籤》：『登命九天司命侍仙玉郎開紫陽玉笈雲錦之囊，出九天生神玉章。』【姚注】《金根經》：『青宫之内北殿上有仙格，格有學仙簿録及玄名，年月深淺，金簡玉札，有十萬篇，領仙玉郎所掌也。』【馮注】《登真隱訣》：『三清九宫並有僚屬，其高總稱曰道君，次真人、真公、真卿，其中有御史、玉郎諸小輩官位甚多。』《太真科》：『太上真人在五岳華房之内，非有仙籍不得聞見，丹簡校定，名入南宫。』按：玉郎亦稱侍郎，在仙官中其秩未尊，與『仙籍』字皆屢見道書。此蓋借喻己之初得第也。舊注引《真誥》『方丈臺東宫昭靈李夫人，太保玉郎李靈飛之小妹』，取其與聖女相關，然非也。【按】仙籍，仙官簿籍。仙之有籍，猶之朝官有『朝籍』也。玉郎，掌學仙簿録，疑影指内徵為吏部侍郎之柳仲郢。

⑨【朱注】《茅君内傳》：『句曲山有神芝五種，其三色紫，形如葵葉，光明洞徹，服之拜為太清龍虎仙君。』

【屈曰】天階，猶今俗言天井，即祠中之階前所過處。【補】《文選》潘尼《贈侍御史王元貺》詩：『遊鱗萃靈沼，撫翼希天階。』唐劉良注：『靈沼、天階，喻左右省臺閣也。』按：此『天階』即指天宫之臺階，以喻皇宫之臺階。屈注非。憶，想望也。問，求取。

箋評

【吕本中《紫薇詩話》】東萊公深愛義山『一春夢雨常飄瓦，盡日靈風不滿旗』之句，以為有不盡之意。

【周珽曰】首謂祠宇閒封者，由聖女被謫上清，留滯人間也。雨常飄瓦，風不滿旗，正歸遲虚寂之景。來無定所，去不移時，乃仙伴疎曠之象。末謂己之姓名，倘在仙籍之中，當會此相問飛升不死之藥也。

【金聖嘆曰】此則又託聖女以攄遷謫之怨也。言此巖扉本白，而今蘚滋成碧者，自蒙放逐，久不召還，多受沉屈，則更憔悴也。雨常飄瓦者，歸朝之望，一念奮飛，恨不拔宅冲舉；風不滿旗者，寡黨之士，無有扶掖，終然顛墜而止也。前解寫被謫此解寫得援也。萼緑華，言定復有人憐而援手，特未卜其因緣則在何處也。杜蘭香，言近已有人，脣承面許，然無奈其别去猶無多日也。末言既有相援之人，則必有得歸之日，此番若至中朝，定須牢記一問，有何巧宦之方，始終得免淪謫？蓋怨之甚，而遂出於戲言也。（萼緑華、杜蘭香，皆聖女之同人也。玉郎，即稱聖女也；憶向，即記問也。）

【朱曰】此以『淪謫』二字發自己憤懣也。（《李義山詩集補注》）

【朱彝尊曰】（首句）祠。（次句）聖女。（三句）幽景可想。（三四句）祠。（五六句）聖女。末二句歸到自身，結出『重過』字。

【胡以梅曰】起因其形在石壁而言，……三四本言其風雨飄零，……五六以二仙女比擬之，……若使九天玉郎來會此，以通仙籍，將必思向天階去問紫芝矣。言追隨之而去也。『憶紫芝』是代為飾詞，『通籍』猶通譜，還説得蘊蓄，然以仙女而會玉郎，知非莊語……。

【趙臣瑗曰】此借題以發抒己意也……『得歸遲』三字是通篇眼目。首句上四字喻己操行潔白，下三字喻被人點污，次句實之，言所以淪謫歸遲者職此之由。三夢雨常飄言無時不願奉君王之後塵也。四靈風不滿言無路再沾天家之雨露也。此二句是寫欲歸而不得歸。五六萼緑華、杜蘭香妙借聖女同袍以暗指二知己。來無定所，即肯援手無奈其難于即就也。此二句是申寫將得歸而猶尚遲遲。結帶謔意。玉郎謂聖女即自謂也。此會，此番也。通仙籍，還朝也。憶，記也。問紫芝，求其得以不淪謫之方也。此又預擬得歸後事，以供天下人一笑也。怨而不怒，其猶有風之遺乎。

【賀裳曰】長吉、義山皆善作神鬼詩，《神絃曲》有幽陰之氣，《聖女祠》多縹緲之思。如『無質易迷三里霧，不寒長着五銖衣』，真令人可望而不可親，有是耶非耶之致。至『一春夢雨常飄瓦，盡日靈風不滿旗』，又似可親而不可望，如曹植所云『神光離合，乍陰乍陽』也。（《載酒園詩話又編》）

【張謙宜曰】『一春夢雨常飄瓦，盡日靈風不滿旗。』思入微妙。夫朝雲暮雨，高唐神女之精也。今經春夢中之雨歷歷飄瓦，意者其將來耶？來則風肅然，上林神君之迹也。乃盡日祠前之風尚未滿旗，意者其不來耶？恍惚縹緲，使人可想而不可即。鬼神文字如此做，真是不可思議。（《絸齋詩談》卷五）

【何曰】次連乃是聖女祠，移向別仙鬼廟不得。　玉郎疑是自謂。（《讀書記》）　此自喻也。名不掛朝籍，同於聖女淪謫不字。萼華、蘭香，則夢得所謂『沈舟側畔千帆過，病樹前頭萬木春』者耳。『無定所』則非『淪謫』，『未移時』則異『歸遲』。以巖扉碧蘚滋，知淪謫已久。夢雨，言事之虛幻；不滿旗，言全無憑據，日見荒凉困頓，一無聊賴也。杜蘭香，以比當時之得意者，來去無以，相欲相炫，以攪我心，更無可以相語耳。玉郎曾通仙籍，紫芝得仙所由，憶一周之，誠知是也（疑有誤字），則自不淪謫；即淪謫亦不至得歸之遲，為彼所揶揄矣。（首句）已含『遲』字。看來只借聖女以自喻，文亦飄忽。（《輯評》）

【黄周星曰】『夢雨』『靈風』猶可解，夢雨何以常飄瓦？靈風何以不滿旗？殊覺難解也，然亦何必甚解乎？（《唐詩快》）

【陸次雲曰】『夢雨』『靈風』，大有《離騷》之致。（《晚唐詩善鳴集》）

【徐德泓曰】此思登第之詩。開成初，李在令狐楚山南幕，當必赴試過此，借題自況，亦比體也。首聯，喻淪落而未第。中二聯，皆言聖女之情緣未化，以喻己之奔走名場也。夢雨常飄，則名心時動矣；靈風不滿，則未得暢懷矣。去來無定，則僕僕道塗矣。故結寓言此去當策名通籍，而思向帝廷受禄也。『憶』字竟作『思』字讀，則意自亮。若解作賦體，不惟五六句嚼蠟無味，而結局更散漫不收，便不成詩法。且聖女祠詩，集中凡三見，石壁頹形，何必咏歌不置，而此又曰『重過』乎？題亦不合。況此非巫山一例，而三詩語俱褻慢，尤為非體。觀其他首云：『何年歸碧落，此路向皇都。』意顯然矣。故即彼二首，亦不可作賦體解。

【陸曰】此詩在會昌中退居太原，往來京師，過祠下而作也。通篇以聖女自況，『淪謫』二字，是一詩眼目。言我今日退居丘園，猶聖女之寄蹤塵世，而一過再過，長此寂寂，雖神人道殊，不且同此淪謫耶？一春夢雨，盡日靈風，言其棲遲寂寞，疑有疑無，如人處顯晦之際也。來無定所，去未移時，又以嘆二三知己播遷流落，而無可倚仗之人也。嗟乎！玉溪之曾登藥榜，猶玉郎之曾掌仙録也，而竟不得掛名朝籍，能無慨於中乎？集中有《聖女祠》五言一篇，曰『何年歸碧落，此路向皇都』，與此意同。

【姚曰】按《水經注》，聖女以形似得名，非果有其神也。詩特點出『淪謫』二字，發自己憤懣。巖扉碧蘚，久滯此間；夢雨靈風，凄凉無託。然既有神靈精爽往來，必非凡偶。回想未淪謫時，天階紫芝，必曾親摘，豈無真仙眷屬如玉郎者，會此同登上界耶？義山登第後，仕路偃蹇，未免以汲引望人，故其詞如此。

【屈曰】一祠，二聖女。三四順承一二。五六開七八重過。○前過此祠，松篁蕙香，今則碧蘚已滋者。淪謫未歸，故神女夢雨，一春飄瓦；山鬼靈風，日不滿旗，猶留此不去也。萼緑華來，杜蘭香去，雖有伴侶，來去無常。惟有玉郎會此，可通仙籍，追憶日前曾向天階問紫芝也。玉郎與崔、劉意同，皆自喻也。○此《聖女祠》與《錦瑟》《無題》皆自寄託，不必認真。○起以『碧蘚滋』弔動『歸遲』。下『一春』『盡日』正應『歸遲』。五六以萼綠華、杜蘭香逼出『玉郎』，以『無定所』『未移時』逼出『通仙籍』，以『憶向』遥應首句，言所會皆女仙，且不能長也。（以上見《玉溪生詩意》）一春飄瓦者乃神女夢中之雨，盡日不滿旗者乃仙靈來往之微風，既寫寂寥景況，兼起五六。（《唐詩成法》）

【程曰】《聖女祠》集中凡三見，皆刺當時女道士者。『白石巖扉碧蘚滋』，言其道院之清幽也。『上清淪謫得歸遲』，言天上之謫仙也。『一春夢雨』，言其如巫山神女，暮雨朝雲，得所歡也。『盡日靈風』，言其如湘江帝子，北渚秋風，離其偶也。下緊接云『無定所』『未移時』，言其暗期會合無常，比之萼綠華之降羊權，不過私過其家；杜蘭香之語張碩，亦苦小乖太歲。論其情欲，有如《溱洧》之詩；責以倫彝，未遂咸恒之卦。然則蕩閑踰檢，大媿金支；考派論宗，甚汙玉牒。何不明請下嫁，竟向天階，免嘲寄豭，共通仙籍為得耳。又按：夢雨用巫山神女事，《唐詩統籤》作『猛雨』，於『飄瓦』二字似切；然東萊深愛此聯，以為有不盡之意，若作『猛雨』，則直而少味，寧得有不盡之意？

【馮曰】自巴蜀歸，追憶開成二年事，全以聖女自況。『淪謫』二字，一篇之眼，義山自慨由秘省清資而久外斥也。三四謂夢想時殷，好風難得，正頂次句之意。五六不第正寫重過，實借慨投託無門，徒匆匆歸去也。七句望入朝仍修好於令狐。八句重憶助之登第，即赴興元而經此廟之年也。（馮繫大中三年）

【紀曰】前四句寫聖女祠，後四句寫重過。蓋於此有所遇而託其詞於聖女。（按《輯評》此下尚有『集中此題凡三見，互勘自明』二句。）芥舟曰：後四句未免落窠臼。（《詩說》）

【翁方綱曰】昨聞冶泉說何義門校本義山《重過聖女祠》詩，第七句『會此』，應作『曾此』，乍聞之似乎『曾此』二字文法較順，乃合通首體味之，而知其不然也。因憶前人論此詩第三句，謂『夢雨』與『飄瓦』不合，遂欲改為『猛雨』者，此大謬也。彼豈真以『夢雨』用陽臺事，『飄瓦』用昆陽事耶？不知『夢』字非用古事，正是義山自夢耳，義山自夢則迷離幻景，即『飄』字何礙乎？『不』字與『常』字自作開合，此本聯之呼吸也。『常』字、

「不」字，與第二句「得」字又自作開合。此則前半篇之大呼吸也。「無定所」「未移時」，則又「得」字之摇曳推宕也。「通仙籍」「問紫芝」，則又「得」字之眉後三紋也。「會」字、「憶」字，則靈風夢雨倒卷出之，蓋不滿之風不必致憾，而常飄之雨端有可徵矣。第三句「夢」字，到第七句之「會」字，而後圓耳。義門老人不知詩，無害其為校讎之學，然亦見校讎家之不應輕以私意改字矣。（《跋李義山重過聖女祠詩後》）

【姜炳璋曰】此義山三過聖女祠而作也。前此瑶窗龍護，珠扉鳳掩，何等壯麗。今則碧蘚青苔，遍滿岩扉矣。蓋義山應王茂元聘，為黨人所惡，故久作幕官，至此三過其祠，而嘆其久謫與己無異也。次句為一篇之主。三四，雨僅飄瓦，不足以澤物矣；風不滿旗，不足以威衆矣，是寫聖女神境，又是寫聖女凄凉之境，以為己官卑力薄之喻。妙絶！五六，因想仙姬淪謫，不久即歸，而聖女不然，以況己之久滯於外也。七八，倘掌仙籍者會得此意，憶其采藥修煉之苦功，當有立時召歸天府者，而何以置之不論？此則咎執政之不見省也。語語都從「重過」着筆。

【方東樹曰】起句祠，次句聖女。三四合寫。五六及收以古人襯貼。亦未足法，又無謂。（《昭昧詹言》）

【姚瑩曰】世以温、李並稱，特謂綺縟一種耳。《無題》諸作，雖温集所無，而飛卿亦或能之……至若「一春夢雨常飄瓦，盡日靈風不滿旗」，則温當却步矣。（《識小録》）

【施補華曰】「一春夢雨常飄瓦，盡日靈風不滿旗」，作飄渺幽冥之語，而氣息自沉，故非鬼派。（《峴傭説詩》）

【俞陛雲曰】作游仙詩者，多涉雲思霞想。楚蜀之神女廟、小姑祠，雖皆託之遐想，尚有遺像流傳；聖女以石形虛擬，初無其像。玉溪此篇，借以寓身世之感，起結皆表明其意。隨園《落花詩》，所謂「清華曾荷東皇寵，飄泊原非上帝心」也。首句言巖扉深掩，苔繡年深，見古祠之荒寂。次句言己亦上清仙史，而華鬘墮劫，留滯未歸，為聖女所笑也。三句之夢雨即微雨。言雖有夢雨，而不過飄瓦；雖有靈風，而常不滿旗。則聖女之來，在若無若有之間。五、六句以祠在武都懸崖之側，石壁有婦人像，上赤下白，人稱為聖女，以形似得名，非實有其神。故以萼緑華、杜蘭香相擬，謂神來無定，若洛神之徙倚旁皇，因係重過聖女祠，故六句言昔年曾到此山，薜荔披衣，女蘿縈帶，若人在山阿；今日重游，覺蘭香仙迹，去人未遠也。收筆承第二句上清淪謫之意，言曾侍玉皇香案，采芝往事，長憶天階。全篇皆空靈縹渺之詞，極才人之能事矣。（《詩境淺説》）

【張曰】此隨仲郢還朝時作。『上清淪謫得歸遲』，一篇之骨。來無定所，似指桂州罷，來京選尉，既又假京兆參軍；徐州府罷，復遷太學博士也。去不移時，似指參軍未幾，又赴徐幕；博士未幾，又赴梓幕也。結則迴憶子直助之登第，正經過此廟之年。今則無復『靈風』，只有付之『夢雨』而已，尚堪復問也哉！馮編大中二年蜀遊時，考當時歸途，仍由水程，聖女祠在陳倉、大散關之間，非其行蹤所歷矣。（《會箋》。繫大中十年春）又曰：全以聖女自慨己之見擯於令狐也……『一春』句言夢想好合，『盡日』句則言終不滿意。『萼緑』二句言己方至京相見，匆匆聚合，又將遠去……。又曰：結不作希望語，蓋屢啟陳情不省之後，惟有迴想從前而已。細味詩意，乃可別之。（《辨正》）

【汪辟疆曰】此義山借聖女以寄慨身世之詩也。前半寫聖女祠，後半寫重過。……次句淪謫得歸遲即為全篇寄慨主旨，亦明説自傷身世之意。然首句言巖扉碧蘚滋，則淪謫久矣。三四寄慨半生壯志，全付夢中，蹭蹬功名，終難美滿，而常飄不滿，即見其意。至於僕僕道塗，數更府主，則去來無定，所由致嘆於仙踪之飄忽也。亦緊扣重過。結則回憶開成二年經過其地，正令狐綯助己登第之年。當時自謂平步青雲，上清同證，今則全付夢中，寧堪回首乎？全篇皆以仙真語出之，空靈幽渺，寄託遥深。而結二句打開説，與上文之上清淪謫，春夢靈風，混茫承接，精細無倫。大家換筆之妙，一至於此。

【按】諸家之説，大要不出二途：一曰託聖女以詠女冠，一曰託聖女以自寓。實則聖女、女冠與作者，乃三位而一體者。明賦聖女，實詠女冠，而作者『淪謫歸遲』之情即借此以傳焉。首聯謂聖女上清淪謫，至今猶遲遲未歸天上，意與『淪謫千年別帝宸，至今猶謝蕊珠人』相仿。『得歸遲』，即遲遲而未歸之意。次聯正面描繪渲染聖女祠環境氣氛，表現聖女淪謫歸遲之寂寥落寞、無所依托。二句託景言情，寓意在有意無意之間，最耐尋味。腹聯以萼緑華、杜蘭香之『來無定所』『去未移時』反襯聖女之『淪謫歸遲』，此蓋作者面對夢雨靈風包圍中寂寥之聖女祠所生之聯翩浮想，而不覺已身處其境，化身為聖女矣。故尾聯即自然以聖女之身份口吻抒慨，謂處此淪謫不歸之寂寥境遇，時望能有職掌仙籍之玉郎與己相會於此，助之重登仙籍，以便於天階摘取紫芝。憶，思也，係想望之意，貫上下二句。時商隱幕主柳仲郢内徵為吏部侍郎，職掌官吏銓選，末聯『玉郎』蓋影指仲郢，望其能助己重登朝籍也。

題鄭大有隱居①

結構何峯是，喧閒此地分。石梁高瀉月，樵路細侵雲②。偃卧蛟螭室，希夷鳥獸羣③。近知西嶺止〔一〕，玉管有時聞④。

校記

〔一〕『止』，蔣本、姜本、戊籤、錢本、影宋抄、朱本作『上』。【按】止，居止，指鄭畋隱居之所。

集注

①【馮注】鄭大，鄭畋也。《舊書·鄭畋傳》：『畋字台文，年十八登進士第，二十二又以書判拔萃，授渭南

尉，歷官至乾符時為相。』按：畋於會昌二年登進士，大中元年拔萃作尉，即見傳中《自陳表》。《全唐詩話》：『鄭台文為人仁恕，姿采如峙玉。』

②【馮班曰】細麗名句。

③【馮注】《老子》：『視之不見名曰夷，聽之不聞名曰希，搏之不得名曰微。』

④【自注】君居近子晉憩鶴臺。【朱注】子晉好吹笙。玉管，玉笙也。【馮注】《水經》：『洛水東過偃師縣南。』注曰：『昔王子晉好吹鳳笙，與道士浮邱同遊伊、洛之浦。子晉控鶴於緱氏山，靈王望而不得近，舉手謝而去。其家得遺屣。俗亦謂之撫父堆。』劉向《列仙傳》云：『世有簫管之聲焉。』餘見《送從翁東川》。偃師接近滎陽。鄭氏，滎陽人也。鄭畋集《題緱山王子晉廟》五言長律，自注：『時為渭南尉作。』

箋評

【陸鳴皋曰】『瀉』字，暗藏橋下水也。三四句寫地，五六句寫人，而『蛟螭』又根『石梁』句，『鳥獸』又根『樵路』句。

【姚曰】侵雲瀉月，結構清高。人知隱居幽閒之境，遠隔塵喧，不知其灰心滌慮，別有通靈之妙。嶺頭笙鶴，惟靜者聞之耳。

【屈曰】一二隱居。三四景。五六鄭大有。七八題外結。玉溪五律，酷學少陵，此首頷、結俱有意。

【袁枚曰】首二隱居，三四言景。五六正寫『隱』字，末贊其居似仙境。

【紀曰】三四高唱。

【俞陛雲曰】『石梁高瀉月，樵路細侵雲』（《題鄭大有隱居》），此詩與岑參之『澗水吞樵路，山花醉藥闌』，皆寫山景工細之句。岑詩言澗之漫浸樵路，以『吞』字狀之；花之斜倚石闌，以『醉』字狀之。李詩言石梁之水，高若建瓴，挾月光而直瀉，仰望樵路，細如一綫，上欲侵雲。其着力全在字眼，不僅作山景詩宜取法之。（《詩境淺說》）

【張曰】鄭大，鄭畋也。據畋《謁昇仙太子廟詩題後》云：『余大中八年為前渭南縣尉，閒居伊洛，常好娱遊。春夏之交，獨登嵩、少，路由緱嶺，謁昇仙太子廟，雲霞之志，於斯浩然。遂搆詩一章，用申凝慕。今者繆塵樞務，已及四年，忽覩成庶大夫奏牒，請以玄元廟李尊師配住賓天觀，則知緱嶺靈宇，儀象重新，輒寫舊詩，寄王公請標題於廟內。』畋已罷尉，故此稱前渭南縣尉，考其伊洛閒居之迹，則此詩是大中十年東川歸後作矣。（《會箋》）

【按】據作者自注及鄭畋《謁昇仙太子廟詩題後》，題內『鄭大』當即鄭畋，惟題中『有』字無着，或『有隱居』連文，係畋隱居居所之名。

又據畋《加知制誥自陳表》，畋大中首歲書判登科，授渭南縣尉，兩考罷免。其罷渭南尉之時間當在大中三年（參岑仲勉《平質》丁九）。其時畋父亞已貶循州，四年或五年亞卒於貶所，畋當守父喪。《謁昇仙太子廟詩題後》稱：『余大中八年為前渭南縣尉，閒居伊洛，常好娱遊。春夏之交，獨登嵩、少，路由緱嶺，謁昇仙太子廟，雲霞之志，於斯浩然。』明言此時方萌隱逸之意。故其於子晉憇鶴臺附近築室隱居當在大中八年春夏之交以後。而彼時商隱已自京返梓。至大中十年暮春方歸京。張氏《會箋》繫此詩於大中十年，可從。畋直至咸通五年方入朝為刑部員外郎。

鄠杜馬上念漢書〔一〕①

世上蒼龍種②，人間武帝孫。小來惟射獵，興罷得乾坤③。渭水天開苑④，咸陽地獻原⑤。英靈殊未已，丁傅漸華軒⑥。

校記

〔一〕題一云『五陵懷古』，各本均同。

集注

①【朱注】《漢書》：『宣帝尤樂鄠、杜之間。』注：『杜屬京兆，鄠屬扶風。』

②【姚注】《史記》：『薄姬曰：「昨暮夜，妾夢蒼龍據我腹。」高帝曰：「此貴徵也，吾為女遂成之。」一幸生男，是為代王。』

③【朱注】《漢書》：『宣帝，武帝曾孫，戾太子孫也。高材好學，然亦喜遊俠，鬭雞走馬，上下諸陵，周徧三

輔。（尤樂鄠、杜之間。）昌邑王廢，霍光與諸大臣迎即皇帝位。』【按】宣帝幼時因戾太子犯罪，被收下獄，長期流落民間。漢昭帝無嗣，死後原已立昌邑王劉賀繼位，後輔政大臣霍光因昌邑王淫亂，奏稱皇后改立武帝曾孫即位為宣帝。『興罷得乾坤』，似有言其於無意中得位之意。或謂興罷係鼎盛時之意。

④【朱注】《三輔黃圖》：『漢有三十六苑。』《羽獵賦序》：『武帝廣開上林，北繞黃山，濱渭而東。』【馮注】《漢書·紀》：『宣帝神爵三年，起樂遊苑。』三輔黃圖：『在杜陵西北。』

⑤【朱注】《長安志》：『長安、萬年二縣之外，有畢原、白鹿原、少陵原、高陽原、細柳原。』【馮注】《漢書·紀》：『宣帝元康元年，以杜東原上為初陵，更名杜縣為杜陵。元帝初元元年，孝宣皇帝葬杜陵。』【按】二句以起苑、建陵渲染宣帝在位時興盛景象。『天開』『地獻』謂天地亦因其雄武而為之開苑獻原也。

⑥【朱注】《漢書》：『哀帝時帝舅丁明封陽安侯，皇后父傅晏封孔鄉侯。』《說文》：『軒，曲輈轓車也。』【程注】《十六國春秋》：『且德非管仲，不足華軒堂阜；智非孔明，豈足三顧草廬？』【馮注】《漢書·外戚傳》：『孝元傅昭儀，哀帝祖母也。產男為定陶恭王，稱定陶太后。王薨，子代為王。成帝徵王，立為太子，即位，尊為皇太太后。弟子喜大司馬，封高武侯；晏亦大司馬，封孔鄉侯；商封汝昌侯。定陶丁姬，哀帝母也。尊為帝太后。兩兄忠、明。明以帝舅封陽安侯，封忠子滿平周侯。明為大司馬票騎將軍，輔政。丁、傅以一二年間暴興尤盛。』又：『高昌侯董宏希指，上書言宜立丁姬為帝太后，師丹劾奏宏懷邪誤朝，不道。上初即位，謙讓，從師丹言止。後乃白令王太后下詔，尊之。』又：『哀帝崩，王莽秉政，使有司舉奏丁、傅罪惡，皆免官爵，徙歸故郡。莽奏貶傅太后號為定陶共王母，丁太后號曰丁姬，復請徙歸定陶冢次，掘平其故冢。』按：宣帝未至哀帝，四十餘年矣。《戾太子傳》曰：『宣帝即位，有司議尊祖之議：「陛下為孝昭帝後，承祖宗之祀，制禮不踰閑，以為親謚宜曰悼皇，母曰悼后，比諸侯王。故皇太子謚曰戾，史良娣曰戾夫人。」後有司復言：「悼園宜稱尊號曰皇考，立廟，因園為寢，以時薦享，尊戾夫人曰戾后。」』蓋追尊之事實始於此。至丁、傅而尤甚，故云然也。【按】英靈指宣帝之英靈。二句謂宣帝英靈未泯，而丁、傅等外戚已貴顯烜赫矣。

箋評

【范温曰】余舊日嘗愛劉夢得《先主廟》詩；山谷使余讀李義山《漢宣帝》詩，然后知夢得之淺近。（《詩眼》）

【輯評墨批】此詩咏宣帝事。（末句）言亂本復作也。

【錢良擇曰】言傳世未幾，亂本復作。

【何曰】曰『人間』，所謂『舊勞于外，爰暨小人』也。曰『興罷』，所謂『險阻艱難，備嘗之』矣，『民之情僞，盡知之』矣。如是而踐天子位，以承天地之眷顧，宜有深仁厚德，貽億萬無疆之慶。乃王伯雜用，使漢家之元氣日削，再世之後，冢嫡屢絶，丁、傅華軒，而王氏得以乘之，豈非宣帝之昧于貽厥哉！意思深長，非一覽可盡。『渭水』一連，言祖宗所傳繼者，乃天開地獻之乾坤也。（《讀書記》）又：此詩注者皆云借漢宣以刺宣宗，然則帝（丁）傅華軒，蓋指帝以母鄭本郭后侍兒，有釁怨于鄭后，遂奉養禮薄，致后登勤政樓欲自隕，左右共持之。帝聞不喜，是夕后暴崩，葬之景陵外園主不祔憲宗室。鄭后之為太后也，不肯别處，奉養于大明宫，朝夕躬省候焉，有甚于傅昭儀之侍元后者。注家顧不得其義也。案：唐人小説中載太后與杜秋皆李錡妾没入宫者。（《輯評》）按上二條似非何氏箋，姑附此。）

【陸鳴皋曰】此咏漢宣帝也。寫游俠而得天下，妙在自然。『天開』『地獻』，有非人力可冀意。結有盛衰之感，外戚不直言王，而曰『丁傅』，且下一『漸』字，便饒神味。

【姚曰】蓋世英靈，當其時，則天地為之轉旋；時既過，即狐鼠不免潛伏。四十字中，具有排山倒海氣勢。

【屈曰】言宣帝自閭閻嬉遊興罷而得天下，知民間疾苦，力致太平。及未幾而丁、傅復興，以致于亂，為可惜也。

【程曰】是詩偶經鄠、杜，因憶漢宣帝之善處外戚而致慨於哀帝也。起二句謂宣帝為高祖、文、景之後，武帝之曾孫也。尋常繼體繼統，不必推明其先祖先宗以為言，惟宣帝自戾園史皇孫以來，出自民間，中興正位，故鄭重書之也。三四寫其英姿豁達，蚤已不凡，迎立之時無意而得也。五六寫其福祚弘遠，天地祐之；起樂遊之苑，三輔風華；作杜東之原，五陵繁盛也。結句自第六句生出，謂杜陵原上，當時徙丞相將軍列侯吏二千石訾百萬者居之，則外戚之為列侯將軍者皆在其中。宣帝之時，不聞寵任，其英明可想見矣。乃英靈未已，僅三傳而至哀帝，傅后之家，侯者六人，大司馬二人，九卿、二千石六人，侍中諸曹亦十餘人。丁姬之家，侯者二人，大司馬一人，將軍九卿二千石六人，侍中諸曹亦十餘人。史稱丁、傅一二年間暴興尤盛，則寵禄過之，非復宣帝制度矣。《漢書・外戚傳贊》云：『序自漢興，終於孝平，外戚保位全家者，唯文、景、武帝太后及邛成后四人而已。至如史良娣、王悼后、許恭哀后之家依託舊恩，不致縱恣。』然則史氏之論外戚，專歸美於宣帝，此題之所為『念《漢書》』也。又按《三國志》：魏明帝論繼統，詔舉漢哀帝之失，有云：『非罪師丹忠直之諫，用致丁、傅焚如之禍。』亦以丁、傅為指數，可見尚論漢戚者，自古已然，益見義山史學之淹貫矣。

【馮曰】范氏祇空言耳，何氏亦未盡詩旨也。蓋唐宣宗入纂大統，與漢宣相類。《魏志紀》與《晉書志》曰：『魏明帝太和三年，詔曰：「禮，王后無嗣，擇建支子以繼大宗，何得顧私親哉！漢宣帝繼昭帝後，加悼考以皇號；哀帝以外藩援立，既尊恭皇，立廟京都，又寵藩妾，使比長信，叙昭穆於前殿，並四位于東宮，僭差無度，人神弗佑，非罪師丹忠正之諫，用致丁、傅焚如之禍。其令公卿有司，深以前世為戒。後嗣萬一有由諸侯入奉大統，則當明為人後之義；敢為佞邪導諛，妄建非正之號以干正統，謂考為皇，稱妣為后，則誅之無赦。」』今宣宗即位，既尊母鄭氏為皇太后，其年十一月享太廟，其穆宗室文曰『皇兄』。太常博士閔慶之奏：『禮有尊尊，而不叙親親，祝文稱弟未當，請改為嗣皇帝。』從之。至三年十二月，以河湟收復，追尊順、憲謚號，而穆、敬、文、武四宗未之及。至十年，吏部尚書李景讓上言：『穆宗乃陛下兄，敬、文、武乃兄之子，陛下拜兄尚可，拜侄可乎？宜遷四主出太廟，還代宗以下入廟。』議不決而止。人以是薄景讓。事見《舊紀》《通鑑》。又大中六年，勑賜元舅右衛大將軍鄭光雲陽、鄠縣兩莊，皆令免税，宰相諫税不宜免。亦見《通鑑》。詩意精切隱約，非詳為梳剔，殊難會也。此大中末年作。

【紀曰】廉衣以為『興罷』句不佳，結亦無理也。（《詩説》）　此有感外戚之事而託之漢宣，寓意全在末句，然殊乏深致。『世上』『人間』無著，作對尤不佳。（《輯評》）

【姜炳璋曰】此弔古之作。排奡頓挫，酷似少陵。三四，言無意而得。五六，言無疆之休，以振起末二句。末言王莽移漢之機，已伏于丁、傅華軒時；『漸』者，日進無已也。

【吴仰賢曰】此詩『興罷得乾坤』五字，化工之筆，足傲老杜。末言宣帝貴許史，啟成帝之任外戚，延及哀平，委政王莽，儼然史筆。千餘年來，惟山谷賞之，而選家鮮録此，何也？（《小匏庵詩話》）

【張曰】此刺宣宗也。宣宗入承大統，與漢宣同。而厚寵母氏，虐待懿安，好察細微，不務遠大，唐家之業，自此衰矣。馮解甚精，參觀之，當知此詩之隱也。（《會箋》繫大中十年）　又曰：丁傅華軒自是哀帝時事，以借詠故，不嫌湊合，亦由於筆妙也，温李往往有此種用事法。（《辨正》）

【按】謂末聯刺宣宗寵外戚，甚是。其寵鄭光，除馮所舉外，尚有大中十年五月，鄭光莊吏恣横，積年租税不入，京兆尹韋澳執而械之，欲置於法，宣宗竟因鄭光之故撓法。所謂『丁傅漸華軒』者，當指鄭光之得寵貴顯。然謂以漢宣喻宣宗則非是。『丁傅漸華軒』，乃宣帝歿後之事，其過在哀帝也。詩之前六句乃咏宣帝之英武有為，後二句則慨其歿世未久，外戚勢力漸盛，朝政日非。如以『丁傅漸華軒』為影射宣宗寵外戚，則前六句必非影指宣宗；反之，如前六句以宣帝喻宣宗，則『丁傅漸華軒』必非刺宣宗（義山大中十二年已卒，不及見宣宗以後之事，故實際上并不存在此種可能）。是故以為前後同指一朝皇帝而言，則正如張氏已意識到之『湊合』，而不得復以『借詠』為理由妄彌其縫也。詩中之漢宣，自必影指宣宗之前某一唐代帝王。對照詩中所描繪之漢宣風貌，殆指武宗。武宗之入奉大統，亦帶偶然因素，迎立之時乃無意而得乾坤者，在唐後期以武功著稱，『渭水』一聯，渲染興盛景象，正隱然有頌其武功致中興之意，筆致與《茂陵》首聯『漢家天馬出蒲梢，苜蓿榴花徧近郊』相近。武宗喜畋獵，此詩

『小來惟射獵』一語，比附之迹更屬顯然。故詩中宣帝合之武宗則可謂神似，而與宣宗即位前之専務韜晦，平日深沉而自以為明察者相去甚遠。又，宣宗素以直承憲宗自居，李景讓遷四主（穆、敬、文、武）出太廟之議，實正中彼下懷。此詩特鄭重表明『蒼龍種』『武帝孫』，蓋亦頗寓微意焉。

過招國李家南園二首①

潘岳無妻客為愁，新人來坐舊妝樓。春風猶自疑聯句，雪絮相和飛不休②。

其二

長亭歲盡雪如波③，此去秦關路幾多？惟有夢中相近分，卧來無睡欲如何！

集注

①【朱注】招國里在京師。【馮注】見《早訪招國李十將軍》。【按】『招國』當作『昭國』。昭國李家，當即昭國李十將軍之家，亦即《送千牛李將軍赴闕五十韻》之千牛李將軍，義山連襟。詩作於大中十年冬暮。

②【朱曰】用謝道韞事。【馮曰】上二追昔，下二撫今。

③【朱注】《哀江南賦》：『十里五里，長亭短亭。』

【朱彝尊曰】詩與題不相合，豈義山曾挈妻居此耶？

【姚曰】（首章）南園想是舊遊之地，因感憶舊人而作。（次章）情根不斷之苦，如此如此。

【屈曰】（首章）玉溪蓋昔攜妻寓此，今妻亡過之，新人來住矣，故因雪絮之飛而猶憶當日之聯句也。（次章）歲盡鄉遥，夢亦難近，深悲此生無相見之分也。

【程曰】此義山居京師悼傷後將赴東川時作。詩有『此去秦關路幾多』之句，計其道里，約略可見。其李氏南園者，當是義山偕偶曾居之處。兩首語意甚明。

【馮曰】先是義山成婚，必借居南園。此曰『春風』，曰『歲盡』，則非赴東川時明矣，必東川歸後追悼之作。原編《留贈畏之》之上，是同時情事也。（按：《留贈畏之》作於大中八年春自京返東川時，辨已見前。）

【紀曰】淺近。第一首前二句、第二首後二句尤不成語。（《詩説》） 二首皆卑俗。（《輯評》）

【史歷亭曰】（首章）『新人』句，言當日我為新人來，曾同坐此妝樓，今則『新人來坐舊妝樓』矣。意必義山娶後偕偶曾寓此樓。無數情節，累辭不能達者，只以七字括之，非義山妙筆慧舌，那能煉得此句。（姜炳璋《選玉谿生詩補説》引）

【張曰】二首惟前首起句失之卑俗，餘皆不如紀評。〇二首皆感遊（疑作『逝』）而作。首二句言從前無妻，客為作合於此，故曰『新人來坐舊妝樓』也。今則潘岳悼亡矣，唱隨之樂，何可得耶？只有雪絮相飛，猶似當時景況耳。後一首言歲暮又將出遊，此地亦不能久過，欲託之夢中相見，而卧來無睡，雖夢亦不得矣。此為義山罷職梓州還至京師時所賦。玉谿伉儷情深，於此可見。又曰：柳仲郢大中十年代裴休領鹽鐵，曾奏義山充推官，此必其時將

赴推官時作。明年，當至洛中一轉，有《正月崇讓宅詩》可證。（《辨正》）

【錢鍾書曰】阮瑀《止欲賦》：「還伏枕以求寐，庶通夢而交神，神惚怳而難遇，思交錯以繽紛，遂終夜而靡見，東方旭以既晨。」按《關雎》：「寤寐思服，轉輾反側」，此則於不能寐之前，平添欲通夢一層轉折。後世師其意境者不少。……李商隱《過招國李家南園》：「唯有夢中相近分，卧來無睡欲如何。」（《管錐編》一〇四一頁）

【按】詩當作於罷梓幕歸京後。首章前二句追憶昔日自己元配去世後，李十將軍曾為己操心作合，與王氏成婚後又曾在昭國坊李家南園居住。王氏係義山續絃，故云「新人來坐舊妝樓」。後二句謂今日過此，昔之「新人」已歿，惟見雪花如絮，猶憶當日夫婦聯句唱和情景。次章謂歲盡雪飛，己又將出秦關而事行役。而今惟有夢中或可與王氏一見，然鰥鰥不寐，并夢中相見亦不可得矣。楊柳《李商隱評傳》謂昭國坊為王茂元壻千牛李十將軍住宅所在地，義山妻王氏婚前曾客串居姊家。此采其説。

正月崇讓宅

密鎖重關掩緑苔，廊深閣迴此徘徊。先知風起月含暈①，尚自露寒花未開。蝙拂簾旌終展轉②，鼠翻窗網小驚猜③。背燈獨共餘香語④，不覺猶歌《起夜來》〔一〕⑤。

校記

〔一〕『起夜來』原作『夜起來』，據朱本、季抄改。

集注

①【朱注】《廣韵》：『暈，日月旁氣。月暈則多風。』王褒《關山月》：『風多暈欲生。』

②【道源注】《南史》：『柳世隆命典籤李黨取筆題簾箔旌。』【馮曰】簾旌，簾端施帛也。

③【朱注】《招魂》：『網户朱綴。』銑曰：『織網於户上，以朱綴之。』程大昌曰：『網户刻為連文，遞相綴屬，其形如網。後世遂有直織絲網，張之簷窗，以護鳥雀者。元微之詩「網索西臨太液池」是也。』【馮曰】心有追憶，動成疑似。

④【補】背燈，掩燈（就寢）。

⑤【朱注】柳惲《起夜來曲》：『颯颯秋桂響，悲君起夜來。』【馮注】《樂府解題》：『《起夜來》，其辭意猶念疇昔思君之來也。』【何曰】楊文公詩云：『風細傳疎漏，猶歌《起夜來》』，正用此語。（《讀書記》）【錢良擇曰】言外有悼亡意。

箋評

【胡震亨曰】崇讓宅是其妻家，而詩似私有所待，豈侍婢流歟？

【何曰】此自悼亡之詩，情深一往。（《讀書記》。《輯評》引無『情深一往』四字，有『非私有所待也』五字。）月暈含風比妻死身去，下句則曾未得富貴開眉也。（《輯評》。按此説殊鑿）

【陸曰】此詩與《七月二十九日》一篇，皆悼亡後作也。宅無人居，故重關密鎖。廊深閣迥此徘徊，即潘黃門『入室想所歷』之意。三四從室外寫。仰以望月，月既含暈；俯而看花，花又未開，總是一派淒涼景況。五六從室内寫。蝙拂簾旌是所見，鼠翻窗網是所聞。明知二蟲所為，而不能不展轉驚猜者，以心懷疑慮故也。至背燈自語，起卧不常，而獨夜情懷有愈不可言者矣。

【陸鳴皋曰】宅係婦家，故全是悼傷之意。通首俱寫夜來景色，描摩如畫。蝙拂鼠翻，其佳處，仍在神韻，後人效此，便俚質無味矣。無所聊賴，香亦可語，亦是奇思。《起夜來》，曲名也。

【姚曰】此宿外家故宅而生感悼也。重關久鎖，虚室徘徊。見月則如見其人，將風含暈，月之黯慘也；見花則如見其人，露寒未開，花之嬌怯也。於是明知蝙拂簾旌，而終夜為之展轉；明知鼠翻窗網，而伏枕為之驚猜。至於背燈閉目，而髣髴餘香，朦朧私語，夜起重歌，竟忘其已作過去之人也，哀哉！

【屈曰】一二崇讓宅之荒凉。二聯風露花月不堪愁對。三聯物色亦然。七八如忘其荒凉者。『此徘徊』起結句，『獨自』『猶歌』，先已歌也。（按『猶』字承上句『獨共餘香語』，宛覺其人猶在，故不覺而歌，非謂先已歌也。）

【程曰】此失偶後重過王茂元故宅之作。感舊意少，悼亡意多，玩末二句可見。蓋亦大中五年以後徐州府罷入朝時也。

【馮曰】何説是也。《戊籤》疑私侍侍婢之流，誤矣。昔年自徐還京，冬即赴梓，則此《正月崇讓宅》，必東川歸後也。

【紀曰】通首境地悄然，煞有情致。然云高格則未也。首句亦趁韻，正月豈有緑苔哉？（《詩説》）悼亡之作，頗嫌格卑。（《輯評》）

【張曰】悼亡詩最佳者，情深一往，讀之增伉儷之重，潘黄門後絶唱也，乃以為格卑，何耶？（《辨正》）

【按】視詩中所寫崇讓宅荒凉情景，直如多年無人居住之廢宅，與《七月二十九日崇讓宅讌作》及《崇讓宅東亭醉後沔然有作》《臨發崇讓宅紫薇》均不同。可見《崇讓宅東亭》等當作於大中五年秋王氏新亡後，而此詩則必東川歸後作。張繫大中十一年春初，可從。陸、姚二解切合詩意。

前三聯寫崇讓宅荒凉冷寂景象與詩人凄寒驚猜心態，在傷悼王氏同時隱約透出與崇讓宅興廢密切相關之更大範圍之人事變化及親故零落之痛。尾聯將極凄凉冷寂之感情與綺羅香澤之尋覓融為一體，傳達出恍忽迷幻之精神狀態。與『餘香』共語，尤可謂幻中之幻，癡而又癡。

過故府中武威公交城舊莊感事〔一〕①

信陵亭館接郊畿②，幽象遥通晉水祠③。日落高門喧燕雀④，風飄大樹感熊羆〔二〕⑤。新蒲似筆思投日⑥，芳草如茵憶吐時⑦。山下祇今黄絹字⑧，淚痕猶墮六州兒⑨。

校記

〔一〕『故府中』，【何曰】『中』字衍。（《讀書記》）【馮曰】未可定。

〔二〕『感』，蔣本、姜本、戊籤、悟抄、席本、朱本均作『撼』。【按】『撼熊羆』不可通，此後人臆改。

集注

①【朱注】《舊唐書》：『交城縣屬太原府，隋分晉陽縣置，取縣西北古交城為名。』武威公，王茂元也。本集《偶成轉韻》詩：『武威將軍使中俠。』【馮注】《舊書·志》：『北京太原府領縣十三。交城，隋分晉陽置。初治交山，後移治却波村。』又曰：自朱長孺妄以武威公為王茂元，諸家（按指陸、姚、程等）胥仍其誤。王栖曜濮陽人，父子宦蹟皆未一至河東，何得交城有莊，且有碑紀功哉？義山為茂元壻，何僅曰『故府』？茂元謚『威』，何加『武』字哉？太原王氏亦有封武威者，如北齊王叡之父贈武威王之類，而此必非也。【張曰】此題『中』字不當衍，蓋言有武威公交城舊莊在故府之中，玉谿經過借以感事也。不然，則似武威公是故府主矣。又曰：《偶成轉韻》詩稱盧弘正為武威將軍……或有莊在交城耶？（《辨正》）【按】朱謂武威公指王茂元顯係誤解《偶成轉韻》詩『武威將軍使中俠』一句中之『武威將軍』為王茂元所致。馮氏于此句已正朱解之誤，定為指盧弘正（止），然于本篇之『武威公』則先疑指劉從諫，後又疑指李光顔（見箋引），均愈離愈遠。張氏據《偶成轉韻》而疑為盧弘正（止），然未敢必。實則此武威公指盧弘止殆無可疑，詳注、箋。又，題內『中』字不可通，據詩意亦不應有

『中』字。馮氏以『中』字屬武威公，謂指劉從諫；張氏《辨正》初又謂故府之中有武威公交城舊莊，均割裂不成語之强解，應從何説。

②【朱注】《一統志》：『信陵亭在開封府城内相國寺前，本魏公子無忌勝遊之地，舊有亭。』按茂元乃鄜坊節度使王栖曜子，故以信陵擬之。【馮注】《御覽》引《圖經》：『浚儀有信陵亭，在城内，即魏公子無忌勝槩之地。』【程曰】信陵亭館猶之孟嘗門下，平原座上，養士者之泛稱耳。若拘拘求魏無忌之故迹，則開封之去太原甚遠，詩所謂『遥通晉水祠』者無乃太遼濶乎？至乃以無忌為魏國公子比茂元為節度公子，尤為無著。【按】程説是矣，信陵取其禮賢下士之義，此處借指曾蒙其知遇之故府（舊日府主），不必煩引信陵亭所在。然程謂信陵亭館猶孟嘗門下、平原座上則有所未洽。此亭館即題内之『交城舊莊』。據此亦可見題内『中』字係衍文。『接郊畿』謂故府之舊莊連接太原府郊畿。

③【道源注】《水經注》：『晉水有唐叔虞祠，（水）側有凉堂，雜樹交蔭，希見曦景。羈遊宦子莫不尋梁契集，用相娱慰。晉川之中，最為勝處。』【補】晉水出太原西懸甕山，分三渠，東流入汾河。今謂之晉渠。山麓有晉祠，祭唐叔虞。交城在晉祠西南，故云『幽象遥通晉水祠』，謂舊莊勝景遥連晉祠，可與之比美于晉川。幽象，幽深之景象。

④【姚注】《淮南子》：『大厦成而燕雀相賀。』【馮注】《史記·汲鄭列傳》：『下邽翟公為廷尉，賓客闐門；及廢，門外可設雀羅。』非用《淮南子》。【按】句意謂舊莊門前冷落，唯日暮燕雀相喧而已。

⑤【朱注】《埤雅》：『熊好舉木引氣。』《爾雅注》：『羆猛憨多力，能拔樹木。』【馮注】《後漢書·馮異傳》：『諸將並坐論功，異獨屏樹下，軍中號曰大樹將軍。』（二句謂）昔日多賓客部曲，今惟燕雀熊羆。【紀曰】熊羆以比武力之臣，用《尚書》語。【方東樹曰】三四壯偉。【按】《書·康王之誥》：『則亦有熊羆之士，不二心之臣，保乂王家。』『熊羆』喻部伍，『感熊羆』伏末句。

⑥【朱注】《後漢書》：『班超為官傭書久勞苦，投筆歎曰：「大丈夫當立功異域，安能久事筆硯乎？」』

【程注】謝靈運詩：『新蒲含紫茸。』【馮曰】徐氏引董澤之蒲，是乃《爾雅》『楊，蒲柳』可為箭者，誤矣。此則以投筆謂封侯也。【何曰】句中暗藏淚。（《輯評》）【按】句意謂見舊莊新蒲始發如筆，而思當年已投筆從戎，居於幕下之日。

⑦【朱注】謝萬《春游賦》：『草靡靡以成茵。』【馮注】《漢書》：『丙吉馭吏嗜酒，數逋蕩。嘗從吉出，醉歐丞相車上，西曹主吏白欲斥之，吉曰：「此不過污丞相車茵耳。」遂不去也。』【按】句意謂見舊莊芳草如茵，而憶往昔在幕深受恩遇情景。【方東樹曰】五六細緻。

⑧【朱注】《魏略》：『邯鄲淳作《曹娥碑》，蔡邕題其後曰：「黄絹幼婦，外孫齏臼。」楊修讀之即解。操行三十里乃悟曰：「黄絹，色絲，絶字也；幼婦，少女，妙字也；外孫，女子，好字也；齏臼，受辛器，辭字也。言絶妙好辭，與修合。」』【馮注】《後漢書·孝女曹娥傳》：『上虞縣長度尚改葬娥於江南道旁，為立碑焉。』按：準之史書，蔡邕亡命遠至吴會，自可題字。魏武與修何緣得過碑下？注《世説》者已疑之。【何曰】推開反襯。（《輯評》）

⑨【朱注】用墮淚碑事。按茂元開成中授忠武軍節度，會昌中授河陽軍節度。《舊書·地理志》：『忠武軍管許、陳、蔡三州，河陽軍管孟、懷、衛三州。』故曰『六州』。【馮注】《晉書》：『羊祜為征南大將軍，封南城侯，鎮襄陽，卒。襄陽百姓於峴山祜平生遊憩之所建碑立廟，歲時饗祭，望其碑者莫不流涕，杜預因名為墮淚碑。』《北齊書·李稚廉傳》：『高祖行經冀州，總合河北六州文籍，商校户口增損。』【張曰】唐自季葉，徐州常為巨鎮，往往思效河朔故事。《舊書·弘正傳》云：『徐方自智興之後，軍士驕怠，有銀刀都尤勞姑息，前後屢逐主帥。弘正在鎮朞年，皆去其首惡，喻之忠義，訖於受代，軍旅無譁。』故結以魏博牙兵為喻，言弘正遺愛在人，而深嘆繼之者之無才，所謂感事也。其後龎勛之亂，即起於徐，可為遠見。【按】尾聯謂故府遺愛在人之意甚明，張以『六州兒』指徐方將士，係借魏博牙兵為喻，此解證之以《偶成轉韻》甚合。馮注『六州』為河北六州，亦是。朱氏以忠武、河陽共管六州以實其武威公為王茂元之説，非是。

【胡以梅曰】武威公，王茂元也……三言無人而鳥雀為喧，四本言樹風如熊羆之撼動，亦雙夾馮異為大樹將軍，如熊羆將軍之遺迹流風也。五六言睹新蒲如筆，思曾投筆從軍；逢芳草如茵，憶得吐茵沾醉。此聯感其提攜愛護也。思路扭合精巧，最開作法。……結言遺愛碑讀者墮淚，用杜預墮淚而變化之。山暗用峴山，妙在不正寫而以黃絹代之。總之，善避正面，只用側鋒，是其妙訣。

【陸曰】……武威即王茂元也。言此交城舊莊，武威公亭館在焉。其幽深景象，直與唐叔虞古祠同為晉川之勝。乃公歿後，惟見門喧燕雀，樹撼熊羆，蓋人跡之不到久矣。當日從公於此，每思立功而投班生之筆，間嘗恃愛而污邴相之茵。今見芳草新蒲，有不禁觸物生感者。茂元於開成中授忠武節度，管許、陳、蔡三州，會昌中，授河陽軍節度，管孟、懷、衛三州，故云六州。結以羊叔子相比，言此六州之人，至今猶思公而墮淚也。

【徐德泓曰】首二句言莊。中聯，即景而感舊也。末言其遺愛。王本將家（按：徐采朱箋，以武威公為王茂元），故『風飄』句用大樹將軍意，『新蒲』句用投筆意也。

【姚曰】信陵，比武威公之好士，且得人心也。亭館宛然，而日落高門，惟喧燕雀；風飄大樹，欲撼熊羆。燕雀，興當時賓從；熊羆，興當時部伍。中聯承『燕雀』句。投筆，言羣思效用；吐茵，言共沐深恩。結聯，承『熊羆』句，言身雖歿而軍心感戴，猶不啻墮淚之碑也。味詩意，似當時同舍中有忘恩者，故以此詩致感歟？

【屈曰】一二故府，三四景，五六情，結武威公。信陵比人，幽象指舊莊。門喧燕雀，言無人也；樹撼熊羆，言長大也，皆寫『舊』字。五六感當日知遇事。結言遺德在人也。

【程曰】次聯高門、大樹四字乃敘事非寫景也。高門用西漢于公事，言茂元有德于民；大樹用東漢馮異事，言茂元有功于國。此結句之所以『淚痕猶墮六州兒』也。若認作交城舊莊之景，於腹聯之感懷私恩者得矣，於結語用羊祜事無根。朱本失注，未暢詩旨……。

【馮曰】……余初以漢有劉武威，定為追感劉從諫之作。《舊、新書》言失意不逞之徒皆投潞州，故以信陵好客比之。《舊紀》：『開成元年從諫奏開儀夷山路通太原、晉州』，故次句云。從諫加同平章事，故六句云。六州兒，指河北魏博諸州也。《舊、新書・羅威傳》：『自至德中田承嗣盜據相、魏、澶、博、衛、貝等六州，募置牙軍，語曰：「長安天子，魏府牙軍」，謂其勢强也。』魏博六州，唐時常語。如《舊紀》元和七年，魏博田興請裴度至六州宣達朝旨；太和九年，歲飢，河北尤甚，賜魏博六州粟；及《平淮西碑》『魏將首義，六州降從』之類。蓋河北以魏博最强，而昭義本由相衛分置，一氣相依，故此云六州兒。而文集亦以六州向化指河朔之來服也。劉氏之鎮昭義，從諫居其中，故隱曰『中武威公』也。稹以叛誅，而從諫頗可追惜也。今思交城自屬太原，地不相涉，武威之稱，亦太假借，恐又非也。再檢《傳》《表》，武威李氏抱真喜招致天下賢雋，飾臺沼以自娱，其所鎮亦昭義非太原。范陽李氏載義封武威郡王。太和七年鎮太原，其吏下請立碑紀功，詔李程為之詞。開成二年卒，似相近，而實不可符。其它李氏或家太原、或封武威者皆無可徵，其曰故府、曰感事，必有實事在焉。尋考未符，惡可妄斷？又曰：頗以為李光顔也。《舊書・傳紀》：『李光進，父良臣。光進、光顔兄弟家於太原。光進以破賊多戰功，封范陽郡公，進武威郡王。元和六年賜姓李氏，十年卒。光顔討吴元濟，功冠諸將。穆宗即位之年，由邠寧赴闕，賜開化里第，加同中書門下平章事，守司徒，兼侍中。敬宗寶歷元年由忠武移太原尹、北京留守，二年卒，謚曰「忠」。』光進、光顔皆大著功勛，屢為節鎮，時人以大、小大夫別之。光顔忠誠尤烈。』《金石録》云：『榆次縣有《李良臣碑》。』而朱竹垞《曝書亭集跋榆次三唐碑》兼光進、光顔也。《光進傳》書武威郡王，碑書安定郡王，其詞令狐楚撰。《光顔碑》李程撰，開成五年立。傳不書封爵，而紀於邠寧入朝時書武威郡開國公矣。《前明統志》云：『榆次縣北十里，良臣與子光進、光顔，孫昌、元等五墓並列。墓有碑，今磨滅。』夫光顔家在太原，墓在榆次，則有莊在交城，似亦可也。次句似謂與太原家祠靈爽相通。六句點明曾加平章。光顔討淮蔡時，却韓弘美妓之遺，座對三軍，誓死無二。今之討昭義者有是忠勇之帥與？題所以云『感事』也。惟『故府』字與五六句，或疑義山昔在李石幕而追感之，《舊書·傳》：『石封隴西郡開國伯，會昌五年後卒。』此云武威，相類而稍隱之，亦未細符也。又曰：究以追感劉從諫為近是。蓋從諫於甘露之變後，大得時譽。觀後紀程驤事稱開成初相國彭城公可悟，餘説皆非。六州借言部曲之類，不必拘魏博也。

【紀曰】詩極可觀，但五六句太纖不稱通篇耳，所謂下劣詩魔也。問四句『感熊羆』長孺定為『撼』字，今不從之何也？曰此暗用大樹將軍事，熊羆以比武力之臣，用《尚書》語，因大樹飄零而追感熊羆之臣，與上句燕雀為假對也。若真作撼樹之熊羆，于文理既欠妥，于景物亦無此理。（《詩説》）三四有聲有情。（《輯評》）

【方東樹曰】先君云：『起二句，交城舊莊原委。晉水虞叔祠。交城舊莊，乃茂元先世故業，茂元乃鄜坊節度使王栖曜子，故以信陵擬之。茂元授忠武，管許、陳、蔡三州，又授河陽，管懷、孟、衛三州，故曰「六州」。』『接郊畿』三字太湊。三四壯偉。五六細致。（《昭昧詹言》）

【張曰】五六一聯關合雖巧，絶非纖俗所得僞托。紀氏妄詆為『下劣詩魔』，斯語祇可責後人，豈可横加唐賢耶？……此故府指太原，前有《喜聞太原同院崔侍御臺拜》詩，疑義山曾入太原幕。但考令狐楚曾為太原尹，而《補編》文中有數啟云借楚在太原日歌詩，則義山未至其幕可知……武威公，馮氏謂李光顔，極是。非必暗指劉從諫也。集中有《喜聞太原同院崔侍御臺拜》詩（以下略，見該詩後張氏箋語），……則義山於會昌三年必曾應李石之招。……如此考之，而後此題『故府』二字始有着落，而集中他篇，亦可貫通也。《偶成轉韻》詩稱盧弘正為武威將軍，義山曾為弘正幕僚……似與『故府』二字甚切，『中』字當屬衍文。『新蒲』二句謂從前橐筆從遊，蒙其厚遇，不必謂其暗切封侯加平章事也。但《轉韻》詩『武威』余疑其為『武寧』之誤，若再改此文，則太近武斷矣。（《辨正》）交城屬太原，此云故府中，必故府之為太原。令狐楚留守北都，義山似有入幕之跡，然詩意却不在此，而注重舊莊。惟武威不詳何人。考《偶成轉韻》詩嘗稱盧弘正為武威將軍矣。弘正，盧簡辭弟，范陽人，後徙家於蒲，或有莊在交城也。但弘正……未嘗封爵加平章事，似與腹聯用典不合。或『新蒲』句以班超投筆比己入幕；

『芳草』句以醉吏汙茵比盧厚愛，意亦可通。……此詩當作于東川罷後，但不能定指何年也。馮氏初解謂追感劉從諫，後又以為李光顔，雖與題似符，然與義山實皆風馬牛不相及，至諸家概斷為王茂元，更誤之誤矣。（《會箋》）

【按】：此詩已明確提供武威公有關情事者有如下數事：一、此人係義山之已故府主，義山曾深受其知遇。二、此人非尋常文職節使，系有武略軍功，且深得士卒愛戴者。三、此人有舊莊在交城，當家居太原附近。攷義山所歷事之幕主中，柳仲郢後義山而卒，可勿論。鄭亞家居仕歷均與太原無涉，崔戎亦然。王茂元之誤，馮氏已辨之。令狐仕歷雖與太原有關，然楚以幕府章奏進身，不習武事，顯亦非所謂武威公者。上述三事均相合者，唯盧弘止一人。義山與弘止，不僅有戚誼，且早已結識（『憶昔公為會昌宰，我時入謁虚懷待』），大中三年辟商隱入幕，商隱深受其知遇。《偶成轉韻》之『我生麤疏不足數，《梁父》哀吟《鴝鵒舞》，横行濶視倚公憐，狂來筆力如牛弩』，亦即『芳草如茵憶吐時』所包含之情事也。弘止兼有文才武略，《偶成轉韻》云：『武威將軍使中俠，少年箭道驚楊葉。戰功高後數文章，憐我秋齋夢蝴蝶。』《戲題樞言草閣》云：『尚書文與武，戰罷幕府開。』均明言其才兼文武。其鎮徐時治軍之績已見前引張箋，而會昌四年，奉詔宣慰邢、洺、磁三州及成德、魏博兩鎮，亦其軍功之卓著者。盧弘止之深得部伍愛戴，《偶成轉韻》已有所謂『彭門十萬皆雄勇，首戴公恩若山重』，於其逝世，自可言『淚墮六州兒』矣。據《新唐書·文藝傳》：『盧綸（弘止父），河中蒲人。』河中府即今山西永濟縣，地與太原相近，故交城或有其舊莊。又《新書·盧簡辭傳》載，李程鎮太原，曾表簡辭為節度判官，則盧氏極有可能于太原置別業。總此觀之，武威公之為盧弘止，殆無可疑。題稱『故府武威公』，與『舊府開封公』同例（唯武威非郡望），『中』字當係不明『故府』之義者所妄增。

此詩作年，當如張氏所言，在罷東川幕歸京以後。大中十一年春，義山曾回洛陽，本篇腹聯點春令，似有可能作於本年春。

江東①

鷩魚撥剌燕翩翾〔一〕②，獨自江東上釣船。今日春光太漂蕩，謝家輕絮沈郎錢③。

校記

〔一〕『撥』，萬絶作『潑』。

集注

①【馮注】『江東』見《史記·項羽本紀》者，謂吳中也。秦時會稽郡治在吳，即後之蘇州也。會稽郡地兼吳、越，而江淮諸郡盡吳分，故後世概稱江左，即江東也。項王欲東渡烏江，烏江在牛渚，今當塗縣境。唐時江南西道之池州、宣州，亦江東也。合之諸詩，義山或實有江東之遊矣。又《漢書·志》：『丹陽郡石城縣分江水首受江，東至餘姚入海。』《舊書·志》：『池州治秋浦縣，漢石城縣也。』集中既有宣、池、江東之蹟，或詩中所用石城即借指池州亦未可知。江南東道之潤州，淮南道之揚州，地皆接近。《南朝》《隋宫》諸篇，或係因地懷古，非虚擬也。

②【朱注】撥，方割切；剌，力達切。謝靈運賦：『魚水深而潑剌。』杜甫詩：『船尾跳魚撥剌鳴。』《鵾鷄

賦》：『育翩翾之陋體兮。』【程注】謝靈運《山居賦》：『鶡鴻翻翥而莫及，何但燕雀之翩翾。』【馮注】《後漢書·張衡傳》：『彎威弧之撥刺。』注曰：『張弓貌也。』《文選》作『拔刺』，音義同。後人每謂魚跳為撥刺，蓋《鶡冠子》曰：『水激則旱，矢激則遠，精神迴薄，震蕩相轉』，其意相同也。《野客叢書》謂潑剌，劃然震激之聲，箭鳴亦然。《淮南子》：『琴或撥刺枉橈，闊解漏越。』按：『撥刺』似始此。【按】撥刺，魚尾撥水聲。杜甫詩『船尾跳魚撥刺鳴』即此義。

③【朱注】《晉書·食貨志》：『吴興沈充鑄小錢，謂之沈郎錢。』此以比榆莢也。漢有小錢名榆莢錢。李賀詩：『榆莢相催不知數，沈郎青錢夾城路。』【程注】《漢書·食貨志》：『秦錢重，難用，更令民鑄莢錢。』注：『如榆莢也。』《本草》：『榆莢形狀似錢而小。』【何曰】比世情之輕薄。（馮注引）【按】謝絮屢見前。

箋評

【何曰】魚遺子，燕引雛，以比後生得路。○飄零墮落，終成泥滓，下二句自比身世也。（《輯評》）

【徐德泓曰】止道楊花榆莢耳。錢帶沈郎，比其小也；若絮帶謝家，又何涉乎？李之使事，活潑靈化，概見于此，解者猶刻舟求劍，拙矣。

【姚曰】歎富貴無常也，即劉郎兔葵燕麥之感。首句是自喻。

【屈曰】當春光魚燕飛遊時，獨上釣船，觀謝女輕絮、沈郎之榆錢，傷己之孤貧，而致歎其太飄蕩也。

【馮曰】極寫客遊之無聊賴也。

【紀曰】蒙泉曰：無聊之思，亦在言外。

【姜炳璋曰】此傷己之無成也。春光漂蕩，百感攢膺。老將至矣，勳名未立，將若之何？感慨無聊之況，俱『獨自』二字傳出。

【俞陛雲曰】江東為衣冠文物薈萃之區，英豪才俊，輝映簡册者，固代有其人，而其中孤客羈棲，美人淪落者，不知凡幾，詩中謝絮沈錢，殆為文士名媛，齊聲一歎，不若扁舟江上，看燕飛魚躍，翛然物外也。

【張曰】此充推官時遊江東之作。馮氏謂極寫客遊之無聊賴，是也。（《會箋》繫大中十一年）又曰：柳仲郢大中十年為鹽鐵使，曾辟義山充推官。此與江東懷古諸詩皆大中十一年中賦也。『謝家輕絮沈郎錢』，亦暗喻鹽鐵也。馮氏編諸開成五年，大誤。（《辨正》）

【按】視『春光太漂蕩』語，詩或作於晚年窮途落魄之時，張箋繫年似可從。謝絮沈錢喻鹽鐵，則近乎鑿，仍以馮箋『極寫客遊之無聊賴』為是。自本篇至《風雨》，共十三首，均大體依張氏《會箋》繫大中十一年至十二年任鹽鐵推官游江東時。商隱晚年曾任鹽鐵推官，見裴廷裕《東觀奏記》卷下，謂温庭筠『謫為九品吏（按：指大中十三年謫為隋縣尉）』之『前一年（按：指大中十二年），商隱以鹽鐵推官死』。其任鹽鐵推官，係出於大中十年暮春至十二年二月任鹽鐵轉運使之柳仲郢之推薦。張采田《會箋》云：『考集中江東詠古諸作，前此江鄉、巴蜀游蹤，斷不暇有此，其為充推官時所賦無疑。然則宦轍所經，多在吴、越、揚、潤間歟？』張氏所謂江東詠古諸作，蓋指《隋宫》二首、《南朝》二首、《齊宫詞》《詠史》（北湖南埭）等。或以為此類詠史詩並非紀游詩，不能據此謂商隱曾至揚州、金陵等地。然如《詠史》『北湖南埭水漫漫』之句，《南朝》『休誇此地分天下』之句，乃至《隋宫》『於今腐草無螢火，終古垂楊有暮鴉』之句，或直接描繪眼前景物，或明點『此地』『於今』，均非想像中虛景，而係實地游歷所見。故上述諸詩雖非紀游詩，却反映出商隱有揚州、金陵之行。揚州為東南鹽鐵、漕運中心，『唐世鹽鐵轉運使在揚州，盡斡利權，判官多至數十，商賈如織』（洪邁《容齋隨筆》）。柳仲郢駐節揚州，商隱以梓幕舊僚而為鹽鐵推官，受到仲郢關顧，很有可能即在揚州巡院任推官，故集中江都、金陵詠史之作特多。在無證據證明商隱在其他時間有江東之行的情況下，張氏《會箋》之考證與對有關詩歌之繫年似仍可從。至於《江東》一詩，明説自己在暮春柳絮飛揚、榆錢夾路之時曾『獨自江東上釣船』，更證明其確有江東之行。或謂商隱任鹽鐵推官，只是仲郢為照顧商隱而辟署之掛名支俸之職，並非實際擔任推官實務，且商隱晚年衰病，已不堪擔任推官繁劇之務。但掛名支俸之説並無實證。至於身體衰病，自梓幕以來已是『漳濱多病』，但仍不妨其『五年從事』。且揚州鹽鐵使府判官多至數十，巡院推官數量不少，仲郢以鹽鐵轉運使身份給予關顧，安排較輕之職事，應無困難。

寄在朝鄭曹獨孤李四同年①

昔歲陪遊舊跡多，風光今日兩蹉跎。不因醉本蘭亭在〔一〕，兼忘當年舊永和②。

校記

〔一〕『本』，姜本作『草』。

集注

①【馮注】獨孤雲、李定言見本集，當即其人。《舊書·鄭餘慶傳》：『餘慶之孫茂休，開成二年登進士第，累官至秘書監。』《曹確傳》：『開成二年進士第，至咸通五年同平章事。』當亦即其人。【陶敏曰】鄭，鄭憲。唐闕

史卷下：『故尚書右丞諱憲……。』《舊書·宣宗紀》：大中十一年四月，『以中書舍人鄭憲為洪州刺史、御史中丞、江南西道都團練觀察處置等使。』……曹，曹確……《學士壁記》：『大中五年八月十一日自起居郎充……九年閏四月六日，拜中書舍人，依前充……十一年八月二十一日，授河南尹，出院。』獨孤，獨孤雲，李商隱有《妓席暗記送同年獨孤雲之武昌詩》。《新表五下》獨孤氏：『雲，字公遠，吏部侍郎。』……李，李定言，李商隱有《與同年李定言曲水閑話戲作》詩，許渾有《李定言自殿院銜命歸闕拜員外郎遷右史因寄詩》。（《全唐詩人名考證》）

②【馮注】《晉書·王羲之傳》：『永和九年，與同志宴集於會稽山陰之蘭亭，修禊事也。』何延之《蘭亭記》：『王右軍揮豪製序，興樂而書，用蠶繭紙、鼠鬚筆，遒媚勁健，絶代更無，其時乃有神助。及醒後，他日更書數百千本，終無如祓禊所書之者。右軍亦自珍愛寶重此書。』按：『更書』二句，一本作『醒後連日再書數十百紙，終不能及。』唐時登第後，例於曲江遊讌，故以為喻。

箋評

【何曰】重叙舊遊，正責其了無故意，吐屬極婉。（《輯評》）

【姚曰】悲淪落之已久也。

【屈曰】寫自己之幾忘舊譜，反言見意。以《蘭亭》比同年姓名譜也。

【程曰】此即杜子美『厚禄故人書斷絶』之感也。玩題中『在朝』二字，則情緒可知矣。此義山詩之最淺直者，然善於用事，無灌夫罵座之態。

【馮曰】初定閑居永樂時作，不如大中末病還鄭州，年深詩味更深也。

【紀曰】著意『在朝』二字，朋友相怨之詩也，後二句太激，少含蓄。（《詩説》）又曰：近乎詬詈。

（《輯評》）

【張曰】此首借以自慨，非怨詩，何至近乎詬詈耶？誤甚。（《辨正》）

【按】此詩馮、張均編大中十二年商隱病廢還鄭州時，然據鄭憲大中十一年四月出為江西觀察使、曹確同年八月出為河南尹之宦歷，當作於大中十一年四月之前。另據四人同在朝任職之經歷，此詩作於商隱在梓幕期間之可能性甚少。大中十年商隱歸京後四人雖可能同在朝，但不必『寄』詩。故以作於大中十一年春之可能性最大。詩中『蘭亭』『永和』用王羲之《蘭亭集序》『永和九年，歲在癸丑，暮春之初，會於會稽山陰之蘭亭』之語，故可推知詩當作於大中十一年暮春。此時商隱正游江東，窮途漂泊，憶及昔日與四同年春日同游賦詩情事，對照今日窮達懸絶之處境，不禁有『風光今日兩蹉跎』之慨。『醉本《蘭亭》』，當指昔日同游時所作詩文。自慨中寓有『交親得路昧平生』之感，但極委婉而無痕。淡淡説去，意蘊自厚。作諷語怨語看，便不耐味。

贈鄭讜處士

浪跡江湖白髮新，浮雲一片是吾身①。寒歸山觀隨碁局，暖入汀洲逐釣輪〔一〕②。越桂留烹張翰鱠③，蜀薑供煮陸機蓴④。相逢一笑憐疎放，他日扁舟有故人。

校記

〔一〕『輪』原作『綸』，據蔣本、姜本、戊籤、悟抄、席本、錢本、影宋抄、朱本改。

集注

①【朱注】《維摩經》：『是身如浮雲，須臾變滅。』【馮注】《顏氏家訓》：『吾今羈旅，身若浮雲。』

②【朱注】（郭璞）《江賦》：『或揮輪於懸碕。』善曰：『輪，釣輪也。』【補】釣輪，釣魚之具。陸龜蒙《釣車》詩：『溪上持隻輪。』

③【朱注】南越有桂林，故曰越桂。《呂氏春秋》：『和之美者，（蜀郡）楊樸之薑，招摇之桂，越駱之菌。』【馮注】《晉書》：『張翰為齊王冏大司馬東曹掾，冏時執權。翰見秋風起，思吴中菰菜、蓴羹、鱸魚膾，遂命駕而歸。俄而冏敗。』【何曰】膾是生肉，故少儀謂牛與羊魚之腥，聶而切之為膾。『烹』字刻矣，賴『留』字尚活。（《輯評》）

④【道源注】《搜神記》：『左慈少有神道，嘗在曹公座，公曰：「今日高會，所少者松江鱸魚為鱠。」慈求銅盤貯水，釣於盤中，引一鱸魚出。公曰：「今既得鱸，恨無蜀中薑耳。」慈曰：「亦可得也。」公恐其近路買，因曰：「吾有使至蜀買錦，可勑使增市二端。」須臾還，得生薑。歲餘，使還，果增二端。問之，曰：「某月某日見人於肆，下以公勑，故增耳。」』《世説》：『陸機詣王武子，武子前置數斛羊酪，指以示陸曰：「卿江東何以敵此？」陸

曰：「有千里蓴羹，但未下鹽豉耳。」』【馮注】《輿地志》：『華亭谷出佳魚蓴菜，陸機云「千里蓴羹」即此。』【程注】何遜《七召》：『海椒魯豉，河鹽蜀薑。』

箋評

【胡以梅曰】一、二皆言鄭。吾身，代其自謂之語。三、四言其順時自適。五、六越桂蜀薑，應『浪迹江湖』，因遠游而得；鱸魚蓴菜，將東歸之謂，結則承歸後也。此蓋贈別之作。

【何曰】此身反隨逐釣輪、碁局，乃真似浮雲浪跡也。○『越桂』一聯，伏下故人。（《讀書記》）○落句言我遶樹無依，略同處士也。（《輯評》）

【陸鳴皋曰】前四句，言其逍遥自在。五六句，以張、陸自謂也。言異時相訪，以此辛香之物佐厨享客，故曰『留烹』『供煮』，即伏下『他日扁舟』意。

【陸曰】此美鄭之蕭然塵外，而已欲與之把臂入林也。浮雲一片，是其身世；碁局釣輪，是其事業。甘心窮約，頭白於蓴鱸鄉中，處士之所得也多矣。視夫張翰思歸，陸機不返，其間相去何如？夫我亦疎放人也，他日扁舟相過，而與子偕隱，或者其許我乎？

【姚曰】此羡浪跡之樂也。浮雲一片，飄泊江湖，山觀隨碁，汀洲逐釣，一身所至，無適而非家也。夫此身之所資於世者有限，誠使有鱠可烹，有蓴可煮，雖張翰不足為高，如陸機衹以取悔。相逢一笑，蓋不以俗人相待乎？扁舟作伴，舍此奚適矣。

【屈曰】前六句皆寫處士之疎放。八言相逢之後，他日定當扁舟來訪也。

【馮曰】首二自謂，三四謂偕鄭遊，五六留物贈之，七八叙交情，期後會，是江鄉旅次偶然之地主也。用張陸事，其遊江東時歟？

【姚鼐曰】前六句皆謂鄭，『吾身』亦以託鄭也。末乃自指。

【紀曰】居然宋體，可以入之《劍南集》中，見義山無所不有。然廉衣以為起二句俗也。（《詩説》） 詩雖清淺，而無惡狀。（《輯評》）

【方東樹曰】六句謂鄭，收乃自指。起句浮情，此不如杜公《因許八寄江寧旻上人》。

【張曰】馮説得之，是充推官遊江東時作，非開成時也。（《會箋》，繫大中十一年） 又曰：統觀全集，用典必極雅切，措辭必極深婉，絶無一句鄙俗語可摘，正不煩紀氏强為辨别也。○贈答詩，别無寓意。觀首句『浪迹江湖白髮新』，蓋大中十一年充鹽鐵推官，客遊江東時作矣。馮氏疑開成五年江鄉作，則與首句不符，必不然也。（《辨正》）

【按】屈箋是。『浪迹江湖』『浮雲一片』，指鄭不指己。『是吾身』，託為處士口吻。諸家箋多誤會，以為義山自道；果然，則不必謂『他日扁舟有故人』矣。中二聯皆狀處士之疎放。山觀奕碁，汀洲垂釣，皆處士閒逸之態；越桂烹鱠，蜀薑煮蓴，亦處士遠於名利之情。若義山則無論所謂開成末南遊或大中末遊江東，恐皆無此閒逸意態也。詩意興頹唐，當非前期作品。馮曰：『用張陸事，其遊江東時歟？』觀詩中所寫景象，亦甚似之。

南朝

地險悠悠天險長①，金陵王氣應瑶光〔一〕②。休誇此地分天下，只得徐妃半面妝③。

校記

〔一〕『瑶』，姜本作『遥』。

集注

①【馮注】《易·坎卦》：『天險、地險。』【按】地險，指『鍾阜龍盤，石城虎踞』之地理形勢。天險，指長江。悠悠與長義近，前者狀時間之久遠，後者狀空間之長遠。而在句法上又與『秦時明月漢時關』相類，乃互文，謂地險與天險皆悠悠且長。

②【朱注】《春秋運斗樞》：『北斗七星：第一天樞，第二璇，第三機，第四權，第五（玉）衡，第六開陽，第七瑶光。』江淹詩：『瑶光正神縣。』南朝為正朔所歸，故曰『應瑶光』也。【馮注】《吴録》：『張紘言於孫權曰：「秣陵，楚武王所置，名曰金陵。秦始皇時，望氣者云金陵有王者氣，故斷連岡，改名秣陵。」』《春秋運斗樞》：『（北斗七星）第一至第四為魁，第五至第七為杓，合為斗。』《漢書·志》：『吴地，斗分壄也。今之會稽、九江、丹陽、豫章、廬江、廣陵、六安、臨淮郡，盡吴分也。』【按】《太平御覽》引《金陵圖》云：『昔楚威王見此有王氣，因埋金以鎮之，故曰金陵。秦併天下，望氣者言江東有天子氣，鑿地斷連岡，因改金陵為秣陵。』二句謂南朝既有山川之險，又上應天象。

③【朱注】《南史》：『徐妃諱昭佩，無容質，不見禮。（梁元）帝二三年一入房。妃以帝眇一目，每知帝將至，必為半面粧以俟。帝見則大怒而出。』

箋評

【張戒曰】非誇徐妃，乃譏湘中也。義山詩佳處，大抵類此。（《歲寒堂詩話》）

【錢謙益曰】南朝止分天下之半，徐妃妝面亦止一半。（《唐詩合選箋注》）按：錢良擇評與此同。

【朱彝尊曰】高絶。

【何曰】點化中分，使事靈變。看作刺詩，便不會作者語妙。（《輯評》）

【徐德泓曰】以南人映南事，方近而有致。

【姚曰】以巾幗比偏安也。

【屈曰】以如此之形勝，如此之王氣，而僅足以偏安，非英雄也。借一事而統論南朝，非耑指徐妃。

【程曰】唐人詠南朝者甚衆，大都慨嘆其興亡耳。李山甫『總是戰争收拾得，却因歌舞破除休』二語最為有識，衆論推之。而義山更出其上，以為六代君臣，偏安江左，曾無混一之志，坐視神州陸沉，其興其亡，蓋皆不足道矣。愚謂此詩真可空前絶後，今人徒賞義山艷麗，而不知其識見之高，豈可輕學步哉！

【紀曰】纖而鄙。（《詩説》）

【張曰】借香倩語點化，是玉溪慣法，不得以纖佻目之。遊江東時詠古之作，别無寄托。義山大中十一年隨仲郢充鹽鐵推官，當至金陵、揚州諸地，……凡集中此種詩，皆其時作也。（《辨正》）

【按】梁元帝建都江陵，非都建康，且題云『南朝』，則詩之所諷者固非元帝一人，乃借『半面妝』事以刺南朝諸帝之苟安江左，不圖進取耳。徐妃半面妝事，僅反映帝妃之不和，缺乏社會意義，作者將其與『分天下』聯繫，不特使事靈變，妙語解頤，且亦於尖刻之諷刺中寓深刻思想：自誇擁有半壁江山者，不過得『半面妝』之孤家寡人耳。

晚唐君主，於藩鎮割據、疆土日蹙情勢下，多但求苟安，不務進取。義山此詩，蓋亦有感而發。張氏繫大中十一年遊江東時，雖無確據，然詩明言『此地』，似是親至其地之作。

南朝

玄武湖中玉漏催①，雞鳴埭口繡襦迴②。誰言瓊樹朝朝見③，不及金蓮步步來④？敵國軍營漂木柹〔一〕⑤，前朝神廟鎖煙煤⑥。滿宫學士皆蓮色〔二〕，江令當年只費才⑦。

校記

〔一〕『柹』，原一作『楝』，非。

〔二〕『蓮』，蔣本、姜本、戊籤、悟抄、席本、錢本、影宋抄、朱本均作『顔』。【按】義山律體多有偶重字而遭後人臆改者。

集注

①【馮注】玄武湖見《陳後宫》。　【朱注】張衡《渾天制》：『以玉虬吐漏水入兩壺。』李蘭《刻漏法》：『以玉壺、玉管流珠馬上，奔馳行漏。』

②【朱注】《南史》：『齊武帝數幸琅琊城，宫人常從，早發，至湖北埭，鷄始鳴，故呼為鷄鳴埭。』《一統志》：『在清溪西南潮溝之上。』【馮注】《通鑑注》：『（埭）音代。』古樂府：『妾有繡腰襦。』【姚注】《説文》：『襦，短衣也。』【按】繡襦，指宫人。迴，見其遊讌之頻，猶『重來』『又來』。此言玉漏方催，玄武湖畔之鷄鳴埭口，繡襦宫人又紛至沓來矣。

③【朱注】《陳書》：『後主製新曲，有《玉樹後庭花》《臨江樂》等，其略云：「璧月夜夜滿，瓊樹朝朝新。」大抵美張貴妃、孔貴嬪之容色。』二句乃江總詞也。

④【馮注】（金蓮）見《隋宫守歲》。　【《輯評》墨批】言後主荒淫，未嘗少遜東昏。　【按】蓋謂荒淫相繼，後代更甚於前朝也。『金蓮』見《齊宫詞》注②。

⑤【馮注】《南史·陳後主紀》：『宣帝崩，隋遣使赴弔，修敵國之禮。』又：『隋文帝命大作戰船，人請密之。文帝曰：「吾將顯行天誅，何密之有？使投柹於江，若彼能改，吾又何求？」』《説文》：『杮，削木札樸也，從木，𠂔聲。陳、楚謂櫝為柹，芳吠切。』《晉書·王濬傳》：『造船於蜀，其木柹蔽江而下。』字亦作柹，柹即杮也。或云當改『杮』者，誤。（按：　【程注】柹當作杮。《唐韻》：『芳吠切。』《説文》：『削木札樸也。』又：『削下木片也。』《漢書·楊由傳》：『風吹削杮。』）

⑥【朱注】《陳書》：『後主於郭内大皇佛寺起七層塔，未畢，火從中起，飛至石頭，燒死者甚衆。』　【程注】

《宋書・禮志》：『明帝立九州廟於雞籠山，大聚羣神。』《陳書・武帝紀》：『十月乙亥，即皇帝位。丙子，幸鍾山，祀蔣帝廟。』前朝神廟，自應本此，言淫祀之無益也。長孺引《陳書》……與『前朝』二字未合。又按：《玉篇》：『煤，炱煤也。』韻會：『煤炱，灰集屋者。』高誘《吕氏春秋》注：『煤，室烟塵之煤也。』張祜詩：『古牆丹雘盡，深棟墨煤生。』温庭筠詩：『煙煤朝奠處，風雨夜歸時。』是煤乃梁上煙煤之名明矣。【馮注】《通鑑》：『太市令章華上書極諫，略曰：「高祖、世祖、高宗功勤亦至矣。陛下不思先帝之艱難，惑於酒色，祠七廟而不出，拜三妃而臨軒。今隋軍壓境，如不改弦易張，麋鹿復遊於姑蘇矣。」帝怒，斬之。』徐曰：句用此事。前朝，陳之前朝也。不特咎其不親祭太廟，亦言祖宗之統自此滅矣。語最警切，舊注皆誤。【按】徐、馮説是。二句謂陳後主於隋兵壓境之時，仍毫無戒備，不祭太廟，沉湎聲色，必將亡國絶嗣。

⑦【馮注】《陳書》：『張貴妃，龔、孔二貴嬪，又有王、李二美人，張、薛二淑媛，袁昭儀、何婕妤、江修容等七人，并有寵，以宫人有文學者袁大捨等為女學士。後主每引賓客，對貴妃等，遊宴則使諸貴人及女學士與狎客共賦新詩，互相贈答，選宫女有容色者以千百數，令習而歌之。』又：『後主之世，江揔當權宰，不持政務，但日與後主遊宴後庭，共陳暄、孔範、王瑗等十餘人，當時謂之狎客。』《北史》：『薛道衡曰「陳尚書令江揔惟事詩酒。」』【補】《南史・陳後主本紀》：『（後主）荒於酒色，不恤政事……江揔、孔範等十人預宴，號曰狎客。先令八婦人襞采箋，制五言詩，十客一時繼和，遲者則罰酒。君臣酣飲，從夕達旦，以此為常。』二句謂後主後宫妃嬪學士皆美於容色，使江總等狎客為歌詠其容色而費盡才華。

箋評

【《輯評》墨批】羅列故實，無他命意，此義山獨創之格。西崑祖之，遂成堆金砌玉，繁碎不堪。（錢良擇《唐音審體》批語曰：羅列故實，其意蓋本《玉台》艷體作詠史詩也，義山創此格，遂為西崑諸公之祖。）

【何曰】此篇亦非楊、劉所及。南朝偏安江左，不思勵精圖治以保其國，乃徒事荒淫，宋不戒而為齊，齊不戒而為梁，陳因梁亂而篡取之，國勢視前此尤促。乃復不戒，甘蹈東昏之覆轍如恐不及，且寇警天戒，儼然不知，安得不滅於隋乎！不特此也，前此宋齊不過主昏於上，江左猶為有人，故命雖革，而猶能南北分王。至陳則君臣荒惑，一國俱在醉夢之中，長江天塹，誰復守之？落句深嘆南朝由此終，無一豪傑能代興者，非特痛惜陳亡也。（『玄武』句）指宋。（『雞鳴』句）指齊。（『誰言』一連）『誰言』，『不及』，吐屬殊絞而婉，叙致亦錯綜善變。（『敵國』一連）蓋所謂天地人皆以告，而王不知戒也。此等詩須細味其高情遠識。起連便是南朝國勢必為北并，況又加之陳叔寶乎？二十八字中叙四代興亡，全不費力，又其餘事也。（《讀書記》）

【沈德潛曰】題概説南朝而主意在陳後主。玄武湖、雞鳴埭雖前朝事，而玉漏催、繡襦迴已言後主遊幸無明無夜也。三四誰言後主不及東昏，見盛於東昏也。五六見不防敵患、不畏天災，欲國之不亡，其可得乎？（《唐詩別裁》）

【胡以梅曰】此舉南朝荒亡之事，齊、陳兼有，而陳不畏外患，不知天戒，放蕩無極，所以失國。起二句謂齊武帝射雉起早，宮人皆從，先啟其端，故東昏又溺於潘妃，然陳後主瓊樹之寵亦不減於金蓮也。將齊武之繡襦，引起其後人之金蓮，而以陳事插之，下半首獨承第三句以盡其事，而深責輔臣之邪僻，『才』字似揚而實抑之也。然此格既拘，其意又一無稜角，俱在言外，若欲效之，而無事實相襯，恐墮入晦暗之中，則畫虎不成矣。

【趙臣瑗曰】宋齊梁陳皆謂之南朝，而此詩獨譏陳後主也。〇一二平起，玉漏未停，繡襦已到。其耽於宴樂，真是不分晝夜。三四趁手翻跌，『誰言』『不及』，不是借金蓮以形瓊樹，乃是言後主之荒淫未嘗少讓東昏也。五人心已去，六天戒昭然，宜乎稍知恐懼矣，此頓筆也。七八仍收到前半，然而宮人也則稱學士，宰臣也但為狎客，……風流天子，愈出愈奇，夫如是奚而不喪？

【陸曰】此譏南朝皆以荒淫覆國，而嘆陳之後主為尤甚也。起二語叙宋、齊事，隨寫隨撤。三四用反語轉出陳來，句法最為跌宕，曰『誰言』，曰『不及』，是殆有加焉之意。下半言咎不獨在君也。當日江漂木柹，敵勢已張，火烈石城，天災可畏，主既不悟，而江令身為宰輔，亦毫無戒心，日與妃嬪女學士等侍宴賦詩為樂，君臣皆在醉夢中，安得不蹈宋、齊覆轍而見滅于隋乎？

【陸鳴皐曰】結語已盡荒淫而不露筋肘，可以為法。

【徐德泓曰】此專賦陳後主事。首言南朝行樂之地。次聯，言後主之荒，與東昏等也。後四句，言敵漂木柹，火焚神廟，天人示警，而猶宣淫不已也。『只』字見大臣用心止此，雖欲不亡，得乎？

【姚曰】題曰『南朝』，詩實注意陳朝事。玄武湖、雞鳴埭，皆宋、齊以來遊幸之地。玉漏催、繡襦迴，言其無明無夜。至瓊樹朝朝，視金蓮步步，真不翅也。當此之時，敵國則投柹江流，神廟則煙煤空鎖，天人交警，而彼昏不知。學士滿宫，而狎客作相，所貴於才華者，乃祇為覆亡之具也乎？讀此詩知義山亦不但欲以文人自命者矣。

【屈曰】起二句寫時、地。下以『誰言』『不及』四字調笑之。五六寫亡國。七八又追寫未亡事，以見安得不亡意。〇此寫陳氏事，而題總云『南朝』者，以地言也。詩中雖用宋、齊事，却只言陳亡，不為宋、齊而發，玩結句可知。

【程曰】南朝偏安江左，歷代皆事荒淫，宋、齊、梁、陳，如出一轍。起二句言宋文帝、齊武帝盛時已開游幸之端，貽謀不臧，下有甚焉者矣。三四言齊、陳之攻綺語而作色荒。五六言梁、陳之弛武備而事祠禱。結二句總論其謀國無人，以致淪喪。江總歷事梁、陳，始終誤人家國。然則保國之道尤在任賢也。首舉宋、齊則梁、陳可知，末舉梁、陳則宋、齊概見，此行文參錯交互之法也。

【馮曰】南朝始於吳，終於陳。劉賓客《西塞山懷古》上半重叙吳亡，所謂獨探驪珠也。許丁卯《金陵懷古》則以『《玉樹》歌殘王氣終』追括六代，義山此章與許同法。《元經》書陳亡而具五國之義也。首二句志舊地而紀新遊；三四跌重陳朝；下半純是陳事，案而不斷，荒淫敗亡一一畢露，真善於措詞矣。人以堆砌繁瑣譏之，何哉？此為遊江東懷古之作，無他寓意。

【紀曰】三四言叔寶之荒淫過於東昏也，『誰言』『不及』，弄姿以取瞥脱耳。五六提筆振起，七八冷掉作收，是義山法門。以南朝為題，實專詠陳事，六代終於陳也。四家牽於首二句，故兼宋齊言之，實無此詩法。問《南朝》定為詠陳，恐首二句不是陳事。曰二地名固始於宋齊，何妨至陳仍於此宴遊哉。如四家所評則此詩首尾衡決矣。

【姜炳璋曰】此言陳後主亡國之由，而歸罪於秉國之人也。『玉漏催』，則時光逝矣；『繡襦回』，則美人歸矣。用一『催』字、『回』字，已撇過兩朝矣，精細乃爾。三四以下，後主承荒淫之後而又過之，誰云陳閣之美人不及齊宮之潘妃乎？『誰言』二字直貫兩句。斯時敵國未嘗不明告汝，天意未嘗不嚴警汝，而滿宮顏色足蠱君心，宰相江總，只廣用才華，迎合意旨，故安危利災而不自知也。如此説，方一氣貫通，按總之才，義山嘗稱之，而此正其誤國之罪，斧鉞凛如，可以知其性情之正。

【王壽昌曰】弔古之詩，須褒貶森嚴，具有《春秋》之義，使善者足以動後人之景仰，惡者足以垂千秋之炯戒。……李義山之……《南朝》……諸作，其悽惻既足以動人，其抑揚復足以懲勸。……至若『敵國軍營』二句，令人凛然知憂來之無方，禍至之無日，而思患預防之心不可不日加惕也。（《小清華園詩談》）

【方東樹曰】『先君云：「此專為陳後主而作，吐屬絞而婉，叙致錯綜變化。前四句中，叙四代興亡，全不費力，却又賓主跌宕變化，不可方物，咏古極則也。宋元嘉三十三年，立玄武湖。齊武帝立鷄鳴埭。宋之荒而為齊，齊之荒而為梁。第三句為主句，言後主蹈東昏覆轍。後主時，天火焚寺塔，六句指其事也。」又曰：「五六所謂天人皆以告，而君臣俱在醉夢中，可嘆也。」又曰：「此詩略近《隋宫》。」』樹謂《隋宫》又《遜籌筆驛》，以用事太濃，下筆太輕利，開作俗詩派。

【張曰】金陵、揚州懷古詩集中極多，大抵大中十一年充鹽鐵推官，客遊江東所作。馮編不能斷定，甚謬。（《辨正》）

【劉盼遂曰】前六句都是寫南朝統治者……荒淫的事，並不重要，重要的是最後兩句。……結句是説，像江總這樣高的才華，都用在詠女學士們的姿容上，未免用非其才。其意義在於借江總以自傷，感傷自己才高不得重用，不過只作些艷體詩而已。

【按】當從藝術概括角度，理解義山《齊宫詞》《南朝》（地險悠悠）與包括本篇在内之多數詠史詩。本篇旨在諷南朝君主之荒淫失政，若平面羅列各朝荒淫史實，不僅陷於堆垛重複，且亦無法一一寫盡；然如專寫陳事，則又當題為『陳後宫』而與『南朝』題意相左。作者乃以南朝為一整體，着重詠陳事而兼顧前此各朝。首聯點地紀遊，不特兼該宋、齊，實亦包舉梁、陳，即所謂『玄武開新苑，龍舟讌幸頻』之意。次聯自字面言之，似謂後主之荒淫甚於東昏，然其真意則在諷南朝君主荒淫相繼，變本加厲，特舉此一端以概其餘耳。後幅乃專言陳事，以見『南朝』之末政與必然覆亡之趨勢，詠陳之亡，即所以詠南朝之亡也。紀氏等謂專詠陳事，程氏又因江令而謂後幅舉梁、陳事，皆失之。

齊宫詞

永壽兵來夜不扃①，金蓮無復印中庭②。梁臺歌管三更罷③，猶自風摇九子鈴④。

集注

①【馮注】《南史·紀》：『齊廢帝東昏侯寶卷起芳樂、芳德、仙華、含德等殿，又别為潘妃起神仙、永壽、玉壽三殿。蕭衍師至，王珍國、張稷應之，夜開雲龍門，勒兵入殿。是夜，帝在含德殿，吹笙歌作《女兒子》，卧未

熟，聞兵入，趨出，直後張齊斬送蕭衍。』【按】含德改永壽，切潘妃事。夜不扃，言其毫無戒備。

②【馮注】《南史》：『齊廢帝東昏侯鑿金為蓮花以貼地，令潘妃行其上，曰：「此步步生蓮花也。」』

③【朱注】按晉成帝七年，作新宮。《輿地圖》云：『即臺城也。』《容齋隨筆》：『晉、宋後謂朝廷禁省為臺，故稱禁城為臺城。』

④【朱注】《西京雜記》：『昭陽殿上設九金龍，皆銜九子金鈴。每好風日，幡旄光影，照耀一殿，鈴鑷之聲，驚動左右。』【馮曰】齊之後為梁。【按】梁臺即梁宮。

【田曰】此齊時故物，新主為歡，猶搖昔響。沈、范、王亮愧此多矣。齊書：『莊嚴寺有玉九子鈴，外國寺佛面有光相，禪靈寺塔諸寶珥，皆剝取以施潘妃殿飾。』【馮曰】田評可，斷章取義，詩意却不深也。

【按】田評非，詩意固不在刺趨事新朝者，詳箋。

箋評

【馮班曰】詠史俱妙在不議論。

【陸鳴皋曰】此與《燕臺詩》內『《玉樹》未憐亡國人』同意，彼渾而此顯耳。

【宋宗元曰】『猶自風搖九子鈴』，含蘊絶妙。（《網師園唐詩箋》）

【姚曰】荆棘銅駝，妙在從熱鬧中寫出。

【屈曰】不見金蓮之跡，猶聞玉鈴之音；不聞於梁臺歌管之時，而在既罷之後。荒淫亡國，安能一一寫盡，只就微物點出，令人思而得之。

【沈德潛曰】此篇不著議論，『可憐夜半虛前席』竟著議論，異體而各極其致。（《唐詩別裁》）

【徐曰】傷敬宗也。借古為言，四句中事皆備具。（據馮箋引）

【馮曰】《南史》言東昏侯常以五更就卧，至晡乃起。元會之日，百僚陪坐，皆僵仆菜色。每出遊還宫，常至三更。被害時年十九，與敬宗諸事相合，故借傷也。徐説似矣。然何以兵來永壽，不云含德？所用金蓮、九子鈴，皆專詠潘妃，豈致歎於敬宗宫嬪，如所云『新得佳人』者乎？此意一無可徵，疑其别有寄慨矣。

【紀曰】芥舟曰：勝《北齊二首》。（《詩説》）意只尋常，妙從小物寄慨，倍覺唱歎有情。（《輯評》）鈍吟云：『詠史俱妙在不議論。』亦有議論而佳者，不以一例概之。大抵要抑揚唱嘆，絃外有音，不得作十成死句，如周曇、胡曾一流。（《詩説》）

【姜炳璋曰】三四，歌管已屬梁宫，而九子鈴猶在，潘妃得而有之乎？蓋惡齊宫之詞。按：前五代惟梁不聞荒淫，武帝貴妃以下，衣不曳地；簡文、孝元，救死不暇。此云『三更歌管』，順勢成文，非實事矣。

【俞陛雲曰】人去台空，風鈴自語，不着議論，洵哀思之音也。

【張曰】遊江東時詠古之作，别無寓意，深解者失之。（《會箋》）。繫大中十一年）

【按】題為『齊宫詞』，實兼詠齊、梁二代。姚、屈、紀諸家評語，均有所發明，而於作者之用意，似未深省。如詩意僅在引荒淫亡國之事為鑒戒，則專詠齊事即可達此目的。而詩人用筆之重點，不在齊之亡而在梁臺新主之舊戲重演，淫樂相繼，無視歷史教訓。舞臺、布景、道具依舊，惟演員不同而已。『無復』『猶自』，前後映照，正深寓覆轍猶尋之慨。杜牧《阿房宫賦》云：『秦人不暇自哀而後人哀之。後人哀之而不鑒之，亦使後人而復哀後人也。』義山暗寓詩中之微意，牧之似為之宣洩無餘。着力寫『梁臺歌管』，正為當代封建統治者畫像。『九子鈴』既齊廢帝荒淫昏憒之標誌，亦其荒淫亡國之見證；既梁臺新主荒淫相繼之標志，亦其重蹈亡國覆轍之預兆。一微物而貫串兩代亡國敗君之丑劇，構思之巧妙，表現之含蓄，均臻極致。

景陽井①

景陽宫井剩堪悲②，不盡龍鸞誓死期③。腸斷吴王宫外水，濁泥猶得葬西施④。

集注

①【馮注】《陳書》：『隋軍陷臺城，張貴妃與後主俱入於井，隋軍出之。晉王廣命斬貴妃，牓於青溪中橋。』《南史》：『後主逃於井，軍人欲下石，乃聞叫聲，以繩引之，驚其太重，乃與張貴妃、孔貴人三人同乘而上，晉王廣命斬貴妃於清溪中。』按：玩史文，是斬麗華，棄諸溪水也。【朱注】《金陵志》：『景陽井在臺城内，……舊傳欄有石脈，以帛拭之，作胭脂痕，名胭脂井，一名辱井，在法華寺。』

②【補】剩，又作賸，真也。岑參《送張祕書》：『鱸鱠剩堪憶，蓴羹殊可餐。』剩堪即真堪。

③【補】龍鸞喻帝妃。句意謂後主與張麗華雖誓同生死，然共匿於井，本求苟活，既被俘獲，又一生一死，竟未能踐同生死之誓約也。語含譏諷。

④【楊慎曰】皮日休《館娃宫懷古》：『響屧廊中金玉步，採香徑里綺羅身。不知水葬歸何處，溪月彎彎欲效顰。』杜牧之詩：『西子下姑蘇，一舸逐鴟夷。』後人遂謂范蠡載西施以去，然不見其所據。余按《墨子》云：『西施之沉，其美也。』蓋勾踐平吴後，沉之於江也。又兼此詩可證。李義山《景陽井》一首，亦叶此意。又曰：觀此

（按指《景陽井》詩），西施之沉信矣。杜牧所云『逐鴟夷』者，安知不謂沉江而殉子胥乎？鴟革浮胥骸，亦子胥事也。（以上《升庵詩話》）又曰：世傳西施隨范蠡去，不見所出，只因杜牧『一舸隨鴟夷』之句而附會也。《墨子》曰：『西施之沉，其美也。』墨子去吳越之世甚近，所書得其真。《修文御覽》引《吳越春秋》逸篇云：『吳亡後，越浮西施於江，令隨鴟夷以終。』此正與墨子合。蓋吳既滅，越沉西施於江。浮，沉也，反言耳。隨鴟夷者，子胥之譖死，西施有力焉。胥死，盛以鴟夷。今沉西施，所以報子胥之忠，故云隨鴟夷以終。范蠡去越，亦曰鴟夷子皮，杜牧遂以子胥鴟夷為范蠡之鴟夷，乃影撰此事以墮後人於疑網也。（《楊升庵全集》）【馮注】《困學紀聞》：『《墨子》謂西施之沉，其美也。豈亦如隋之於張麗華乎？「一舸逐鴟夷」，特見於杜牧詩，未必然也。』楊慎曰……（按已見前）按：牧之云一舸，則必非子胥，必謂隨范少伯也。《萬花谷》引《吳越春秋》：『越王用范蠡計，獻之吳王。其後滅吳，蠡復取西施，乘扁舟遊五湖而不返。』與升菴所引異。《墨子》以比干之殪、孟賁之殺、西施之沉、吳起之裂並言，是實沉於水也。升菴云所引與《墨子》合。浮，沉也。反言耳。【按】水葬西施之事，自是春秋末期即有之傳説，與『一舸逐鴟夷』之傳説不同，不必强為捏合。宋曾慥《樂府雅詞》董穎《薄媚西子詞》（下片）：『降令曰：吳亡赦汝，越與吳何異。吳正怨，越方疑，從公論，合去妖類。蛾眉宛轉，竟殞鮫綃，棄骨委塵泥。渺渺姑蘇，荒蕪鹿戲。』則謂先縊殺，再棄骨塵泥。當另有所據。

箋評

【張戒曰】此詩非痛恨張麗華，乃譏陳後主也。其為世鑒戒，豈不至深至切。（《歲寒堂詩話》）

【何曰】言要不如吳王肯死，却只説西施，故能不直致。（《輯評》）

【陸鳴皋曰】次句，言麗華不得同死于井也。下言被殺，反意生情，乃詩人避實用虛之法。

【姚曰】用意在『濁泥』二字，蓋濁泥猶得遮醜也。

【屈曰】言麗華不死於井而斬於青溪也。

【馮曰】此章只用水葬以痛楊賢妃，不必辨水葬之可信否也。舊本皆與上首（按指《曲江》，馮氏以為此詩係『傷文宗崩後楊賢妃賜死而作』，參《曲江》馮箋）接編，猶可悟其一時一事之作，所箋確矣。《長安志》云：『文宗章陵陪葬楊封妃。』封字既有誤，詳觀史文，必無仍令陪葬之事，此訛傳也。又按：畢中丞新校《長安志》：『陪葬楊賢妃。』沅案：『《會要》云：「章陵無陪葬。」非。』愚謂《會要》實足相證，並非臆斷。

【紀曰】微有情致，但西施之沉與麗華之死事正相同，不知何以借為反襯耳。問莫是以西施之沉比麗華之死，言雖不得共死于清溪之上，幸不為楊廣所有否？曰是亦一解。（《詩説》）又曰：惜麗華不死於宮井而死於青溪也。（《輯評》）

【姜炳璋曰】此弔古也。『剩』字妙，匿井之人去，而空餘井在也。『龍鸞』，謂後主與張麗華、孔貴嬪。誓死於此，求一井水而不可得，故以為不如西施之猶得水葬也。

【張曰】此只是江東詠古詩，別無寓意，不必穿鑿。馮注杜撰楊賢妃棄骨水中事，非也。紀評得之。（《辨正》）又曰：此篇馮氏列之開成末，謂傷楊賢妃之死，棄骨水中。考《舊、新書》安王溶、楊嗣復等傳：安王溶，穆宗第八子。楊賢妃有寵於文宗，晚稍多疾，陰請以安王為嗣。帝謀於宰相李珏，珏非之，乃立陳王成美。妃與楊嗣復宗家，及仇士良立武宗，遂擿此事，譖而殺之。未嘗有棄骨水葬事，安可妄撰史文，自圓己説？余詳繹再三，始悟其為懿安太后發也。《東觀奏記》云：『憲宗皇帝晏駕之夕，上雖幼，頗記其事，追恨先陵商臣之酷，即位後，誅鋤惡黨，無漏網者。時郭太后無恙，以上英察孝果，且懷慚懼。時居興慶宮，一日，與二侍兒同升勤政樓，倚衡而望，便欲殞於樓下，欲成上過，左右急持之，即聞於上。上大怒。其夕，后暴崩，上志也。』《新書·后妃傳》亦云：「宣宗立，於后諸子也，而母鄭故侍兒，有曩怨，帝奉養禮稍薄。后鬱鬱不聊，與一二侍人登勤政樓，將自殞，左右共持之。帝聞不喜。是夕，后暴崩。」《傳》又云：『有司上尊謚，葬景陵外園。太常官王皞請后合葬景陵，以主祔憲宗室，帝不悦，白敏中讓之，皞曰：「后乃憲宗東宮元妃，事順宗為婦，歷五朝母天下，不容有異論。」敏中亦怒，周墀又責謂皞，終不撓。墀曰：「皞信孤直。」俄貶句容令。懿宗咸通中，皞還為禮官，申抗前論，乃詔后主祔於廟。」是懿安之崩，實由孝明，當時喪不祔廟，葬又有闕也。《奏記》所謂『先陵商臣之酷』者，則以暗昧加之罪耳。詩以麗華墜井，借喻后之暴崩。結言尊為母后，乃被迫受終，死葬外園，尚不如西施湛身濁泥，得與鴟夷相逐也。龍鸞誓死，沈恨豈有終極耶？此事極難着筆，故假古事寄慨也。（《會箋》）

【按】張氏《辨正》謂此詩詠古，别無寓意，説極通達。《會箋》謂馮氏『妄撰史文，自圓己説』，亦一語中的。然張别撰『為懿安太后發』之新解，其穿鑿之弊，又遠勝於馮氏。且不論義山一介微官，能否知宫闈秘事，即令知之，以張麗華之入井以求苟活，比擬懿安之暴崩，毋乃太不倫乎？

詩意蓋謂：陳後主與張、孔二妃於國破之日不赴井而就死，反欲藉之以苟活，此事實為可悲可嘆。求苟活者終不免斬於青溪，反不如當年吴破之日西施猶得水葬之結局也。此寓諷於慨之作，曰『堪悲』、曰『腸斷』，均應作如是觀。

詠史

北湖南埭水漫漫①，一片降旗百尺竿②。三百年間同曉夢③，鍾山何處有龍盤④？

①【朱注】北湖，即玄武湖。道源注：《金陵志》：『南埭，上水閘也。』王荆公《贈段約之》詩：『聞君更欲通南埭。』非雞鳴埭也。【馮注】《輿地志》及《建康志》：吴大帝鑿東渠，名青溪，通潮溝以洩玄武湖水，南入秦淮。溪口有埭，當即後稱青溪閘口也。潮溝在青溪西南，溝上為雞鳴埭。詩云『南埭』，固皆可稱矣。李雁湖注王荆公詩引《建康志》：『南埭，今上水閘也，正對青溪閘。』源師據此而謂非雞鳴埭，則拘矣。【按】馮説是。北湖南埭，統指玄武湖。玄武湖為南朝練習水軍之所，亦帝王遊宴之地，曰『水漫漫』，則戰艦、龍舟皆不復存，昔日之繁華，均成歷史陳跡矣。

②【朱注】劉禹錫《金陵懷古》詩（按應《為西塞山懷古》）：『一片降旗（旛）出石頭。』【馮注】《吴志·嗣主孫皓傳》：『晉龍驤將軍王濬先到，受皓之降，解縛焚櫬。』【按】南朝三百年間，東晉、宋、齊、梁、陳五朝政權更迭遞嬗如紛擾之戲劇，即偏安南方之小朝廷徹底覆亡之事亦屢見：初為東吴降晉，後為陳降隋，是則『一片降旗百尺竿』，乃統指六代興廢而言。

③【馮注】《隋書》：薛道衡曰：『郭璞有言：「江東分王三百年，復與中國合。」今數將滿矣。』庾信《哀江南賦》：『將非江表王氣終於三百年乎？』【按】『三百年間』當指東吴、東晉、宋、齊、梁、陳六朝得年之約數，或謂指東晉至陳亡（共二百七十三年），亦通。

④【朱注】徐爰《釋問》：『建康東北十里，有鍾山，舊名金山，後更號蔣山。諸葛亮以為鍾山龍盤，即蔣山也。』【馮注】張勃《吴録》：『劉備曾使諸葛亮至京，因覩秣陵山阜，乃嘆曰：「鍾山龍盤，石頭虎踞，帝王之宅也。」』《金陵圖》曰：『吴大帝為蔣子文立廟鍾山，封蔣侯，名曰蔣山。』《丹陽記》：『蔣山岧嶢嶷異，其形象龍，實作揚都之鎮。』

【箋評】

【何曰】四句中氣脈何等濶遠。今人都不了首句為風刺。盤遊不戒，則形勝難憑，空令敗亡洊至，寫得曲折蘊藉。（《讀書記》）

【姚曰】此與劉夢得『一片降旛出石頭』同感。

【屈曰】國之存亡，在人傑，不在地靈，足破堪輿之惑。

【程曰】此詩似為河朔諸鎮而發。是時諸鎮跋扈，皆恃地險，負固不服，陰有異志，故作此以警之。

【馮曰】首句隱言王氣消沉，次句專指孫皓降晉，三句統言五代。音節高壯，如鏗鯨鐘。

【紀曰】廉衣評曰：『「一片」句鶻兀。』又曰：『此詩漸近粗響。』極是。香泉評曰：北湖南埭，皆盤游之地，言以佚樂致亡也，寫來不覺。（《詩説》）

【俞陛雲曰】金陵雖踞江山之勝，而王業不偏安。六朝之爝火興亡，無論矣；即明祖開基、而燕師旋起。玉溪謂三百年間，降旗屢舉，知虎踞龍盤，未可恃金湯之固，其後五代匆匆起滅，僅甲子一周。玉溪有靈，當謂曉夢之言驗矣。（《詩境淺説續編》）

【張曰】此種沉鬱悲壯之作而曰『粗響』、曰『鶻兀』，真不解紀氏用心何等矣！（《辨正》）

【按】首句即景，中寓無限興亡之感，『水漫漫』三字，一筆掃去六代繁華，意境略似『潮打空城寂寞回』。次句過渡至想像中之歷史畫面，『一片降旗百尺竿』乃統指六代興廢，以之為六朝政權腐朽精神面貌之象徵。有此兩句作鋪墊，『三百年間同曉夢』方字字有根，而『鍾山何處有龍盤』之反問亦方力重千鈞。此詩主旨蓋謂山川險阻之不足恃，政權腐朽，則所謂虎踞龍盤者不過虛語耳。與劉禹錫《金陵懷古》『興廢由人事，山川空地形』同感。詩層層作勢，逼出末句，道破而不説盡，雄直之中自含頓挫之致。

覽古

莫恃金湯忽太平，草間霜露古今情①。空糊頳壤真何益〔一〕②，欲舉黄旗竟不成〔二〕③。長樂瓦飛隨水逝④，景陽鐘墮失天明⑤。迴頭一弔箕山客，始信逃堯不為名⑥。

校記

〔一〕「糊」原作「存」，據蔣本、姜本、戊籤、席本、錢本、影宋抄及朱本改。錢本校語：鮑照《蕪城賦》：「糊頳壤以飛文。」悟抄校語：「存」，北宋本作「糊」。

〔二〕「不」，朱本作「未」。

集注

①【程注】《漢書·蒯通傳》：「邊城之地，必將嬰城固守，皆為金城湯池，不可攻也。」《後漢書·光武紀贊》：「金湯失險，車書共道。」【按】二句意在告誡統治者金湯本不足恃，太平正未可忽，古今王朝興廢，如草間霜

露，瞬息即變。

②【朱注】《蕪城賦》：『糊赬壤以飛文。』注：『糊，粘也。赬壤，赤土也。以粘和之飾壁，故曰飛文。』【何批】隋。（《輯評》）【按】《蕪城賦》此段原文為：『制磁石以御冲，糊赬壤以飛文。觀基扃之固護，將萬祀而一君。出入三代，五百餘載，竟瓜剖而豆分。』謂廣陵全盛時（吳王濞時）城池極為堅固壯麗，以為可以萬代一君，永存不隳，豈意僅三代五百餘年，即已崩裂毀壞。『空糊赬壤真何益』一語即此段文字之概括，亦首聯之進一步發揮。

③【朱注】《吳志·孫權傳》：『陳紀曰：「舊説黃旗紫蓋，運在東南。」』《哀江南賦》：『昔之虎踞龍蟠，加以黃旗紫氣，莫不隨狐兔而窟穴，與風塵而殄瘁。』【何批】吴。（《輯評》）【按】黃旗紫蓋，古代迷信之所謂天子氣。晉武帝泰始七年，吳王孫皓因『黃旗紫蓋見於東南』之説，曾率數千人由牛渚陸道西上，妄圖入洛陽為帝以順應所謂天命。句意謂欲成上應天象之君主，而竟不能實現。

④【道源注】《南史》：『宋廢帝景和元年，以東府城為未央宫，以石頭城為長樂宫。』【馮注】《三輔黃圖》：『長樂宫本秦興樂宫，高帝七年修飾徙居。』《史記·樂書》：『師曠鼓琴，再奏，大風雨飛廊瓦，左右皆奔走。』《漢書·平帝紀》：『大風吹長安東門，屋瓦且盡。』《後漢書·光武紀》：『莽兵大潰，會大雷風，屋瓦皆飛。』

⑤【馮注】《南史》：『齊武帝數遊幸，載宫人後車。宫内深隱，不聞端門鼓漏。置鐘景陽樓上，應五鼓及三鼓，宫人聞聲，早起粧飾。』【何批】（二句）宋、齊。（《輯評》）【按】『長樂瓦飛』『景陽鐘墮』，象徵荒淫享樂君主統治之崩潰。『隨水逝』『失天明』應上『草間霜露』。

⑥【馮注】《莊子》：『堯讓天下於許由，許由曰：「天下既已治也，而我猶代子，吾將為名乎？」』又：『齧缺遇許由曰：「子將奚之？」曰：「將逃堯。」』《史記》：『余登箕山，其上蓋有許由冢云。』箕山許由廟，見《舊書·隱逸·田遊巖傳》。【程注】嚴維詩：『聖代恥逃堯。』【按】二句蓋謂思古鑑今，方信許由逃堯非務高名，而係逃亂世。

【朱彝尊曰】（末句）言其深識興亡遞禪，乃必至之勢也。

【胡以梅曰】此謂古來興廢易見，令人可感。皆就南朝事言之而概其餘耳。方太平之時以為金湯可恃，每事慢忽；殊不知一朝有變，竟不可恃，如草間霜露，日出易晞。古今情事大都如此也。建蕪城者，空糊頳壤，歸於屠滅；霸江東者，徒論黄旗，終被吞併。長樂宫傾，飛瓦逐江流而逝；景陽鐘圮，墮鐘無曉起之聲，相去曾幾何時乎？所以迴顧弔許由之讓天下原不為邀名，其實覰破名位，如草間霜露之易晞也。

【何曰】未詳。○『空糊』一連，言金湯不可恃。（《讀書記》）又曰：《漢書·五行志》：『誅不行則霜不殺草。由臣下則殺不以時，故有草妖。』甘露之事，李訓等合將相之力，奉命誅宦豎，而反為所屠，可謂不行矣。王涯等十族駢首就戮，文宗受制家奴，為之畫諾，可謂由下矣。言草間霜露，以慨古之篇寓傷今之情也。○魏文帝問周宣：『我夢殿屋兩瓦墮地，化為雙鴛鴦。』宣對：『後宫有暴死者。』言未畢，而黄門奏室人相殺。『瓦』飛句以狀喋血殿庭也。赤壤，曲江興作也。黄旗，金吾左仗之兵也。鐘墮，文宗由此悒鬱以死也。○《舊書·文宗紀》：『開成元年二月乙亥夜，京師地震，屋瓦皆墮。』○《莊子·徐無鬼》篇：『齧缺遇許由，曰：「子將奚之？」曰：「將逃堯……夫堯畜畜然仁，吾恐其為天下笑。」』蓄（？）句言四方無虞，而變起近習，豈不貽笑千載乎？深傷太平之有此也。○結甚別。（《輯評》）

【陸曰】此言漢室以後，國步日蹙，皆由世主恃金湯而忽太平也。抑知在德不在險，金湯固不足恃；居安思危，太平正未可忽。若隋若吴若宋若齊，豈非明驗耶？其間頳壤飛文，徒博《蕪城》一賦；黄旗應運，僅成鼎足三分。且長樂瓦飛，有如水逝；景陽鐘墮，無異天昏。草間霜露，古今有同感者矣。彼許由逃堯，豈高此能讓之名哉？亦

以自來無不亡之天下，故寧長往不返耳。屺嵐曰：滿目興亡，悽然生感。（陸解引）

【徐德泓曰】此言難成易敗，當警惕于未形也。次聯，言空有圖大之志，迄于無成。五六句，言不意卒然消滅，正繳醒首句意。所以見機之士，非圖高隱之名，而惟遠害以全身耳。箕客與堯，乃借用字樣，其意止一逃字。

【姚曰】此嘆世運傾頽之難挽也。首二句已盡一篇之意：我於草間霜露之榮枯驗之，苟無守成令主，雖禎壤飛文，亦復何益！苟非創業英君，雖黄旗紫蓋，終至無成。徒使瓦飛長樂，鐘墮景陽，天荒地老，供人憑弔。乃知非有挽回世界手段，不如老死空山。彼巢由笑傲，雖盛世尚不肯出，況亂世乎？以為名測之，陋矣。

【屈曰】古今恃險忽治，其成敗至速且易。三四未成事者，五六其已成者不過如此，始信箕山不為名之故矣。

【馮曰】此深痛敬宗也。帝以狎昵羣小，深夜酒酣，猝被弒逆，詳《舊書·紀》文矣。次聯之所云者，唐自明皇以前，東、西京固頻往來，且迭行封禪之禮。自安史倡亂而後，東都久不行幸。敬宗欲幸東都，以裴度言而止。其時王播領鹽鐵，在淮南，或聞東幸之意而并請至江淮，故引蕪城、江左，此可詳玩史文而通其旨也。五六痛其遽崩。末二句事取對照，語抱奇悲。

【紀云】首二句淺率，中四句庸下。且既以警戒意入，又以曠語收，首尾衡決，全無詩法。（《詩説》）　結句是晚唐粗獷語，切忌效之。（《輯評》）

【姜炳璋曰】此金陵懷古之作也。佚欲之君嘗曰，長江天塹，虜豈能飛渡，蓋恃金湯而以太平為玩忽也。不知今日憑弔古今，六朝興廢，一草間霜露耳。即如禎壤糊壁，欲其堅美也，而他人入室；欲舉黄旗，妄志一統也，而竟未渡江。迨至瓦飛鐘墮，盡付寒烟，為想當時，真草間之霜露，曾有幾時乎？始信箕山隱士，自知非濟世安民之才，徒為半晌富貴，殊覺可耻，其逃堯不顧也，豈徒博隱士之名哉！

【張曰】傷敬宗也。前句以泛論入，結以反言作收，中聯用典精切。淺俗、庸下、粗獷，皆强加之罪。紀氏之法律，豈可責備古人哉！○馮氏謂傷敬宗遇弒，然解作甘露之變，似更深警，蓋文宗崩後作也。『空糊』句比事出無名。『欲舉』句比舉事不成。『長樂』二句，言其受制而崩。首句戒之，結句傷之，語皆沉痛。若敬宗狎昵羣小者，不足責矣。（《辨正》） 又曰：馮氏謂痛敬宗，精矣。次聯楨壞文飛，慨土木之無藝；黄旗運去，悲天命之無常，方與下瓦飛、鐘墮相應，不必泥蕪城、江左言也。結則事取對照，語抱奇悲。何義門謂指文宗，然則甘露之變，事異荒淫，帝之崩御，非有他故，參諸隸典，沈痛之中，別有含意，殆不然也。（《會箋》）

【按】諸家之解，實一則以為『以古鑒今』，一則以為『借古喻今』。胡、陸、姚、屈、姜屬前説，何、馮、張屬後説。主『借古喻今』説者，何以為喻文宗甘露之變，馮以為諷敬宗荒淫被弑，張則始從何而終從馮。何説極支離穿鑿，可勿論。馮説亦存在明顯缺陷。頷聯馮氏以為影指敬宗欲幸東都而未果，然『空糊楨壞』者，表明『糊楨壞』已成事實，不過『無益』而已。如係諷敬宗幸東都，則此事本未實行，『空糊』之諷即無着落，此其一。『欲舉黄旗竟不成』者，謂其欲成上應天象之君主而未成，然敬宗既已為帝，『竟不成』者亦無着落，此其二。且欲幸東都而未果，實因裴度之諫方免此虚耗無益之舉，而詩言『竟不成』，竟若嘲其未果者，此不可者三。較之何、馮等人循『借古喻今』途徑解此詩而扞格難通，胡、陸、姚、屈、姜諸家視此詩為『以古鑑今』之作，則通達多矣。如箋曰：『方太平之時，以為金湯可恃，每事慢忽。殊不知一朝有變，竟不可恃，如草間霜露，日出易晞，古今情事大都如此也。建蕪城者，空糊楨壞，歸於屠滅；霸江東者，徒論黄旗，終被吞併。』『且長樂瓦飛，有如水逝；景陽鐘墮，無異天昏……彼許由逃堯，豈高此能讓之名哉？』所言皆極為切實。總觀全詩，首句乃一篇之綱，中二聯皆借古今興廢之情事以證實之。末聯乃因睹上述興亡之事，悽然生感，謂今方悟彼許由逃堯之不為名，實乃其早已參透世間治亂之理而有是舉也。故全詩用意終在警告『恃金湯忽太平』之荒淫君主，其主旨與作者多數以南朝為題材之詠史詩略同，均借歷史上之興廢，抒發現實政治感慨，然并非針對現實中某一具體君主而發，不必以當時具體政治事件附會之。而詩中滲透濃重之世運傾頹難挽情緒，則具有時代特徵。

吴宮

龍檻沉沉水殿清①，禁門深掩斷人聲。吴王宴罷滿宮醉，日暮水漂花出城。

集注

①【補】龍檻，此指宫中水邊有欄杆之亭軒類建築。沉沉，深沉寂静貌。

箋評

【朱彝尊曰】言禁門不能掩也，必有所刺。

【何曰】亦刺禁籞不嚴，第二反言之也。（《輯評》）

【姚曰】花開花落，便是興亡氣象。二十八字，總從『梧宫秋，吴王愁』六字脱出。

【屈曰】寫其醉生夢死，荒淫亡國，借古慨今也。

【紀曰】末七字含多少荒淫在内，而渾然不覺，此之謂藴藉。（《詩説》）

【張曰】結與《無題》『偷看吴王苑内花』相合，豈亦刺茂元家妓之放蕩耶？是則愚之臆測矣，俟再核。（《辨正》。《會箋》不編年，無解。）

【按】屈、紀說是。平常日暮時節，正宮中燈燭輝煌、歌管相逐之時，而吳宮則禁門深掩，惟流水漂花、悄然出城。反常之沉寂中正透露出此前之狂歡極樂。『宴罷滿宮醉』五字點醒，餘皆側面着筆。『流水漂花』固反襯狂歡後之寂靜，亦微寓『流水落花春去也』之慨諷。是則言外不特見『荒淫之狀』，亦見醉生夢死者之好景難長也。

隋宮〔一〕①

乘興南遊不戒嚴〔二〕②，九重誰省諫書函〔三〕③？春風舉國裁宮錦，半作障泥半作帆④。

校記

〔一〕各本題均一作『隋堤』。

〔二〕『遊』，席本作『來』。

〔三〕『省』，戊籤作『削』。

集注

①【馮注】《隋書·煬帝紀》《食貨志》：『大業元年開通濟渠，引穀、洛水達於河；又自板渚引河達於淮海，謂之御河。河畔築御道，樹以柳。』《通鑑》：『自板渚引河入汴，又引汴入泗，達於淮；又淮南開邗溝，自山陽至揚子入江。』按：《隋書·紀》：『上御龍舟幸江都，始於大業元年八月，後至義寧二年三月，宇文化及等弑帝於江都宮。』題作『宮』字是。

②【馮注】《晉書·輿服志》：『凡車駕親戎，中外戒嚴。』【按】不戒嚴，謂其自恃天下太平，不加警戒。煬帝凡三遊江都（大業元年八月、六年三月、十二年七月。末次遊江都未北返，至十四年三月被殺），又曾多次至各地淫游，在位十四年中，總計居京時日不足一年。

③【馮注】《隋書》：『大業十二年七月幸江都宮。奉信郎崔民象以盜賊充斥，上表諫不宜巡幸；王愛仁以盜賊日盛，諫請還西京，皆斬之。』其時臣工皆不敢諫，史臣所謂『上下相蒙，莫肯念亂』也。【補】《楚辭·九辯》：『君之門兮九重。』省，省察、省視。此謂煬帝剛愎昏憒，不聽臣下勸阻。

④【道源注】障泥，以披馬鞍旁者。《西京雜記》：『武帝時，貳師得天馬，以緑地五色錦為蔽泥。』【馮注】《晉書·王濟傳》：『濟善解馬性，嘗乘一馬，著連乾鄣泥，前有水，終不肯渡。濟云：「此必是惜鄣泥。」使人解去，便渡。』《隋書·食貨志》：『大業元年造龍舟、鳳艒、黃龍、赤艦、樓船、篾船幸江都，舳艫相接二百餘里。』

【何曰】『春風』二句，借錦帆事點化，得水陸繹騷，民不堪命之狀如在目前。（《讀書記》） 又曰：極狀其奢淫盤遊之無度。（《輯評》）

【徐德泓曰】前律傷其衰廢，言中著慨。此則形其侈樂，句外傳神，並臻妙境。

【姚曰】用意在『舉國』二字，半作障泥半作帆，寸絲不掛者可勝道耶？

【屈曰】寫舉國皆狂，煬帝不説自見。

【紀曰】後二句微有風調，前二句詞直意盡。（《詩説》）

【姜炳璋曰】後二不下斷語，而中邊俱到。或曰：亦刺敬宗也。

【陳衍曰】仁先論詩，極有獨到處……云：『春風舉國裁宮錦，半作障泥半作帆』，何等恢麗。首句以不戒嚴三字起之，嚴重之至；又承以『誰省諫書函』五字，樸質之至。（《石遺室詩話》）

【張曰】紀氏嘗以《陳後宮》一首不説出為非，此首句則明説出矣，何以又謂詞直意盡耶？此等矛盾評語，真使人無所適從。（《辨正》）

【按】首二大處落墨，『乘輿南遊』四字振一篇之綱，既揭示南遊之純出享樂欲望，又畫出煬帝之肆意妄行，無所顧忌，以下所叙情事均於此伏根。三四進而具體寫『南遊』。詩人選取『裁宮錦』一事作集中描寫，『錦帆』事見諸史籍，『障泥』事則出之想像，一實一虚，概括反映南游所耗費之巨大人力物力。『舉隅見煩費』，正緣所舉之隅具有典型性。二句運筆亦跌宕多姿，對比鮮明，於風華流美之格調中寓深沉思想。杜牧《阿房宮賦》末段之痛切淋漓表述，正此詩所藴言外之意，所謂『引古惜興亡』者也。

隋宮

紫泉宮殿鎖煙霞①，欲取蕪城作帝家②。玉璽不緣歸日角③，錦帆應是到天涯④。於今腐草無螢火⑤，終古垂楊有暮鴉⑥。地下若逢陳後主，豈宜重問《後庭花》⑦？

集注

①【朱注】《上林賦》：『左蒼梧，右西極，丹水更其南，紫淵徑其北。』文穎曰：『西河穀羅縣有紫澤，長安為在北。』按唐人避高祖諱，故『淵』作『泉』。

②【朱注】鮑照《蕪城賦》注：『宋孝武時，照為臨海王子頊參軍，隨至廣陵。子頊叛逆。照見廣陵故城荒蕪，乃漢吴王濞所都，照以子頊事同於濞，遂為賦以諷之。』《隋書》：『大業元年，發民十萬，開邗溝入江。自長安至江都，置離宫四十餘所。』【按】蕪城，即隋之江都。

③【朱注】《東觀漢記》：『光武隆準日角。』鄭玄《尚書中候注》：『日角謂庭中骨起狀如日。』【程注】朱建平《相書》：『額有龍犀入髪，左角日，右角月，王天下。』劉孝標《辨命論》：『龍犀日角，帝王之表。』按：《唐書·唐儉傳》：『儉見隋政寖亂，陰説秦王建大計。高祖嘗召訪之，儉曰：「公日角龍庭，姓協圖讖，繫天下望矣。」』此日角是指高祖。【馮注】玉璽言傳國。《舊書·紀》：『隋恭帝二年，奉皇帝璽綬於高祖。』《史記·周本

紀注》：《雒書靈準聽》云：『蒼帝姬昌，日角鳥鼻。』【補】《獨斷》：『秦以前，民皆以金玉為印，龍虎紐，唯其所好。然則秦以來，天子獨以印稱璽，又獨以玉，羣臣莫敢用也。』

④【朱注】《開河記》：『煬帝御龍舟幸江都，舳艫相繼，自大堤至淮口，聯綿不絶，錦帆過處，香聞十里。』○言神器若不歸太宗（按：當作『高祖』），則帝之佚遊應不止江都而已。　【宋宗元曰】（玉璽二句）雄健。【按】煬帝已開江南河，欲遊會稽山。

⑤【朱注】《隋書》：『大業末，天下已盜起，帝於景華宮徵求螢火數斛，夜出遊山放之，光照山谷。』　【馮曰】按：景華宮在東都，而杜牧《揚州》詩『秋風放螢苑，春草鬭雞臺』，則詠揚州事也。　【周珽曰】腐草無螢火，蓋譏其當時徵求之盡，疑無遺種矣。　【補】《禮記·月令》：『腐草為螢。』

⑥【朱注】《隋書》：『煬帝自板渚引河作御道，植以楊柳，名曰隋堤，一千三百里。』　【高步瀛注】《開河記》曰：『詔民間有柳一株賞一縑，百姓争獻之。又令親種，帝自種一株，羣臣次第種，栽畢，帝御筆寫賜垂楊柳姓楊，曰楊柳也。』　【按】終古，久遠。二句於『無』『有』之對照中，深寓荒淫亡國之歷史感慨。隋宮荒廢，惟餘腐草，無復閃熠之螢火；隋堤冷落，垂楊之上，惟暮鴉聒噪，無復錦帆相接之氣象。　【查慎行曰】四句中轉折盡意。

⑦【朱注】《隋遺録》：『煬帝在江都，昏愐滋深，嘗遊吴公宅雞臺，恍惚與陳後主相遇，尚唤帝為殿下。後主舞女數十，中一人迥美，帝屢目之，後主曰：「即麗華也。」乃以海蠡酌紅粱新醞勸帝，帝飲之甚歡，因請麗華《舞玉樹後庭花》。麗華徐起，終一曲。後主問帝：「蕭妃何如此人？」帝曰：「春蘭秋菊，各一時之秀也。」』　【馮注】《隋遺録》：『後主問帝曰：「龍舟之遊樂乎？始謂殿下致治在堯、舜之上，今日復此逸遊，曩時何見罪之深耶？」帝忽寤，叱之，怳然不見。』　【許印芳曰】『後』字複。

箋評

【方回曰】『天涯』『日角』巧。

【吴師道曰】《隋宫》中四句……日角、錦帆、螢火、垂楊是實事，却以他字面交蹉對之，融化自稱，亦其用意深處，真佳句也。（《吴禮部詩話》）

【陸時雍曰】隋煬荒於酒色，故末有此二語。（《唐詩鏡》）

【周珽曰】此譏煬帝逸遊忘返、窮慾敗國也。言關中為自古帝王之居，棄之南遊，反欲家於江都。假天不生太宗宰此神器，推其所幸，必不止於江都，將盡天下矣。……『腐草無螢火』，蓋譏其當時徵求之盡，疑無遺種矣。垂楊為暮鴉所栖，凄凉之象也。結刺其曾以荒淫責後主，今復蹈之，隋亡即陳之續耳，寧不愧見後主於地下哉！

【顧璘曰】此篇句句用故實，風格何在？况又俗，且用小説語，非古作者法律。初聯、結語亦俗。大抵晚唐起結少有好語。

【周秉倫曰】通篇以虚意挑剔譏意，即結語不曰難面陰靈於文帝，而曰豈宜問淫曲於後主，見殷鑒不遠，致覆成業於前車，可笑可哭之甚，殊有深思。評者病其風格不雅則可，如謂其用小説語，彼稗官野史，何者非古今人文賦中料耶？（以上三條見《唐詩選脈箋釋會通評林》）

【金聖嘆曰】言隋有如此宫殿，乃皆空鎖不住，而更別下揚州，再建宫殿，當時亦民生猶幸而太原龍起也。設如稍遲，而瓊花一謝之後，烏知其不又鎖揚州而又去別處耶？寫淫暴之夫，流連荒亡，無有底極，最為條暢盡事也。『於今』二字，妙。只二字，便是冷水兜頭驀澆！『終古』，妙。只二字，便是傀儡通身綫斷，真更不須『腐草』『垂楊』十字也。結以重問後主者，從來遍是大聰明人看得透，説得出，偏又犯得快，特搶白之，以為後之人著戒也。

【馮班曰】腹連慷慨，專以巧句為義山，非知義山者也。（何焯評引）

【胡以梅曰】按詩情乃憑弔凄涼之事，而用事取物却一片華潤，本來西崑出筆不宜淡薄，加以煬帝始終以風流淫蕩滅亡，非關時危運盡之故，故作者猶帶脂粉，即以誚之耳，最為稱題。

【陸次雲曰】五六是他人結語，用在詩腹，别以新奇之意作結，機杼另出，義山當日所以獨步於開成、會昌之間。（《晚唐詩善鳴集》）

【賀裳曰】温不如李，亦時有彼此互勝者。如義山《隋宫》詩『玉璽不緣歸日角，錦帆應是到天涯』，飛卿《春江花月夜》曰『十幅錦帆風力滿，連天展盡金芙蓉』，雖竭力描寫豪奢，不及李語更能狀其無涯之慾，至結句『地下若逢陳後主，豈宜重問《後庭花》』，較温『後主荒宫有曉鶯，飛來只隔西江水』，則温語含蓄多矣。（《載酒園詩話又編》）

【范大士曰】風華典雅，真可謂百寶流蘇，千絲鐵網。（《歷代詩發》）

【查慎行曰】前四句中轉折如意。三四有議論，但『錦帆』事實，『玉璽』字湊。

【錢湘靈曰】此首以工巧為能，非玉谿妙處。（上二條均見《律髓彙評》）

【趙臣瑗曰】紫泉宫殿，從來帝王之家也。今乃鎖之而取蕪城。夫蕪城曷足為帝家哉？推煬帝之意不過為一樹瓊花，遂不恤殫我萬方民力，倘太原之龍遲遲而起，則安知瓊花謝後，又不鎖蕪城而取他處邪？寫淫暴之主，縱心敗度，至於無有窮極，真不費半點筆墨。『不緣』『應是』，當句呼應，起伏自然，迥非恒調。『日角』『天涯』，對法尤奇。五六節舉二事，言繁華過去，單剩凄涼，為古今煬帝一輩人痛下針砭。末運實於虚，一半譏彈，一半嘲笑。阿麼真何以自解於叔寶耶？

【何曰】無句不佳，三四尤得杜家骨髓。前半展拓得開，後半發揮得足，真大手筆。發端先言其虚關中以授他人，便已呼起第三句。着『玉璽』一聯，直説出狂王抵死不悟，方見江都之禍非出於偶然不幸，後半諷刺更覺有力。（《讀書記》）『日角』『天涯』，佳處固不在此，然不必抹也，多看齊梁四六，便知杜詩中不用，乃其極老成處。元次山《閔荒詩》云：『歡娛未央極，始到滄海頭。』次連從之出也。（次連）激昂瀏亮。『於今』二句，興在象外。（《輯評》）

【《唐詩鼓吹評注》】此詠煬帝棄國南遊，而關中之紫泉宮殿，閉鎖烟霞，乃欲取蕪城别作帝宮也。由此觀之，若非天命歸於太宗，則煬帝之錦纜牙檣即至天涯未已，豈止江都而已哉！至於今日，腐草青青，久無螢火；垂楊鬱鬱，賸有鳴鴉。轉瞬繁華，都歸烏有耳。昔嘗罪後主之貪淫，乃復荒淫逸遊，蹈危亡之跡，九泉之下，若逢後主，豈宜如生前之時仿佛相見，重問《玉樹後庭》之曲乎？

【沈德潛曰】言天命若不歸唐，遊幸豈止江都而已，用筆靈活，後人只鋪叙故實，所以板滯也。末言亡國之禍甚於後主，他時魂魄相遇，豈宜重以《後庭花》為問乎？（《唐詩别裁》）

【陸鳴皋曰】首聯，言舍長安而至江都也。次聯，言神器不歸太宗，則帝當遊遍天下矣。後是感慨語，曾見後主，故曰『重問』。其神韻之妙，須于虚字中得之。

【陸曰】與《南朝》一篇，同刺荒淫覆國。彼用諧語，讀者或易忽略；此則莊以出之，自能令人驚心動魄，怵然知戒也。言舊京宫殿，王業所基，乃棄之而數幸江都，以致民勞財竭，國步日蹙，謂非一念之欲開之乎？自非天監在下，神器有歸，將錦帆所到，豈止蕪城已耶？迄今景華腐草，螢火無光，板渚垂楊，暮鴉空噪，憑弔其間，有不堪回首者。乃當日彼昏不悟，醉夢之中，猶傾心於《玉樹後庭》也。是亦一叔寶而已矣。

【姚曰】此為以有涯之生徇無涯之欲者警也。……夫人生有盡者聲色，而無窮者古今。即今腐草之間，豈無螢火，而垂楊之上，祇有暮鴉，昔之放螢苑、錦帆舟，斯須變滅耳。獨怪其吴公臺遇鬼之時，猶以《後庭花》為問，是不惟欲到天涯，且欲窮地下矣。癡人無心肝至是哉！

【屈曰】一破題，二幸江都。三四承二。五六承一。七八總結……（《玉谿生詩意》）又曰：七八言煬帝以暴易暴也。（《唐詩成法》）

【紀曰】純用襯貼活變之筆，一氣流走，無復排偶之迹。首二句一起一落，上句頓，下句轉，緊呼三四句。『不緣』『應是』四字，跌宕生動之極。無限逸遊，如何鋪叙，三四句只作推算語，便連未有之事一併託出，不但包括十三年中事也，此非常敏妙之筆。結句是晚唐別於盛唐處，若李杜為之，當別有道理，此升降大關，不可不知。學義山者切戒此種筆墨。結雖不佳，然緣煬帝實有吴公臺見陳後主一事，借為點綴，尚不大礙，若憑空作此語，則惡道矣。（《詩説》）中四句步步逆挽，句句跳脱。（《律髓刊誤》）結即飛卿『後主荒宫有曉鶯，飛來只隔西江水』意，然彼佳此不佳，其故可思。（《律髓彙評》引）

【姜炳璋曰】此過隋宫而興感也。首從隋宫説起，言如此宫闕，而猶欲取數千里外之蕪城，極力修飾，為帝王之家，謬矣。此以下，常手必極力鋪張江都游幸之盛，而此用旁渲背托之法，言玉璽歸唐，故錦帆自止，不然將何所窮極耶？今日景華已無螢火，而隋堤徒有暮鴉，則猶是當日荒凉之蕪城矣。末二，言從前全盛，夢中一問，猶遭後主責讓，今或地下相逢，豈宜重問耶？八句跌宕頓挫，一氣卷舒，似憐似謔，無限深情。《吴禮部別集》但賞其融化匀稱，猶未盡其妙也。

【楊逢春曰】此詩全以議論驅駕事實，而復出以嵌空玲瓏之筆，運以縱横排宕之氣。無一筆呆寫，無一句實砌，斯為詠史懷古之極。（《唐詩繹》）

【李瑛曰】言外有無限感慨，無限警醒。（《詩法易簡録》）

【許印芳曰】結言煬帝亡國之禍，甚於後主，特借《後庭花》為詞耳。以此為佻甚（按：此紀評），亦苛論也。（《律髓彙評》引）

【黄子雲曰】日角非太宗然也，前代之君亦有之。况二字究未能穩貼，明知先有下句，不得已借以强對。然只此一聯，語雖工而作意何在？（《野鴻詩的》）

【方南堂曰】所謂『語不驚人死不休』者，非奇險怪誕之謂也，或至理名言，或真情實景，應手稱心，得未曾有，便可震驚一世。……李商隱之『於今腐草無螢火，終古垂楊有暮鴉』，不過寫景句耳，而生前侈縱，死後荒凉，一一托出，又復光彩動人，非驚人語乎？（《方南堂先生輟鍛録》）

【冒春榮曰】元和律體屢變，其間卓然成家者，皆自鳴所長，若李商隱之長於詠史，許渾、劉滄之長於懷古，此其著也。今觀義山之《隋宫》《馬嵬》《籌筆驛》諸篇，其造意幽深，律法精密，有出常情之外者。（《葚原詩説》）（按：此襲高棅評。）

【方東樹曰】先君云：『（《隋宫》）寓議論於叙事，無使事之迹，無論斷之迹，妙極妙極。』又曰：『純以虚字作用，五六句興在象外，活極妙極，可謂絶作。』樹按：江都離宫四十餘所，只用紫淵，取紫薇意，且選字媲色也。（按：紫淵宫殿乃在長安，非江都離宫。）

【俞陛雲曰】凡作詠古詩，專詠一事。通篇固宜用本事，而須活潑出之，結句更須有意，乃為佳構。玉溪之《馬嵬》《隋宫》二詩，皆運古入化，最宜取法。首句總寫隋宫之景。次句言蕪城之地，何足控制宇内，而欲取作帝家，言外若譏其無識也。三、四言天心所眷，若不歸日角龍顔之唐王，則錦帆游蕩，當不知其所止。五、六言於今腐草江山，更誰取流螢十斛，悵望長隄，惟有流水棲鴉，帶垂楊蕭瑟耳。螢火垂楊，即用隋宫往事，而以感嘆出之，句法復摇曳多姿。末句言亡國之悲，陳、隋一例，與後主九原相見，當同傷宗稷之淪亡；《玉樹》荒嬉，豈宜重問耶？（《詩境淺説》）

【光聰諧曰】李義山『玉璽不緣歸日角，錦帆應是到天涯』。於今腐草無螢火，終古垂楊有暮鴉』四句，亦虚實迴環作對，他人集中罕見。惟『日角』『腐草』四字尚未湊泊，不如『天涯』『暮鴉』四字渾成。（《有不為齋隨筆》）

【吴闓生曰】（上半）雋爽。（五六）運用生新。凡以典故入詩，當知此法。（《今古詩範》）

【王闓運曰】『日角』『天涯』對滯。（《手批唐詩選》）

【張曰】結以冷刺作收，含蓄不盡，僉覺味美於回，律詩寓比興之意，玉谿慣法也。（《辨正》）

【黄侃曰】平陳之役，煬帝為晉王，實總戎重。末路荒淫，過於叔寶，譏刺之意甚顯，不必以稗官所記覿鬼事實之也。

【按】已有紫泉宫殿，乃棄置而更欲以蕪城為帝都，正見煬帝貪欲之無窮；江都之游，縱欲已極，而推其本性，則必至天涯乃後已；生前荒淫而覆國，死後有知，對此垂楊暮鴉之荒凉景象，宜幡然悔悟矣，乃欲重問《後庭花》；是其貪欲淫昏真所謂『江山易改，本性難移』者矣。詩着力於刻畫諷刺對象之性格，深入揭示其靈魂，而不徒以描繪荒淫之現象為能事。詩人不拘于現成史實，而能據諷刺對象性格發展邏輯，進行推想假設，事屬虚擬，情出必然。此種手法，已近於小説中之藝術虚構，而為詩家所罕用。詩雖諷刺辛辣尖刻，然不流於輕佻，仍顯寓慨深廣、蒼凉沉鬱，此正學杜而得其神髓者。至用典之工巧，語言之流麗圓轉，猶其次者。

風雨

凄凉寶劍篇①，羈泊欲窮年②。黄葉仍風雨，青樓自管絃③。新知遭薄俗，舊好隔良緣④。心斷新豐酒，消愁斗幾千⑤？

集注

①【馮注】張説《郭代公行狀》：『公少倜儻，廓落有大志，十八擢進士第，判入高等，授梓州通泉尉。則天聞其名，驛徵引見，令録舊文，上古劍篇，覽而喜之。』《汗簡》，《郭元振文集序》：『昔於故鄴城下得異劍，上有古文四字云「請俟薛燭」，因作《古劍歌》。』【按】《古劍篇》託物寓慨，借古劍塵埋喻人才之遺棄，有句云：『何言中路遭棄捐，零落飄淪古獄邊。雖復塵埋無所用，猶能夜夜氣冲天。』杜甫《過郭代公故宅》云：『高詠《寶劍

篇》，神交付冥漠。』此以高詠寶劍，寄寓懷才不遇之郭元振自喻。

②【程注】盧思道書：『羈泊水鄉，無乃窮悴。』【馮注】庾信《哀江南賦》：『下亭飄泊，高橋羈旅。』

【補】窮年，終生。

③【楊曰】一喧一寂，對勘自見。【何曰】相形更覺難堪。【程注】曹植《美女篇》：『青樓臨大路，高門結重關。』【孫洙曰】仍字自字詩眼。【按】『黄葉』句觸物興感，自慨身世飄零，遭遇不幸，如黄葉之更遭風雨摧殘。仍，更兼。『青樓』借指豪貴之家。

④【何曰】『新知』，指茂元；『舊好』，指令狐。【馮曰】『新知』謂婚於王氏，見《寓目》。（按：《寓目》有句云：『新知他日好，錦瑟傍朱櫳。』）『舊好』指令狐。『遭薄俗』者，世風澆薄，乃有朋黨之分，而怒及於我矣。【程注】《漢書·元帝紀》：『壬人在位，而吉士雍蔽，重以周秦之弊，民漸薄俗。』【張曰】『新知遭薄俗』，謂鄭亞、李回輩；『舊好隔良緣』，謂子直。【按】『舊好』指令狐綯無疑；『新知』則較難過於指實（《寓目》詩中之『新知』係指其妻王氏，與此詩中之『新知』義略異，不得以彼例此）。以『遭薄俗』之語推之，似指大中以後與義山有交誼之諸失勢者。詩意謂新知已遭澆薄世俗之詆毁，舊好又良緣阻隔，關係疏遠。

⑤【朱注】王維詩：『新豐美酒斗十千。』【姚注】曹植詩：『美酒斗幾千？』【馮注】《舊書·馬周傳》：『西遊長安，宿於新豐逆旅，主人惟供諸商販而不顧待周，遂命酒一㪷八升，悠然獨酌，主人深異之。至京師，舍於中郎將常何家，為何陳便宜二十餘事，皆合旨。太宗即日召與語，尋授監察御史。』《漢書·東方朔傳》：『銷憂者莫若酒。』【按】二句謂盼以新豐美酒銷愁而不可得，兼寓己之不能如馬周終得君主賞識。心斷，念念不忘，念極。

【陸時雍曰】三四語極自在。□詩以不做為佳。中、晚刻核之極，有翻入自然者，然未易多摘耳。（《唐詩鏡》）

【何曰】義山為弘農尉，故以元振通泉自比。○因令狐責其薄，不之禮，故有是篇。（見《輯評》）

【姚曰】凄凉羈泊，以得意人相形，愈益難堪。風雨自風雨，管絃自管絃，宜愁人之腸斷也。夫新知既日薄，而舊好且終暌，此時雖十千買酒，也消此愁不得，遑論新豐價值哉！

【屈曰】當凄凉羈泊時，風雨之夕，聽青樓管絃，因感新知舊好，而思斗酒銷愁，情甚難堪。

【馮曰】引國初二公為映證，義山援古引今皆不夾雜也。不得官京師，故首尾皆用内召事焉。曰『羈泊』，是江鄉客中作矣。

【紀曰】神力完足。　『仍』字『自』字多少悲凉。　芥舟謂『舊好』句疵。（《詩説》）　余謂『新知』句亦露骨。此詩累于此二句。（《輯評》）

【薛雪曰】老杜善用『自』字，……李義山『青樓自管絃』，『秋池不自冷』，『不識寒郊自轉蓬』之類，未始非無窮感慨之情，所以直登老杜之堂，亦有由矣。

【姜炳璋曰】此嘆才華之無由自達也。『新知遭薄俗』，謂王、鄭諸公，一與相合，則『詭薄』之謗興也。『舊好隔良緣』，謂令狐棄舊知於不顧也。落句，汲引無人，終於飄泊，安得至長安斗酒銷悲乎？

【張佩綸曰】『新知遭薄俗』，即杜陵『晚將末契託年少，當面輸心背面笑』。此必義山自桂府還都後之作。『新知』指輕薄少年。『舊好』則迴思往事，感慨繫之。其起句『凄凉《寶劍篇》，羈泊欲窮年』，意旨甚明。茂元乃玉谿密姻，不應以為薄俗也。（《澗于日記》）

【張曰】不能久居京師，翻使窮年羈泊。自斷此生已無郭震、馬周之奇遇，詩之所以嘆也。味其意致，似在遊江東時矣。（《會箋》。繫大中十一年）又曰：『新知』『舊好』句法，老杜及名家集中多有之，此乃一篇之主意，而謂之疵累露骨，誠非末學所曉。（《辨正》）

【按】詩曰『羈泊欲窮年』，曰『心斷新豐酒』，則顯作於旅滯外州期間。『羈泊』雖泛言羈旅漂泊，然亦暗點水鄉，參之『欲窮年』之語，則作於晚歲遊江東時或大體近是。徒有匡世之志，而屢受摧抑，新知遭毀，舊好隔絶，孑然一身，惟借酒以銷憂矣。雖自傷身世，而字裏行間，仍見勃鬱不平之氣。首尾用事，貼切自然，畫出才士書劍飄零、英俊沉淪風貌，末聯尤不露痕迹。環境之冷與内心之熱構成尖鋭矛盾。

井泥四十韻

皇都依仁里①，西北有高齋②。昨日主人氏，治井堂西陲。工人三五輩，輦出土與泥③。到水不數尺，積共庭樹齊。他日井甃畢④，用土益作堤⑤。曲隨林掩映，繚以池周迴⑥。下去冥寞穴〔一〕⑦，上承雨露滋。寄辭別地脈⑧，因言謝泉扉⑨。昇騰不自意，疇昔忽已乖〔二〕⑩。伊余掉行鞅⑪，行行來自西。一日下馬到，此時芳草萋⑫。四面多好樹，旦暮雲霞姿⑬。晚落花滿池〔三〕，幽鳥鳴何枝〔四〕⑭？蘿幄既已薦⑮，山尊亦可開⑯。待得孤月上，如與佳人來⑰。因之感物理〔五〕，惻愴平生懷⑱。

茫茫此羣品⑲，不定輪與蹄。喜得舜可禪〔六〕，不以瞽瞍疑⑳。禹竟代舜立，其父吁咈哉㉑。嬴氏并六合，所來因不韋㉒。漢祖把左契㉓，自言一布衣㉔。當途佩國璽㉕，本乃黄門攜㉖。長戟亂中原，何妨起戎氏㉗。

不獨帝王爾，臣下亦如斯。伊尹佐興王，不藉漢父資㉘。磻溪老釣叟，坐為周之師㉙。屠狗與販繒㉚，突起定傾危。長沙啟封土，豈是出程姬㉛？帝問主人翁，有自賣珠兒〔七〕㉜。武昌昔男子，老苦為人妻㉝。蜀王有遺魄，今在林中啼㉞。淮南雞舐藥，翻向雲中飛㉟。

大鈞運羣有㊱，難以一理推。顧於冥冥內〔八〕，為問秉者誰㊲？我恐更萬世，此事愈云為㊳。猛虎與雙翅，更以角副之㊴。鳳凰不五色，聯翼上雞棲㊵。我欲秉鈞者，揭來與我偕㊶。浮雲不相顧㊷，寥泬誰為梯㊸？悒怏夜參半〔九〕㊹，但歌井中泥㊺。

校記

〔一〕『冥』原作『寂』，一作『冥』，據蔣本、姜本、戊籤、錢本、影宋抄、悟抄、席本改。

〔二〕『乖』原作『垂』，非，一作『乖』，據蔣本、姜本、戊籤、錢本、影宋抄、悟抄、席本改。

〔三〕『池』，蔣本、朱本作『地』。

〔四〕『何』，姜本作『柯』。

〔五〕『之』，朱本作『茲』。

〔六〕『喜』，各本均同。【程曰】（喜）應作堯。

〔七〕『賣』原作『』，錢本作『夐』，均非，據蔣本、姜本、戊籤、悟抄、季抄改。

〔八〕『顧』，蔣本、戊籤作『願』。

〔九〕『參』，朱本、季抄作『將』。

集注

①【朱注】（依仁里）在東都。《白氏長慶集》有《宿崔十八依仁新亭》詩。

②【何注】《古詩·西北有高樓》篇《文選注》云：『此篇明高才之人仕宦未達，知之者稀也。』西北乾位，君之居也，發端本此。此老杜所傳《文選》理也。舉仁者君之事，故假里名寓意耳。【馮曰】何説足見讀書之細。

③【朱注】乾曰土，濕曰泥。

④【朱注】甃，修井也。【程注】《易》：『井甃無咎。修井也。』

⑤【何曰】以比沙堤。（《輯評》）

⑥【田曰】句法古老，文在其中。（馮注引）【按】二句謂井泥所積之堤沿池之周圍繚繞伸展，掩映於池周之樹林間。

⑦【補】謂下離幽深之地穴。

⑧【程注】《史記·蒙恬傳》：『此其中不能無絶地脈。』鮑照詩：『洞澗窺地脈。』【按】水流行地中，似人身血脈，故稱地脈。寄辭，寄語。

⑨【補】謝，辭别。泉扉，猶泉眼。

⑩【田曰】用意見此。（馮注引）【按】乖，異也。

⑪【程注】《左傳》：『楚樂伯曰：「吾聞致師者，左射以菆，代御執轡，御下兩馬，掉鞅而還。」』注：『掉，正也，示閒暇也。』【按】掉鞅，謂駕御從容。掉，整理；鞅，套馬頸上用以駕軛之皮帶。劉文淇《春秋左氏傳舊注

疏證》引李貽德云：『捽為正者，正即整。』

⑫【何曰】（『一日』二句）暗寫遲暮之感。（《輯評》）

⑬【何曰】（『四面』二句）頓挫風韻。（《輯評》）

⑭【何曰】『何』字精妙，使『幽』字精神轉出。（《輯評》）

⑮【朱注】杜甫詩：『高蘿成帷幄。』

⑯【程注】王勃序：『山樽野酌。』

⑰【何曰】『天際碧雲合，佳人殊未來。』翻用妙。又暗寫騷人求女之意。（《輯評》）【馮曰】狀井泥昇騰，許多生態妄想。義門謂用騷人求女之意，非也。【補】曹丕詩：『朝與佳人期，日久殊未來』。謝靈運詩：『圓景早已滿，佳人猶未適。』江淹詩：『日暮碧雲合，佳人殊未來。』二句似從上述詩句脱化。

⑱【馮曰】（『因之』）二句一篇之主。以下雜拉繁亂，集中至頹唐之作。

⑲【程注】《易序》：『象天地而育羣品。』

⑳【馮曰】『喜得』亦通，然發端不宜隱『堯』字，當以形近而訛。【補】《書·大禹謨》：『祇載見瞽瞍。』又《堯典》『瞽子』孔安國《傳》：『舜父有目不能分辨好惡，故時人謂之瞽，配字曰瞍。』瞍，無目之稱。二句謂堯喜得舜而禪位於舜，不因其父不賢而致疑。

㉑【程曰】《書》：『僉曰：「於，鯀哉！」帝曰：「吁，咈哉！」』【按】『吁，咈哉！』歎聲，有不同意、不以為然、疑怪之意。二句謂禹終於代舜而立，然其父鯀則為舜所不喜。【何曰】此四句是若有定者。（《輯評》）

㉒【馮曰】《史記·呂不韋傳》：『不韋娶邯鄲諸姬絶好善舞者與居，知有身。子楚從不韋飲，見而請之，不韋遂獻其姬。姬自匿有身，至大期時，生子政。子政立，是為始皇。』

㉓【朱注】《老子》：『聖人執左契而不責於人。』注：『契，券也。』【馮注】《老子》：『聖人執左契而不責

於人。有德司契，無德司徹。天道無親，常與善人。』王弼注曰：『左契防怨之所由生也。有德之人，念思其契，不令怨生，而後責於人也。徹，司人之過也。』按：輔嗣之説如此，而本文殊近皇天無親，惟德是輔，故後人以言王者受命，用之熟矣。然《禮記》『獻粟者執右契』，疏曰：『右為尊，以先書為尊故也。』《戰國策》有『操右契而責德於秦、魏』之語，是責人者操右契也。漢時銅虎符，右留京師，左與郡守，亦右尊於左也。《老子》本讓而不争之意，有德則天心歸之，自然司契，何事早争召怨哉？後世則以左為重。《舊書・志》『符寶郎凡出納符節，辨其左右之異，藏其左而班其右，以合中外之契焉。』與《老子》本義自異，今偶為晰之。【按】馮説是。《史記・平原君虞卿列傳》：『且虞卿操其兩權，事成，操右券以責；事不成，以虚名德君，君必勿聽也。』亦以『右券』為索償之憑證。然《史記・田敬仲完世家》：『公常執左券以責於秦、韓』，則又以『左券』為索償之憑證。義山此處自以『左券』為索償者所持，把左券，即有把握之意。

㉔【程注】《史記》：『高祖曰：「吾以布衣提三尺劍取天下。」』【何曰】此四句是若無定者。又曰：此等亦是陳言。（《輯評》）

㉕【朱注】《魏志》：『白馬令李雲上言：「許昌氣見於當塗高。當塗高者當昌於許。」當塗高，魏也；象魏兩觀闕是也。』又曰：『文帝受禪，漢獻帝遣使送璽綬。』【馮注】《漢書・元后傳》：『初，高祖至霸上，秦王子嬰降軹道，奉上始皇璽。高祖御服其璽，世世傳受，號曰「漢傳國璽」。』《後漢書・徐璆傳注》：『玉山藍田山，題是李斯書，其文曰：「受命於天，既壽永昌。」』

㉖【程注】陳琳《為袁紹檄豫州文》：『司空曹操，祖父中常侍騰，與左悺、徐璜並作妖孽，饕餮放横，傷化虐民。父嵩乞匄攜養，因臟假位。』司馬彪《續漢書》：『騰字季興，少除黄門從官。順帝即位，為小黄門，遷至中常侍。』【朱注】《魏志注》：『《曹瞞傳》及郭頒《世語》並云：「嵩，夏侯氏之子。」』

㉗【朱注】五胡之亂，前秦為氏。【程注】《晉載記》：『前秦苻洪，略陽臨渭氐人，其先世為西戎酋長。』【馮注】《史記・樗里子傳》：『長戟居前，彊弩在後。』《漢書・鼂錯傳》：『平地淺中，可前可後，此長戟之地也。』

句舉一以該五兵。戎、氐統言諸胡，如前趙劉氏之為匈奴，後趙石氏之為羯，前燕慕容氏之為鮮卑，前秦苻氏之為氐，後秦姚氏之為羌，皆其類也。詳《晉書·載記》。　【何曰】此四句是無定中之尤幻者。（《輯評》）

㉘【何曰】『漢父』注家未詳，似謂生于空桑也。（《輯評》）　【馮注】《列子》：『伊尹生乎空桑。』《呂氏春秋》：『有侁氏女子採桑，得嬰兒于空桑之中，獻之其君。察其所以然，曰：其母居伊水之上，孕，夢有神告之曰：「臼出水而東走毋顧。」明日，視臼出水，東走十里而顧，其邑盡為水，身因化為空桑，故命之曰伊尹。』《獨異志》：『伊尹無父。』按：古來稱人曰漢，如《北史·斛律金傳》：『爾所使多漢。』《邢邵傳》：『此漢不可親近』，及『好漢』『醉漢』之類。此言無丈夫為父也。《易乾卦》：『萬物資始。』　【按】伊尹曾輔佐湯攻滅夏桀，建立商朝。後又輔湯之子太甲，故云『佐興王』。漢，男子之通稱。陸游《老學庵筆記》卷三：『今人謂賤丈夫曰漢子。』資，賦予。二句蓋謂伊尹雖佐興王為開國元勳，然出身微賤，不知其父。

㉙【馮注】《尚書大傳》：『文王至磻溪，見呂望釣，拜之，尚父曰：望釣得魚，腹中有玉璜，刻曰：「周受命，呂佐檢，德合於今昌來提。」』《水經》：『渭水又東過陳倉縣西。』注曰：『渭水之右，磻谿水注之，水出南山茲谷。谿中有泉，謂之茲泉。即《呂氏春秋》所謂太公釣茲泉也。今人謂之几谷。東南隅有石室，蓋太公所居也。水流次平石釣處，其投竿跽餌，兩膝遺蹟猶存。』　【何曰】此四句若有定者。（《輯評》）　【補】《水經注》引司馬遷曰：『呂望，東海上人也，老而無遇，以釣干周文王。』又云：『呂望行年五十，賣食棘津，七十則屠牛朝歌，行年九十，身為帝師。』坐，無故，亦即上文『不藉』，下文『突』之意。

㉚【朱注】屠狗，樊噲；販繒，灌嬰。　【程注】《史記·樊噲傳》：『舞陽侯樊噲者，沛人也，以屠狗為事。』《灌嬰傳》：『灌嬰者，睢陽販繒者也。』

㉛【馮注】《漢書》：『長沙定王發母唐姬，故程姬侍者。景帝召程姬，程姬有所避，飾侍者唐兒，使夜進。上醉不知，以為程姬而幸之，遂有身，已乃覺非程姬也。及生子，因名曰發。』張晏曰：『發誤已之繆幸。』　【補】啟封土，開疆封土，指立劉發為王。　【何曰】此四句是若無定者。（《輯評》）

㉜【馮注】《漢書·東方朔傳》：『竇太主寡居，年五十餘矣，近幸董偃。始，偃與母以賣珠為事。偃年十三，隨母出入主家，左右言其姣好，主召見，曰：「吾為母養之。」年十八而冠，出則執轡，入則侍內，名稱城中，號曰董君。上從主飲，臨山林，坐未定，上曰：「願謁主人翁。」』主自引董君伏殿下，主迺贊：「館陶公主胞人臣偃昧死再拜謁。」因叩頭謝。時董君見尊，不名，稱為主人翁，飲大驩樂，於是董君貴寵，天下莫不聞。』【何曰】至陰為陽，下人為上，皆喻賢者之不得志也。（《輯評》）

㉝【道源注】《搜神記》：『哀帝時豫章有男子化為女子，嫁為人婦，生一子。』武昌則未詳。【馮曰】豫章事見《漢書·五行志》，武昌或南昌之訛，豫章郡首南昌縣也。未定是否。徐氏引武都丈夫化女子為蜀王妃，亦非。【屈注】《雲笈七籤》：『《元氣論》云：游魂為變，如武都耆男化為女，江氏祖母化為黿』云云。武昌當作武都。

【按】此傳聞異辭，不必泥。

㉞見《哭遂州蕭侍郎二十四韻》。

㉟【朱注】《神仙傳》：『八公與（淮南王）安，白日昇天。餘藥器置在中庭，雞犬舐啄之，盡得昇天，故雞鳴天上，犬吠雲中也。』【何曰】此八句是無定中尤幻者。（《輯評》）

㊱【程注】《賈誼鵩鳥賦》：『大鈞播物兮，坱圠無垠。』注：『陰陽造化，如鈞之造器也。』李白詩：『一風鼓羣有，萬籟各自鳴。』【補】羣有，猶萬物。

㊲【補】冥冥，原為幽深渺遠之意，此指茫茫宇宙。秉者，主宰萬物變化者，即下文『秉鈞者』。【何曰】《天問》體。（《輯評》）

㊳【程注】《易·繫辭》：『變化云為。』【補】《易·繫辭》疏曰：『或口之所云，或身之所為也。』又：『乾坤變化，有云有為。云者，言也；為者，動也。』《文選》班固《東都賦》：『子實秦人……烏睹大漢之云為乎？』云為，猶言行。然此處實指變化。二句蓋謂：我恐萬世之後，下述一類變化將更甚於今也。

㊴【朱注】虎翅猶云虎翼。《揚子》：『或問酷吏。揚子曰：「虎哉虎哉！角而翼也。」』【馮注】《韓非子》：

『故《周書》曰：「毋為虎傅翼，將飛入邑，擇人而食。夫乘不肖人於勢，是為虎傅翼也。」』《神異經》：『西北有獸，狀似虎，有翼，能飛，便勦食人。聞人鬬，輒食直者；聞人忠信，輒食其鼻；聞人惡逆不善，輒殺獸往饋之。』

㊵【朱注】《詩》：『雞棲于塒。』【朱彝尊曰】此下四句言小人乘權，君子失位。【何曰】此四句方是本位。傷時不尚文，而已沈淪使府，反不如井泥尚有時升騰也。〇『不五色』者，人見為非五色，而與家雞同賤也。（《輯評》）

㊶【楊慎曰】今文語辭朅來、聿來，不知所始。按《楚辭》：『車既駕兮朅而歸，不得去兮心傷悲。』舊注：『朅，去也。』又按《呂氏春秋》：『膠鬲見武王于鮪水，曰：「西伯朅來？」武王曰：「將伐殷也。」膠鬲曰：「朅至？」武王曰：「將以甲子日至。」』注：『朅，何也。』若然則朅之為言盍也。【馮注】曾子《歸耕操》：『朅來歸耕，歷山盤兮。』《漢書》司馬相如《大人賦》：『回車朅來兮。』《說文解字》：『朅，去也。』【按】朅來有去來、盍來、爾來數義，此處係盍來之義，猶言何不來也。二句希主宰萬物變化者來與我偕游，以窮究『物理』。

㊷【何曰】浮雲蔽日，斥時宰也。（《輯評》）【馮曰】陸賈《新語》：『邪臣之蔽賢，猶浮雲之鄣日月也。』按：《九辯》云：『何氾濫之浮雲兮，猋壅蔽此明月。願皓日之顯行兮，雲蒙蒙而蔽之。』在陸之先矣。《文子》：『日月欲明，浮雲蔽之。』

㊸【朱注】《廣韻》：『寥泬，空貌。』【馮注】《楚辭·九辯》：『泬寥兮天高而氣清。』注曰：『泬寥，曠蕩而虛靜也。』【程注】何遜《七召》：『既臨下以寥泬，復憑高而泱漭。』【按】寥泬，指空曠寂靜之天宇。

㊹【程注】袁㝏聯句：『君行步飄颻，我滯心悒怏。』【何曰】『夜參半』，暗用『長夜漫漫何時旦』意。（《輯評》）

㊺【程注】劉孝威《箜篌謠》：『豈甘井中泥，上出作埃塵。』（【按】一作『時至出作塵』。）

箋評

【許學夷曰】李商隱……五言古多用古韻，井泥一篇，援引議論又似杜牧，但更冗漫耳。（《詩源辯體》）

【胡震亨曰】嘗讀元微之《古諷》各篇，怪其講道理着魔，不謂此趣士亦復爾爾。（《戊籤》評語）

【朱曰】《易》云：『井泥不食。』故此詩以井泥起興，深刺世之沉洿下才而倖居高位者。舜禹以下，雜言古今升沉變態，難以理斷。猛虎角翼，小人乘權，鳳凰雞栖，君子失位，所以三嘆於浮雲之不可梯也。此詩與前詩（按指《行次西郊》）『使典作尚書，厮養為將軍』同意，必有所指。

【朱彝尊曰】其為諷刺，夫何待言！然取義亦僻而無味。○用韻與《樞言草閣》詩同。（『取義僻而無味』句，馮引作錢評）

【何曰】後半與牧之《杜秋詩》極相似。（《讀書記》）又曰：《天問》之遺。

【賀裳曰】義山綺才豔骨，作古詩乃學少陵，如《井泥》《驕兒》《行次西郊》《戲題樞言草閣》《李肱所遺畫松》，頗能質樸。（《載酒園詩話》）

【陸崑曾曰】義山古詩，自漢魏至六朝，無體不有，如《井泥》《驕兒》《行次西郊》等篇，意在規橅老杜，然但得其質樸，而氣格韻致終遜之。

【姚曰】起首至『疇昔忽已乖』，叙明井泥來歷。『伊余』下至『惻愴平生懷』，叙興感之由。『茫茫』下至『為問秉者誰』，從井泥推到世間萬事。『我恐』下，又進一層意，言天運翻覆，目前如此，焉知將來不更有甚於此者？蓋顛倒無常，殊非世智所能料及也。本旨在此數語。

【屈曰】一段井泥所出如此。二段身至其地，因之生感。三段人君。四段人臣。五段自嘆總結。

【程曰】（朱謂）此深刺世之沉淪下才而倖居高位者，如此則不當引許多聖賢豪傑起於側微者為之比論矣。愚謂此詩取題於《易》，乃自寓之辭也。《易》於井卦皆取其有養人之意。《初六象》曰：『井泥不食，下也。舊井無禽時舍也，謂為時所棄也。』《九一上六》則極言其功用足以及物矣。義山熟於經，蓋本此以為言，而自傷其如九一與元應在上，以為之汲引也。先叙井泥為堤，上承雨露，而有生長草木、養成花鳥之功，所以感兹物理而惻愴平生。爾時仕宦，皆由門第，已雖宗族，陵替已久，等於寒門，以故在上之人不肯汲引。次述古來聖賢豪傑，率由崛起。雖至不類如賣珠兒，然帝貴之則竟貴矣。此與男化為女，人變為禽，雞犬舐藥，飛向雲中，皆事所有，而不可以一理推者。況用人以家世，豈無方之義乎？惟是已懷隱憂而欲為秉鈞告者，則羣小肆虐，如虎而翅角，主上孤危，如鳳止雞棲，誠存亡安危之所繫。而秉鈞者高自位置，不肯下交，如浮雲之不可梯而近也。雖有嘉謨，其道無由，而得不悒怏終夜，而自嘆為井泥不能成及物之功乎？此疑太和九年義山未釋褐之前作。詩中猛虎翅角，蓋喻宦官之驕横；鳳止雞栖，蓋喻文宗之卑弱也。又按劉孝威《箜篌謡》云：『從風暫靡草，富貴上升天。不見山巔樹，摧扤下為薪。豈甘井中泥，上出作埃塵。』詩意殆本此。

【馮曰】『行行來自西』，自長安至東都也。遡其遊蹤，玩其引古，蓋當文宗崩，武宗立，楊嗣復輩遠斥江湘，李德裕由淮南入相之時。語雖雜拉，尚有線索可尋。又曰：《杜秋娘》詩後幅亦然。但彼叙秋娘事已居大半，此則借題取興，用意却在中後。

【王鳴盛曰】李德裕似不當在倖進小人之列，此語亦是誣之。先生辨集中只有傷惜衛公語，無貶詞，惟《上杜悰》以惡草比之，出于不得已。『惡草』句，先生誤會也。而于此又以《井泥》所刺小人指衛公，自相矛盾矣。（馮注初刊本王氏手批）

【紀曰】元白體也，意淺而味薄，學之易至于率俚。問元白體竟不佳耶？曰亦是詩中正派，其佳在真樸，其病在好鋪張，好盡，好為欲言不言尖薄語，好為隨筆潦倒語，在二公自有佳處，學之者利其便易，其弊有不可勝言者也，惟小詩却時時有佳者，漁洋山人嘗論之矣。（《詩説》）

【陳沆曰】觀篇末致慨於秉鈞之人，且有虎而翼、鳳而雞之慮，則知為牛李之黨而言之也。揚之昇天，抑之入地；所好生毛羽，所惡成瘡疣，用舍不平若斯，君子值此，惟有安命而已。前半雜陳古今升沉變態，皆為篇末張本。純乎漢魏樂府之遺，於義山詩中亦為變格。（《詩比興箋》）

【張佩綸曰】以余意斷之，（《井泥》）殆與樊川《杜秋詩》同旨，皆為大中初年作。鄭太后本李錡妾。杜云：『光武紹高祖，本系由唐兒』，即此所云『長沙啟封土，豈是出程姬』也。而『嬴氏并六合，所來由不韋』，則語更咄咄。蜀魄淮雞，明武帝上賓，皇子被廢，與『黄門携』相口，足以見廢立之策均由宦官耳。宣宗以令狐楚用綯，綯由父資得進，則反之曰：如伊尹者，豈如漢法以父任得官耶？又曰：唐兒本程姬侍兒，鄭亦郭太后侍兒，尤為精切。又曰：李衛公《伐國論》苻堅納慕容姊弟，秦宫有『鳳兮』之謡，大意亦為鄭、杜而發，此詩『何妨起戎氏』，亦即暗指此事也。（《澗于日記》）

【張曰】此篇感念一生得喪而作。贊皇輩無端遭廢，令狐輩無端秉鈞，武宗無端而殂落，宣宗無端而得位，皆天時人事，難以理推者。意有所觸，不覺纍纍滿紙，怨憤深矣。觀『行行來自西』語，蓋推官罷後自京還洛時也。即以詩格論，意境頽唐，亦近晚年。馮氏謂衛公當國時，為牛黨致慨，真臆説矣。（《會箋》）。繫大中十二年）

【按】詩分五節。第一節寫深埋地底之泥因治井而得昇騰地面，上承雨露。第二節寫井泥築為池堤後，池上林間所呈現之幽美景色。『因之』二句，由井泥地位之變化聯想及己之生平遭際，引起對『物理』之議論，為一、二兩段轉關。第三節以『茫茫此羣品，不定輪與蹄』二語總起，列舉舜、禹、秦皇、漢祖、魏武、五胡等大有作為之帝王均起於微賤，以證賤者可變為貴，與上段井泥地位之變化緊相呼應。然後以『不獨帝王爾，臣下亦如斯』二語轉入第四節。伊尹、吕望、樊噲、灌嬰等，均出身微賤而佐興王成大業者。長沙定王、董偃雖無功業可言，然亦因微賤而昇居尊貴者。男變為女、君化為禽、雞犬升天，則與上述變化不倫，作者或迷惘、或感慨、或譏諷，感情亦隨之而異。要之，三四兩節為一大段，其間所叙社會人事變化，大半為作者所企望並贊美之變化，然亦有作者所惶惑或否定之變化。二者雜陳。作者遂深感自然社會之變化難以把握。故第五節（亦即第三段）即就『大鈞運羣有，難以一理推』抒慨。作者所希求者，乃聖賢之起於微賤，成就大業；而所恐者，則為猛虎翼角、鳳凰雞栖。乃今之世，所企望之變化則迥乎不聞，所憂恐之變化則日甚一日。中心憤懣不平，故欲求秉鈞者而問之。然浮雲蔽日、天高難梯，物理難明，昇騰難期，惟於此漫漫長夜中空歌井泥、抒此怨憤而已。

通觀全篇，詩蓋因井泥之昇騰而深慨己之淪謫不遇也。聖主賢臣起於側微之事已成歷史陳跡，耳目所接者則無非邪惡者得勢猖獗、賢能者失位不遇、趨時者得道昇天之現象。天理人事，如此悖謬，安得不責問秉鈞者乎？明言『大鈞運羣有，難以一理推』，實於不可知之中寓深沉怨憤。何焯謂此詩『《天問》之遺』，極有見地。其與天問相似處，不在形而在神。

杜牧《杜秋娘》詩，亦因杜秋娘之遭遇而發『自古皆一貫，變化安能推』之慨嘆，寓士林不能掌握命運之感。義山極稱《杜秋詩》，此篇顯受其影響。《杜秋詩》富於情韻；《井泥》則偏重議論，怨憤更深。此詩作年不可確考。張氏就其內容、風格定為晚年之作，雖無確據，然大體可信。

哀箏①

延頸全同鶴②，柔腸素怯猨③。湘波無限淚，蜀魄有餘冤④。輕幰長無道⑤，哀箏不出門。何繇問香炷？翠幕自黄昏⑥。

集注

①【朱彝尊曰】借二字為題，非詠箏也。【按】朱說非，詳箋。杜甫《秋日夔府詠懷百韻》：『哀箏傷老大』詩題及詩旨或取義於此。

②【程注】《史記·樂書》：『師曠援琴而鼓之，一奏之，有玄鶴二八集乎廊門。再奏之，延頸而鳴，舒翼而舞。』【馮注】《莊子》：『鶴頸雖長，斷之則悲。』阮瑀《箏賦》曰：『箏長六尺。』

③【朱注】《格物論》：『猿性急而腸狹，哀鳴則腸俱斷而死。』【姚注】《世說》：『桓温入三峽，部伍中有得猿子者，其母緣岸哀號，行百餘里不去，遂跳船上，至便絕，破視腹中，腸皆寸斷。』【馮注】左思《吴都賦》：『猨父哀吟。』《搜神記》：『有人得猿子殺之，猿母悲喚，自擲而死，破腸視之，寸寸斷裂。』《釋名》：『箏，施絃高急箏箏然也。』此狀箏形與絃，又以自喻。

④【馮注】比所彈之曲，又自喻昔遊。

⑤【朱注】潘岳《藉田賦》：『微風生於輕幰兮。』

⑥【馮注】《藉田賦》：『翠幕黕以雲布。』『香炷』見《海上謡》。

箋評

【朱曰】此客中有憶之詞，乃摘詩中『哀箏』二字為題。（《李義山詩集補注》）

【馮班曰】著題體。（《輯評》何焯引）

【姚曰】此客中有憶之詞，乃摘詩中哀箏二字為題，非賦哀箏也。鶴瘦猿啼，淚痕冤魄，客中愁悶極矣。此時歸駕無由，哀箏自遣，遥思翠幕薰香，黄昏獨坐之侶，可得近耶？

【屈曰】哀箏為題與『錦瑟』同。《錦瑟》便有許多亂道，不知此首又作何解？〇一，望之切也。二，恨之深也。三四，哀之甚也。五，無路可尋。六，獨居深閉。哀箏之聲門外不聞，又安得問當時盟誓之香炷，惟有坐度黄昏而已。

【程曰】此寓言耳，然與前《即目》詩（按：指《地寬樓已迴》一首）不同，彼淺而此深也。蓋叙其望恩不至，空欲斷腸，有淚如二妃之灑湘江，化魂同子規之在蜀道。乘軒者君門萬里，寫哀者不出户庭。荀令之衣香難問，青油之幕下終年。蓋亦怨朝中故舊之作也。

【馮曰】即『何處哀箏』（《無題四首》之四）之意也。首句望之深，次句愁之切。三四自桂管蜀中來也。五六言舍此更無他路，故惟在爾門告哀。七八言瓣香何在，徒又獨宿而已。如此悟透，詩之微妙乃出。余初定為東川悼亡，則情味大減矣。

【紀曰】五句不成語，恐有訛錯，通首亦無甚佳處，不為高格。此摘『哀箏』二字為題，非詠箏也，蓋亦無題之類，詳其語意，確有寄託。（《詩説》）

【張曰】詩有不甚可解而自佳者，『輕幰』二句是也。不當以晦澀病之。〇『延頸』句癡望好合。『柔腸』句腸斷同羣。『湘波』句指湖南失意之恨。『蜀魄』句指巴閬留滯之慨。『輕幰』句即萬方一概，吾道何之之感。『哀箏』句即『何處哀箏隨急管』之意，言遇合無路，只有令狐舊日門下，可以告哀也。『何由』二句，言雖知令狐一門可以告哀，但何由重結舊好，如燒香之能歆感乎？惟翠幕黄昏，獨自無聊而已，所謂『迴頭問殘照，殘照更空虚』也。集中寓意陳情之作，大致多相類，閲者宜合參之。馮氏亦見及於此，但句下所解，有未通者，今詳加箋釋，今而後深情妙緒，可以無餘藴矣。（《辨正》）又曰：『湘波』句，兼指李回湖南幕事。此屢啟陳情時作也。（《會箋》）

【按】此詩當與《錦瑟》參讀，頗似有意製作之姊妹篇。詩雖非專詠哀箏，然亦非僅摘篇中二字為題者。前四借箏喻人，亦賦亦比。首句寫箏『延頸而鳴』，兼喻己之消瘦鶴立之狀。次句寫箏聲之哀，正面點題。與《錦瑟》起聯借『五十絃』而興起華年之追憶類似。『湘波』二句，馮謂『比所彈之曲，又自喻昔遊』，甚是。蓋既寫哀箏彈奏時所構成之音樂意境，又以『湘』『蜀』暗寓己之所歷，與《錦瑟》頷腹二聯以瑟聲之種種意境曲傳華年身世之悲相仿。後四進而寫彈奏者之處境與心情，全用賦法。『輕幰』二句，謂深閉不出，寂處彈箏。『長無道』，謂有車而無路，即車駕不出之意。『不出門』，謂箏聲哀悽而不傳於户外。末聯乃進而寫其幽居寂寥之狀。謂往事如煙，不可復問，今惟翠幕垂掩，獨自消度寂寞之黄昏而已。此與《錦瑟》末聯極寫此情不堪追憶之悵惘亦復類似。曰『柔腸』，曰『輕幰』，曰『翠幕』，詩中主人公顯為女性，而此女性形象亦即詩人形象之化身。

自頷聯『湘』『蜀』二字觀之，此詩或作於東川歸後病廢時。詩中所寫獨居孤寂情懷，亦與病廢境遇相合。

錦瑟

錦瑟無端五十絃①，一絃一柱思華年②。莊生曉夢迷蝴蝶③，望帝春心託杜鵑④。滄海月明珠有淚⑤，藍田日暖玉生煙⑥。此情可待成追憶⑦，只是當時已惘然。

集注

①【朱注】《周禮・樂器圖》：『雅瑟二十三絃，頌瑟二十五絃。飾以寶玉者曰寶瑟，繪文如錦者曰錦瑟。』《漢書・郊祀志》：『泰帝使素女鼓五十絃瑟，悲，帝禁不止，故破其瑟為二十五絃。』或曰：《呂氏春秋》云：『朱襄氏作五絃瑟以采陰氣，以定羣生，瞽叟乃拌五絃為十五絃之瑟，命之曰大章。舜立，乃益八絃，以為二十三絃之瑟。』此詩『五十絃』，當倒其文為『十五絃』，與下『思華年』相應。一云『五十』疑作『廿五』，正用素女事。廿，人汁切，音入。古人書二十，字多併省為廿。顏之推《稽聖賦》：『中山何夥？有子百廿。』但詩家罕用。【程注】《世本》：『伏羲作瑟。瑟者，潔也。使人精潔於心，淳一於行。』《廣雅》：『瑟長三尺六寸六分。』【馮注】素女所鼓，本五十絃。本集又云『雨打湘靈五十絃』，則是言瑟之泛例耳。余初疑合兩瑟言之者，尚誤也。或謂以二十五絃為五十，取斷絃之義者，亦誤。按：《史記・封禪書》《孝武本紀》及《漢書・郊祀志》：『泰帝使素女鼓瑟。』師古曰：『泰帝亦謂泰昊也。』而司馬貞補《三皇本紀》『太皞庖犧作三十五絃之瑟』，又小異。【吴景旭曰】《隋志》：『十五絃，小瑟也；二十五絃，中瑟也；五十絃，大瑟也。』【按】古瑟有五十絃之制，義山詩亦習用五十絃。無端，猶無緣無故，没來由。或謂即『無心』之意（參王鍈《詩詞曲語辭例釋》）。

②【程注】《緗素雜記》：『東坡引《古今樂志》云：錦瑟之為器也，其絃五十，其柱如之。』

③【朱注】《莊子》：『昔者莊周夢為蝴蝶，栩栩然蝶也。』

④【朱注】《水經注》：來敏本《蜀論》：『望帝者，杜宇也。從天下女子朱利自江源出，為宇妻，遂王於蜀，號曰望帝。』《蜀王本紀》：『望帝使鼈靈治水，與其妻通，慚愧，且以德薄不及鼈靈，乃委國授之。望帝去時，子規方鳴，故蜀人悲子規鳴而思望帝。』《成都記》：『望帝死，其魂化為鳥，名曰杜鵑，亦曰子規。』【按】望帝事見《華陽國志・蜀志》及《文選・蜀都賦》注引《蜀記》，參《哭蕭侍郎》注。崔塗《春夕》：『胡蝶夢中家萬里，子規

枝上月三更。』

⑤【朱注】《文選注》：『月滿則珠全，月虧則珠闕。』郭憲《別國洞冥記》：『味勒國在日南，其人乘象入海底取寶，宿於鮫人之宫，得淚珠，則鮫人所泣之珠也，亦曰泣珠。』《博物志》：『南海外有鮫人，水居如魚，不廢績織，其眼泣則能出珠。』【馮注】《禮斗威儀》：『德至淵泉，則江海出明珠。』《大戴禮記》：『蚌蛤龜珠，與月盛虚。』【按】參《回中牡丹》及《題僧壁》注。

⑥【朱注】《長安志》：『藍田山在長安縣東南三十里，其山産玉，亦名玉山。』【程注】《吴女紫玉傳》：『王梳妝，忽見玉，驚愕悲喜，問曰：「爾緣何生？」玉跪而言曰：「昔諸生韓重來求玉，大王不許。玉名毁義絶，自致身亡。重以遠還，聞玉已死，故齎牲幣詣冢弔唁。感其篤終，輒與相見，因以珠遺之。不為發冢，願勿推治。」夫人聞之，出而抱之，玉如烟然。』【馮注】《困學紀聞》：『司空表聖云：「戴容州叔倫謂詩家之景，如藍田日暖，良玉生烟，可望而不可置於眉睫之前也。」義山句本此。』【按】温庭筠《上學士舍人啓》：『常嘆美玉在山，但揚异彩……徒自沉埋。』馮氏引《困學紀聞》而否定王氏『義山句本此』之説，另見馮箋。

⑦【補】可待，豈待，何待。只是，猶直使，即便之意。

箋評

【劉攽曰】李商隱有《錦瑟》詩，人莫曉其意，或謂是令狐楚家青衣也。（《貢父詩話》）

【黄朝英曰】義山《錦瑟》詩云……山谷道人讀此詩，殊不曉其意，後以問東坡，東坡云：『此出《古今樂志》，云：「錦瑟之為器也，其絃五十，其柱如之，其聲也適、怨、清、和。」』案李詩，『莊生曉夢迷蝴蝶』，適也；『望帝春心託杜鵑』，怨也；『滄海月明珠有淚』，清也；『藍田日暖玉生煙』，和也。一篇之中，曲盡其意。史

稱其瑰邁奇古，信然。劉貢父詩話以為錦瑟乃當時貴人愛姬之名，義山因以寓意，非也。（《靖康緗素雜記》）

【許顗曰】《古今樂志》云：『錦瑟之為器也，其柱如其絃數，其聲有適、怨、清、和。』又云：『感怨清和，昔令狐楚侍人能彈此四曲。詩中四句，狀此四曲也。』章子厚曾疑此詩，而趙推官深為說如此。（《許彦周詩話》）

【胡仔曰】古今聽琴、阮、琵琶、箏、瑟諸詩，皆欲寫其音聲節奏，類以景物故實狀之，大率一律，初無中的句，互可移用，是豈真知音者，但其造語藻麗，為可喜耳。……如玉谿生《錦瑟》詩……亦是以景物故實狀之，若移作聽琴、阮等詩，誰謂不可乎？（《苕溪漁隱叢話》前集卷十六）

【邵博曰】《莊生》《望帝》，皆瑟中古曲名。（《邵氏聞見後録》）

【張邦基曰】《瑟譜》有適、怨、清、和四曲名，四句蓋形容四曲耳。（《墨莊漫録》）

【張侃曰】孫仲益為錫山費茂和說蘇文忠公《水龍吟》，曲盡詠笛之妙。其詞曰：『楚山修竹如雲，異材秀出千林表』，笛之地也；『龍鬚半剪，鳳膺微漲，緑肌勻繞』，笛之材也；『木落淮南，雨晴雲、夢，月明風裊』，笛之時也；『自中郎不見，桓伊去後，知辜負、秋多少』，笛之怨也；『聞道嶺南太守，後堂深，緑珠嬌小』，笛之人也；『綺窗學弄，《梁州》初遍，《霓裳》未老』，笛之曲也；『嚼徵含宫，泛商流羽，一聲雲杪』，笛之聲也；『為使君洗盡，蠻煙瘴雨，作《霜天曉》』，笛之功也。予恐仲益用蘇文忠讀《錦瑟》詩，以釋《水龍吟》耳。劉貢父云：『錦瑟是令狐楚家青衣名。』許彦周云：『令狐楚侍兒能彈此曲，詩中四句，狀此景也。』（《張氏拙軒集》）

【熊朋來曰】或謂唐時猶言瑟五十弦。以史傳及他詩徵之，唐亦未必有五十弦之瑟。有以柱前後解之者，不知此詩本非言瑟為『適怨清和』之說，學者滋惑，不復深思。唯洪文敏公以為不然。近代有廬陵王大初為此詩解說益明，惜其言未必傳爾。（《瑟譜》卷六）

【方回曰】《緗素雜記》謂東坡云：『中四句適怨清和也。』凡前輩琴、阮、箏、琵琶等等，少有律體而多古句，大率譬喻亦不過如此耳。備見《漁隱叢話》。（《瀛奎律髓》）

【元好問曰】望帝春心託杜鵑，佳人錦瑟怨華年。詩家總愛西崑好，獨恨無人作鄭箋。（《論詩絶句》）

【王世貞曰】李義山《錦瑟》中二聯是麗語，作適、怨、清、和解甚通。然不解則涉無謂，既解則意味都盡，以此知詩之難也。（《藝苑卮言》）

【胡應麟曰】錦瑟是青衣名，見唐人小説，謂義山有感作者。觀此詩結句及曉夢、春心、藍田、珠淚等，大概《無題》中語，但首句略用錦瑟引起耳。宋人認作詠物，以適、怨、清、和字面附會穿鑿，遂令本意懵然。且至『此情可待成追憶』處，更説不通。學者試盡屏此等議論，只將題面作青衣，詩意作追憶，讀之自當踴躍。（《詩藪》）

【胡震亨曰】元釋圓至注云：前輩謂商隱情有所屬，托之錦瑟。近胡元瑞亦云：大概《無題》中語，首句略用錦瑟引起耳。宋人如《緗素雜記》謂其直詠錦瑟，以適怨清和為解，托蘇、黄問答之説以實之，固非；即《紀事》以為詠令狐楚青衣名錦瑟者，又有謂商隱莊事楚，必楚子綯之青衣者，皆未得肯綮而妄為之説者也。（《唐音戊籤·李商隱詩集》）以錦瑟為真瑟者癡。以為令狐楚青衣，以為商隱莊事楚、狎綯，必綯青衣亦癡。商隱情詩，借詩中兩字為題者儘多，不獨《錦瑟》。（《唐音癸籤》）

【周珽曰】此詩自是閨情，不泥在錦瑟耳。……屠長卿注云：義山嘗通令狐楚之妾，名錦而善彈，故作以寄思。言瑟聲甚悲，而情思在妙年女子所彈者乃有適怨清和之妙，令人思之不能釋也。末謂此日宜及時盡情撫弄，豈可待他年空成追憶，致悔當時惘然不曲轉其懷抱而自失也。（《唐詩選脈箋釋會通評林》）

【陸時雍曰】總屬影借。（《唐詩鏡》）

【錢龍惕曰】按義山《房中曲》有『歸來已不見，錦瑟長于人』之句，此詩落句云：『此情可待成追憶，只是當時已惘然。』或有所指，未可知也。惟彭陽公青衣，則無所據。

【朱曰】按義山《房中曲》：『歸來已不見，錦瑟長於人。』此詩寓意略同。是以錦瑟起興，非專賦錦瑟也。《緗素雜記》引東坡適怨清和之説，吾不謂然，恐是偽託耳。《劉貢父詩話》云：『錦瑟，當時貴人愛姬之名。』或遂實以令狐楚青衣，説尤誣妄，當亟正之。（《李義山詩集箋注》）又曰：此悼亡之作也。（《補注》眉批）

【吴喬曰】《唐詩紀事》以錦瑟為令狐丞相青衣，愚謂丞相指楚言。（首句）舊事年深，托怨於瑟柱之多。（次句）追思前事。（三句）『迷』言仕途速化之無術。（四句）義山王孫，故用望帝。（五句）述已思楚之意。（六句）言綯通顯之樂。（七八句）言楚之厚德，不待綯今日見疏而後追思之，雖在其存日，已自惘然出於望外也。○此詩或病其猥褻，或為之掩諱，而蘇、黃猶以為適、怨、清、和。義山去今不遠，其詩猶不易解，苟非《紀事》有令狐丞相青衣之語，喬亦没齒以《無題》為豔情。《三百篇》之不可捨古序，于此可斷矣。（《西崑發微》）

【馮舒曰】義山又有句云：『錦瑟長於人。』則錦瑟必是婦人。或云令狐楚妾也，則中四句了然可辨，不過云此有淚明珠、生煙寶玉是活寶耳。宋人夢説何足道！（二馮評閱《瀛奎律髓》）

【馮班曰】令狐，玉谿之師，若盗其妾，豈堪入詠？此是李集第一首，决如東坡解方是。（同前）

【朱彝尊曰】此悼亡詩也。意亡者善彈此，故覩物思人，因而託物起興也。瑟本二十五絃，一斷而為五十絃矣，故曰『無端』也，取斷絃之意也。『一絃一柱』而接『思華年』三字，意其人年二十五而殁也。胡蝶、杜鵑，言已化去也；珠有淚，哭之也；玉生煙，葬之也，猶言埋香瘞玉也。此情豈待今日追憶乎？只是當時生存之日，已常憂其至此而預為之惘然，意其人必婉弱多病，故云然也。

【錢澄之曰】若唐李義山好為豔體，吾無取焉。其詩使事摛詞，穠厚滯重，徒取工麗耳。本為情語，讀之無一語足動人情。如《錦瑟》，悼亡詩也，而為故實所掩，至令解者不知題意所在。（《田間文集》）

【施閏章曰】劉貢父《詩話》一卷，語多雜碎，稱李義山《錦瑟》詩，是令狐楚家青衣名，似可破從前之疑。（《蠖齋詩話》）

【田同之曰】義山《錦瑟》詩，拈首二字為題，即無題義，最是。蓋此詩之佳，在一絃一柱中思其華年，心思紊亂，故中聯不倫不次，没首没尾，正所謂『無端』也。而以『清和適怨』傳之，不亦拘乎！（《西圃詩説》）

【錢良擇曰】義山詩獨有千古，以其力之厚，思之深，氣之雄，神之遠，情之摯；若其句之鍊，色之艷，乃餘事也。西崑以堆金砌玉傚義山，是畫花繡花，豈復有真花香色，梨園搨撦之誚，未足以盡之也。（以上眉批）○此悼亡詩也。《房中曲》云：『歸來已不見，錦瑟長於人。』即以義山詩注義山詩，豈非明證？錦瑟當是亡者平日所御，故睹物思人，因而託物起興也。集中悼亡詩甚多，所悼者疑即王茂元之女。舊解紛紛，殊無意義。（以上題下批。句下箋與朱彝尊箋語略同，不録。）

【何曰】此悼亡之詩也。首特借素女鼓五十絃之瑟而悲，泰帝禁不可止發端，言悲思之情有不可得而止者。次連則悲其遽化為異物。腹連又悲其不能復起之九原也。曰『思華年』，曰『追憶』，指趣曉然，何事紛紛附會乎？錢飲光亦以為悼亡之詩，與吾意合。『莊生』句，取義於鼓盆也。但云『生平不喜義山詩，意為詞掩』，却所未喻。亡友程湘衡謂此義山自題其詩以開集首者，次聯言作詩之旨趣，中聯又自明其匠巧也。余初亦頗喜其説之新，然義山詩三卷出於後人掇拾，非自定，則程説固無據也。（《義門讀書記》。按王應奎《柳南隨筆》云：『玉谿《錦瑟》詩，從來解者紛紛，迄無定説，而何太史義門（焯）以為此義山自題其詩以開集首者。首聯……言平時述作，遽以成集，而一言一詠，俱足追憶生平也。次聯……言集中諸詩，或自傷其出處，或託諷於君親，蓋作詩之旨趣盡在於此也。中聯……言清詞麗句，珠輝玉潤，而語多激映，又有根柢，則又自明其匠巧也。末聯……言詩之所陳，雖不堪追憶，庶幾後之讀者知其人而論其世，猶可得其大凡耳。』與何氏《讀書記》謂為程説不同。然何氏《讀書記》既已明確表示『程説固無據』，則此非何説甚明。王氏又云：詩意大抵出側面……義山憶往事而怨錦瑟，亦然。）

【葉矯然曰】細味此詩，起句説『無端』，結句説『惘然』，分明是義山自悔其少年場中，風流搖蕩，到今始知其有情皆幻，有色皆空也。次句説『思華年』，懊悔之意畢露矣。此與香山《和微之夢遊》詩同意。『曉夢』『春心』『月明』『日暖』，俱是形容其風流搖蕩處，着解不得。義山用事寫意，皆此類也。袁中郎謂《錦瑟》詩直謎而已，豈知義山者哉！（《龍性堂詩話》）

【《輯評》朱筆批曰】此篇乃自傷之詞，騷人所謂美人遲暮也。『莊生』句言付之夢寐；『望帝』句言待之來世；『滄海』『藍田』，言埋而不得自見；『月明』『日暖』，則清時而獨為不遇之人，尤可悲也。〇《義山集》三卷，猶是宋本相傳舊次，始之以《錦瑟》，終之以《井泥》。合二詩觀之，則吾謂自傷者更無可疑矣。〇感年華之易邁，借錦瑟以發端。『思華年』三字，一篇之骨。三四賦『思』也。五六賦『華年』也。末仍結歸『思』字。〇諸家皆以為悼亡之作。○『莊生』句，言其情歷亂；『望帝』句，訴其情哀苦；『珠淚』『玉煙』，以自喻其文采。（以上各條與何氏《讀書記》説不同，疑非何氏評。）

【查慎行曰】是章解者紛紛，愚獨謂此義山喪偶詩也。觀起兩語，其原配亡時年二十五。瑟本二十五絃，斷則成五十絃矣。此特借題寓感，解者必從錦瑟着題，苦苦牽合，讀到結處，如何通得去？有識者試以鄙言思之，全首打成一片矣。（《瀛奎律髓彙評》引）

【胡以梅曰】興言錦瑟，必當年所善之人能此樂者，故觸緒興思。……今專用五十絃，言悲來無端耳。……思華年，從絃柱配合言；若謂五十絃論年，則非矣。……第二句既脱卸於華年，中四句盡承之……三當年之迷戀，四五彼此離思悽惋，六即緑樹成陰子滿枝也。此情即四句之情，當年已是不堪，而況今日成追憶哉！

【《唐詩鼓吹評注》】此義山有託而詠也。首言錦瑟之制，其絃五十，其柱如之，以人之年華而移於其數。樂隨時去，事與境遷，故於是乎可思耳。乃若華年所歷，適如莊生之曉夢，怨如望帝之春心，清而為滄海之珠淚，和而為藍田之玉煙。不特錦瑟之音有此四者之情已，夫以如此情緒，事往悲生，不堪回首，固不可待之他日而成追憶也。然而流光荏苒，韶華不再，遥遡當時，則已惘然矣。此情終何極哉！○此詩説者紛紛，……自東坡謂詠錦瑟之聲，則有適怨清和之解説，詩家多奉為指南。然以分配中兩聯固自相合，如『無端』『五十絃柱』『思年』，則又何解以處此？詳玩『無端』二字，錦瑟絃柱當屬借語，其大旨則取五十之義。『無端』者，猶言歲月忽已晚也，玩下句自見。顧其意言所指，或憶少年之艷冶，而傷美人之遲暮；或感身世之閲歷，而悼壯夫之晼晚，則未可以一辭定也。

【徐夔曰】此義山自傷遲暮，借錦瑟起興。『無端』是驚訝之詞，孔融所謂五十之年忽焉已至也。五十以前，如莊生之夢不可追；五十以後，如望帝之心託之來世。珠玉席上之珍，無如沉而在下，韜光匿彩，祇自韞櫝而已。『此情可待』謂始原不薄，自今追憶，不覺惘然，能不痛念而自傷哉！『當時』，言非一日也。細尋脈縷，原自可解，紛紛妄談，何啻夢中囈語？（《李義山詩集箋注》，引自王欣夫《唐集書録十四種》）

【杜詔曰】詩以錦瑟起興。『無端』二字，便有自訝自憐之意，此瑟之絃遂五十耶？瑟之柱如其絃，而人之年已歷歷如其柱矣，即孔北海所謂五十之年忽焉已至也。莊生夢醒，化蝶無蹤；望帝不歸，啼鵑長託，以比華年之難再也。感激而明珠欲淚，綢繆而煖玉生煙，華年之情爾爾。不但今日追憶無從，而在當日已成虛負，故曰『惘然』。（《唐詩叩彈集》）

【杜庭珠曰】『夢蝶』，謂當時牛、李之紛紜；『望帝』，謂憲、敬二宗被弒，五十年世事也。『珠有淚』，謂悼亡之感；『藍田玉』，即龍種鳳雛意，五十年身事也。（同上）

【陸曰】悼亡之作無疑。蓋頌瑟本二十五絃，今曰五十絃，是一齊斷却，一絃變為兩絃故也。曰『無端』者，出自不意也。一絃一柱思華年，從比意説到人身上來。莊生蝴蝶，望帝杜鵑，同是物化，引以悼其妻之亡。五六指所遺之子女言。古人愛女，以掌上珠譬之。孫權見諸葛恪，謂其父瑾曰：『藍田生玉。』又戴容州有『藍田日暖，良玉生煙，可望而不可置於眉睫之間』之語。義山悼傷後，即赴東蜀辟，詩曰『珠有淚』，悲女之失母也；曰『玉生煙』，歎己之遠子也。結言夫婦兒女之情，每一追憶，輒為惘然，此《錦瑟》所由寄慨也。

【陸鳴皋曰】『無端』二字，即含興感意，而以『思華年』接之。物象人情，兩意交注，首尾拍合，情境始佳。若僅謂寫瑟之工，便成死煞。

【徐德泓曰】此就瑟而寫情也。絃多則哀樂雜出矣。中二聯，分狀其聲，或迷離，或哀怨，或凄涼，或和暢，而俱有華年之思在內也。故結聯以『此情』二字緊接。追維往昔，不禁百端交感，又不知從何而起，故曰『可待』，曰『惘然』，與『無端』兩字合照，惝怳之情，流連不盡。

【姚曰】此悼亡之作，託錦瑟起興。瑟本五十絃，古人破之為二十五絃，是瑟已破矣。今曰『無端五十絃』，猶已破之鏡，而想未破時之團圓。一絃一柱，歷歷都在心頭，正七句所謂『追憶』也。次聯蝴蝶杜鵑，乃已破後之幻想。中聯明珠暖玉，乃未破時之精神。而已愁到已破之後，蓋人生奇福，常恐消受不得也。

【屈曰】此詩解者紛紛，有言悼亡者，有言憂國者，有言自比文才者，有言思侍兒錦瑟者，不可悉數。凡詩無自序，後之讀者，就詩論詩而已，其寄託或在君臣朋友夫婦昆弟間，或實有其事，俱不可知。自《三百篇》、漢魏三唐，男女慕悅之詞，皆寄託也。若必强牽其人其事以解之，作者固未嘗語人，解者其誰曾起九原而問之哉！○以『無端』吊動『思華年』。中四緊承。七『此情』緊收，『可待』字，『只是』字遥應『無端』字。○一，興也。二，一篇主句。中四皆承『思華年』。七八總結。○此即錦瑟以起興也。絃五十，柱亦五十，蓋言無端而忽已行年五十，因年五十而思華年之事。三四言情厚也。莊生即蝴蝶，蝴蝶即莊生，望帝即杜鵑，杜鵑即望帝，猶夫與君雙棲共一身，猶司馬温公云『我與景仁但異姓耳』，其情之厚如此。五別離之淚。六可望而不可親，別離之情。七『此情』即指中四，言當時已是惘然，今日可待追憶乎？其惘然更何如耶？○詩面與《無題》同，其意或在君臣朋友間，不可知也。……月明而珠有淚，則月虧珠闕可知矣，故曰別離之淚。

【程曰】夫婦琴瑟之喻，經史歷有陳言，以此發端，元非假借。詩之詞旨，蓋以錦瑟之絃柱實繁且多，夫婦之伉儷歷有年所，懷人睹物，觸緒興思。『無端』者，致怨之詞也。三四謂生者輾轉結想，惟有迷曉夢於蝴蝶，死者魂魄能歸，不過託春心於杜鵑。五六謂其容儀端妍，如滄海之珠，今深沉泉路，空作鮫人之淚矣；性情温潤，如藍田之玉，今銷亡冥漠，不啻紫玉之煙矣。其《祭外舅王茂元文》云：『植玉求歸，已輕於舊日；泣珠報惠，寧盡於兹辰？』用事同而義則異也。『此情』二字，緊承上二句，謂不堪追憶其人亡事在。『當時』二字，繳回『華年』，謂不堪悲悼其年遠日湮。起『思』字，結『憶』字，一篇之呼應也。又按：本集《楊本勝説於長安見小男阿衮》詩有『失母鳳雛癡』句，考《樊南乙集序》云：『大中七年十月，楊本勝始來軍中。』而序内又云：『三年（已）來，喪失家道。』則是義山悼亡，當在大中三、四年間。（按：據『三年已來』句，悼亡當在大中五年，參張氏《會箋》。）

【楊曰】琴瑟喻夫婦，冠以『錦』者，言貴重華美，非荆釵布裙之匹也。五十絃，五十柱，合之得百數。『思華年』者，猶云百歲偕老也。（馮箋引）

【馮曰】楊説似精而實非也。言瑟而曰錦瑟、寶瑟，猶言琴而曰玉琴、瑶琴，亦泛例耳。有絃必有柱，今者撫其絃柱而歎年華之倏過，思舊而神傷也，便是下文『追憶』二字，前人每以求深失之。（『莊生』句）取物化之義，兼用莊子妻死，惠子弔之，莊子則方箕踞鼓盆而歌。義山用古，頗有旁射者。（『望帝』句）謂身在蜀中，託物寓哀。

下半重致其撫今追昔之痛。五句美其明眸，六句美其容色，乃所謂『追憶』也。木庵謂是哭之葬之，則接第七句必不融洽矣。（七八句）『惘然』緊應『無端』二字。『無端』者，不意得此佳耦也。當時睹此美色，已覺如夢如迷，早知好物必不堅牢耳。○此悼亡詩定論也。以首二字為題，集中甚多；何足泥也！余為逐句箋定，情味彌出矣。《許彦周詩話》『適怨清和』一作『感怨清和』，云令狐楚侍人能彈此四曲，皆妄説耳。近人著《柳南隨筆》，云義門謂是玉谿自題其集以開卷，此又非義門之説而訛承者。

【紀曰】前六句託為隱語猝不可解，然末二句道明本旨，意亦止是，非真有深味可尋也。集中『一片非烟隔九枝』一篇亦同此體格，緣此詩偶列卷首，故昔人皆拈為論端耳。此自用素女鼓瑟事耳，非以絃斷為義也。『雨打湘靈五十絃』豈亦悼亡耶？問長孺解《錦瑟》如何？曰詳詩末二句，是感舊懷人之作，此説是也。但不得坐實悼亡，涉於武斷耳。問香泉解錦瑟如何？曰惟坐實悼亡未敢遽以為是，亦未敢遽以為非，餘解皆直捷切當與鄙意暗合也。（《詩説》）以『思華年』領起，以『此情』二字總承。蓋始有所歡，中有所限，故追憶之而作。中四句迷離惝怳，所謂『惘然』也。韓致光五更詩云：『光景旋消惆悵在，一生贏得是凄凉。』即是此意，別無深解。因偶列卷首，故宋人紛紛穿鑿。遺山《論詩絶句》獨拈此首為論端，皆風旛不動，賢者心自動也。（《輯評》）

【汪師韓曰】《錦瑟》乃是以古瑟自况。……世所用者，二十五絃之瑟，而此乃五十絃之古製，不為時尚。成此才學，有此文章，即已亦不解其故，故曰『無端』，猶言無謂也。自顧頭顱老大，一絃一柱，蓋已半百之年矣。『曉夢』喻少年時事，義山早負才名，登第入仕，都如一夢。『春心』者，壯心也。壯志消歇，如望帝之化杜鵑，已成隔世。『珠』『玉』皆寶貨。珠在滄海，則有遺珠之歎，惟見月照而淚。生烟者，玉之精氣，玉雖不為人採，而日中之精氣，自在藍田。『追憶』謂後世之人追憶也。『可待』者，猶云必傳於後無疑也。『當時』指現在言。『惘然』，無所適從也。言後世之傳，雖可自信，而即今淪落為可歎耳。詩中雖虛文無一泛設，衆解紛紜，似皆無當。即世傳東坡四字分解，應亦假託也。（《詩學纂聞》）

【許昂霄曰】題名『錦瑟』，義取斷絃無可疑者。或因古瑟本五十絃，故於首句次句尚多別解。不知既曰『無端』，則是變出意外，斷言已斷之後，非猶未破之時矣。三四莊生、望帝，皆謂生者也。往事難尋，竟同蝶夢；哀心莫寄，唯學鵑啼耳。五六珠玉，以喻亡者也。月明、日暖，豈非昔人所謂美景良辰，今則泉路深沉，徒有鮫人之淚；形容縹緲，已如吳女之煙矣，蓋即珠沉玉碎之意也。結意又進一層，義山慣用此法。（張載華、張佩兼輯《初白菴詩評》附識引許昂霄《箋注玉谿生詩錦瑟》詩解）

【黃子雲曰】詩固有引類以自喻者，物與我自有相通之義。若『錦瑟無端五十絃，一絃一柱思華年』，物與我均無是理。『莊生曉夢』四語，更又不知何所指。必當日獺祭之時，偶因屬對工麗，遂强題之曰『錦瑟無端』，原其意亦不自解，而反弁之卷首者，欲以欺後世之人，知我之篇章興寄，未易度量也。子瞻亦墮其術中，猶斤斤解之以適怨清和，惑矣！（《野鴻詩的》）

【薛雪曰】此詩全在起句『無端』二字，通體妙處，俱從此出。意云：錦瑟一絃一柱，已足令人悵望年華，不知何故有此許多絃柱，令人悵望不盡；全似埋怨錦瑟無端有此絃柱，遂致無端有此悵望。即達若莊生，亦迷曉夢；魂為杜宇，猶託春心。滄海珠光，無非是淚；藍田玉氣，恍若生煙。觸此情懷，垂垂追溯，當時種種，盡付惘然。對錦瑟而興悲，歎無端而感切。如此體會，則詩神詩旨，躍然紙上。（《一瓢詩話》）

【翁方綱曰】（元遺山《論詩絕句》：『望帝春心託杜鵑，佳人錦瑟怨華年。詩家總愛西崑好，獨恨無人作鄭箋。』）拈此二句，非第趁其韻也。正以先提唱杜鵑句於上，却押華年於下，乃是此篇迴復幽咽之旨也。遺山當日必有神會，惜未見其所述也。又曰：錦瑟本是五十絃，其絃五十，其柱如是，故曰『一絃一柱』也。此義山迴復幽咽之旨，在既破作二十五絃之後，而追說未破之初。『無端』二字，從空頓挫而出，言此瑟若本是二十五絃，則此恨無須追訴耳。無奈其本是五十絃，誰令其未破之先本自完全哉！『無端』者，若訴若怪，此善言幽怨者，正以其未破之時，不應當初完全，致令破作二十五絃而懊惜也。所謂歡聚者，乃正是結此悲怨之根耳。五六句珠以月明，而已先含淚；玉以日暖，而已自含煙。所以末二句……不待今已破而後感傷也。其情種全在當初未破時耳。以此迴抱三四句之曉夢蝴蝶、春心杜鵑，乃得通體神理一片。所以遺山敘此二句，以杜鵑之託說在前，而以華年之怨收在

後，大旨了然矣，何庸復覓鄭箋乎？（《石洲詩話》）

【姜炳璋曰】此義山行年五十，而以錦瑟自況也。和雅中存，文章外著，故取錦瑟。瑟五十弦，一弦一柱而思華年，蓋無端已五十歲矣。此五十年中，其樂也，如莊生之夢為蝴蝶，而極其樂也；其哀也，如望帝之化為杜鵑，而極其哀也。哀樂之情，發之於詩，往往以艷冶之辭，寓悽絶之意，正如珠生滄海，一珠一淚，暗投於世，誰見之者？然而光氣騰上，自不可掩。又如藍田產玉，必有發越之氣，記所謂精神見於山川是也，則望氣者亦或相賞於形聲之外矣。四句一氣旋折，莫可端倪。末二，言詩之所見，皆吾情之所鍾，不歷歷堪憶乎？然在當時，用情而不知情之何以如此深，作詩而不知思之何以如此苦，有惘然相忘於語言文字之外者，又豈能追憶耶？蓋心華結撰，工巧天成，不假一毫湊泊。此義山之自評其詩，故以為全集之冠也。

【宋翔鳳曰】《錦瑟》一篇，蓋義山五十後自序之作也。五十弦瑟最悲，而已之身世已似之矣。首二句點明年紀。『莊生』句是悼王氏婦，即《轉韻》詩『憐我秋齋夢胡蝶』，以莊子有鼓盆之事，故以自比。悼傷後，乃應柳仲郢東蜀之辟，正義山五十歲後事，故有《悼傷後赴東蜀遇雪》詩。又《赴職梓潼留別畏》之詩，有『柿葉翻時獨悼亡』之句，『望帝』云云，正指東蜀也。『滄海』句追記隨鄭亞在嶺表也。『藍田』句追叙在河陽以前婦子之樂也。通首皆追憶，故先近事，以及遠事，即末云『此情可待成追憶，只是當時已惘然』也。義山晚年編定生平之詩，而以此篇冠首。説者層層傅會，愈理愈亂。記從前有一家以為自叙，故為順其意如此。（《過庭録》卷十六）

【梁章鉅曰】李義山詩開卷《錦瑟》一篇，言人人殊。東坡『清和適怨』云云，亦未見的確。本朝朱長孺注以為令狐青衣，更無所據。惟朱竹垞謂是悼亡之作者，近之。方文輈則以為傷玄宗而作。玄宗之移入南内也，高力士令李輔國控馬，謂此『五十年太平天子』。杜樊川亦有『五十年天子』之句。故發首曰『錦瑟無端五十絃，一絃一柱思華年』也。『曉夢蝴蝶』，所謂一場春夢。『望帝杜鵑』，明指幸蜀。『藍田玉生』，則反以諷肅宗也。其旨甚明，味之可見。亦可謂善説詩者矣。然猶不若汪韓門所釋為得神理（按：汪師韓説已見前）……如此讀法，詩中雖虛字亦無一泛設。玉溪壓卷之作，似非如此讀法，亦不相稱也。（《退庵隨筆》）

【吴汝綸曰】此詩疑為感國祚興衰而作。五十弦，一弦一柱，則百年矣。蓋自安史之亂至義山作詩時凡百年也。夢迷蝴蝶，謂天寶政治昏亂也；望帝春心，謂上皇失勢之怨也；滄海明珠，謂利盡南海；藍玉生烟，謂賢人憔悴也。結言不但後人感弔，即當時失者已有顛覆之憂也。（《桐城先生評點唐詩鼓吹》）

【梁啟超曰】義山的《錦瑟》《碧城》《聖女祠》等詩，講的什麼事，我理會不着。……但我覺得他美，讀起來令我精神上得一種新鮮的愉快。須知美是多方面的，美是含有神秘性的；我們若還承認美的價值，對於此種文字，便不容輕輕抹煞。（《中國韻文内所表現的情感》）

【孟森曰】義山婚王氏時年二十五，意其婦年正同，夫婦各二十五，適合古瑟絃之數。（《李義山錦瑟詩考證》）

【張曰】此為全集壓卷之作。解者紛紛……迄不得真象。惟何義門云：『此篇乃自傷之詞，騷人所謂美人遲暮也。』其説近似。蓋首句謂行年無端將近五十。『莊生曉夢』，狀時局之變遷；『望帝春心』，歎文章之空託。而悼亡斥外之痛，皆於言外包之。『滄海』『藍田』二句，則謂衛公毅魄久已與珠海同枯，令狐相業方且如玉田不老。衛公貶珠崖而卒，而令狐秉鈞赫赫，用『藍田』喻之，即『節彼南山』意也。結言此種遭際，思之真為可痛，而當日則為人顛倒，實惘然若墮五里霧中耳。所謂『一絃一柱思華年』也，隱然為一部詩集作解。疑義山題此以冠卷首，後人因之，故諸本皆首此篇也。……又案《困學紀聞》引司空表聖云：『戴容州謂詩家之景，如藍田日暖，良玉生煙，可望而不可置於眉睫之前也。李義山「玉生煙」之句，蓋本於此。』此説是也。可望而不可即，非令狐不足當之，借喻顯然。（《會箋》）

【汪辟疆曰】此義山自道生平之詩也。第二句『思華年』三字，即一篇眼目。莊生句，喻己功名蹭蹬，以彼其才，又似非終身鬱鬱下僚者，天為之抑人為之也。故用莊生夢蝶事以見迷離恍惚，而迷字已透露之。望帝句，喻己抱一腔忠憤，既不得信，而又不甘抑鬱，只可以掩飾之詞出之，即楚天雲雨盡堪疑之意也。滄海月明喻清時，然珠藏海中，不能自見，以見自傷之意。藍田日暖喻抱負，然玉韞土中，不為人知，而光彩終不可掩，則文章之事也。

二語又從陸士衡『石韞玉而山輝，水懷珠而川媚』變化而來。然……此句又全本戴氏。詳戴之言，則此句指其詩文又無可疑。末二句總結此情，即上四句之情。『成追憶』三字，正與思華年相應。第八句仍不肯直說，以當時已惘然五字逆挽，為上文作不即不離之詠歎，益增怊悵矣。　又曰：用錦瑟二字起興，亦非無意。錦者，有文采可見者也。瑟者，有聲音可聞者也。用此二字，不惟可括全篇，且與華年相應。其曰五十絃者，以瑟古為五十絃，而五十正合大衍之數。人生五十之年，又為由壯盛而衰老之界，借以追憶已往之華年，皆不可易。按義山生平，據馮浩定為憲宗元和八年生，宣宗大中十二年卒，則義山得年只四十六歲。然馮氏定義山生年又云：『或有先後。』是雖定猶未定也。又《舊唐書》本傳言大中末商隱還鄭州，未幾病卒。則義山卒年亦不限於大中十二年，或至大中十三年，或再遲一二年，義山方卒亦未可知。余嘗疑義山當生於元和四年卒於大中十三年，得年五十有一，然則此詩即姑定為五十初度之作，亦無不可。其以錦瑟標題而不云五十初度者，蓋以詩意甚明，不如取首二字為籠括一切也。

【岑仲勉曰】余頗疑此詩是傷唐室之殘破，與戀愛無關。好問金之遺民，宜其特取此詩以立說。（《隋唐史》）

【錢鍾書曰】李商隱《錦瑟》一篇，古來箋釋紛如。……多以為影射身世。何焯因宋本《義山集》舊次，《錦瑟》冠首，解為：『此義山自題其詩以開集首者』（見《柳南隨筆》卷三，《何義門讀書記・李義山詩集卷上》記此為程湘衡說）；視他說之瓜蔓牽引、風影比附者，最為省净。竊采其旨而疏通之。自題其詩，開宗明義，略同編集之自序。拈錦瑟發興，猶杜甫《西閣》第一首：『朱紱猶紗帽，新詩近玉琴；』錦瑟玉琴，殊堪連類。首二句言華年已逝，篇什猶留，畢世心力，平生歡戚，清和適怨，開卷歷歷。『莊生曉夢迷蝴蝶，望帝春心託杜鵑』；此一聯言作詩之法也。心之所思，情之所感，寓言假物，譬喻擬象，如飛蝶徵莊生之逸興，啼鵑見望帝之沉哀，均義歸比興，無取直白。舉事宣心，故『託』；旨隱詞婉，故易『迷』。此即十八世紀以還，法國德國心理學常語所謂『形象思維』；以『蝶』與『鵑』等外物形象體示『夢』與『心』之衷曲情思。『滄海月明珠有淚，藍田日暖玉生煙』；此一聯言詩成之風格或境界，如司空圖所形容之詩品。《博物志》卷九《藝文類聚》卷八四引《搜神記》載鮫人能泣珠，今不曰『珠是淚』，而曰『珠有淚』，以見雖化珠圓，仍含淚熱，已成珍玩，尚帶酸辛，具寶質而不失人氣；『暖玉生煙』，此物此志，言不同常玉之堅冷。蓋喻己詩雖琢煉精瑩，而真情流露，生氣蓬勃，異於雕繪奪情、工巧傷氣之作。若後世所謂『昆體』，非不珠光玉色，而淚枯煙滅矣！珠淚玉煙亦正以『形象』體示抽象之詩品也。（《馮注玉谿生詩集詮評》未刊稿，周振甫《詩詞例話》引。周氏復據錢説加以闡述發揮，見《詩詞例話》二十四至二十六頁又，錢氏《談藝録補訂》（全書四三三至四三八頁）有長文專論《錦瑟》，讀者可自行參閲。）又曰：李商隱《錦瑟》則作者自道，頸聯象『神思』，腹聯象『體性』，兩備一貫。（《管錐編》一一八四頁）

【按】解者紛紛，而大要不出『悼亡』與『自傷』兩説（張氏謂腹聯分寓衛公令狐之枯榮，然仍緊扣詩人生平遭際而為解；錢氏謂通篇自寓創作，然亦謂『華年已逝，篇什猶留，畢世心力，平生歡戚，清和適怨，開卷歷歷』。故二説或為自傷説之一體，或與自傷説相互交融）。悼亡説之最初出發點與主要依據，實即《房中曲》『歸來已不見，錦瑟長於人』二語。然此語不過抒寫物在人亡之情，移之解《錦瑟》一詩，未必切合。蓋《錦瑟》首聯既明言因『五十絃』而『思華年』，錦瑟若為亡妻之象徵，則『五十絃』當指王氏亡故時之約略年歲。然大中五年義山年方四十（依張説），王氏其時必不可能年近五旬（王氏係義山續娶，年當小於義山），孟心史謂義山與王氏結褵時年各二十五，朱彝尊謂王氏二十五歲而歿，均非（依朱説，則王氏結婚時年方十二）。此悼亡説之必不可通者一。又，如屬悼亡，則『思華年』自指追憶亡妻之華年往事，然頷腹二聯幾無一字一句敷演此意。莊生、望帝，以之作譬，只可施之男性。『夢為蝴蝶』與『鼓盆』顯無關涉，馮氏以旁射為辭，實屬逞臆牽合；且『鼓盆』係喻悼亡，與『思華年』亦不相關。朱彝尊以『化去』『哭之』『葬之』釋頷腹二聯，亦均不及『華年』事。如此脱榫，豈復可解？此其二。末聯謂上述情事豈待今日追憶之時為然，即在當時已惘然若失，意極明白，而持悼亡説者多以預為之憂解之，實屬牽强。此其三。綜此數端，以為賦悼亡者，實難以自圓。

謂自序其詩歌創作者，説頗新穎。以錦瑟喻詩歌創作，猶西人之以豎琴設喻，足以溝通互證。其解首聯，亦甚融洽。然次句既云『一絃一柱思華年』，則頷腹二聯當承此而抒寫其詩歌創作中所反映之華年身世，似不得撇開詩歌之內容而專言作詩之法與詩歌境界風格。且專言詩法詩境，與『此情可待成追憶』之『情』字『憶』字亦嫌脱節。

自傷身世之説，較為切實合理。律詩之警句，雖多見於頷腹二聯，而其主意，則往往於首尾二聯點明。本篇以『思華年』總領，以『可待成追憶』與『惘然』作結，實已明示詩係追憶華年往事，不勝惘然之作。頷腹二聯則概寫『華年』情事，而『惘然』之情即寓其中。兹綜合主自傷説諸家之箋解，旁采他説之合理成份，證以義山有關詩作，詮解如次：

首聯謂見此五十絃之錦瑟，聞其絃絃所發之悲聲，不禁悵然而憶己之華年往事。因錦瑟而『思華年』，固因其有『五十絃』而觸發華年已逝之悲（『五十』當是作詩時大致年歲），亦緣作者之身世即似此錦瑟也。《崇讓宅東亭醉後沔然有作》云：『聲名佳句在，身世玉琴張。』以不調而更張之玉琴喻坎坷困頓之身世，猶此處以錦瑟喻己之身世。『無端』或有解作『無心』者，義雖可通，然較之作『平白無故』『没來由』解者，情味大減。蓋詩人觸物興悲，本緣情之鬱積，而反覺物之有意逗恨，故不禁怨之，而曰『無端』。若徑曰『無心』，則直遂無味。

頷腹二聯，即承『思華年』而寫回憶中之華年往事，然此二聯仍當與題面『錦瑟』有關。所謂『一絃一柱思華年』，實與『絃絃掩抑聲聲思，似訴平生不得志』之意相近。即因瑟聲而觸動身世之感，而身世之感亦蘊含於瑟聲也。故『適怨清和』四境雖未必完全切合實際，然四句所寫皆瑟聲所傳之樂境與華年之處境遭際則無疑。『莊生』句係狀瑟聲之如夢似幻，令人迷惘，用意處在『夢』字『迷』字。而此種境界亦即以象徵詩人身世之如夢似幻，惘然若迷。莊生夢蝶之典，所取義者為其變幻迷亂，而非所謂栩栩然安適。徵之以作者有關詩句，則『顧我有懷同大夢』（《十字水期韋潘侍御》）、『憐我秋齋夢蝴蝶』（《偶成轉韻》）、『枕寒莊蝶去』（《秋日晚思》）及『神女生涯元是夢』（《無題二首》）等句，皆可證此句係象徵其抱負成虛、變幻如夢之不幸身世。曰『曉夢』者，極言其幻滅之迅速；曰『迷』者，謂其變幻不居令人迷惘也。杜牧《寄浙東韓乂評事》云：『夢寐幾回迷蛺蝶，文章應廣《畔牢愁》。』上句與『莊生』句意略同。惟其追求幻滅，抱負成虛，故文章自多詠牢愁也。『望帝』句係寫瑟聲之凄迷哀怨，如啼鵑泣血，着意處在『春心』字、『託』字。『春心』本指愛情之嚮往追求，常用以喻指對理想之追求。然語即本《楚辭·招魂》『目極千里兮傷春心』，故又兼有『傷春』之意。義山詩中『傷春』一詞，多指傷時憂國、感傷身世，所謂『天荒地變心雖折，若比傷春意未多』（《曲江》）、『刻意傷春復傷別』（《杜司勳》）、『地下傷春亦白頭』（《與同年李定言曲水閒話戲作》）、『君問傷春句，千辭不可删』（《朱槿花》）、『年華無一事，只是自傷春』（《清河》）皆可參證。『託』，即寄託、託寓。然則『望帝』句殆謂己之壯心雄圖及傷時憂國、感傷身世之情均託之哀怨淒斷之詩歌，如望帝之化鵑以自攄哀怨也。杜鵑，即作者之詩魂。此句亦即小杜『文章應廣《畔牢愁》』之意，第有比賦之别耳。

『滄海』句寫瑟聲之清寥悲苦。與『望帝』句雖同屬哀怨悲苦之境，然一則近乎淒厲，一則近乎寂寥，自有區别。《新唐書·狄仁傑傳》：『黜陟使閻立本召訊，異其才，謝曰：「仲尼稱觀過知仁，君可謂滄海遺珠矣。」』此句正含滄海遺珠之意。滄海之珠，本為希世珍寶，而為人所求覓，今則獨在明月映照之下，成盈盈之『珠淚』，言外見其獨遺於滄海，不為世所珍。『珠有淚』，仿佛無理，而正所以見此人格化之珍珠内心之悲苦寂寞。此句託寓才能不為世用之意較為明顯，無庸煩徵。『藍田』句似寫瑟聲之縹緲朦朧，如藍田日暖，良玉生煙，可望而不可置於眉睫之前。或以喻己所嚮往追求者，皆望之若有，近之則無，屬虚無縹緲之域，如《無題》所云『如何雪月交光夜，更在瑶臺十二層』者是也。或解為喻己如美玉沉埋而輝光終難掩抑，亦可通，然與瑟聲所表現之縹緲朦朧意境及『可望而不可即』之意象似隔一層，且與末聯『惘然』之情不甚切合。要之，頷腹二聯並非具體叙述其華年往事，而係借瑟聲之迷幻、哀怨、清寥、縹緲以概括抒寫其華年所歷之種種人生遭際、人生境界、人生感受。其寓意當就全句所展現之完整境界而求之，不得但執一字一詞而索解。

末聯含意明白。『此情』統指頷腹二聯所抒寫之情事，二句謂上述失意哀傷情事豈待今日追憶方不勝悵恨，即在當時亦惘然若失矣。『惘然』二字總括『思華年』之全部感受。

此詩底藴，遺山《論詩絶句》實首發之。『望帝春心託杜鵑，佳人錦瑟怨華年』二語，人但以轉述義山詩語視之，不知其實借以發明詩旨也。『望帝』『佳人』均指義山。二語蓋謂：義山一生心事均託之於如杜鵑啼血之哀惋悲淒詩作，而此《錦瑟》一首，又正抒寫其美人遲暮之情者也。遺山實已揭櫫『鄭箋』之綱要矣。